谨以此书纪念
　　本钢改革开放四十周年

往事如铁

莫永甫　著

辽宁人民出版社

© 莫永甫　2019

图书在版编目（CIP）数据

往事如铁 / 莫永甫著. —沈阳：辽宁人民出版社，
2019.1
ISBN 978-7-205-09497-3

Ⅰ. ①往⋯ Ⅱ. ①莫⋯ Ⅲ. ①纪实文学－中国－当代
Ⅳ. ①I25

中国版本图书馆 CIP 数据核字（2019）第262948号

出版发行：辽宁人民出版社
　　　　　地址：沈阳市和平区十一纬路 25 号　　邮编：110003
　　　　　电话：024-23284321（邮　购）　　024-23284324（发行部）
　　　　　传真：024-23284191（发行部）　　024-23284304（办公室）
　　　　　http://www.lnpph.com.cn
印　　　刷：朝阳铁路印务有限公司
幅面尺寸：185mm×260mm
印　　张：21.5
字　　数：460千字
出版时间：2019 年 1 月第 1 版
印刷时间：2019 年 1 月第 1 次印刷
责任编辑：盖新亮
助理编辑：任　河
封面设计：鼎籍文化创意　王天娇
版式设计：杨　波
责任校对：刘宝华
书　　号：ISBN 978-7-205-09497-3
定　　价：88.00元

《往事如铁》编委会

主　编：陈继壮　汪　澍

副主编：赵忠民

委　员：杨成广　曹爱民　陈　铁　高　烈

　　　　张　鹏　张贵玉　张彦宾　唐朝盛

总策划：钱振德

总监制：石晓姝

校　对：盖增智

序一

　　站在21世纪的山峰，回看中国的冶铁史，发轫于春秋的冶铁道路，蜿蜒曲折来到了近代时，数千年的旧有模式走到了一个转折关头。

　　矗立在转折关头的，就是本钢一铁厂。它的过去，连接着冶铁的旧有模式；它的未来，连接着冶铁现代化道路。

　　这是本钢一铁厂历史地位的标志之一。

　　一铁厂历史地位的标志之二，是中国近代冶铁现代化的成功典范。

　　庶几可以说明一铁厂历史的珍贵。

　　本钢人拥有这份历史足以自豪。

　　这份珍贵、这份自豪曾因浮云蔽眼而不自觉，而不认识，而不惜取。

　　《往事如铁》一书为我们扫去浮云，为我们认识这段珍贵的历史提供了新的视野。

　　认识一铁厂的地位需要历史的视野：

　　始于春秋的冶铁技术，在中国的发展道路上一分为二，南方为小高炉冶铁，北方为坩埚冶铁。

　　本溪自然是坩埚冶铁的区域，时间当然在辽朝之前，历史有相关记载，但缺失可证之的遗迹。明朝之后，本溪地区成了明军炒铁的大本营，并一直延续到有清一代。更有意思的是，清王朝皇帝把本溪辟为冶铁特区，享有皇帝御批的荣光。冶铁用的坩埚废料，成为不少人家建房的墙体材料，至今仍斑斑可见。

　　近代，西方洋铁和现代化冶铁技术的成果——军舰、洋枪、克虏伯大炮等重装军备输入中国，在讶然于现代化冶铁不可思议的技术的同时，中国迈出了现代化冶铁的步伐。

因而，有了中国现代化冶铁的发端。南边的汉冶萍开风气之先，现代化冶铁的旗帜飘扬于武汉三镇、大冶铁矿和江西萍乡煤矿。北国的本溪由挖煤的路径进入冶铁领域，后来者的足音逼人而来，终以世界性的眼光，最先进的炼铁设备、技术和现代化的管理方法，成为中国近代史上冶铁现代化的成功典范。这是认识一铁厂历史地位的历史视野之一。

认识一铁厂的地位需要辩证法的视野：

很多人提起一铁厂的历史，往往一句"日本的殖民企业"就否定了一铁厂对中国冶铁历史的贡献。

日本大仓家族来本溪经营企业，从1905年开始，终止于1945年，计40年。细划40年的历史，前5年是大仓家族强行开办本溪湖煤矿时期；1910年到1931年，是中日合办本溪湖煤铁公司时期，20年；1931年到1945年，可笼统地说成是侵华日军经营本溪煤铁公司时期，15年。这样算来，日方的经营时间共20年，中日合办时间也是20年。

日方经营的20年中，前5年是煤公司。后来的15年，大仓家族主导了5年，另外10年应该是侵华日军主导的。侵华日军主导的10年是疯狂的10年，也是不成功的10年。

历史证明，本溪湖的冶铁业发展最成功的时期，是中日合办的20年。为什么说成功？在这20年中，本溪湖的冶铁生产顺利，经营顺利，产品开发顺利。成了中国冶铁业成功的典范。究其原因：主权在我，管理权均分，才有企业平稳、诸事顺利的良好环境。本溪冶铁业的发展，是对中国冶铁历史的贡献。有此视野，才可得出国家力量是本溪冶铁业发展的重要基础。

认识一铁厂历史地位需要环境的视野：

一铁厂初建，仿如一棵单株榕树，覆压数十亩。如今，这一单株榕树已发展为百株千株，形成了覆压百里的绝世景观。

当初的单株榕树带有殖民的毒素，我们不能因此说如今的百里景观是殖民毒素的结果。在百年的时间中，中国人的劳动渗透、技术渗透包括改造渗透等因素所形成的中国环境，这样的环境是具有时间流特质的环境，拥有河流的自净功能，因而消解了当初的殖民毒素，才形成了完全中国化的绝世景观。这才是本钢人的贡献所在，这才是本钢人的自豪所在。

《往事如铁》的这些视野，让本钢一铁厂的历史珍贵起来、灿烂起来、明亮起来、自豪起来。

当然，本钢一铁厂的诞生，还带来了可称为绝版的创造，比如现代化炼焦炉的兴建，应是那个时代的中国第一；比如彩屯竖井，是那个时代的亚洲奇观。随之，还有许多弥足珍贵的历史记忆。比如，孙中山先生关于一铁厂的论述；比如，中国第一代矿业大家顾琅、吴仰曾对一铁厂做出的贡献；比如，中国"船王"卢作孚、中国文学大家周而复对一铁厂的文字留迹等等。

这些，都是本钢拥有的独特历史，当珍而贵之。

今年，是国家改革开放40周年，本钢和作者合作，将这本书作为改革开放40周年的重大成果隆重推出，意义正在于此。

珍惜历史的人，才能有光明的未来。

如今的本钢，正挽着国家发展大势同行。相关的技术改造，正在如火如荼地推进；把握本钢的脉搏，制定了"四定"的改革策略，正在有条不紊地实施。

从历史深处走来的本钢，势若一艘握有万全之策的巨轮，在波涛喧嚣中充满了耐心和定力，一副行稳致远的从容。

是为序。

汪澍（本钢集团有限公司总经理）

序二

"本溪的铁、北京的焦、上海的钻头、哈尔滨的刀",这是流行于一个时代的民谚。

民谚是时间过滤后的经典,民谚内容的产品,更是被岁月淘洗后的品牌。

冶金产品中的四大品牌,本溪的铁又是头牌。这个头牌从20世纪20年代起,一直风靡到今天,快100年了。

100年来,挂了头牌的本溪,自然成了"中国第一铁镇"。

认真说起来,不是本溪而是本溪湖才是"中国第一铁镇"。

在本溪湖这块土地上,试制成功了名扬天下的"人参铁"。"先有本溪湖,后有本溪市"的历史承续性也证明了这一点。

说到本溪湖,它有一个更古老的名称:阴湖屯。今名本溪湖,竟然是雍正皇帝钦定的,这恐怕会令很多本溪人讶然。

本溪湖名称的变迁史,就是一部本溪的冶铁史。这段历史的长度,有1000多年。

一

江河萦带,叠万山于深远。这是明王朝众多到过辽东的官员们对辽东的印象。那时,辽东是大明王朝的国防前线,战事频仍,军情峻急,一夕数惊。不少高官都亲赴辽东勘察处理过一件件棘手的事件。出了北京,来到山海关,难免登关远眺。目力难以企及的辽东,孤悬山海关千里之外,只有前人留下的"万山重叠,路径纷歧"的话语成了辽东的印象,丰富着他们的记忆。

当然，还有一个名称也烙印在他们的记忆深处：阴湖屯。

阴湖屯，承载着一个历史记忆的路径。

在辽史的记载中，太子河沿岸，自古以来就是产煤铁的地方。

大明王朝收复辽东之初，数十万驻军的后勤供应都要从关内运来，巨大的运输成本构成的包袱沉重地压在了明王朝的身上。解决的思路后来成为影响明王朝有关辽东战守的决策：以辽人守辽土，以辽土养辽人。屯田、屯盐、屯铁就是这一思路的具体措施。

说到辽东屯铁，阴湖屯之名称就蹦跳到官员们思路的焦点上。

今天仔细琢磨阴湖屯这个名称，其含义远远超过了对一方小湖的命名。

"阴湖"，是对这泓湖水的准确定位：潜藏于山石下的小湖，永远都处于太阳照不到的位置，以"阴湖"而呼之，最是贴切不过。加一个"屯"字，就不是水了，而是村落了。联想开去，这附近有个村落，因阴湖的关系而得名"阴湖屯"，一定是这样的因果。这个村落是什么时候形成的？是元代抑或是宋代，恐怕还有更远的年代可以追寻。但在所有的历史书籍中，这个名称只有在大明王朝时编辑《辽东志》和《全辽志》的辽东都指挥使司的官员使用并记录在这两本书上。记录的原因，依然与炒铁有关。

二

1411年，中原大地上，从侄儿朱允炆手中夺得王朝权柄的朱棣，正雄心勃勃地张罗着郑和下西洋和编撰《永乐大典》的大事。此时的本溪，一行50多人的明军在百户长杨哈喇带领下正从开原方向匆匆而来。

这是本溪有确切历史纪年的开始。

之前，有过洪武年间叶旺等将领经略辽东并攻打过驻守平顶山元军的记述；更早的还有大辽帝国的开国皇帝阿骨打来到南芬、平顶山一带打猎的笔载，但多因以言要地要事为紧要，而将其时间模糊带过，只有这一次才是本溪历史以来最真切的时间记忆。

明王朝灭元之后，为了防范逃到内蒙古的北元残余政权，在辽东地区实行了军事管理——没有地方政府的设置，有的是整个体系的军事管理。最高的军事机关是设置在辽阳的都指挥使司，后被称为辽东镇，下辖25个卫和自在州，卫下边是千户所，千户所下边是百户所。

这些军事单位同时行使着地方行政的管理权。

辽东镇官军共计98351名。

为了解决庞大队伍的开支问题，明政府实行了屯田、屯铁、屯盐的政策。就地种粮，就地炼铁，就地晒盐，这就是后来袁崇焕总结的"以辽土养辽人，以辽人守辽土"的辽东国防思路。每个卫都设置了本文重点关注的炒铁百户所，铁场百户所的炼铁人员被冠以炒铁军的称呼，很有意思。

奔本溪而来的炒铁军是三万卫属下的。

三万卫居于何地？其治所在开原，因开原附近没有铁矿，因而其铁场百户所一分为二，一到甜水炒铁，一来本溪威宁营炒铁。

50多名炒铁军，是由工匠和军士混编的。他们一路辗转来到本溪威宁营，受到威宁营驻军的欢迎，住下小憩后，就在驻军的帮助下四下寻找合适炒铁的场地。他们循着先人挖煤开矿的足迹，先找到藏有铁矿的地方，再找到产煤的地方，后来到了牛心台的王官沟，百户长杨哈喇看这儿地方平坦，且与产铁矿和产煤的地方正相宜，遂将此地选为炒铁的地址。

王官沟地方，当时应有民居，杨哈喇带着50多人先借了民居住下，然后盖几间简陋的住房为军营。

有了安身之处，杨哈喇将人员分成两起：一起屯田，解决吃粮问题；一起则开矿和采煤。

这50多人大多是从山西、山东、河北一带来的，大都懂得炼焦和炒铁，经过不长的时间，铁矿采来了，焦也炼成了，用黏土做的数百个炒铁的坩埚也完全可以使用了。

炒铁开始。

在一个阳光明媚的清晨，炒铁百户所的所有军士都集中到了王官沟一个平坦的场地，军士们用焦和柴堆成数十米长的火床，又将装有铁矿和焦的坩埚坐在火床上。近百个坩埚排列在火床，形成了一个很有气势的阵势。

一声令下，数十个军士手执火把跑向火床的四周，熊熊烈焰顿时在王官沟升起。

军士们流着汗水，用力地拉着风箱助燃。一阵风吹过，将这一方的火焰阵刮得毕毕剥剥。

一个昼夜，铁在坩埚熔化。

所获得的带渣铁块再经炉子的冶炼，最后形成红红的铁水从炉口涌出。

这一刻，炒铁百户所的所有军士爆发出一阵欢呼声。

明王朝设在本溪的第一家军工企业走出了成功的一步。

王官沟炼出的铁被送到开原，为三万卫的数千将士打造军器，修补残损的武器。

王官沟能炼出制造武器和农具的铁，成为当时的一大新闻。正在新宾一带居住的女真首领王杲，正为没有生铁制造武器和农具而发愁，闻听之后，率人来王官沟抢过生铁。

到1537年，王官沟这地方共向三万卫送去了1万多斤铁。

400多年后，当本溪人听信了历史书籍的记载，到威宁营去寻找炼铁遗址时，踏遍了犄角旮旯都没找到。考古专家梁志龙从有关记载得到这样的信息：三万卫铁场百户所在威宁营南。按此寻找，终于在牛心台的王官沟里发现了遗址。

王官沟距离阴湖屯不远。

之后，东宁卫也派炒铁军来到本溪炒铁，并在阴湖屯（今本溪湖）和窑子峪（今本溪满族自治县偏岭乡窑子峪）设置了两个炒铁点。阴湖屯凭此得以走进典籍，走进历史，并以后来的优越表现盖过了名列于前的王官沟。

明王朝设在阴湖屯的炼铁场就在如今的本溪湖的河东一带。多年前，人们还在这一带看到不少的坩埚碎片，不少人将坩埚叫作罐炉子。有的人家在砌院墙时还将坩埚当砖头使用，金家大院的院墙，完全由使用过的坩埚垒砌而成。

阴湖屯第一次出现在历史中，凭借的是大明王朝在此设置军工企业的事端。之后，当它再一次出现在历史中，并以"本溪湖"面世时，伴随的依然是冶铁的斑驳光影。

三

东北春天的阳光十分暖人。

太子河从本溪市穿城而过，水花在阳光下泛着银色的光芒。

本溪主城区在平顶山山麓，太子河的断裂带刹住了平顶山急匆匆而来的脚步，城市因而点缀在山峦和树荫之中，有人诗意地称之为"一壁青山半入城"。

如此的美丽却是本溪湖发展后的自然扩张。

本溪湖和主城区中间隔着太子河。

本溪湖自明王朝后再一次出现在典籍中的历史线索必须到本溪湖的河沿寻找。

寻找的脚步当然在春日的阳光下最适宜。

自市区北行，过了溪湖大桥沿太子河岸边西行，两山排闼处，一条狭长的河谷出现眼前，这地方叫河沿。这是太子河的一条支流，从湖山深处的梨树沟蜿蜒而来，经过这里后就注入太子河。不爱花心思起名的本溪湖人就把这靠近河岸的地方呼为"河沿"。

"河沿"设有码头，从碱厂等地驶下的船只，从辽阳上水的船只都要在这里交会停靠，水流澎湃，人声鼎沸，热闹非凡。

奉天的大员们也不时地光顾这儿，这是他们必须光顾的地方。

自清王朝入关建政后，"龙兴"之地受到格外保护，山不能开，煤不能挖。可本溪自明初就采煤炼铁的历史从未断过，而且自然地就成了供应周边城市煤铁的基点。小小的本溪湖成了关乎辽东民生大局的重要地方。奉天的官员们既要执行皇帝不要开矿挖煤的指示，又要顾及到本地百姓的民生需求，常常对本溪湖采矿挖煤炼铁的事睁只眼闭只眼。善于中庸谋略的官员们后来想了一招，禁了别地的开采烧炼，独留本溪湖一地的铁生产，并负责任地向皇上递奏章说，这是两全其美的法，既保护了龙脉又顾及了民生。

一边不断地上奏章，一边不断地来本溪湖考察监督。

奏章上的地名引起了爱较真儿的雍正皇帝的注意。

1727年，清王朝雍正五年。

一天，雍正皇帝在奉天将军噶尔弼的奏章上见到了一个奇怪的名字：杯犀湖。

名称奇怪字还难写。思虑再三，雍正让奉天的官员再来考察。

3个官员于1728年来本溪湖了解考察，得出三个结论：一为"杯犀湖"，解为此小湖状如犀牛角制作而成的杯子；一为"碑西湖"，具体可理解为湖在东坟萨哈廉亲王墓碑的西边；一为"白溪湖"，解为湖水流出时在阳光照耀下浪花翻白的情状。

较真儿的雍正皇帝想了想，提笔改成了"本溪湖"，并默许了本溪湖挖煤炼铁的事实。

此段史实不是我杜撰的，河沿旁原来有通药王碑，对此有明确记载。

行笔于此，疑问接踵而来：明王朝时阴湖屯的名称为什么会消失，我无解。

本溪湖一名因铁而载于史籍，本溪湖的冶铁业因名而得以延续。

到乾隆时期，清政府颁发了营业许可证，本溪湖的煤铁业得以堂堂正正地发展了。

往事如铁，本溪湖的往事恰如一部冶铁史。

明清两朝，本溪湖就是一部如铁的往事。到了近代呢，本溪湖的如铁往事有什么新的内容注入？又有什么可歌可泣的故事谱写呢？

让人想象不到的惊奇就在于此。

辽东万山深处的一隅之地，在20世纪初，竟然有两位伟人将关注的目光投注在它的身上。

两位伟人，一位是鲁迅，一位是孙中山。

四

追踪着鲁迅的目光来到本溪湖，可当一步跨到支离着瘦骨般的烟囱的中国第一铁（即本钢一铁厂）旧址时，正月的寒冷山风嗖地穿透我用以抵挡失望的盔甲，寒凉了我的心意。

中国近代冶金史上具有里程碑意义的中国第一铁，衰败的荒草铺展成一片原生态的荒凉，当年让世界惊异的炼铁设施被拆卸得七零八落，千疮百孔的高炉车间，游走的山风宛如游鱼在千疮百孔中倏尔而来，倏尔而逝。

脚下的这方土地，被人誉为"中国的鲁尔"；眼前炼铁旧址，被称为"中国百年钢铁业的标本地"，本应成为世界绝无仅有的工业文明遗址，却成了鼠伏兔蹿的牧场。

所有不被珍爱的文物都应该高傲地绝版。

中国第一铁，你也要高傲地消失，不要留丝毫的记忆给这块曾经拥有你的土地。

鲁迅关注的目光穿过迷离的东海抵达这块土地时，也是一片荒凉。清王朝开基以来，在周围开挖的数十口煤井，人去井空，徒留井口黯然神伤地注视着天空。

近代以降，欧洲的钢铁技术获得突飞猛进的发展，大量洋铁质优价廉地突进中国市场。远涉重洋并经营口港沿太子河北上辽东的洋铁，轻而易举地夺取了坩埚技术经营了数百年的冶铁阵地。本溪湖也不例外，上千的采煤工人和炼铁工人撤离，依靠着这些人繁荣的河西商业一条街顿时一派萧索和清冷。

此时的本溪湖，不再具有鲁迅关注的意义。但鲁迅的目光依然在饱含希望地探寻这块土地。

1903年，远在日本的鲁迅年仅22岁，到日本刚一年。此时的日本，"铁即国家"的强国理念正在列岛上空形成。有感于此，鲁迅决定撰写一篇有关中国地质矿藏的论文，名为《中国地质略论》。

写论文，就要寻找资料。在这个过程中，鲁迅收集了东西秘本数十种资料，又阅读了中国各省通志。在收集资料时，有一件事给鲁迅留下了刻骨铭心的印象。鲁迅和他的同学顾琅在日本老师那里发现了一张《中国矿产全图》，这是一张不让印刷、不让外传的秘本。是谁绘制的秘本？是日本农商务省地质矿山调查局绘制的。

绘制这样的图当然都是秘密进行的，花的工夫也绝不止一年二年，至少也得十年八年。

日本的秘制地图，将东北的矿产标得最为清楚。太子河上游的本溪一带，标有富藏煤矿和铁矿的标记。

这张图让鲁迅感受到了日本隐藏的巨大野心。震惊之余，鲁迅更感到强国的紧迫性。

后来，鲁迅的《中国地质略论》这篇论文发表于1903年第八期《浙江潮》上。

鲁迅在《中国地质略论》中说："今据日本之地质调查者所报告，石炭田之大小位置，图示于左，即：满洲七处：赛马集、太子河沿岸（上流）本溪湖、辽东、锦州府（大小凌河上流）、宁远县、中后所、辽西。"

本溪湖被鲁迅明确地标示出来，还画出了交通路线图。

本溪，以富藏煤矿和成为沙俄势力范围的幸与不幸成为鲁迅的记忆。从此开始，鲁迅将《中国地质略论》拓展开来，并与其同学顾琅一道着手《中国矿产志》的撰写。1906年5月初版《中国矿产志》，同年12月，增订再版；1907年1月增订三版。在8个月内，连续出版3次，可见在当时产生了很大的影响。清政府农工商部曾给予很高的评价和认可，又被学部批准为"国民必读"书，批准为"中学堂参考书"。《中国矿产志》的功绩，是中国第一部关于矿产分部的著作，一在草创，二在完备。书中爱我中华、为我中华的拳拳之心却如炬光，闪亮在中国的近代史上。

在《中国矿产志》中，鲁迅再次提到了本溪。

在鲁迅笔下的本溪和辽东的其他矿产地，既将矿产知识普及于国人，也借此揭露沙俄与清朝官员勾结出卖国家主权的勾当。

鲁迅浩叹："吾既述地质之分布，地形之发育，连类而之矿藏，不觉生敬爱忧惧种种心，掷笔大叹，思吾故国，如何如何。乃见黄神啸吟，白昔舞蹈，足迹所至，要索随之，既得矿权，遂伏潜力，曰某曰某，均非我有。今者俄复索我金州复州海龙盖平诸矿地矣。"

并举例说，开始时，有清商某某以自行采掘矿产为由，请求奉天省政府给以采掘执照，奉天将军答应并给以采掘执照，商人又在背地将其采掘执照卖给了沙俄。奉天省政府欲毁其约，俄国人则大怒，无理要求违约金，漫天要价。

其实，鲁迅所批判的国人为私利而出卖国家利益的事，在本溪也存在。本溪湖附近的煤矿开采执照就有人卖给过英国人，南芬矿的开采执照也有人卖给过日本人。

本溪的现实，辽东的现实，以及整个国家的现实，让鲁迅忧虑。他说："此垂亡之国，翼翼爱护之，犹恐不至，独奈何引盗入室，助之折榱挠栋，以速大厦之倾哉。"

一个即将败亡的国家，殷勤维护都来不及，却还有不少人引狼入室，拆柱移梁。

鲁迅还从本溪和东北的现实引申到浙江，揭露浙江某商人盗卖国家矿产的勾当，并进而批判清王朝的腐败卖国。

本溪的故实，成了鲁迅浇心中块垒的酒杯。

鲁迅与本溪的这一段情结，由他的同学顾琅延续下来。

当鲁迅为了拯救一个民族的精神，由地质转向医学，由医学转向文学时，他的同学顾琅依然故我，坚执着实业救国的理想。

回国后的顾琅一度来到本溪，任商办本溪湖煤铁有限公司矿采部部长兼制铁部部长，并借本溪湖煤铁公司调查汉冶萍矿和开滦煤矿之便，考察了全国10多个省的矿产，撰写了《中国十大矿厂调查记》，成为中国矿产志的一座丰碑。

五

鲁迅笔下的本溪，是中国那一段内忧外患历史的写照。

孙中山笔下的本溪，是日本人经济侵略中国的先声留存。

1917年，中国大地风起云涌。孙中山开创的中华民国自1912年成立，第二年即被袁世凯篡夺了革命果实。1916年袁世凯的帝制梦想破灭并去世。1917年孙中山在广东领导护法运动，并任大元帅。

"茫茫九派流中国，沉沉一线穿南北。"

中国向何处去？一代伟人孙中山在历经革命的成功和失败后展开了新的思考，思考的结晶成为影响深远的《建国方略》。

孙中山在伏案奋笔疾书时，远在辽东大地的本溪掠过了他的笔端，为今天的本溪人留下了一代伟人有关本溪的论述。

孙中山先生在《建国方略》中谈及本溪时，十分感叹地说："中国经营钢铁事业，现只有汉阳铁厂与南满洲之本溪湖铁厂，其资本又多为日本人所占有，虽云近来获利甚厚，亦不免有利权外溢之叹矣。"

1905年，日俄战争之后，日本财阀大仓家族在日本军方支持下，来到本溪湖强采煤炭。后经中方5年的力争，才达成合办协议。产业并由煤炭开采扩展到生铁冶炼。

野心勃勃的大仓财阀引进了当时连日本都没有的最先进的炼铁设备和技术。

1915年建成投产，到1917年，强劲的发展能力引发了外界的广泛关注。

相较于汉冶萍生产的产品滞销，本溪煤铁公司的产品大量销往日本市场，仅有少量的销往山东的青岛一带。在第一次世界大战时，赢利颇丰。1916年到1919年之间，公司的利润率高达25%，这是孙中山先生所希望的实业救国的出路。但另一方面，本溪煤铁公司经营所有权的外溢又让孙中山担忧，并引发他的慨叹。

一直梦想独霸本溪煤铁公司经营权的日本方面，处心积虑，他们借为公司增加资本的机会，从1912年到1917年的短短5年间，日方的资本实际已占到五分之四。

经营权旁落日本人手中，已是不争的事实。

远在南京的孙中山，目光如炬，透过层层迷雾，洞察了日本人对本溪煤铁公司的心机。孙中山虽然深知，煤铁业是实现中国工业化的必由之路，但最能代表中国煤铁业发展水平的本溪煤铁公司，其经营权已悲哀地落入了日本人手中。

1917年的本溪煤铁公司，在孙中山的眼中，既有着发展钢铁业的希望，也是一个国家主权旁落的标记。

孙中山笔下的本溪，是那个时代中国命运的写照，是那一时代中国革命的先行者的浩叹和呐喊。

六

潜藏于洞穴深处的本溪湖，目睹了近代煤铁业在衰落中的崛起。虽然这崛起带着"病毒"而来，但后来经过中国的独立发展，这株带有殖民毒素的树种，已由一棵单独的树苗繁盛成了数万亩的森林景观。

1411年发育的本溪冶铁业，在本溪湖的见证下经历600年的发展，这在中国的冶铁史中恐怕是绝无仅有的。

600年的炉火，不仅是冶炼出了名扬天下的"人参铁"，更将本溪冶炼出了一番新模样。

有明一代，辽东镇3个卫在本溪设置了5个炒铁军工企业，这些人员加上他们的家属，构成了庞大的需求市场。山西、山东、河北一带的商人，遂赶着驼队或马队追逐而来。本溪湖附近的火连寨成了天南地北的人聚集的地方，这些人的聚集又带来对住宿的需求，对吃穿的需求。本是晋商的老何家，看中了这个市场，不做行商了，来到火连寨开起了第一家车马店，然后是张家、丁家……数十家的商家在火连寨排开了阵势。再后来，一些伊斯兰的信徒们在火连寨建起了清真寺，人生的物质需求和精神需求都有了，他乡成了故乡。本溪的第一个商镇出现了，经营求富的思想扎在了万山深处，这是后来本溪市的第一个雏形。

有清一代，本溪湖周围成了乾隆皇帝御批的"煤铁特区"，数十个煤井被开掘，明山沟成了炼焦冶铁的战场。那真是一派"炉火照天地"的景观。煤业、铁业的兴盛，又引来了窑业凑热闹。其实说起来，本溪湖的窑业有更长的历史，自金代以降，在如今井泉街一带，就有数个制陶的窑炉在此兴盛着，为本溪湖留下了千年的窑街。数千的产业工人在此聚集，围绕他们需求的商家就从河西的开头一支延展到了青石沟，青石瓦房在街面上攀比着。大商镇碱厂的商家看看机不可失，将商店迁移而来，辽阳的大商人张星南更是看中了这块风水宝地，来这儿建起了以后成为本溪湖最大商家的"张碗铺"商号。南方的丝绸等时髦商品通过营口港沿太子河船运到此，本溪湖的商家在全国很多的城市建起了商品信息站，触手遍及市场需求的方方面面。万山深处的本溪湖成了南北商旅冲衢之处，下行上走的船只在此交会，驮焦运铁的骆马嘶鸣着在此进出，药材市场上山野之间的优质中药被南来北往的商人们追捧着。

致富的机会到处都是，马姓的哥儿俩靠着做靰鞡鞋的手艺，在马家大院里建起了80多间住房，租借给买卖人或是产业工人，成了远近闻名的商家。中医金家依靠善治骨损伤的医术，成为名医，一口气在井泉街盖起了一溜儿数间屋面，吸人眼球。

商风弥漫，诸业发达。

城市文明也从此起航。

民国年间，随着现代煤炭开采技术的运用，随着西方先进冶铁技术的引进，本溪湖成了展示世界文明的窗口。

人们惊讶电灯可照亮书本上的文字，好奇也越发大了，遂有人刨根问底："电又是什么呢？"

"电是一种能量，能开动机器，能点亮电灯。"

"能量又是什么东西？"

被问的人不耐烦了，其实他也不懂，就挥挥手："去去去，说了你们也不懂。"

虽然挨人呲了，但对电灯的好奇心仍然不减。众人又挨个房间瞅，每个房间都是四面布置着线路，中间吊个灯泡。

看完之后，好奇变成了向往："俺家要能有个电灯那就好了，不用在破煤油灯下练字了。"

1908年的秋季和冬季，电灯就成了老本溪居民口中的谈资，同时也种下了使用电灯的希望。

之后，电灯就近向本溪湖市区普及。差不多在一年的时间内，本溪湖安装的电灯数达到600盏，想来，在当时别的地方一片漆黑时，本溪湖却是灯火璀璨。

作为公共产品的路灯，则是1915年以后的事了。刚开始，也只是在矿区和日本人聚集的街道上安装了10来盏。随着"附属地"街道的建成，才又在今天的自由路和民主路一带安装了电灯。

1915年的时候，本溪湖商办煤铁公司有1500千瓦发电机两台，年发电量达到534.6万千瓦，电灯用户是494户，电灯数为2075盏。

1915年时，本溪湖至庙儿沟铁山之间的输电线建成，后又在至桥头和南芬地区各建一座变电所。目的是为把电力引到南芬庙儿沟铁矿，这也是生产优先，但电灯也在这过程中普及了。

今天的工源地区是什么时候使用电灯的？

彩屯矿的总工程师任福昌，家住蛋库附近，他说，1942年的时候，他家就已经在这个地方了，当时已有电灯了。

开发工源地区，是1937年以后的事了，但工源地区使用电灯，应在这之前，确切说工源使用电灯在1934年以后。1934年工源变电塔落成供电，1940年工源发电所建成，安装了1万千瓦发电机1台，2万千瓦发电机1台。

之后是火连寨输电线路的建成，南芬到连山关输电线路的建成，连山关到草河口输电线路的建成。

当然，还有第一发电厂、第二发电厂、第三发电厂的建成。电灯在工业的发展中被普及了。

中国最早用上电灯的是上海，时间在1882年，上海用上电灯26年后，本溪也有了电灯。

有了电，然后有了电话，电力带来了现代化的通信手段。

然后有了电力设备的运用，大商家张碗铺成立油坊时，用的是传统的榨油机，每个月才能生产豆油7000公斤，商业赢利面不大。有电后，就在1928年装设了电动机，新的动力使豆油产量由每月的7000公斤猛增到10500公斤，效益大增。

本溪湖人刚为电自豪不久，令他们大开眼界的事又在1927年发生了。

这年的一天，有人来到金家大院，带点神秘的口气对金恩荣说："你知道什么叫'X光机'吗？"61岁的老名中医金恩荣当然不知道。这人接着说："这种机器能照见人的骨头，哪儿错位了，哪儿骨折了，都能一目了然。"一辈子都在治疗骨损伤的金恩荣，平时正骨接骨，靠的都是一辈子积累的治疗经验，听说世界上还有一种能看见骨折、骨错位的机器，很惊讶地问："哪家医院有这种机器？"

"本溪湖医院。"那人回答。

本溪湖医院创办于1909年，属于日本满铁的内部医院，相当于今天的企业医院，刚开始时只是一个门诊。1911年才开设住院处，1912年增设传染科，并改名为"南满铁道株式会社本溪湖医院"，本溪人嫌字长拗口，就简称为"本溪湖医院"。1919年，医院扩建，增设内科、外科和妇科病房。1927年又增设花柳科（性病）病房，并于这一年购置了X光机。

X光机，是那个年代最先进的医疗设备了。

大家知道，德国人伦琴发现X光射线是在1895年。一星期后，伦琴给他妻子的手照了一张X光照片，清晰地把妻子的手骨和结婚戒指显示出来。这张照片震惊了整个社会，并引起科学界的极大关注，从此，一种新型的放射线诞生了。伦琴给这种新的放射线命名为X放射线（X代表"未知"），然后有了"X光"这个词。

从发现X光射线到医疗临床运用，大概是20多年时间，应是1923年前后用于临床。过了4年之后，这项最先进的医疗技术就来到本溪落户安家。

然后有了新式教育的产生，有自来水的使用，有了城市建设的规划，有了旅游意识的输入，等等。

那时，如此偏远的本溪湖，竟然能欣赏到一代京剧大师程砚秋的演出。

一切皆因煤铁之城的影响。

建在本溪湖的"第一铁"终在2008年落下了帷幕，由它发展而来的本钢，仍然生机勃勃。"第一铁"的影响仍在本钢身上延续。本溪市民曾有"双钢""单钢"之说。夫妻俩同在本钢，叫"双钢"，代表开得多、福利好、让人羡慕的家庭。一人在本钢工作，叫"单钢"，也属不错的家庭，发展的本钢带来的好处，至少还因一个人在本钢工作而让全家人享受到。全市的市民，起码有七成的家庭都与本钢有关系。

历史形成的"一钢独大",成为本溪市独特的经济风景,本钢效益好,本溪市连饭店都生意兴隆;本钢效益不好,商家遂一片萧条。

一切源于本溪600年的煤铁史,一切源于本溪湖的变迁。

走,看本溪湖去。

七

辽东在万山深处,本溪湖更在万山深远处。

径行千里,到了煤铁重镇本溪,尚须沿溪湖大桥西行,逆太子河北上,两山排闼处,一条狭长的河谷出现眼前,河谷尽头是本溪名刹慈航寺。

慈航寺的身后隐藏着因面积最小而在吉尼斯坐了一把交椅的本溪湖。

一片连体岩石下,被自然走势造形而成的石湖,贮着被历史攒了几千年的水。想象中,分布于岩石中的岁月脉络,经历怎样的艰难才把那如线的涓涓细流从没有空隙的石体中引渡到小小的石湖,贮成一泓"情结",挂在自然和人类社会之间。

踏着慈航寺的梵唱走近石湖,尘泥斑驳。足迹可踏处,但见簇簇青苔,在石洼处泛绿。

水波不再清纯,也不再俏丽。

偶有山风吹来,也不起些许涟漪。

暗处,偶有水滴声缓慢传来,悠长而深沉。像是时间隧道中的脚步,也像是一声来自远古的叹息。这叹息如无法破译的诱惑,披一袭轻纱矗立湖的那边。

湖上没桥。

没桥的我没法站在湖上凝望,把沉思投入深深的湖底。

我站在石湖和慈航寺之间。有许多和我一样的人,没法从此进入自然,就回身皈依佛教丛林。循循相依,清静了石湖,而热闹了慈航寺。

孤寂的石湖旁遂常有热闹的法事做着。鱼贯而行的信徒唱着虔诚的颂佛礼赞,打发着那一片寂寞的天空。

石湖沉默,连滴水也沉默。四周分布着凹如鸟巢凸如刀刃的石壁,一如屈原那滔滔不绝的天问,叩问着来者。

来者寥寥。

家住石湖附近,所以常来石湖走走。但内心深处实是想听听寺庙的钟磬是怎样把热闹敲成清静,是怎样把众生的妄念敲成无欲的梵唱。可是,慈航寺没有钟磬,深山古寺的悠然已远去。

传入睡梦中的倒常常是石湖的水滴。缓慢而深沉的水滴敲打着梦境的屋檐，那悠悠缓缓、深深沉沉的古韵传达出沧海桑田的诗意。这方石湖就是大海退却后的记忆，从水波不惊的深毅中，读到的是波涛扬尘的故事。

偶然醒转间，会突然想，这石湖后来怎么又有个叫"后湖"的名呢？

这慈航寺的香火才点燃了百年，这座小城的历史也不久远。怎么能把石湖放在他们之后呢？

滴声镗嗒，如敲打屋檐的秋雨，萧索简淡；如不绝如缕的古刹禅钟，音韵悠扬而久远，敲破历史的藩篱，击打着现代人忙碌而疲惫的心弦。

滴声依然，心已万年。

（此文以《本溪湖：往事如铁》的标题发表于2017年第3期《鸭绿江》）

目录

谚有时是至理名言。本溪"人参铁"美名传天下，可它产铁的历史始于何时？

一株带病毒的树种

1905年时的本溪湖。古老的煤炭采掘和坩埚炼铁的时代已经衰落，繁盛的河西商业一条街日渐萧索。日俄战争就在这生趣渐少的日子中开始。日本胜利了，日本商人大仓在没和任何中国人打招呼的情况下就在这儿开起了"本溪湖大仓煤矿"。掠夺与反掠夺，中日围绕本溪湖打起了5年的官司。

写大仓家族是写本溪近代冶铁无法绕过的课题，但又是个难题。有人评价，大仓家族对本溪近代冶铁史的发端做出了巨大贡献；有人说，大仓家族没有发展本溪冶铁业的慈悲心，来本溪就是为掠夺本溪的煤铁资源，他们是为自己的利益而来。诚然，这个家族没有日本军方的血腥，诚然，这个家族为本溪带来了新的技术，开创了采煤炼铁的新时代，但有一点必须清楚，这个家族不是怀着发展中国企业的慈悲心而来，不是为中国百姓的福祉而来。他们为掠夺而来，在这一点上，这个家族和日本军国主义没有两样。

中国冶金史的绝版雕刻（一）

1910年，中方在艰难博弈中，终于迫使日方退步，放弃了独霸本溪湖煤矿资源的狂妄梦想。强开强采的局面结束，中日开启了合办的大门。合办20年，是本溪煤铁公司大发展的20年，也是那时中国冶铁企业发展的标杆。

本来是很正面的合办历史，本来是中国钢铁业很光彩的发展时间，可写来依然让人纠结。中方没人来正面主导企业的发展。中方争夺时的努力为什么不变为后期对企业的负责精神呢？这时研制的"人参铁"，在成了公司的核心产品后的数十年间，为什么就没有深度地研制和发展呢？

纵有才情也平庸

董事会下的经理负责制，是中国在解放后的80年代才闻知的管理体制，那时的本溪煤铁公司，采取的就是这先进的管理制度。相较于汉冶萍的管理，你就知道为什么汉冶萍的发展道路走得步履蹒跚，本溪煤铁公司却风生水起，一派生机。这是好的一面，反观中方的董事长和总办，却甚少为国、为企业负责的担当精神，种种表现不尽如人意。今人当为此深思。

可羡慕的才情，可叹息的平庸。

日方总办，抹不掉的殖民色彩

日方总办的资料，来自于日方相关材料，笔者没有增减一字。从中可看到这些总办们血液里沸腾着的军国主义意识，正面来说，如在正常的和平年代，这却是一个国家所应珍视的担当精神。

战车因煤铁而疯狂

1931年九一八事变第二天，日方用残忍手段独霸合办的本溪煤铁公司。

这段历史，见证了日本军国主义的疯狂表现。狂妄让人疯狂，疯狂让人灭亡。日本军国主义的大头症不是独此一家，因狂妄而疯狂的大头症古今中外多了去了。

辽东大地的绝世记忆（一）

1945年日本战败，但在本溪这块土地上，战败的日军并没有自愿地退出历史舞台，本溪煤铁公司的"特殊工人"自觉地站出来用扫帚扫掉了日本这一撮灰尘，被日本糟蹋了40年的本溪迎来的又是3年的内乱。

辽东大地的绝世记忆（二）

　　"中国第一铁"是一株巨大的根须，它仿佛是南方的榕树，一棵单独的树苗种下，以后会发展方圆数十亩的巨大丛林景观。不管当初的树苗曾带着毒素或细菌，我们都不能因为当初的毒素和细菌而毁了这片巨大的丛林景观。

中国冶金史的绝版雕刻（二）

　　"中国第一铁"是复杂而矛盾的复合体，从国家层面来说，它既是中国近代冶铁史的发端，并因其优秀的设备和技术为其他钢铁企业的发展树立了典范。特别是合办期间，先进的管理体制带动了快速的发展。从地方来说，它促成了本溪城市文明的进步。这是正面的。从负面来说，它又是个典型的殖民经济体，对于国家和人民来说，又种植着太多的屈辱。这一点，分明影响了对它的研究。

汉冶萍和一铁：站在近代史上南北凝望

中国近代钢铁业现状：

中国近代钢铁业自1890年汉冶萍诞生而发端，但之后一直在艰难蹒跚。1905年，带有殖民色彩的"本溪湖大仓煤矿"的创建，又应和着"铁即国家"的时代潮流呼应着汉冶萍。

汉冶萍是中国近代钢铁现代化的先驱，百年一铁则是中国近代钢铁现代化的成功典范。

花的盛开，无关"根"的善恶

中国的钢铁业，在清末遭遇了断崖式的塌陷。西欧钢铁业则走上了现代化的发展之路，并由此带来了军事现代化的发展。面对船坚炮利的列强，中国开始探索钢铁业现代化的道路。南方的汉冶萍是其先驱，北方的本钢一铁厂是日本强迫植入的

一个变种。

一个是善之花，一个是恶之花，结果却令人错愕。

为南钢北铁定位

本钢一铁厂和湖北汉冶萍公司都是中国近代诞生的现代化钢铁企业。诞生于1890年的汉冶萍公司于1938年消失，本钢一铁厂就硕果仅存了。诞生时的初衷不同，发展的路径不同，回顾其各自的道路也不同。因其不同，历史给了一铁厂"中国第一铁"的称谓。

100年前，即1915年。经欧风美雨洗礼了半个多世纪的中国，在痛苦中开阔着眼界，在屈辱中思索着未来的出路，并终于有了学习列强先进技术来发展自己的思路和伟大实践。

一时间，各种有关强军的军工产业在各地蓬勃开展。

在兴建船炮、发展各种先进武器的同时，中国的探索者们深切认识到，只有先进的武器而没有相关的产业配套，军事工业的一木独大是承受不起任何风暴雨狂的。

各种有关民生的民族工业在这样的背景下迅猛发展，有关国家发展战略大计的铁路的修建、煤铁业的发展,也得以在各地推进着、发展着、实践着。

特别是钢铁业的实践，在那个时代，犹如今天的信息产业一样，成为了事关国家兴亡的风向标，被一些彪炳千秋的历史人物推动着、实践着。

远离了历史的硝烟，今天云淡风清地回头望去，只有两家钢铁公司有着非同一般意义的历史影响力：一家是汉冶萍公司，一家是本溪湖煤铁公司。

汉冶萍公司是1908年由汉阳铁厂、大冶铁矿和萍乡煤矿合并组成的汉冶萍煤铁厂矿有限公司，是中国钢铁工业的摇篮，其创建是中国钢铁工业全面起步的标志。

很多人都有汉冶萍是中国现代钢铁业开山之祖的认识，但对本钢一铁厂的历史和作用却缺乏了解和认识，这是对本钢一铁厂的不公。

本溪湖煤铁公司全称是本溪湖煤铁有限公司，是中国发源于近代、唯一存续到今天仍充满生机和活力的百年企业，是中国百年现代钢铁业的标本地。

中国钢铁工业摇篮的汉冶萍已消失在风雨飘摇的历史中，存续的本钢一铁厂就成了"中国第一铁"，成为中国钢铁历史的烙印。

认识本钢，认识本钢一铁，基线在此，意义也在于此。

汉冶萍是如何发生发展的，又是如何消失的？一铁厂与汉冶萍相比，在中国钢铁史上有什么不同的意义？是中国冶金史要探讨的。

本文因囿于篇幅和立意的关联点，只能重在双方诞生和存续时间的叙述及其意义的关联上。

诞生的时间不同，面貌不同

1915年1月13日，新建成投入营运的本溪湖火车站，人们敲锣打鼓，载歌载舞，热闹异常。

不过年不过节的为什么这么欢欣呢。

只为欢迎本溪煤铁公司的开拓者——大仓喜八郎。

76岁的大仓喜八郎，款款从火车上走下来，脸上虽有皱纹，但笑靥如花。

跟随其后的儿子喜七郎，一副小心翼翼的样子。难怪，与年事已高的父亲出门，保护老人出行的安全自然是儿子的责任。

本溪湖商办煤铁有限公司的头头脑脑一起上前，热情地嘘寒问暖。

喜八郎来本溪，为的是参加一个重大的活动——亚洲第一座现代化炼铁高炉在本溪正式开炉生产。

拥有一个煤铁公司，是大仓家族多年的发展梦想。

自1905年落脚本溪湖，开办本溪湖煤矿开始，大仓家族就一直着手发展煤铁事业。

经过5年对本溪湖煤矿的强行开采后，在中国政府的不断交涉和日本政府的干预下，1910年5月21日，中方和大仓财阀达成了签订《中日合办本溪湖煤矿合同》的意见。大仓借此加快了发展煤铁事业的步伐。

1912年，中方和大仓财阀达成了合办"本溪湖商办煤铁有限公司"的意见，炼铁事业从此起步。1914年4月16日开始建设第一座高炉，设计炉容为291立方米，设计能力为日产生铁130吨。

1915年伊始，高炉点火生产。大仓喜八郎来此祝贺，当然，从内心来讲，他要来此目睹自己一生愿望的实现。

本钢一铁厂，从开采煤矿发展而来，带着鲜明的殖民特征。

汉冶萍诞生的初衷是发展中国的钢铁工业。

1870年之后，随着以沪、宁、闽、津四局为代表的中国最早的一批军工企业的建立，钢铁工业建设受到重视，一些洋务派官员积极尝试钢铁冶炼加工事业，不自觉地促成了中国最早的钢铁工业企业。

太平天国运动失败后不久，时任闽浙总督的左宗棠成立了福州船政局，纳入了炼铁事务，在此诞生了中国第一批操作机器的钢铁技术工人。

后来，有了李鸿章"开平矿务局炼铁计划的兴议"。

1885—1895年中法战争的爆发，促使清政府反思其国防工业政策，铁路交通的军事意义和经济意义逐渐被认同，中国开启了铁路建设的步伐。

铁路建设推动中国钢铁工业全面起步。

于是，中国有了第一家钢铁联合企业——贵州青溪铁厂。

1886年，贵州巡抚潘蔚创办贵州青溪铁厂，先用土炉，后从英国订购炼铁、炼钢设备，1888年安装完毕。终因清廷腐败，缺乏资金、煤和铁矿石，加上不善管理，无人精通技术，而于1893年停办。这是兴办近代钢铁厂的一次尝试。青溪铁厂是中国创建的第一家新式炼铁厂，它不同于此前创建的福州船政局所属铁厂，而是一个独立的生产个体，具备钢铁生产的完整流程，以冶炼钢铁为主要生产目标。

第一家炼钢企业——江南制造局炼钢厂。

1865年，江南制造局（简称"沪局"）由曾国藩等人主持创建。初定址于上海虹口，次年夏移入城南高昌庙。在很长一段时间里，制造局所用精钢完全从国外购买。炼钢厂使用蒸汽动力，采用西门子平炉炼钢技术。但是，炼钢厂产量较小，同时生产效率很低。因质量原因，对一些武器的核心部件，钢厂并不能完全实现沪局钢料的进口替代。另外，炼钢厂只是沪局的一个附属企业，除炼钢外并没有炼铁设备。

其他钢铁生产单位还有天津机器局炼钢厂、湖北钢药厂。

鞍山钢铁公司的成立时间已是1916年，属于民国年间了。

汉冶萍在这样的背景下登上了历史舞台。

1890年，主政湖北的张之洞，主持在湖北龟山下动工兴建汉阳铁厂，1893年9月建成投产。全厂包括生铁厂、贝色麻钢厂、西门士钢厂、钢轨厂、铁货厂、熟铁厂等6个大厂和机器厂、铸铁厂、打铁厂、造鱼片钩钉厂等4个小厂。

汉阳铁厂，即汉冶萍的前身。

在发展中，大冶铁矿成为了汉阳铁厂铁原料供应基地，1898年开发的江西萍乡煤矿，成为了汉阳铁厂的煤炭供应基地。

汉阳、大冶、萍乡，3个地名合组成了汉冶萍公司。

汉冶萍，诞生的时间是1890年，本钢一铁厂如果以1905年算起，汉冶萍比一铁厂至少要早15年。

从诞生的那天起，汉冶萍头上的桂冠就是官办钢铁企业，承担了发展国家钢铁业的重任，是中国钢铁工业全面起步的标志。

而本溪一铁厂，它诞生的血液里，就混合着被掠夺、被欺辱的殖民因素。

汉冶萍，一铁厂，性质不一样，面貌不一样。

发展的路径不同

说本钢一铁厂的发展路径，很多人会说，5年时间大仓财阀独办时期，20年中日官商合办时期，14年的沦陷为日企的时期，3年的国共战乱时期，以及之后的新中国时期。

如果从生产要素出发，又是另一种划分，即从煤到铁时期，从单一要素到成体系要素时期，从铁的生产到核心产品的生产时期。

本钢一铁厂是从煤的生产发展而来的铁企业，这是不争的事实。这是从煤到铁时期。有优质煤和优质矿石的就近供应，是一铁厂得以发展的重要原因。汉冶萍缺乏优质原料的重要基地，是阻碍其发展的重要原因。

1914年一号高炉开始兴建，这是炼铁的单一要素，之后多年，是多要素的兴建期。

1914年5月23日建成运行的本溪湖发电所，装设AEG制造的1500千瓦发电机2台，年发电534.6万千瓦时，供煤铁公司动力用电及部分民用电。

1918年建成本溪湖团矿工场。

1924年，开工兴建60孔机械化炼焦炉。

同年，本溪湖副产物工场和本溪湖硫酸工场开工兴建，用以回收煤焦油和硫酸铵。

1930年，第二座黑田式50孔机械化炼焦炉开工兴建。

还有石灰窑、洗煤厂、耐火材料厂等等围绕炼铁生产的各种要素的兴建。围绕炼铁，形成体系要素。这些要素，对铁的生产产生了重要的保障作用。

从铁的生产到核心产品的生产时期。

本钢一铁厂生产生铁不久，即开始了试制低磷铁并获得成功。

低磷铁，帮助企业渡过了一战后的市场危机。

反观汉冶萍，1890年到1896年，是官办时期，1896年4月改为官督商办，1908年，汉阳铁厂、大冶铁矿和萍乡煤矿合并组成汉冶萍煤铁厂矿有限公司，改为完全商办公司。

从生产要素上看，汉冶萍先有汉阳铁厂的建设，后有大冶铁矿的选择，再后有对萍乡煤矿的开采。

汉冶萍对生产要素的倒置，直接导致了两大问题。第一，当汉阳铁厂的高炉建成投入使用时，才发现高炉吃不了大冶铁矿的铁砂，高炉重新建设。第二，萍乡属于江西，为开采萍乡煤矿，公司被迫投入大量资金，无奈之下，被迫向日本举债，企业从此受控于日本。

各不相同的发展路径，得到的是不同的发展结果。

本钢一铁厂发展的路一路走来，虽有风浪，虽相同地遭遇了一战后的市场萎缩，但因为有核心产品低磷铁，仍走得结实、走得稳重，发展得以平稳推进。

汉冶萍遭遇了高炉和铁砂不相融的困境，遭遇了因缺煤停产的艰难。一路走来跌跌撞撞，官办办不下去了，改为官督商办，官督商办办不下去了改为完全商办，完全商办也受制于日本，产品的定价权、市场权被日本控制，一个被赋予发展民族钢铁工业希望的企业，被折磨得要死死不起，要活活不起。

第一次世界大战结束后，国际市场钢铁价格跌落，汉冶萍公司短暂的战时繁荣景象迅速一扫而空。且负债愈积愈巨，利息也越滚越大。至此，以炼钢制铁为专业的汉冶萍公司已经奄奄一息，沦为单纯为日本开采铁矿石的殖民地性质的企业了。

七七事变以后，武汉面临沦陷，汉阳铁厂被整体搬迁到重庆，成就了解放后的重庆钢铁厂。

1890年到1938年，汉冶萍生存了48年。

很多本溪人想不到，本钢一铁受日本的控制，汉冶萍怎么也受日本的控制？历史很诡异，但也是日本图谋控制中国原料的应有之义。

本钢一铁厂，如从1905年算起，到2008年解体，存在了100多年，由它开枝散叶的本钢，至今犹生机勃勃。

一个善之花，一个恶之花，好运歹运各偏差。

后来者，带着逼人的足音

中国的钢铁业，在清末遭遇了断崖式的塌陷。西欧钢铁业则走上了现代化的发展之路，并由此带来了军事现代化的发展。面临坚船利炮的列强，中国开始探索钢铁业现代化的道路。南方的汉冶萍是其先驱，北方的本钢一铁厂是日本强迫植入的一个变种。

诞生于1890年的汉冶萍公司于1938年消失，诞生于1905年的本钢一铁厂就硕果仅存了。诞生时的初衷不同，发展的路径不同，回顾其各自的道路，比较各自的历史优势，以发展民族钢铁工业为己任的汉冶萍，结果是沦为日本的原料基地。带着殖民色彩的中国一铁厂，在30年代却发展为中国近代钢铁业的现代化标本。一个是善之花，一个是恶之花，结果令人错愕。

将双方做一番比较，会更真切地看清中国一铁厂的优势，让人们对一铁厂的历史有一个新的定位，更珍视一铁厂的历史。

发展初衷的比较

汉冶萍

1. 汉冶萍创建的初衷：承担建设中国现代化钢铁业榜样的使命。

承担这样使命的历史环境。

a/师夷长技的实践发现没有现代化钢铁的生产，这种思路是行不通的。

b/中法战争后，铁路军事意义和经济意义已为一些朝臣认识。

2. 发展的结局走向初衷的反面。

简单地归结一下

光绪十七年：1891年元月，汉阳炼铁厂正式破土动工。两年以后，所属炼生铁厂、炼贝色麻钢厂、炼熟铁厂、炼西门士钢厂、造铁货厂、造钢轨厂、鱼片钩钉厂陆续告竣。

1894年6月，高炉开炼。

1896年4月11日，铁厂正式改为官督商办，承办人为盛宣怀。

官督商办后，最大问题还是缺煤缺焦。

1898年3月，张之洞与盛宣怀联合上疏在萍乡安源采煤炼焦，并禁止另设公司，各小煤厂所产煤由萍乡煤矿总局统一收购，委张赞宸为萍乡煤矿总局总办。

1907年，萍乡煤矿基建工程完成，昼夜可出煤1300吨，出焦780吨。

1908年，盛宣怀申请将汉阳铁厂、大冶铁矿和萍乡煤矿合并组成汉冶萍煤铁厂矿有限公司，改官督商办为完全商办公司。

汉冶萍公司成立后，招募了一批商股，拟招新股1500万，连老股共2000万元，到1911年实收股份1300多万元。解决了部分资金短缺问题，厂矿生产规模逐年扩大。

1911年，汉阳铁厂已建成3座高炉，其中三号高炉日产生铁250吨，6座容积30吨的平炉，年产钢达8640吨。萍乡煤矿年产煤1115614吨，大冶铁矿年产铁矿石359467吨。连续三年盈利，初步改变长期亏损局面。

1911年10月10日，武昌首义成功，建立了中华民国，汉阳铁厂曾一度停产，1912年恢复生产。

1913年，汉冶萍公司又向日本横滨正金银行借款1500万日元，用于扩充改良事业和还高利贷。

1914年，爆发第一次世界大战，钢铁原料暴涨，汉冶萍公司迎来短暂的"黄金时期"，大战期间共盈利2940多万元。

1919年，汉阳铁厂一号、二号高炉停产。

1921年，民国政府（北京）改变钢轨标准，近5万吨钢轨无销路，汉阳铁厂炼钢全部停产。

1924年，汉阳铁厂三号、四号高炉停产。

1925年，大冶铁厂高炉全部停产。

汉阳铁厂从1890年创办，经历了官办6年、官督商办16年、商办16年，1928年萍乡煤矿为江西省政府接管。汉冶萍公司只剩下大冶铁矿继续生产，沦为日本制铁所的供矿单位。

1937年，汉阳铁厂设备和大冶铁矿部分设备运往四川重庆大渡口另建新厂，大冶铁矿被日本占有。

被西方视为中国觉醒标志的汉冶萍，结局是个悲剧。

本钢一铁厂

1. 中国一铁厂创建的初衷：日本掠夺中国资源的图谋；中国夺回主权权益的策略

a/日本大仓财阀掠夺本溪湖煤炭的过程。

1905年10月，日本大仓财阀派人到本溪湖勘察煤铁资源，并绘制了矿区简图。12月18日，大仓财阀将本溪湖煤田命名为"本溪湖大仓煤矿"，正式侵占了本溪湖煤田。1906年1月，大仓煤矿举行开井仪式，时有中国工人110人，日本工人30余人。并于这年的4月在本溪湖开了第一口斜井，当年采煤300吨。同时，正准备开第二口斜井。

b/中国维护主权权益的抗争。

立即于1906年的7月筹设县署衙门，并将本溪县的县治定在牛心台。9月，委任周朝霖为设治局总办。

周朝霖是个很有责任心的官员，接到任命，拜辞盛京将军赵尔巽后，立即起程，到辽阳州拜见知州陶鹤章。两位上司简要介绍了本溪湖的复杂情况，并要他一定要注意日本人在本溪的动向。周朝霖而后马上赶到本溪牛心台，第二天即到本溪湖调查。

周朝霖应对之策一：建议县治从牛心台迁本溪湖，遏制日本人的野心。获奉天方面支持，县衙从牛心台迁到本溪湖。

周朝霖应对之策二：寻机收回本溪煤矿的开采主权。

周朝霖到本溪湖后，所见所闻日本大仓财阀非法开采煤矿、掠夺本溪湖矿藏资源一事，深感事关重大。在具文将县治由牛心台迁本溪湖后，又具文将大仓财阀肆无忌惮地采煤情形及时报告给盛京将军赵尔巽，请赵尔巽向交涉总局矿政司查问，有无大仓煤矿的存照，并请示对付大仓的对策。

1906年11月11日，本溪湖煤矿发生透水事故，死亡工人22名。12月1日又发生瓦斯爆炸，死亡25人。煤矿被迫中止开采。

周朝霖认为这是个机会，及时上报给赵尔巽。赵马上令奉天交涉局照会日方，今后不准再行开采。但日本总领事寻找借口，说本溪湖是没有撤兵地方，日本人采煤供军用，不能禁止，使交涉再次陷入僵局。

后来，奉天矿政局参事孙海环到本溪调查情况，在与周朝霖座谈中分析日本没有退出的可能。周朝霖问，还有什么方式能把矿权收回？孙海环提到日本驻奉天总领事曾有共同经营的建议，周朝霖心中一亮，想到"两利相权取其重，两害相权取其轻"的原则，遂提议：日本方面退出采煤既不可能，我方只能做出让步，采取中日合办。周朝霖的提议获得孙海环同意。经孙海环回奉汇报，中日合办得到了中方各方面的认可。

波澜再起

中日双方于1906年开始的围绕本溪湖煤炭资源的博弈，到了1908年的5月，有了个结果。此时，大仓财阀的首脑大仓喜八郎从日本来到中国，与东三省总督徐世昌和奉天巡抚唐绍仪协商本溪湖煤矿合办事宜。

1908年8月，东三省总督令奉天矿政局总办郭祖舜与大仓煤矿计议合办合同，周朝霖奉命参与此事，并在其中做了大量工作。

合办中最核心的事情，是双方入股资产的评估。走到这一步时已是1909年了。

请谁来评估双方的资产呢？

清政府派来的专家是邝荣光。波澜从邝荣光对大仓的设备评估而起。

邝荣光是和詹天佑等人一起留美的中国第一批官费幼童留学生，我国第一批矿冶工程师。他参与了许多煤矿的勘测，发现了湖南省湘潭煤矿。他绘制的《直隶省地质图》和《直隶省矿产图》，填补了我国矿产业的一项空白。

邝荣光先后两次到本溪湖，评估煤矿储量，评估大仓投入的资产价值。

大仓家给出的资产价值，至少是150万两白银。但邝荣光经详细调查后，给出的价值是45万两白银。双方激烈交锋，邝荣光有理有据反驳。

邝荣光以精湛的专业知识维护了中方的利益，在本钢的历史上应有他的一笔。

合办事宜因此被搁浅。

直到1910年5月，大仓喜八郎再次来华，合办重新启动。

这年的5月21日，《中日合办本溪湖煤矿合同》得以拟就，经由中方的韩国均、日方大仓喜八郎和日本驻奉天总领事小池张造共同签字，这场中日围绕本溪湖资源的博弈才落下帷幕。

1911年1月1日，正式举行合办仪式，开始营业。至此，中国方面前后用了5年时间，才从名义上争回了本溪湖煤矿的一半矿权。

纵然如此，我们也要记住那些不畏艰难，竭尽全力周旋其间，有功于民，有功于国的周朝霖、孙海环、邝荣光等人。

中日开启了合办的大门。合办20年，是本溪煤铁公司大发展的20年，也让本溪煤铁公司成为那时中国冶铁企业发展的标杆。

2. 一铁厂的发展结局

20年间，围绕现代化炼铁的辅助厂矿建设基本完备。1915年引进德国设备建设了选煤厂和洗煤厂各1座。1926年建成60孔黑田式焦炉1座，同时建成回收煤焦油和硫酸铵等副产品的化工车间。在南芬建设了选矿厂，在本溪湖建设了团矿厂，架设了石灰石运输的高空索道，建设了耐火材料厂，建立了机修厂，围绕现代化炼铁的辅助厂矿基本完备。

20年间，道路交通的建设日益完善。本溪湖厂区内的铁路专用线建设长达9英里，拥有无火机车8台，30吨货车23辆，25吨货车16辆，15吨货车10辆；建设开通了柳塘电车线路，有牵引力6吨的电机车4台，实现了煤炭运输的便利化；南芬建设了矿区内的轻便铁路，建设了南芬到庙儿沟的铁路专用线，实现了铁矿运输的现代化。

如今，一株带着毒素的树种成了覆压数十公里的壮阔景观。

总结：诞生于1890年的汉冶萍，初衷是发展中国民族钢铁工业，本不想受人控制，结果一步步受控于日本，于1937年被拆运，结束了自己的历史使命。诞生于1905年的本钢一铁厂，诞生之初就是日本强权下的产物。后发展到1910年到1931年的中日合办，成为了那时中国钢铁业现代化的标本，其历史生命则延续到2008年才因环保原因被拆除。但已开枝散叶为今天的本钢，仍生机无限，仍蓬蓬勃勃发展。

◇发展思路之比较

汉冶萍

1. 汉冶萍的发展思路

贪大求全的发展思路。摊子铺得太大，造成资金接续的困难。

汉冶萍的生产原料铁砂在大冶，燃料煤在江西萍乡，而生产基地既不在拥有铁砂的大冶，也不靠近拥有煤矿的萍乡，这样的结果在失去了对原料的掌控力的同时，也大大增加了生产成本。

先上轿后领结婚证的思路。创立生产基地，引进外国设备建设炼铁炉时，根本就没有对铁矿进行检测检验，根本就不知道炼铁还有酸性炼铁法、碱性炼铁法。从英国引进的高炉被拆，重新从荷兰引进。在之后的生产中，产品难以合规，生产难以正常。

2. 发展思路对企业的挫折

汉冶萍的发展思路，使企业失去了科学决策，难以形成可控的要素管理，资金的筹集不可控，原料的供应不可控，市场不可控。

第一个挫折，所建炼铁炉和大冶的铁砂不匹配，高炉重建。

第二个挫折，因煤炭资源的缺乏，三天两头停火熄炉，无法正常生产。

第三个挫折，政争对企业核心产品的影响。钢轨一直是汉冶萍发展中的核心产品，但当时把持铁路修筑的李鸿章从国家需要的层面百般限制，芦汉铁路的修筑被搁置，不给它市场。加之后来钢轨尺寸的修改，让生产出来的很多钢轨作废了。主打产品钢轨失去市场。

第四个挫折，萍乡煤矿被江西收回，钢铁公司沦为卖铁砂的基地。

四个挫折导致生产惨淡，经营亏损，连维持都无法维持，只得沦为日本的矿山原料基地。

本钢一铁厂

1. 一铁厂的发展思路

由单一经营逐渐发展到多种经营。从煤到铁，从铁到低磷铁，从低磷铁到特殊钢。掌控核心产品低磷铁和特殊钢市场。保有的市场是日本本土、朝鲜半岛和我国台湾。

2. 决策前的调查

中国第一代矿冶专家，让庙儿沟铁矿的面貌清晰起来。

中国第一代矿冶工程师，有3个人最为著名：一为吴仰曾，二为邝炳光，三为邝荣光。

吴仰曾和邝荣光都曾来过本溪。

吴仰曾及同事严恩裕，还有日本的两位技师，他们的勘测，为庙儿沟铁矿的藏量和品位给出了科学的数据，为本溪湖煤铁公司发展制铁事业留下了弥足珍贵的参考。

3. 科学的发展思路对一铁厂发展的促进

参考调查结果，引进了匹配的设备，引进了匹配的技术，才使本溪的现代化制铁业少走了很多弯路，并最终成为了中国现代钢铁业的标本地。

1910—1931年的20年间，共获利润龙银1506万元，平均年利润率为13.1%，效益良好。

20年间，产品销售怎样呢？所产焦炭成为品牌，大部分作为本公司炼铁所用，外销20849吨。所产生铁大部分销往日本，还有一部分销往青岛、烟台、天津以及朝鲜、日本侵占的台湾等地，市场兴旺。

20年间，研制出了自己的核心产品。试制低磷铁获得成功，扩大了市场也带来了可观的利润。

总结本溪湖煤铁公司发展顺畅的经验，可圈可点处甚多。比如由单一经营煤炭到煤铁兼营的决策，比如对国外先进设备的引进决策，比如由小到大的发展决策，比如对资源的调研、对市场的调研等内行做法，比如管理结构的良好治理，等等。

在两相比较中，汉冶萍走得跌跌撞撞，本溪湖煤铁公司走得步履坚实。

◇ 地理优势之比较

汉冶萍

1. 汉冶萍生产基地的分布

汉冶萍之煤矿基地在江西萍乡，距离武汉470多公里；铁矿基地在黄石大冶，距离武汉104公里；生产厂则设在汉阳。生产不方便不说，只成本一项就难以承受。

2. 汉阳铁厂选址的争论：李鸿章的想法，张之洞的想法。

本钢一铁厂

1. 一铁厂绝佳的生产基地的选择

本溪人，看惯了一铁厂无风无雨的模样，可在有些人看来，那就是绝版珍本。老北平市长周大文曾说："我国煤铁矿产之丰富，夫人而知之也。然或属煤矿，或为铁矿，求其兼擅煤铁之利而著闻于时者，除汉冶萍而外，要以本矿为首屈一指焉。一南一北，遥相辉映，可谓无独有偶矣。然汉冶萍乃由三地名合组而成。以视本矿之产煤于斯，炼焦于斯，采矿石而镕生铁，无不取给于斯者，是又独得之利也。"

在老北平市长周大文的笔下，那个年代，本溪湖冶铁具有独特优势：一个地方既能产煤还能炼焦，是本溪湖独特优势一也；一个地方既能采矿石还能将矿石冶炼成生铁，是本溪湖优势二也；一个地方既有煤矿又有铁矿，是本溪湖优势三也；一个地方既有石灰石又有黏土矿，是本溪湖优势四也。

周大文评价一铁厂的选址具有绝大的眼界，有了这个选定，煤矿坐落旁边，铁矿坐落旁边，石灰石矿坐落旁边，用水也在旁边。

拥有这样的优势，绝对是独一无二了。

有如此眼光来评价一铁厂选址的周大文，是1931年至1933年时段的老北平市市长。

2. 纪念选址的决策者们

选择于此，奠定了一铁百年发展基业。

与原料基地相距咫尺。

南芬的铁矿石，相距数十里，运输方便，运价低廉，而且矿山的采掘权属于公司。汉冶萍铁砂基地大冶与生产基地相距数百里，相比之下，距离上的优势不言而喻，价格上的优势也不言而喻，随之带来的成本优势更无须说了。

一铁厂炼铁高炉就围绕本溪湖煤矿而建，煤炭挖出来就可直接喂进高炉。即使是柳塘，也就几里路程，煤矿的采掘权也属于公司，没有运输之忧不说，根本不用为有人用燃料来掐脖子发愁。距离优势，价格优势，成本优势，所有权优势自是汉冶萍无法比拟的。

厂门口的太子河水，取之不尽，用之不竭。

对面山上的石灰石矿，隔空架个索道，就可送到高炉上方。

火车站就在面前百米之遥，修在矿区内的铁路与之相连后，南芬的矿石、柳塘的煤，顺着铁路就运到一铁厂。

便利便捷的地理优势、原料优势，是老天送给本溪湖的福分。中日合办时期的20年，凭借这种优势，一铁厂的发展顺风顺水，成了全国钢铁业中的翘楚。

对一铁厂选址决策有功的顾琅，在本溪湖5年，完成了一铁厂的奠基、起步大业后，又走向了对中国矿产的考察研究。一篇《中国十大矿产调查记》把他对中国地质学的贡献推向一个更为宏大的境界。

一铁厂，高炉、煤矿、铁矿都在一个地方，生产方便，成本效益更是难以比拟的。

管理优势之比较

汉冶萍

1. 汉冶萍的管理

第一阶段：官办。官办企业，避免不了拍脑袋的决策。靠拍脑袋拍出来的企业，生命力有限。

第二阶段：官办不下去了，改为官督商办。官督商办，决策权仍在官员。

第三阶段：官督商办也办不下去了，改为完全商办。完全商办，商人完全可以做主了，可是亏空的企业国家不管了，做主的商人有了按市场法则筹集资金的权利，包括向外国借款，日本因此成了汉冶萍的大股东。

2. 一铁厂的管理

董事会下的经理负责制，是中国在解放后的80年代才闻知的管理体制，那时的本溪煤铁公司，采取的就是这种先进的管理制度，相比较于汉冶萍的管理，你就知道为什么汉冶萍的发展道路走得步履蹒跚，而本溪煤铁公司却风生水起，一派生机。

今天回看中日合办本溪湖煤铁公司的事，公司的管理体制很现代，其治理结构与百年后的今天如出一辙。我在讶然的同时也很感慨，为何百年前的管理理念与今天相近，与那个时代反而远呢？

决策是股东和股东大会。

中方是官股，股东代表是张作霖，此人去世后，张学良是股东。日方是商股，股东自然是大仓喜八郎，此人去世后，其儿子喜七郎成了股东。

总办，中方一人，大仓家一人。

理事，中方一人，大仓家一人。

公司管理层，一半对一半。

治理结构上，势均力敌吧。

因为主权在中国，在中国土地上并利用中国的资源开办的公司，增设了一名督办，由中方担任。

整个治理结构，从设置上看，总体是均衡的，略有点偏重在中方。

本钢的历史，1905年到1910年初，是大仓家族强占经营的阶段。1931年九一八事变到1945年八一五光复之间，本钢完全沦为日本的殖民企业。但1910年到1931年"九一八"之前的21年间，属于"中日合办本溪湖煤铁公司"阶段。这一时期，从治理结构上看，权力是均衡的，责任也是均衡的，可从发展的后果来看，权力偏向了日方，责任偏向了日方，利益也偏向了日方。

原因呢？有很多，但本文先要说的是总办这个层面。

21年间，中方担任总办的计有9人。最能干的有两人，一是赵臣翼，一是王宰善；后来官做得最大的有两人，一是吴鼎昌，一是周大文；科举出身的有两人，一是赵臣翼，一是谈国桢；留学日本有两人，一是吴鼎昌，一是王宰善；政界出身的有3

人，一是李友兰，一是管凤和，一是巢凤岗。还有一人葆真，无法查到。

总的来说，中方任用总办不是为发展企业着想，而是为把控企业、为安排自己人来打算。

日方总办3人，岛冈亮太郎做了11年，岩濑德藏做了6年，鲛岛宗平做了5年。日方是以发展公司为目的来安排总办人选的，选用的人是既懂专业也懂管理，任期也是有连续性的，而且都是专职。

做总办时间最长的岛冈亮太郎，因提出"铁就是国家"被日本朝野赏识。没有以世界做参照的眼光，就不会有这样的观念。

纵然中方有关总办的安排不是出于管理的目的，但总体来说，本钢一铁厂的管理是优于汉冶萍的。

结语

"中国第一铁"是复杂而矛盾的复合体，从国家层面来说，它既是中国近代冶铁史的发端，并因其优秀的设备和技术为其他钢铁企业的发展树立了典范。特别是合办期间，先进的管理体制带动了快速的发展。从地方来说，它促成了本溪城市文明的进步。这是正面的。从负面来说，它又是个典型的殖民经济体，对于这个国家和人民来说，又种植着太多的屈辱。这一点，分明影响了对它的研究。

"中国第一铁"是一株巨大的根须，它仿佛是南方的榕树，一棵单独的树苗种下，以后会发展方圆数十亩的巨大丛林景观。尽管当初的树苗曾带着毒素或细菌，我们也不能因为当初的毒素和细菌而毁了这片巨大的丛林景观。

往事越千年

民谚说"本溪的铁、北京的焦、上海的钻头、哈尔滨的刀"，名谚有时是至理名言。本溪"人参铁"美名传天下，可它产铁的历史始于何时？

迁都迁出一段冶铁史

说本溪的冶铁史从大辽帝国开始，这是很多本溪人的认知和记忆，其实，这是一个误读。

这个误读来源于辽王朝留下的一句话："梁水之地乃其故乡，地衍土沃，有木铁盐鱼之利。"今人因此认定，本溪的冶铁史始于大辽朝。

有辽王朝的记载，因而说本溪的冶铁史源于辽朝，对呀，怎么还说是误读呢？

看看这句话的时间，这话说在927

耶律羽之墓

年，是东丹国一个大臣写给辽帝国皇帝的一个奏章。大辽帝国建国是916年，这话说在大辽帝国建国后11年。11年的时间，辽帝国能把梁水之地建成冶铁之地吗？有两个不可能：一不可能，一个经济形态为游牧的民族，能在刚建国时，举国上下马上转变数千年形成的游牧习惯和心理，马上投入到冶铁和农耕的经济形态上，不可能。二不可能，即便马上投入到冶铁和农耕的经济形态上，也不可能在短短的11年时间内将梁水之地建成冶铁之地，过程太短了。

结论是，说梁水"有木铁盐鱼之利"指的是大辽帝国之前的历史。

沿着这个节点往前追溯，本溪的冶铁史被追到了战国时期。沿着这个节点往后顺延，辽帝国到明王朝的这段历史也明晰起来。

本溪的冶铁史早于大辽帝国，知道了这一点，我们得感谢为本溪留下了这段记载的人。

这人即是上文提到的给辽帝国皇帝写奏章的东丹国的大臣，名叫耶律羽之。

东丹国的大臣，给辽帝国皇帝写奏章，这哪儿是哪儿呀？历史就是这么复杂，就是这么有趣。

耶律羽之，是大辽国开国皇帝耶律阿保机的堂兄，大辽国的开国功臣，一个人物，一个了不起的人物。

迁都的奏章，给本溪留下了一段有关冶铁历史的重要记载

事关本溪的这段话，涉及辽帝国征战东北的一段历史和辽帝国的权力之争。

历史事件发生在公元926年，中原大地处于唐末的动荡和内乱之中，五代十国如走马灯般在中原的舞台上你方唱罢我登台，乱人眼目。

各种政治力量在重新洗牌，社会秩序也在重新洗牌。

东北的秩序也随着中原的动荡在重新洗牌。但一个新的力量，一个蓬勃的力量已走到了政治舞台的中央，这就是新兴的大辽帝国。

这年的冬季，大辽帝国的掌门人阿保机的目光正越过蒙古草原盯向遥远的渤海国，并于这年的冬季发动了征讨大战。

渤海是靺鞨族首领大祚荣在武则天时建立的地方政权，唐玄宗封他为渤海郡王，遂世号渤海国，盛时辖五京十五府六十二州。时势易位，此时的渤海雄风不再。辽太祖阿保机在凛冽的寒风中，从内蒙古西辽河与老哈河汇合处的永州起程，一路攻克扶余府城(今吉林四平市)、扶余城，直捣渤海国的首府忽汗城(今黑龙江宁安东京城)，立国200多年的渤海被征服。

为统治渤海，辽太祖阿保机将渤海更名为东丹国，将忽汗城改为天福城，大儿子耶律倍以太子身份被册立为人皇王，主持这个新的属国。"人皇王"这个称号非同一般，除父亲称天皇帝、母亲称地皇后而外，应该算是地位最高了。阿保机还为大儿子耶律倍设置左右大次四相及百官。

为本溪留下一段珍贵历史记录的耶律羽之，在耶律倍的东丹国中，是左右大次相中的右次相。辽史中，耶律羽之可是个重要人物。说他幼年豪爽，与众不同。长大后嗜好学习，通诸部语言。辽太祖刚起兵时，耶律羽之多次参与军事谋略。在东丹国任事，苟事勤恪，威信并行。

辽帝国征伐渤海国是耶律羽之"梁水之地乃其故乡，地衍土沃，有木铁盐鱼之利"这段话背后的一段历史。东丹国王耶律倍和弟弟耶律德光争夺大辽国帝位的权力之争又是这段话的另一段历史背景。

阿保机势如破竹荡平渤海国，并做好了一切的政治安排后起程回蒙古大草原，7月中旬途经扶余城，染上了伤寒病，医治无效，不到10天便溘然逝世，年仅55岁。

本应接替帝位的耶律倍却因母亲的偏袒，被迫让弟弟耶律德光做了大辽国皇帝。

耶律德光做了大辽国皇帝，想到在鞭长莫及的地方还有个东丹国，真是睡难安枕，处处提防耶律倍，并派人监视。

为表白自己，让弟弟放心，耶律倍决定把东丹国的首府迁到弟弟随时能见到的辽阳，把渤海移民迁到太子河沿岸。

这份奏章就由耶律羽之起草。927年上表：

全文如下：

"我大圣天皇始有东土，择贤辅以抚斯民，不以臣愚而任之。国家利害，敢不以闻。渤海昔畏南朝，阻险自卫，居忽汗城。今去上京辽邈，既不为用，又不罢戍，果何为哉？先帝因彼离心，乘衅而动，故不战而克。天授人与，彼一时也。遗种浸以蕃息，今居远境，恐为后患。梁水之地乃其故乡，地衍土沃，有木铁盐鱼之利。乘其微弱，徙还其民，万世长策也。彼得故乡，又获木铁盐鱼之饶，必安居乐业。然后选徒以翼吾左，突厥、项、室韦夹辅吾右，可以坐制南邦，混一天下，成圣祖未集之功，贻后世无疆之福。"

这么长的一段话，择其要来说，讲了渤海迁移的三个理由：一是渤海遗民在鞭长莫及的地方恐成后患；二是太子河流域既是渤海遗民的故地，又有木铁盐鱼之饶，迁此的渤海移民能安居乐业；三是渤海迁来后，在战略态势上成了辽帝国的左翼。

耶律羽之的这份上表，在很长的时间内，都被认为是背着耶律倍上奏给耶律德光的，后来耶律羽之的墓被发现发掘后，墓碑的记载，才证明是奉耶律倍之命而上表的。

一段有关本溪冶铁历史的记载由此而来，复杂而有趣。

沿着这个节点往前追溯，本溪的冶铁史就来到了战国时代

明白了耶律羽之"梁水之地乃其故乡，地衍土沃，有木铁盐鱼之利"指的不是辽帝国的当下，而是辽帝国之前的历史，是辽之前的历史留给耶律羽之辈的记忆。

这个记忆又起于何时？

古代炼铁图

迄今为止，本溪地区并没有发现明王朝之前的炼铁遗址或是铁矿废坑等遗址，但有关冶铁的记忆的信息仍散发在燕东大地。

辽宁本溪南甸滴塔堡子出土发现的 II 型铁铲，与辽宁朝阳袁台子汉代遗址、洛阳烧沟汉墓、郑州古荥镇汉代冶铁遗址，以及陕西陇县、河南鹤壁市冶铁遗址出土的铁铲基本相似。

本溪的很多地方，都有铁器出土。

铁器主要是农具，有铁镬、铁锸、铁掐刀等，此外，也有少量的生活用具和兵器。在不少的墓葬中发现有青铜器和铁器。

考古学告诉我们，先进的工具当是和先进的文化一起到达。

本溪的青铜器和铁器的出现与燕国到达辽东的历史息息相关。

考古专家在威宁营发现盖房用的板挖和筒瓦，专家推测，威宁营应有政府功能的古建筑，这座建筑的功能为驿站，燕国的各种行政措施将通过这座驿站来宣达。

时间在公元前250年左右，战国晚期。

这座拥有2000多年历史的建筑，是本溪大地上的第一座公共性质的建筑，本溪这块土地，从此进入了国家的有效管理。

汉民族几千年发展起来的青铜技术和冶铁技术，几乎是同时抵达了这片土地，在很多的遗址发掘中，常见青铜短剑和农用铁器并存。土著居民自制的粗糙陶器和具有汉文化特征的精细纹饰的陶器共存于一个墓室。

燕国在辽阳采铜冶炼，铸造"襄平布"币和兵器。汉代也在辽阳开采过铁矿(如在亮甲山和太平沟等地均发现汉代铁矿遗址)，以后历代多有炼铜采煤的行业。盛行于辽阳的先进技术势必影响到了距离不远处的本溪。其技术当随着流动的人员来到威宁营，并流入本溪地区。

周边的城市如鞍山，发现战国时的冶铁遗址多处，岫岩县发现汉代冶铁遗址中并出土一架铁铧犁。

随着燕国对本溪的有效管理，其冶铁技术随之流入本溪，是本溪冶铁历史的环境之一。

本溪冶铁历史环境之二，有丰富的铁矿资源。

"鞍山式铁矿"因鞍山地层构造而被学术界认可，尤其是其中的两个"Ｖ"字形矿床令人备受鼓舞。鞍山市郊及毗邻的辽阳市弓长岭地区是我国条带状铁矿最为集中的地带，铁矿生成于震旦纪鞍山群变质岩系之中，被公认为"鞍山式铁矿"。它是我国从山西五台起，经过河北滦县、青龙县，再经过辽宁西部的阜新至辽宁南部，转至朝鲜茂山的条带状铁矿成矿带的重要组成部分。

这条成矿带有3处矿床规模最大，即弓长岭、鞍山、本溪地区。

辽阳县河兰镇亮甲村后100米高的漫山坡上有3个矿洞。太平沟古矿洞在亮甲村西北方向2.5公里处，离牌路沟不远。内有铁器、木炭和成堆的矿石。遗留的矿石均属熔点低、较易冶炼的褐铁矿，含铁量在40%左右。还在坑内发现10余件铁器、木炭和成堆的烧石。它说明，秦汉时期辽阳的采矿业已形成一定规模，生铁冶炼及铸造技术有进一步发展。

本溪拥有相同的地质条件，就近向辽阳学习即成为可能，有人说南芬矿原来有古矿洞，只是后来被毁了。

至少在战国时期，本溪已拥有了铁制工具，拥有冶铁的意识或实践。

发展到辽帝国初，本溪的冶铁业蔚为大观，并因之成了耶律羽之的记忆。

沿着这个节点往后顺延，明王朝之前的冶铁路径就这样清晰起来

本溪冶铁的确切记载是从明王朝开始的。

看历史记载，5个炒铁百户所前来本溪炒铁，路径非常明确。

明王朝的本溪炒铁路径是谁留下来的？

肯定是前朝。

确切说，是从辽帝国开始。

是从耶律羽之的奏章开始。

渤海遗民移民太子河沿岸，花了一年多时间。

本溪思山岭有个后塔沟，原来就是渤海遗民居住的地方，传说居住于此的大臬，

后来还做了东京留守。

传说最早在钓鱼台修寺庙的人是金世宗完颜雍的母亲，完颜雍的母亲也是渤海大姓。

渤海人迁移太子河对本溪的冶铁有什么影响？

最直接的就是技术的影响。

渤海人是一个善于冶铁的民族。

渤海人已较好地掌握了生铁铸造技术。他们使用的三足铁锅、方铁鼎、圆铁鼎、铁风铃、铁铧、铁佛像、铁斧和铁车等铁器，均为生铁铸造。同时，铁刀、铁镰、铁矛、马镫、铁钉、铁带扣、鱼钩、铁钩等等，都是用熟铁锻造的。

渤海人的熟铁锻造技术也达到了相当高的水平。珲春市八连城出土的一把铁刀虽然埋藏于地下1000多年，早已是锈迹斑斑，但经脱锈后却依旧很锋利。白山市永安遗址出土的一只铁钩是用一根扁方柱形铁条锻造而成的，它一端向上弯成钩状，在中间则有经热加工后扭转近一周（约320°）的螺旋痕。由此可见其熟铁锻造的技术水平。

渤海人已熟练地掌握了从选矿、筑炉到冶炼一整套冶铁技术。渤海人能够充分利用被山水冲入河道的铁矿石作为冶铁原料，即史书所说的其"就河漉河石，炼得成铁"。渤海人还将冶铁炉建在通风条件良好的山梁坡地上，炉体用"泥拌珠"(一种用黄土掺草合成的草拌泥)筑成，不但坚固保温，而且还经济实用。渤海人冶铁时使用的是"生吹法"，即将铁矿石和木炭在炉内撒均匀，利用木炭燃烧时产生的高温及一氧化碳气体把铁矿石中的氧化铁还原成铁，浓缩成熟铁块，这种方法炼出的熟铁块比较柔软，易于锻造。

渤海遗民来到本溪，冶铁技术也随他们来到了本溪。在后塔沟的地方，在本溪湖金家大院的地方，在威宁营，渤海遗民支起了坩埚，让冶铁的火焰闪耀在本溪的泽野深山。

金代承袭和发展了渤海的冶铁技术，从出土的金代铁制农具和手工业工具证明，其技术都已达到相当高的工艺水平。

这时期本溪地区的人口很稠密，从发现的各种官印推断，地方政权已覆盖无遗，宗教活动获得普遍发展，本溪湖窑的生产和销售日益兴隆。自然，铁器的需求和使用的旺盛，更促进了本溪地区冶铁和铁器制造业的发展。特别是优质铁矿和煤炭的天然优势，更促进了这一产业的发展。

然后是元代的承袭，然后是明王朝的军工生产。

本溪的冶铁记忆就这样延续着，就这样明晰着。

炉火明灭金代窑

家住溪湖的金春伟参加完一个婚礼后，走上了通向亲属家的道路。到了井泉街时，金春伟看到正在作业的挖掘机挖出了很多白色、黑色等多种多样的瓷片，热爱古玩的金春伟奇怪了，哪儿出来这么多瓷片呢？上前一看，眼前被挖掘机挖出来的剖面上，有数层瓷片，还有烧过的煤渣，窑里的炉灰厚度有10多米。

井泉街废弃陶器堆积现场

金春伟是溪湖中医世家老金家的后人，他的三大爷就是牺牲在抗日前线的金近。眼前的情景让他想到原来在他家旁边修厕所时，也挖出了很多的瓷片，他觉得那就是烧窑的窑址。呈现在眼前的景象，怎么看也像是两孔窑址。何况，这地方原来还有个老名称：瓦窑。

很有文物意识的金春伟把这情况报告给了溪湖区文化局，经此，信息又到达了市博物馆。

之后，考古专家梁志龙带着几位专业人员来到了挖掘现场。

刚到现场，一片白中泛黄的瓷片就映入梁志龙的眼帘。捡起来拭去面上的层土，里边有一个"禄"字。放眼望去，有很多的瓷片，以白瓷居多，其次是黑瓷和酱釉瓷。还有一些窑具，如垫饼、支钉、圆柱形耐火挤顶器等。白瓷残片多杯、碗、盘、碟等的器底及残边，最多的是碗底。还有酱釉类的油壶、油灯等的残次品。大概因其胎质厚，不易破碎，所以保存下来的特别多。还有的白瓷碗底粘成一摞，外壁不施釉，每个碗底中间都用垫烧饼相连。特别是一个残缺的壶嘴，金春伟一看，就认出是中药壶的残缺件。这些残瓷大都胎骨厚重，含有杂质，器片断面呈米糠样，瓷化程度不高，基本烧结。白瓷色呈灰白或黄白，器表皆施化妆土，其上施釉，但多不到底。釉色干白，温润不足，有的釉因汁水稀释，釉层极薄，几如素胎。黑瓷釉色较黑，但温润不足，有的釉色略偏红，釉较光亮。酱釉呈酱红色，较光亮，也有的呈酱黑色，釉面少光泽。

诸多的器物，都是家庭日用的。釉色以黑釉、酱釉、白釉为主。

根据所有的釉色、造型、特别是白釉瓷片的特征，梁志龙和专家们推断，这里是金代窑址。从其堆积的厚度看，时间当从大辽帝国开始，一直延续到元代。但专家们为小心起见，初定为金代民窑。

在本溪地面，发现有烧瓷器的窑址，这是首次。在辽宁地面上，古窑古瓷并不多，溪湖古窑址的发现，意义重大。

发现让专家们兴奋。

中原窑工们是如何来到溪湖的

出土的白瓷盘上常见有描绘的青花，还写有字样。有的是"禄"，有的是"福"，当可推测出，这些碗或者是盘子上，常见的字是"福""禄""寿""喜"等字，这是中原常见的讨彩讨喜的吉利字样，窑工们来自中原。

在窑址上常见到被烧了粘贴在一起的碗底，有的是两三个叠在一起，有的是四五个叠在一起。这种叠烧工艺是唐代的。叠烧工艺就是在器物的内底，先刮去一圈釉，使其露出胎骨，将叠烧器物的底足置其上。这样生产的瓷器虽然粗糙一些，但产量可以增加好几倍。从叠烧工艺看，窑工们也都是来自于中原。

有人就纳闷，窑工们怎么会千里迢

出土的黑釉瓷罐

24

迢来到本溪呢?

那是一个社会大动荡的时代。

公元907年,耶律阿保机统一契丹各部建立辽。之后是连年的对宋作战。公元1116年,新兴女真人崛起并建立了金国,又是与辽的作战又是与宋的作战。

据史料记载,辽攻占燕云十六州后,将定窑、磁州窑和山西大同浑源窑的大批窑工掠入辽境,为其生产日用陶瓷品。

金灭辽后,曾几度南下攻宋,大肆烧、杀、抢、掠,他们还将大批手工艺匠人掳到北方,强迫他们建窑烧瓷。

本溪博物馆有只金代的"天下太平"四系瓶。此瓶高28厘米、口径5.5厘米、腹径18.5厘米、底径9.5厘米。圆唇, 小口外撇,短颈贴四系,溜肩,鼓腹肥大,圈足。器物中间鼓胀,两头收束,形如橄榄。口施褐色釉,4个扁形系之间装饰褐色点纹。肩部施三道,腹下施一道深褐色弦纹。上下弦纹之间,书有"天下太平"四字,太字上面横增一笔。多半为白釉,有开片,少半为浅褐色釉。这件白釉四系瓶是金代北方民窑的产品。想必是被掳到辽地的窑工,因饱尝了战争的痛苦和灾难,渴望过上太平日子,因而才烧制了"天下太平"四系瓶等器物,用来祈盼天下太平。

有人也会反问:在天下的动荡中,中原窑工被掳到辽地,但也不一定就到本溪呀?

问得很有道理。在今人的想象中,当时的本溪,人烟稀少,交通闭塞。其实不是这样的,本溪紧挨着的辽阳,是整个东北地区最繁华的城市。

在辽帝国时代,称辽阳为南京,作为辽国的陪都。当时称为南京城的辽阳规模宏大,周三十里,四面八门,设有南北二市,早南市,晚北市,每天南北客商云集,市声鼎沸。938年,又将辽阳改称东京,同时还设置辽阳府,统称为东京辽阳府。金袭辽制,以辽阳为东京,仍为国之陪都。同时又因金世宗的母亲贞懿皇后李氏出生于辽阳,以及金世宗登基于辽阳,所以辽阳城不仅延续了辽时的繁华,而且更处于一种非常荣耀的地位。

繁华与荣耀的背后,就是手工艺的兴起和兴盛。

于是,辽阳有了江官窑的建立和兴盛。

江官窑的规模让今人惊讶,现在查勘,江官屯陶瓷作坊遗址,长1.2公里,宽0.5公里。其中河南岸长110米,高3—5米的断层挤满了陶瓷残片,经现场探查,遗址规模比史料记载的大数倍。

江官窑盛于辽、金之交，废于元初，按这个时间说，江官窑至少存在300余年。

江官窑所在地江官屯离本溪很近。正南离弓长岭区与汤河镇25公里，东南5公里为太子河上的参窝水库。太子河把上游的溪湖窑场和下游的江官窑场连在一起。

绕了这么一大弯儿，其实想说的话就是，当辽帝国和金帝国将大批的中原窑工掳到辽阳，并兴建了辽阳庞大的江官窑时，不远处的溪湖直接受其影响。就会有窑工迁徙而来，并在此开窑烧制瓷器。

这不是本溪的特例，抚顺的大官窑也和溪湖窑一样，受其江官窑的影响而兴建。

溪湖窑的环境

溪湖窑坐落在井泉街。这地方原来有个老名称：瓦窑。后来本溪的第一个文化场所也建在此。周围就有烧制陶器的黏土。从火连寨蜿蜒而来的河水，正好在此形成了一个半圆，包围着窑场。今天没有多少水量的河流，当年必定水流充沛。这条河流对于溪湖窑至关重要。

水是制瓷业最需要的自然资源，有了充沛的水才能安装水车，带动水碓粉碎瓷石，才能淘洗瓷土，才能和泥制坯。这条河流对于溪湖窑来说，还有一个更重要的作用，经过这条河流可直通太子河。溪湖窑烧制的各类瓷器、陶器在此上船，经太子河运到辽阳，那是一个更大的需求市场。

溪湖窑确定了本溪产煤烧煤的历史

溪湖窑的堆积层中有煤渣，明确无误地说明，溪湖窑烧制陶瓷用的是煤。原来在抚顺大官屯发现烧窑用煤的事实得以在本溪再现。

原来把本溪产煤用煤的历史确定在明代，现在又提前了几百年。

本溪有关煤铁的历史又出现了另一条路径。

明代设在溪湖窑旁边的炒铁所，想必就是沿着烧窑的遗存寻觅到此的，然后一直延续到了清王朝，到了民国。

清王朝末期，中原的窑工们也是沿着这条历史路径在此建窑烧制陶瓷的。

本溪煤铁业的历史就在这历史的尘封中接续着，溪湖的名称也就在历史中由"瓦窑"演变成了"窑街"。

按此推测下去，先于这些窑工来到本溪的渤海移民，是最善于挖煤冶铁的民族，他们的到来，也应把挖煤冶铁的技术带到了本溪，这又是一条历史路径。

站在溪湖窑场，想着那些远离故土的窑工。一个金代的磁枕写有这么一首词："谁做桓伊三弄，惊破绿窗幽梦？新月与愁烟，满江天。欲去欲还不去，明日落花飞絮。飞絮送行舟，水东流。"别恨离愁，家国怀念，都在其中。

这些在战乱中来自外乡的陶瓷艺人，他们所从事的都是地位低下的工匠之事，其艰辛的劳作自古以来就被列入"天下三苦事"之中：打柴、烧窑、磨豆腐。被压迫、欺凌的生活毁灭了他们创造的积极性，但他们无意中又为本溪创造了另一段历史。

明王朝的"军工业"

5个炼铁场呼啦来到本溪，其依赖的路径当是契丹帝国时期，渤海遗民在本溪的冶铁活动留下的历史记忆

明王朝一下将5个铁场设在本溪境内，给人们提出了一个疑问：它是凭什么知道本溪有煤有铁的？

那时，明王朝刚建国不久，辽东都司指挥使也是成立不长时间，面临北元对明王朝的威胁，有大量的国防上的事情等着处理，没有时间勘查矿藏一事。

唯一的可能，就是前朝留给明王朝的记忆路径。

前朝在此采过煤，炼过铁，后人循着记忆或是旧址觅踪而来，可元帝国没有这方面的记载。金帝国也没这方面的记载。

晋城式坩埚炼铁炉正在装炉

古代坩埚炼铁时的装炉图

在中国历史中，记载着本溪有煤铁一事的只有辽史。

《辽史·耶律羽之传》记载："梁水之地……地衍土沃，有木铁盐鱼之利。"

太子河，古称梁水。这话明确说，太子河流域有煤铁矿藏。

辽帝国本身就是一个马背上的民族，专事游牧，不事耕稼，这个民族又是从何知道太子河流域有煤铁矿藏之事呢？

应是从渤海遗民的劳动生产中获悉的。

要说此事又得勾起一段历史的记忆。

自从668年唐王朝灭了辽东濊貊地方政权后，辽东出现了权力真空时期。从其他地方迁移到朝阳一带居住的靺鞨民族，趁乱回到故地建国。到924年，又被崛起的契丹帝国灭亡。亡国后的渤海遗民被迁移到以辽阳为中心的太子河沿岸居住，

渤海遗民有多少，确切数据没有，但其居住范围编了7个县，够多的了吧。

善于冶铁的渤海遗民来到太子河流域，也就把冶铁技术带到了太子河流域。

渤海遗民的冶铁技术自然而然地带到了本溪。

原因有二：本溪有不少的渤海遗民。

原来叫辽阳东山的后塔沟，古老传说，村里原来确有一座塔，叫大臬塔，塔下是金国的开国功臣大臬的骨灰安葬之地。《金史》中还为大臬列了一篇传记。

大臬就是一名渤海遗民。

大臬另名挞不野，本系渤海的王族后裔，是一个从农夫到俘虏、从俘虏到将军、出将入相、历金帝国四世而不倒的人物，就连暴虐成性的完颜亮对他的信任也始终如一。

后塔沟在今天的本溪市思山岭乡。辽时，这地方被称为辽阳东山，传说渤海移民的后裔大臬，在此成为一个耕田的农夫。后被辽帝国征兵与新兴的金帝国作战，失败后被俘。当时的金帝国的民族主体是女真，在商周时期称为肃慎，汉魏时称为挹娄，南北朝时称为的勿吉，隋唐时称为靺鞨。但靺鞨又分为六部，有名的如建立渤海国的粟末靺鞨，还有成为大唐云麾将军领黑水经略使李献诚领导下的黑水靺鞨。虽为靺鞨一系，但部落林立，互不统属。完颜阿骨打起兵反辽，为了壮大自己的力量，就提出了女真、渤海本一家的口号。从族源来说，女真渤海都是源于靺鞨一系。

被俘的大臬因而又成为金帝国的士兵，随着金太祖完颜阿骨打的手下大将完颜阇母南征北战，屡建奇功。在一段很长的时间内，被任命为辽阳地方的行政长官，负责安抚百姓，整顿地方秩序。

和大臬一样流落在本溪的渤海遗民当不在少数，其中不乏冶铁工匠。

辽太祖耶律阿保机很重视辽阳，在辽阳待了半年时间，考察周边的地理，并来到平顶山一带打猎，看到前朝建在平顶山的横山古城尚完好，地形可用，遂派了一支军队来到平顶山驻守。有军队就有武器，有武器就得打造和修补。于是，渤海遗民中的冶铁工匠有了用武之处，借其经营，又开始了挖煤开矿的冶铁人生。

说不定冶铁所就设在平顶山上，因为这方便为部队打造军器和修补。

有了这一段的历史，辽史才有了太子河有盐铁鱼利的记载。

契丹帝国灭亡了，平顶山上的横山古城仍被金帝国和元帝国当作军事要塞而驻军。依然有一些冶铁工匠还在做着打铁的活，只是小百姓的生活无人记入历史罢了。当历史的车轮驶到1411年时，整个辽东平定，就有个历史记忆在帮助大明帝国厘定关于辽东的国防思路。这个历史记忆就是公元400多年濊貊地方政权建筑在辽东境内的各处军事要塞。

具体到本溪，当年被称为山上城的横山山城（成为军事据点的平顶山）和称为山下城的威宁营城自然纳入了明帝国的国防视野，仍在平顶山驻军，并设置了瞭望台。依然在威宁营驻军。而对威宁营在辽东的战略意义有明确的表述：接应清河城，是清河城堡的战略纵深，一旦清河城有战事，威宁营驻军可马上前往支援。

《读史方舆纪要》卷三七记载：清河堡在辽东都指挥使司东南三百里，南临太子河，堡的西边有白塔甸可设伏兵，后有威宁营可屯兵，前接鸦鹘关为前哨。

公元400多年前秽貊民族有关军事设施建设的历史记忆，成为了大明帝国国防思路的依赖路径。同理，公元1000年左右契丹帝国在本溪的冶铁活动的历史记忆，当然成为了大明帝国的依赖路径。因而，才会有毫不犹豫地将冶铁场所设置在威宁营和平顶山的决定。

明帝国在本溪的冶铁活动，形成了本溪地区第一个商镇——火连寨

说本溪的发展，第一个中心是1500年时期的火连寨，第二个中心是1700年时期的碱场，第三个中心是1800年时期的本溪湖。

明朝正德年间，火连寨商铺林立，南来北往的人流不断。

一些老人还记得，火连寨当时有个商铺名叫"忠诚元"，这家店铺的主人姓何，是最早落户本溪的回族。

如今的本溪老何家，枝叶繁茂，人口众多。邮政局的副局长何学瑞就是其后人。

回族老何家是河北沧州人，是何原因跑到了万山重叠的火连寨呢？是利益，是可发展的地方。

那时的本溪，有何利益可图，有何可让家族或个人得到发展？

那时的本溪，既有着炒铁炼焦的军事工业，也有着正在建设的最大的国防工程——辽东边墙的修筑。

由国家投资垄断的炒铁炼焦的军事工业，采用最先进的技术，其产品更是国家垄断的商品。边境稳定时明王朝，在辽东地区设几个马市，让渴望得到生铁的女真民族和其他少数民族通过马市的贸易换回。战事一起关闭马市，等着农具耕地、等着刀箭打猎的这些民族一下傻眼了。

铁，成了那个年代的稀有物资，稀有就是利益，稀有就是商机。连带着生铁的上游产品——焦都成为最紧俏的商品。拥有生铁和焦的本溪，蕴含了无限的希望，吸引了多少商家的眼球。先是一些军士的家属或是本地的居民找地方炼焦，找来找去找到了火连寨附近的南沟，或稍远一点的蚂蚁沟。炼好之后卖给铁场百户所。后来一些铁场百户所的军士干脆自己出来炼，炼好后不敢卖给本所就卖给别的百户所。慢慢地在火连寨一带形成了炼焦规模，慢慢地不但炼焦也炼铁了。这种做法有时很危险，但利益所驱，不少人还是选择铤而走险。炼铁的、炼焦的慢慢在火连寨周边形成了一个村落。

买不到铁的女真民族不得不使用武力前来抢劫，但对于很多关内的商家来说，互通有无的买卖才是获取利益的最好手段。

于是，山西、山东、河北一带的商家通过在辽东都司服役的亲属了解情况。这些军士回信告诉说，这里没有糖，没有棉花，没有茶叶，布匹也缺少等等。特别是通过炼铁炼焦发了财的人更是把这说成发财的金窟窿。然后，这些商家就组织起骆驼商队，长途跋涉来到本溪，将这些东西卖给军队，又买一些焦驮着回去给当地的炼铁场用。

骆驼商队跑来跑去，有些人就看出，火连寨就是个赚钱的好地方，南来北往的这些人，需要吃，需要住，还需要一些日常生活用品。就有两家很有眼光的商家落户火连寨，开起了旅店，办起了商铺，一家是老戴家，一家就是前文说过的老何家。

看到这两家买卖兴隆，不少回族商家也跟着来此落户，生意的范围不断扩大，货物的种类不断增加。在发展中，形成了专门经营粮食的，专门经营杂货的，专门经营旅店业的，专门炼焦的，专门炼铁的商户……后来，宗教活动的清真寺也建了起来。火连寨终于发展成了辽东地区的一个大商镇。

大明帝国军事工业在本溪的发展，推动了先进的炼焦和冶铁技术在本溪的传播；大面积的军屯，将中原先进的耕作技术带给了本地，同时对于相距不远的女真民族来说，那就是先进技术的现场示范，推动女真民族从游牧经济尽快地向农业经济发展；给本溪带来了商机，推动了本溪商镇化发展，本溪的商业萌芽于此开始。

乾隆御批的"开发区"

女真民族的铁骑踏碎了明王朝江山永固的梦想，但扬起的尘埃却遮不住明王朝留下来的历史记忆。

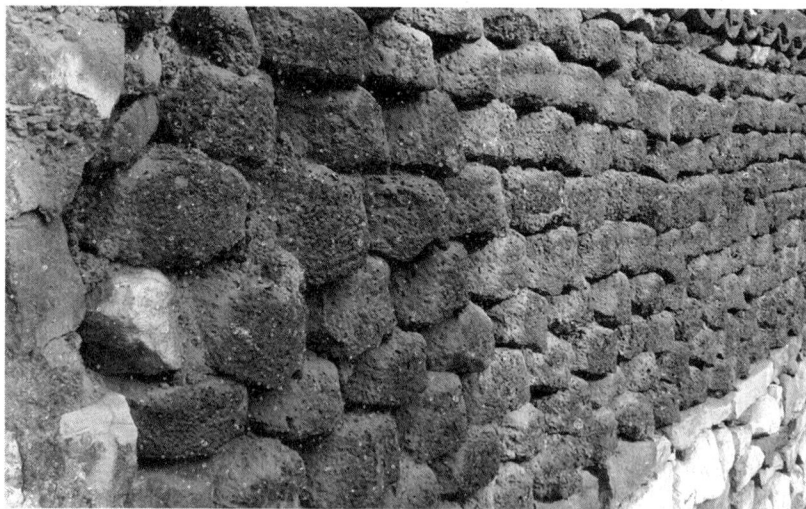

炼铁的坩埚废料百姓用来砌墙

一

清初，在大清帝国禁矿的重大国策中，本溪湖的冶铁炼焦由于具有事关农村生产等民生的重大意义，才得以在雍正皇帝的默许中生存下来

沿着这种记忆，自1411年以来，本溪大地上冶铁炼焦的火焰再没熄灭过。虽然在女真入主中原后，为了保护"龙脉"而禁止各种形式的开采，但生活的需求、生产的需求仍使冶铁炼焦默默地在民间继续着。正是这种禁又禁不得的尴尬状况，使得那时的本溪，虽然被辽阳、兴京、凤凰城分割管辖，虽然在行政上处于边缘化的状态，但依然引起了清王朝中枢的关注。有关本溪的情状被政府官员不断地反映到清王朝的决策层，甚至是直达皇帝。

清初的雍正年间，有关本溪湖的消息就不断地引起了这位干练而又阴鸷的皇帝的注意。

那时的本溪湖，藏有丰富的煤铁资源，并成为冶铁打制犁具的重镇。不但在附近的州县和广大乡村享有品牌效应，而且在盛京中也成为清朝地方大员的共识。由本溪湖带来的矛盾也时刻在刺激着他们的执政神经。

本溪湖给执政大员们带来了什么难题？本溪湖的冶铁炼焦对于辽东，以及辽南广大农村的生产是不可或缺的，甚至于对大清帝国的经济也是不可或缺的。但是，本溪湖冶铁炼焦业的发展又与大清帝国在东北实施的矿禁政策相抵触，而更让边关大员头疼的是：在本溪湖实施矿禁不行，不实施矿禁又引起周边不少地方的效仿。不少的奏折与此有关。

1726年，那是雍正四年，奉天将军噶尔弼上折向雍正皇帝建议：本溪湖等处所产的铁为农村生产所必需而不必禁止外，其他地方比如辽阳的黄波罗峪、开原地方的打金场都照锦州大悲岭的例子，永远禁止开采，以使地方得到安定。

这份奏折，没见雍正皇帝的批示，想那雍正的意思，这事还不好办，就这样吧，就一个默许维持现状的意思。但一个有意思的细节也许就带出了本溪名称的由来。噶尔弼的奏折上本溪湖写的是杯犀湖，想那细心的雍正看过几次后，看这名称挺难写的，也许提笔把杯犀湖改成了本溪湖，这属于小事一桩，大臣们没有大肆宣传，只是关照各级官员，以后杯犀湖的标准写法就是本溪湖了。有好事的问一声，答一声，是皇上改的。

本溪湖冶铁炼焦业因其对民生具有重大意义，而得以在大清帝国禁矿政策中生存和发展。再加之大清帝国一度实施的开禁，又为其生存和发展带来新的活力。正因为这样，善于经商的山西人、河北人、山东人把他们的目光瞄向了万山深处的本溪湖。1735年，山西人杨春海更是看准了本溪湖冶铁炼焦业具有的大好前途，带着一批冶铁炼焦的高手来到本溪湖淘金。

围绕着本溪湖，各地前来淘金的商家们开掘了24眼煤坑，乌黑的煤块，在这些人的眼里，简直如黄金般喜人。

二

1773年，本溪湖获得乾隆皇帝特批的"执照"，得以在全辽地区成为冶铁炼焦的"特区"

本溪湖煤铁因具有重大的民生意义，才使得辖境的官员睁只眼闭只眼，使其冶铁炼焦的历史在尴尬中得以持续。半个世纪后，终于迎来清政府对封禁政策的大调整。

画家笔下的古代炼铁图

　　1773年，乾隆皇帝在军事上取得了一系列胜利后，又抓起了"文治"的大业，命令刘统勋当起了《四库全书》的总纂官，要做一番超今迈古的文化盛事。

　　这时，盛京将军弘晌的奏折经历数天送到了乾隆帝的手中，弘晌在奏折中说，本溪地区富藏煤铁资源，为民生所必需，奏请发放专用于采矿的执照（"龙章标"）。

　　正处于高兴头上的乾隆批准了。本溪成了全辽地区获准采矿冶铁的特区，长期以来处于半公开的本溪冶铁炼焦业得以合法、得以公开了。

　　谁得到了乾隆皇帝特许的"执照"呢？

　　杨春海无疑是得到"执照"的人了。

　　当时，和杨春海一样的人还有不少。他们的到来，使挖煤的行当形成了本溪的一个产业，围绕这个产业在上下游共生了不少的链条。过去，没有皇帝准许的"执照"，围绕这个产业生存的众人没有一种安全感，妨碍了本溪湖商镇的发展。如今，一份特许"执照"的获得，一件让人悬心的行业变成了合法；在辽宁的广大地区，一个特许政策让本溪湖成为了独具优势的"特区"，就如今天的深圳，活力四射；煤产业所独具的资源价值，拥有广阔需求的市场潜力。

有此三条，一个地方想不发展都不可能。

为了发展，扩大生产就是各个矿主的首选。

本溪湖地区当时有24个采煤坑，大多是一坑一矿主。因原来属于半公开性质，很多家都不愿招更多的人。现在不一样了，况且有关规定，每家可招500人，那还不可着劲地招？保守估计，小小的本溪湖拥有的采煤工当在数千人。再加冶铁的呢，那是很可观的人众。

明山沟，河沿两岸，一直到柳塘沟口，排列着一座座的炼焦炉和冶铁火床，那是一个壮观无比的景象。

炼出来的焦和铁早被沈阳、辽南一带的商家定下，每天，驮着焦和铁的驼队、骡队连成线地从本溪湖出发，散向全辽大地，也把富有生机活力的本溪湖的信息传播东北全境，甚而破关南下。

在一个开春后的日子，一个山西人带着不少老乡来到慈航寺右边的空地上，当时那地方叫小后沟荒山坡，破土动工，盖起了8座窝棚，开始了本溪烧窑的历史。

这人叫王永盛，本是山西缸窑业的一位业主。日益兴旺发展的本溪湖，是他贩卖缸制品的大市场。往返多次后，他对本溪四季的气候变化已了如指掌。在1844年春季的时候，王永盛带着10峰骆驼和一些伙计，驮着缸制品来赶本溪湖农历四月十八日的庙会。这是一个好时节，冬天的冻土已化了、干了，大有南方阳春三月的光景。本溪的庙会一如南方的踏春一样，挖煤的、炼铁的、经商的、家庭妇女等等，都会在这一天出来赶赶庙会，晒晒太阳。王永盛从山西驮来的大缸，在那儿一摆，每个冬天都需要大缸渍酸菜的本溪人岂能不动心。

这一天，王永盛趁天还早来到慈航寺溜达。溜达到小南沟荒坡地，他看到坡地上满眼都是黏土，那正是烧缸的最好原料，本溪湖人最讨厌的这个地方却让他看到了发财的大好机会。在这儿做缸，用这儿的焦烧窑，制缸的成本与从山西做好了再运过来贩卖相比，不知要低多少。

敏锐果决的王永盛，卖掉带来的骆驼和缸制品，就带着伙计们来此创业了。

闻名于本溪和辽东的永盛缸场就这样在本溪生根开花。

善于经营的永盛缸场财源滚滚，又引来了别人的仿效。于是，本溪湖又相继出现了"吕缸""顺成""广盛""福顺"和"德盛"几家窑业，陶瓷业与采煤业、炼焦业和冶铁业一道发展成了本溪湖的四大产业。

本溪湖，在18世纪，成了吸引商家眼球的淘宝之地。

三

　　皇帝的特许政策，使本溪湖发展成了远近闻名的大商镇，本溪的历史开始丰富起来了

20世纪30年代本溪湖繁华的商业街

　　河西的马家大院已经拆了。拆了的马家大院其独特的门楼依然还被许多人记得。但记得并不等于知道马家大院建于何时，并不知道为什么可称为"本溪第一大院"。

　　本溪获得乾隆皇帝特批的"执照"，得以在全辽地区成为冶铁炼焦的"特区"后，做买卖的来了，讨生活的也来了。马家大院的第一代人挑着3个孩子从沧州来了，半道上不知是丢了一个还是卖了一个，到了本溪湖河西时反正只有哥儿俩了。

　　哥儿俩一个叫马成义、一个叫马成林。到了河西，哥儿俩一个学做蜡，一个学做靰鞡鞋。艺成之后，一个开了个蜡铺，一个开了个靰鞡鞋铺。就开在老君庙的对面。老君庙是道家的道观，马家哥儿俩是回族，虽然不相往来，但天天互相打着照面。哥

儿俩记住了老君庙，老君庙也记住了哥儿俩。后来有钱了，哥儿俩商量盖个大院。马家大院气势磅礴地在河西立了起来。说气势磅礴，一点也不过分，单说面积吧，马成林盖了42间房，每间房的面积是58平方米，整个建筑面积是2436平方米，房和房之间应有间隔吧，占地面积应有3500平方米左右。马成义盖的房间数比马成林的还多，应有50—60间吧，占地面积应在5000平方米左右。近8500平方米的面积，百十间的房屋远看一片黑压压的，够气势的了。

与此同时，另一对哥儿俩也来到了河西，看到处都是挖煤的炼铁的人，想到是人都要吃饭的道理，就经营起了磨苞米的生意。后来生意越做越大，磨苞米换成了粮米业，到儿子辈时开始了机器磨米的新技术，生意的范围也扩大了，有了酱菜厂，有了杂货铺，有了牛羊肉加工业。这也是回民，姓杨。第一代老祖有一个叫杨玺，第二代叫杨福全。他家的买卖后人叫"福兴长"。

"福兴长"旁边的商铺叫"福盛德"，是名医金忠武的姥爷开的。再过去是一家最大的粮米商铺，叫"仁义和"，是从山东来的回民老张家开的……从山东、河北等地来的回民将商铺开满了河西一条街，直到红旗沟。

一切的买卖都围绕本溪湖采煤炼铁的产业而兴隆。

一条连接河东、河西的地方搭了一座石桥，河东的商铺也开始兴隆起来了。

一个由煤业带来的炼焦业、冶铁业、陶瓷业发展的本溪湖，又发展成了远近闻名的大商镇，杭州的丝绸、景德镇的陶瓷、安徽的茶叶等产品都汇聚到了本溪。

金家的正骨绝技和祖传膏药也在这个时候来到本溪，先到的是三会场，后到的是本溪湖。本溪湖不但有买卖的大市场，也是医疗的大市场。金家一来，名声马上叫响，看病的人格外多，效益也就格外好。不长的时间，就选择最繁华的仕仁街盖起了一长溜儿的房子，并形成了一个广有影响的名号：金家胡同。如今，在城市改造中，金家胡同已被新的建筑包围着。苍老的围墙上，随处可见的材料，大多是冶铁留下来的坩埚废料。据金忠武老先生讲，当时的民居建筑，大多都是采用冶铁留下来的坩埚废料，遥想当年，整个本溪湖，冶铁的场所气势磅礴，无所不在，遗留下来的坩埚废料随处都是，看着这些历史废料，记忆出来了，历史出来了。

商镇的发展是产业的催生，是政策的催生，是生活需要的催生。同时，商镇的发展又催生了文化的需要。

在本溪湖商镇的发展中，人们的精神需求、文化需求也被突出出来，也被放大了。于是，清真寺来到了南山，慈航寺来到了大堡山下，老君庙来到了河西桥头，药王庙来到了河沿，藏龙庵、圆通观、三皇庙、老爷庙等等10来座庙宇环聚本溪湖，形成丛林胜观。回民的、汉民的、基督徒的、道家的建筑把各种文化演绎在这一方天地。

官宦开始来此游览了，文人学士接踵而来了。辽阳处士高升先来此游览后，为本溪湖题写了"辽东本溪湖"5个大字，并由石匠刘占东镌刻在湖洞口上方的山崖上。

本溪的历史从此丰富起来。

一株带病毒的树种

1905年时的本溪湖。古老的煤炭采掘和坩埚炼铁的时代已经衰落，繁盛的河西商业一条街日渐萧索。日俄战争就在这生趣渐少的日子中开始。日本胜利了，日本商人大仓在没和任何中国人打招呼的情况下就在这开起了"本溪湖大仓煤矿"。掠夺与反掠夺，中日围绕本溪湖煤矿打起了5年的官司。

写大仓家族是写本溪近代冶铁无法绕过的课题，但又是个难题。有人评价，大仓家族对本溪近代冶铁史的发端做出了巨大贡献；有人说，大仓家族没有发展本溪冶铁业的慈悲心，来本溪就是为掠夺本溪的煤铁资源，他们是为自己的利益而来。诚然，这个家族没有日本军方的血腥；诚然，这个家族为本溪带来了新的技术，开创了采煤炼铁的新时代，但有一点必须清楚：这个家族不是怀着发展中国企业的慈悲心而来，不是为中国百姓的福祉而来。他们为掠夺而来，在这一点上，这个家族和日本军国主义没有两样。

1905，背影模糊的日商大仓

说起本钢一铁厂，就不得不提起一个名字——大仓喜八郎。

毁誉不一的大仓喜八郎

积雪下，遗发碑的断石残片了无踪影。可我知道，不管碑的印迹在与不在，这个小个子的扶桑人留在本溪的影响都难以抹去。

抬眼望去，残破的一铁厂被斑驳的阳光笼罩着，空洞的烟囱似乎还残留着这人的气息。

顺山子，1934年时也是这个模样，一个多事的日本人在山上挑了个地方，埋下了一个装有几缕头发的盒子，然后在之上建了一个碑。从此，这座平凡的山上多了一点不平凡的印迹：大仓喜八郎遗发碑。

碑在"文革"中毁掉，但刻在一块铜板上的碑文依然保存在市博物馆。

碑上的文字充满了溢美之词。

238个汉字称赞大仓喜八郎，1905年就谋划在本溪湖煤炭的废坑上开设新坑；1907年为此来到东北与清廷议以共同经营之事；1910年又再次来到东北，与奉天总督商议，遂有日清合办之本溪湖煤炭公司的问世；1911年第三次来到东北，与奉天总督商结增加制铁事宜，本溪湖煤炭公司遂改名为本溪湖煤铁公司。企划得宜，事业大振。

1905年—1945年，以大仓喜八郎为首的大仓财阀疯狂掠夺本溪的煤铁资源。

大仓喜八郎和张作霖

立碑人是大仓喜七郎。

这是儿子为父亲立的碑。

大仓喜七郎当年在此立碑是为了彰显大仓喜八郎的丰功伟业，为逝者扬名。

被儿子用溢美之词褒奖的大仓喜八郎，所有的史料证明，他是为了日本军国主义的利益和家族的利益来到本溪的。

在民国年间，大仓喜八郎在中国有着很大的影响。

我们知道，同盟会是孙中山先生在日本创立的革命组织，但同盟会在什么地方创立的？在东京赤坂地区的大仓宅邸，即是大仓喜八郎家的宅邸，大仓家庭宅邸成为了中国同盟会的发祥地。以后，大仓对孙中山领导的革命运动提供过支持和援助。

我们知道，梅兰芳1919年的首次访日公演，可说是盛况空前，影响很大。可是谁邀请梅兰芳的？是大仓喜八郎。演出地点是日本帝国剧场，日本帝国剧场的董事长又是这个大仓喜八郎。

我们知道，中国有个著名的军事家蒋百里，他有两本关于日本的经典性读本，即《日本人》和《日本论》，堪称中国的《菊与刀》，是了解日本文化的必读之作。蒋百里从"町人根性"和"武士道"两个方面去研究日本，其中举的例子就是大仓喜八郎。

　　"我们试把一个武士出身的涩泽，和町人出身的大仓，比较研究起来，一个是诚信的君子，一个是狡猾的市侩，一个高尚，一个卑陋，一个讲修养，一个讲势利，这种极不同的性格，就可以明明白白地看出武士、町人的差别了。"

　　现代日本上流阶级的气质，完全是在"町人根性"的骨子上面，穿了一件"武士道"的外套。

　　在孙中山先生和梅兰芳的眼中，大仓喜八郎有可圈可点之处。在蒋百里眼中，大仓喜八郎则是面目可憎之人。

大仓喜八郎的家道和商道

　　日本明治维新时期，著名的商业有三井组、小野组和岛田组。以后小野组和岛田组没落，三井、三菱、大仓、藤田、谷河等兴起，并成为名噪一时的财阀。大仓喜八郎被日本人称为"御用商人"或是"幕后的军火商人"。

大仓喜八郎遗发碑

　　大仓喜八郎出生于什么家庭呢?

　　1837年9月24日出生的大仓，老家是日本越后国北浦原郡的新发田。家庭在当地很有名望，父亲是新发田的大名主，家中共有三男。

家道不错。

大仓自小就有经营的才干，18岁起到东京闯荡，1865年创立了大仓屋枪炮店，并在日本内战中获得巨利。以后在日本出兵台湾的战争、中日甲午战争、日俄战争中继续通过贩卖军火大发战争财，一时被称为"政商"。1902年开始在朝鲜和中国积极投资，兴办南满洲鸭绿江制材公司、抚顺煤铁公司、本溪湖煤铁公司等。在日本国内开办啤酒、皮革、化工、制麻等大企业。1911年组成株式会社大仓组，构筑了大仓财阀的基础。1912年中华民国临时政府成立后，曾以江苏省铁路为担保，贷款给孙中山300万元。他的事业不断扩大，涉及到采矿业、商社、林业、建筑业等众多行业。大正四年(1915年)授男爵。

分析大仓的从商之道，一是善抓时机。他在初期经商时，就是看准了日本国内的战乱，才创立了大仓屋枪炮店，供应开战的各方，在各方打得死去活来时，他却在欣欣然地大发其财。

二是善走上层路线。大仓是日本军队的供应商，走准了这一条，就有一生赚不完的钱，但这必须有上层路线。大仓是如何走上上层路线的？1872年4月，大仓喜八郎第一次赴欧洲考察，一行人中有留学生59名，其中有以后本溪湖第一高炉的技师，有大山岩（后来任日本满洲军司令官、元帅）的夫人，从此，与官场拉上了关系。同年，他听说日本使节团要到伦敦访问，他又相机跟到伦敦，并住在使节团住宿的地方，因此获得与日本高官见面的机会，接触了很多日本政界、商界的要员，并和伊藤博文的势力挂上钩。归国后，就得到了陆军部队军火供应的特权。

三是眼界开阔。本溪湖一铁厂的一号高炉，采用的设备和技术是当时钢铁冶炼最先进的国家德国和英国的，日本都不具备这样的技术。从此可看出大仓眼界的开阔。其实，从他的投资上，从他开办的企业上都可看出其眼界的开阔。

善抓机遇、善走上层、眼界开阔，成就了大仓财阀的商业帝国。

晚年的大仓热心于公共事业和教育事业，并无所吝惜地投入自己的财产。与同为实业家的涩泽荣一等人一起创建了鹿鸣馆、帝国宾馆、帝国剧场等。他还是东京经济大学的前身——大仓商业学校的创始人。大仓喜八郎还是有名的东洋美术收藏家。据说义和团起义的时候，满载着中国美术品的俄罗斯船只进入长崎港，准备着如果在日本找不到买主，就前往美国。害怕文物散佚的大仓，把它们全部买了下来。1917年他在自己家里设立了日本第一个私人美术馆——大仓集古馆，一直保存到了今天。

此外，大仓喜八郎还爱好戏剧、书道、邦乐等，有2000多首和歌发表。

　　大仓家族的兴盛伴随着日本军国主义的侵略和掠夺之路，其命运也是相同的。日本战败后，各大财阀被一一解散。大仓财阀在中国所攫取的矿权也被中国人收回。此后，作为大仓组核心企业的大仓商事继续存在下去，不过，因为经营不善在1998年8月的金融风暴中申请破产，最终解散。

历史秘本，外人不知的大仓喜八郎1900年前来本溪，所为何来

　　大仓喜八郎遗发碑碑文载，1905年，大仓就谋划在本溪湖煤炭的废坑上开设新坑。

　　在所有的记载中，对此的解说都是相同的。即1904年日俄战争爆发的同时，对中国大陆早有野心的大仓财阀看到，这场战争是对中国东北进行经济侵略的极好机会，于是凭借着它同日本军政界的密切关系，在日军渡过鸭绿江不久，就派出调查人员沿着安奉铁路（安东至奉天，今沈丹铁路）进行资源勘查。在调查当中发现本溪湖煤矿和庙儿沟铁矿确有开采价值，便绘制了矿区简图。1905年11月，大仓财阀向当时在辽阳的日本殖民军政权——关东总督府提出开采本溪湖煤田的申请。12月8日，日本关东总督府在采煤供应军用的条件下，批准了大仓财阀的申请。至此，大仓财阀便正式侵占了本溪湖煤矿，并命名为"本溪湖大仓煤矿"。

　　这样的解说，给人的感觉好像大仓是在无意中勘查到本溪的煤铁资源，才来此创办"本溪湖大仓煤矿"的。其实，大仓喜八郎对此是蓄谋已久的。

　　在有关的历史中，有一个人的名字常常被人忽略。这个人叫式村茂，大仓派人到本溪勘查后绘成的矿区简图，标记的就是式村茂的名字。

　　式村茂，应是一个与大仓很亲近的人。在式村茂的记忆中，大仓曾向他讲述过自己在这之前到过本溪湖，具体的日子应是1900年。来到本溪湖后，大仓借住在一户人家。这家人的屋里有火炕，没有浴池，做饭吃饭都在一个屋里。副食品除鱼外没有其他东西。盛装食物的器皿很不干净。大仓的感觉好像是来到了野蛮人居住的地方，但他却是很快乐地在这儿住了几天。

　　这是个很重要的史料。

　　有心人会问，大仓到这儿来干什么？来游玩吗？显然不是的，他应是来勘查的。来此实地看看本溪湖煤矿，为他以后的设想先下一手棋。

　　一个反问马上出来：那时的大仓是神仙吗，怎么知道离日本这么遥远的地方会有煤矿呢？

这就得从日本对中国觊觎的野心说起。

1903年，远在日本的鲁迅，看到了资源对一个国家的重要。为让国人知道本国的丰富矿产，鲁迅遂决定撰写一篇有关中国地质矿藏的论文，名为"中国地质略论"。

写论文，就要寻找资料。在这个过程中，鲁迅收集了东西秘本数十种资料，又阅读了中国各省通志。在收集资料时，有一件事给鲁迅留下了刻骨铭心的印象。鲁迅和他的同学顾琅在日本老师那里发现了一张《中国矿产全图》，这是一张不让印刷、不让外传的秘本。是谁绘制的秘本？是日本农商务省地质矿山调查局绘制的。东北的矿产，这张图标得最为清楚。太子河上游的本溪一带，标有富藏煤矿和铁矿的标记。

绘制这样的图当然都是秘密进行的，花的工夫也不是一年二年的，至少也得十年八年。

日本在1900年之前就有《中国矿产全图》，这张图就是大仓寻找本溪煤矿的秘本。

从这个推论上还可反证出，即在1900年的时候，日本已有了在东北和沙俄一战的打算。

获悉日军这一打算的大仓，想到在以后日军的军事行动中，当然少不了自己的供应。如果能就近就便开采煤炭，并提供给日军，利润巨大，因而只身前来本溪探秘。

有了日本《中国矿产全图》的一页，有了日军打算在东北与沙俄一战的打算，就有了大仓1900年的本溪一行。

有了这样的铺垫，后来大仓派人跟随日军来到本溪勘查，并能在短短的一个月时间内绘出本溪湖煤矿矿区图上报日本"关东总督府"，才成为可能。

评价大仓喜八郎，一要看他为日本军国主义服务的官商身份，二要看他开矿建厂的目的

1911年10月，大仓再次来到东北，与日本驻奉天总领事小池张造和奉天交涉司许鼎霖签订《中日合办本溪湖煤矿有限公司合同附加条款》，因此，公司改为"本溪湖煤铁有限公司"。

在本溪人的记忆中，1905年之前，本溪的煤矿由于开采年代久远，因解决不了通风等问题，很多的矿井已废弃。原来因采煤业兴旺而繁盛的本溪湖商镇已经萧条。

大仓家族的到来，煤炭的开采采用了现代化的开采技术，围绕的又是一系列新设施和新技术的采用，本溪的古老煤业焕发了青春。然后将煤炭业扩展到制铁业，在本溪新建了亚洲最先进的高炉、发电、团矿、焦炉、洗煤等一系列设施。

本溪现代钢铁业的兴起和发展，带动本溪城市的兴起和发展。如何评价大仓家族在本溪的所作所为，那要看大仓家族来本溪的目的。

大仓来本溪，我们可以断定的是，他和他的企业来到本溪，不是为推进本溪地区的文明发展，不是为本溪百姓谋福祉而来的。

大仓不是一个共产主义者，不是一个慈善家，不是一个带着和平使命的天使。他来到本溪有两个使命，一是为日本军国主义掠夺资源；二是为大仓家族开拓市场，积累财富。

这里有一个非常值得注意的历史细节，"中日合办"始于1910年。在这之前的5年间，即从1905年成立"本溪湖大仓煤矿"，开始掠夺本溪的煤炭资源始，大仓就无视中国的主权，独自开采本溪的煤炭。即使是日本驻辽阳军政署指示大仓财阀与中国合办本溪湖煤矿，即使是中国方面数次阻止大仓对本溪煤矿的采掘，大仓仍执意独自开采。

大仓财阀在不顾中方反对、独自开采本溪湖煤矿的同时，又先后两次派日本制铁方面的专家木户和服部对南芬铁矿进行实地调查，而且还觊觎本溪周围的铁矿。1915年，通过各种办法，又获得了梨树沟、卧龙村、歪头山等12个铁矿的开采权。

除此而外，大仓家族还对桓仁二棚甸子矿场进行大规模的掠夺开采，建设了现代化的发电站，广修公路、铁路。

作为官商的大仓财阀，遵循日本军部的意见，在本溪成功试制低磷铁和军用钢，并将之源源不断地运往日本国内的军工厂家，制造杀人的武器。

作为财阀的大仓，对于在中国国土上开矿建厂所应缴纳的出井费和报效金则使出浑身解数，力图少缴，单是其中的一项就由10多万元减少到4万多元。

大仓财阀对本溪资源的掠夺，给本溪留下许多历史伤痛。如1942年的矿难惨案，今天因资源枯竭对本溪发展的影响，等等。

大仓喜八郎去世于1928年，1934年，他的儿子大仓喜七郎在本溪的顺山子为他建立了巍巍堂皇的"遗发碑"。

本溪湖煤田的历史浩劫

1905年的冬季，北风搅动着雪花盘旋在狭长的溪湖谷地，昔日热闹的河西商业一条街显得萧索和冷清。

老本溪湖旧景

河西大桥头西南角的何家馆子，老板何振家斜倚柜台，目光空洞地瞅着窗外，犯愁呀！自去年日本人和沙俄在这一带打仗后，生意就一直萧条。何振家不知生意什么时候能转好，什么时候年头能太平无事。

其实，这一条街上不管是买卖大的或者是买卖小的，想法都和何振家差不多。

此时，在百里开外的辽阳，发生的一件事将对河西众多的商家产生令人无法想象的影响。

1905年12月18日，驻扎辽阳的日本关东总督府以采煤供应军用为条件，批准了大仓财阀在本溪建矿采煤的申请。

本溪湖老百姓身边的本溪湖煤田，在不知不觉中就被换了个名：本溪湖大仓煤矿。

本溪40年的历史浩劫从此开始。

此后，本溪湖煤田被日本大仓财阀强行采掘5年之久，到1931年"九一八"之后直接沦为日本的资源地；此后，日本在本溪湖有了殖民地，有了日本街，有了日本宪兵，有了日本军队。

在这一张阴阳脸上，发端了本溪钢铁公司的历史和本煤公司的历史。

今人不解的疑问

本溪煤铁的历史，只要是本溪人都能说出个子午卯酉来。

商有商道，行有行规，采煤也有自己的规矩。

清代采煤更是规矩多多，特别是在东北。

因为东北是清朝的发祥地，入了关的清廷相信了汉民族的风水学说，因而怕东北地区的挖矿挖煤破了祖宗的风水，断了祖宗的龙脉，很多地方因而禁止挖煤。

只有本溪是个例外。

在明王朝，本溪就成了明王朝军事工业重镇，辽东镇属下的3个卫有5个炒铁百户所坐落本溪。在清王朝，本溪成了皇帝特批的煤铁产业"特区"。别的地方都不能采煤炼铁了，本溪地区可以凭着皇帝特批的营业执照"龙章标"而能继续采煤炼铁。

在老本溪人的心目中，哪怕本溪遍地是煤，但要开采，必须得有规矩。

但1905年之后，日本人在本溪采煤的这一幕幕，让本溪人看不明白了。

有的记载说，日本人从一些人手中买下了皇帝特批的采煤执照。这事日本人能干得出来，况且咱们中国人也有那些贪小利忘大义的人。

即使是这样，那日本人也应该是心里害怕呀！这好比有人偷了别人的钥匙，然后拿着这钥匙再到主人家偷东西，虽然钥匙在自己手上，但心里仍然害怕。

在本溪偷盗煤炭的大仓财阀却不这样，大仓在本溪采煤被官府知道了，来人和他理论，大仓却显得理直气壮，人不理睬，煤照样采。

当时的本溪人看不懂，后来的本溪人也看不懂，在我们自己的土地上，大仓财阀怎么想挖煤就挖呢？

时至今日，很多人仍不明白，在中日自1931年"九一八"之前，中日还没爆发战争之前，数千年来都是中国人开采的本溪煤田怎么说变就变成了日本人的了？

日本人凭什么在本溪湖就有了块"附属地"，在本溪的土地上建了个"国中之国"？日本的军队、宪兵怎么就成了溪湖谷地中的主人了呢？

由强采到合办，是日本出于《朴次茅斯和约》规定的无奈

本溪有一场战争，发生在1904年10月—11月之间，那是日俄平顶山之战，是俄军为支援受围的旅顺口而采取的进攻战。主动进攻的俄军占领边牛后即向本溪湖挺

本溪湖煤矿柳塘坑口

进。部署在边牛的由闲院宫亲王载仁和梅泽率领的日军企图依仗阵地战消耗俄军兵力后再转入反攻。俄军包围了梅泽部后并占领了平顶山，想要依托这个制高点掌控战斗的主动权。洞悉俄军企图的日军随即跳出俄军包围圈并向平顶山进攻，经过激烈战斗，日军毙伤俄军官兵数百，自己也死伤不少，才终于攻占平顶山。阻止了俄军沿太子河左岸挺进，以切断日军本溪和桥头之间的联系，确保了日军后方的安全。为夺回平顶山，扭转危局，俄军又集中步兵、炮兵、骑兵数千人，从威宁营渡河后向退守平顶山的日军发动猛烈进攻。已退守平顶山的闲院宫亲王载仁率领日军拼死抵抗，联队长太田和许多官兵战死。后来，日军黑木一师团派来十二联队救援，救援部队从背后猛攻俄军，平顶山的日军又进行反突击，腹背受敌的俄军不得不败下阵来，向沈阳方向撤退，日军赢得了平顶山战斗的胜利。

日俄战争，是日俄两国为争夺东北利益而发动的一场不义战，本溪的资源即是这场利益争夺战中的一环。

日本蓄谋已久，沙俄则是被动的一方。

自中日甲午战争后，日本一度获得辽东半岛的权益，后因三国干涉还辽而让日本吐出了吃在口中的肥肉，日本自然是怀恨在胸，处心积虑准备了10年。

沙俄战败，1905年9月5日，日俄双方在美国经过了长达25天的谈判后，签订了《朴次茅斯和约》，条约使得日本获得了沙俄在东北的权益。

捡两条来说，俄国将从中国取得旅顺口、大连湾的租借权及其附属特权，转让给日本。俄国将其所获之中国南满铁路及其支路、利权、煤矿等，无偿地转让给日本。

按照条约，长春以南的中国东北地区南部成了日本的"势力范围"。

日本获得了中东铁路长春以南支线和旅大租借地的控制权，它仿效俄国的办法，在铁路沿线开辟"附属地"（即依托铁路建立的带状殖民统治区），非法地攫取了行政权、司法权、课税权以及驻军设警等种种特权，在附属地内进行政治、经济、文化、军事侵略，并通过铁路附属地将侵略势力逐渐渗透到东北各地。

1905年9月5日，日俄双方签订了《朴次茅斯和约》，1905年12月18日，驻扎辽阳的日本关东总督府以采煤供应军用为条件，批准了大仓财阀在本溪建矿采煤的申请。

这就是大仓财阀非法掠夺本溪煤炭资源的背景。

正因为有这样的背景，大仓财阀面对中方的屡屡质问和交还要求，不是以"经日本关东总督批准"为借口，就是给你个不理睬。日本驻奉天总领事面对中方照会，禁止大仓开采本溪湖煤矿，将该矿交还中国时，竟然说："安奉铁道附属煤坑，于我有采掘之权利。"

行笔到此，有人会问：既然日本人机关算尽要掠夺本溪的煤炭资源，为什么不强采到底，怎么后来还同意中日合办本溪煤矿呢？

日本人当初的强采有个借口：就地采煤以供军用。但日俄《朴次茅斯和约》附约第四款写道，日本应允"因军务上所必需，曾经在满洲地方占领或占用之中国公私产业，在撤兵时悉还中国官民接受；其属无须备用者，即在撤兵以前亦可交还。"

日俄规定的双方撤兵时间是1907年，按规定，日方应该履约将本溪煤矿交还中方，但这是日本最不甘心的事。为了对外说得过去，还能将本溪煤炭资源掌握在自己手中，日本军方才促使大仓财阀放弃单方面开采，改为中日双方合办。

大仓财阀，不过是日本国家侵略意志的马前卒

本溪有一本由日本人出的书，书名叫"本溪湖事情校注"，是1932年出版的。里面"地方行政"一章会让今天的人们惊讶不已。其中说，自日俄战争胜利

之后，日本国的统治权到达本溪湖，所有权利归日本帝国所享有。1907年南满铁道株式会社创设的同时，会社从野战铁道提理部接受了安奉线的全线事务，总括了本溪附属地的一切。

日本人是怎么在附属地设立统治机构的呢？行政权属于会社总裁，警察权属于关东长官，军事权属于关东军司令官，司法权属于领事馆，满铁会社在附属地设地方事务所，掌管附属地方之土木、教育、卫生和收税等工作。

这就是个国中之国。但日本人建这个"国中之国"不是为了来游玩的，而是为控制资源、深化殖民统治的。

但这一切，都不是日本军方出面做的，出面的是有关貌似商业集团的南满铁道株式会社。

日俄双方从1907年撤兵后，日本就处心积虑想把军事占领下所取得的东西尽可能多地长期留在自己的掌握之中。在日本国内，战争狂人们正起劲地制造一种舆论，叫作"今后之满洲经营者，非吾人之任而何"，或者说"开发满洲"乃日本之"天职"。日本的学者、名流、政府要员纷纷到我国东三省南部进行调查活动，甚至西园寺首相本人也于1906年4—5月间亲自到奉天进行整一个月的所谓视察，其根本目的，都在寻找最有利的方式，为囊括东三省南部的利权做准备。

南满铁道株式会社的设立，就是日本为实现这种目的而采取的一个手段。

日本政府于1906年6月，敕令设立南满铁道株式会社，11月设总社于大连，设分社于东京，1907年4月正式营业。"满铁"成立后，日本政府就将南满铁路及其附属地的抚顺煤矿和大连港交给它经营。从此，"满铁"就成了垄断东北全境的铁路、港湾、煤矿、钢铁、轻金属、化学工业等的大托拉斯。

满铁还非法地攫取了铁路沿线地区的行政权,使其成为独立于中国政府控制之外的"满铁附属地"。

本溪湖附属地就是其中之一。

满铁统治权的延伸，加速了日本对东北资源的掠夺。满铁对获得抚顺煤矿的经营权并不满足,又陆续把持了辽宁瓦房店、辽阳、烟台煤矿和吉林宽城子煤矿的经营权。

受这样形势的鼓励，大仓财阀除了深化对本溪煤田的占有外，还加速了对本溪周边煤矿和铁矿的掠夺，其范围包括了本溪县和桓仁县，矿藏种类也由煤矿扩展到铁矿、锌矿、铜矿和石灰石矿。1914年,大仓组又强占新邱煤矿。

当时，满铁的鞍山制铁所和大仓组的本溪湖制铁所，生产的生铁几乎占当时全中国生铁产量的97.3%。

后来，日本又在东北成立了"满炭"，成为了日本在东北的主要矿业国策会社之一，与满铁和本溪湖煤铁公司构成了东北矿业的三大系统。

本溪的煤铁资源遭遇大仓财阀的掠夺，其实背后是日本国家的侵略意志。相对于1931年"九一八"之后日本对本溪煤铁资源的全面吞并，大仓财阀1905年开始的掠夺，不过是一场长达40年浩劫的开始。

一口斜井开启一个时代

1906年，中国处于多事之秋。为挽救行将就木的大清朝，慈禧太后下诏，宣布"预备立宪"，想用改革将这艘百孔千疮的破船拖离恶浪汹涌的海面。之后，各省立宪团体纷纷出现。而此时的东北亚，日本则动作频频。先是与俄罗斯划定库页岛边界，并在朝鲜禁止朝鲜人集会结社，在中国东北则设立南满洲铁道株式会社。

辽东的本溪湖，虽然是大清王朝的神经末梢，依然感受到了一个时代的动荡。

大仓财阀在本溪湖开采的第一口斜井

1906年，现代化的起点

1906年的黄历刚翻过，仍属于阴历的腊月，天气嘎嘎冷，河西商业一条街的人先是看见一拨儿日本人在柳塘、茨沟、仕仁沟一带乱转。这一拨儿日本人走后，又来了一拨儿。这拨儿日本人来了就不走了，他们在如今的本溪煤矿公司办公楼的地方安营扎寨，一副长居久住的样子。

头一拨儿人是日本驻辽阳关东总督府派来的，来本溪湖是调查本溪湖煤矿，并实测了矿区境界。

第二拨儿日本人则是大仓财阀的人。本溪人都知道，大仓财阀来此是为本溪的煤和铁矿的。历史记录中，忽略了这一拨儿人的姓名，但是，有一个人一定身在其中，这人就是式村茂。在日俄战争中，就是式村茂奉大仓之命随日军前来本溪勘查资源的，并将勘查后的本溪煤田绘成矿区简图，图上标记了式村茂的名字。

仅有式村茂一人当然不行，必须有一群人，有管理的，有技术的，具体有中国工人110多人，日本工人30余人。

开矿挖煤必须有官家的凭证，大仓也不是傻瓜，他从拥有清王朝"龙票"的人手中买到了"执照"。有了这件东西，大仓心里有了底气。只是谁卖给大仓的"龙票"，笔者孤陋寡闻，至今没查到此人姓甚名谁。

大仓财阀在中国的煤铁基业就要奠定了，仪式必不可少。于是，本溪湖人看到了一个开井的仪式在本溪隆重上演。

走完了所有的过程和形式，在一个前人使用过的坑口，继续掘进采煤——本溪有了历史上的第一口斜井。

本溪开始了近代化的采煤史。

技术改变的不仅是采煤史

110多名从当地招募的中国工人，大部分都是过去的采煤工人。

本溪湖自明王朝以来，盛行采煤业。特别到了清王朝，本溪湖的采煤业成了辽宁必不可少的产业，聚集了众多的采煤工人，最多时达到五六千人。

一代又一代的采煤方式，成了一个固定的程式，刻印在这些人的脑海。

采煤的方法，延续镐刨铲装。运输方式，将煤装在筐里，由人背运出来。排水更是高强度的劳动，有的采用人工挑水的方式，将井下的水挑到井外，有的采用柳罐排水的原始操作方法。通风采用自然通风，利用高低差进行扩散通风。

新式采煤图

如今，一切都在改变。

过去的照明由自己提一盏灯变成了电灯，时在1908年，电灯照明通行在本溪煤矿。看着明亮的玻璃形如球状的灯泡，本溪的居民感到前所未有的新鲜。之后，电灯照明普及到了居民，几千年来用煤油灯照明的历史从此改变。中国很多地方，是解放后许多年后才采用电灯照明。难怪当年的把头们进关招工时，总是很牛气地说，本溪那个地方嘛，楼上楼下，电灯电话。

动力方式也在改变。从未听说过的蒸汽动力出现在了面前。采煤的坑口安装了蒸汽动力绞车，将井下开采的煤炭用绞车提到井口，后来大斜井采用倾斜皮带提升运煤，人力运输的方式得到改变。还在井下安装了蒸汽动力，过去要用人挑的水，现在只要水泵一响，水就自然排了出去。

1914年，在坑口安装主扇进行机械通风，结束了矿井自然通风的历史。

采煤方法也由小煤窑式转为房柱式，后来采用香火引爆法采煤或掘进。

接着在煤田区内建设电车线路，小电机车轰隆隆地跑在煤矿区内。

…………

与别的地方相比，本溪人早数十年目睹了或是采用了现代化的生产方式，早数十年目睹了或是接触了现代化的生活方式。

我国利用煤炭已有几千年的历史。远在公元前500年左右的春秋战国时期，煤已成为一种重要产品，称为"石涅"或"涅石"。魏晋时期称煤炭为"石墨"，唐宋时期称为"石炭"，明朝时称"煤炭"。公元前1世纪，煤已经用于冶铁和炼铜。17世纪中叶，明末宋应星的《天工开物》一书，系统记载了我国古代煤炭的开采技术，包括地质、开拓、采煤、支护、通风、提升以及瓦斯排放等技术，但在相当长的时期内，我国的煤炭开采技术始终停留在手工作业生产的水平上。

初刊于1637年的《天工开物》，其中有一幅图，是矿工在井下采煤的情景。图中有一根中间打通的长竹竿，从地面上插进矿井深处。现在有人将这幅图发于百度网上，并设下疑问，问那竹竿派什么用场，是运送煤、照明或用于紧急逃生。很多人都没答对。其实，那就是中国古代在采煤过程中用来排放瓦斯的。

中国几千年的历史中，采煤主要着眼于三大要素：通风、排水和安全。

在矿井下怎么解决通风问题？很多地方采用的是自然通风，也有先进一点的通风办法，那就是用木制风车和荆条编成的风筒通风。风车结构与传统的扇米风车相似，但体积较大，设于井口。风筒周身涂黄泥，防止漏风，一端延伸到各个工作面，一端和风车连接。用人力摇车，向井下送风。如果巷道纡曲深远，或由于季节关系风量不足，可增开风眼，使空气畅通。

怎么排水？一般用盘车（绞车）提运牛皮袋，每次可提水六七百斤。有的地区用竹制唧筒。如煤层向地下延伸较深，或是立槽煤，沿斜巷开掘若干坝坎，坎内挖一水仓，用柳罐或唧筒，将水依次上倒并排出。

怎样防止瓦斯？明代已知煤层内有瓦斯，称为"毒气""毒烟"。排引方法是用巨竹，凿通中节，插入煤层上部，利用瓦斯比重轻于空气，集中于煤层上部的规律，通过竹筒引导宣泄。

比起很多地方的采煤工艺来说，这已是先进的了。不少地方更是落后，洞口不到人高，采煤的人必须口中叼着灯，必须身子匍匐在地才能把煤拉出来。

山西是产煤重镇，有个叫阳城的地方，在元末明初时，村西窑坡古煤窑遗址坑道高宽仅1米，自然通风。清时，村民郑氏、郭氏先祖在村西瓦窑头合股开办煤窑，窑口用炼铁烧熟的坩埚浆砌，运煤仍是人拖马拉。

1906年，本溪新的采煤业兴起，不仅是工艺技术的改变，更是一个时代的开端。

之后兴起的炼铁业等一系列新产业，都是以此为起点的；之后工商业的兴盛、城市建设的发展等等，也是以此为发端的。

1906年，本溪第一口斜井的开凿，是本溪现代化的起点。

寻找第一斜井

寻找1906年开凿的第一口斜井，是我自采写"百年一铁"后的愿望。这个愿望是通过任福昌而实现的。

任福昌，彩屯矿的总工程师。

他的家庭历史富有许多传奇色彩。

他的身上承载着那个时代的许多信息。

既参加过抗联，为革命做过贡献，又是土匪，投奔过国民党军的黄锡山是他家亲戚。

任福昌的父亲，既与日军为敌过，与国民党军抗争过，又是伪满洲国时期本溪地区一个派出所的所长。共产党和国民党在本溪拉锯战时期，又为共产党的县大队弄了几十支枪。

曲折复杂足可以写本小说了。

任福昌的经历又是那个时代的写照。

读高中时，教他的老师都很有名。教历史的老师佟文佩，曾是国民党中央社的记者，还是蒋纬国的情人。体育老师是国民党中央军校的教官。另一个老师曾是国民党中统的人。

古代用竹筒通风图

任福昌高中时成绩第一，因受出身影响，不能考大学，由此开始了与煤矿的结缘。

聪明的人，到哪儿都聪明。

采煤采了18年，恢复高考后，只读过高中的任福昌竟然能辅导高考的数学。

一些大学教授来公司讲课，一个高中学历的人还常常指出讲课中的错误。

任福昌不但学习聪明，对地质地理、对本溪煤层的构造都很熟悉。

后来，任福昌以自己的本事成为彩屯矿的总工程师。

我在采写"百年一铁"的有关稿件时，多次采访他。他又多次带我到本溪煤矿采访总工程师康阔林、负责地质工作的工程师胡振洪、负责通风的副总工程师陈生财，获得了不少的资料和信息。

任福昌向我介绍了本溪煤田的形成，介绍了彩屯矿的煤层分布，等等。

寻找本溪第一斜井，任福昌更是我第一个想到要找的人。

之前，因长时间的熟悉资料，对《本钢史》就非常熟悉。在《本钢史》第一卷中头几页上，有大仓财阀来到本溪后开凿的3口斜井的记载。我来本溪后，第一次见到的斜井是茨沟上边靠北边的一个用于运输的坑口。有了先入为主的观念，就认为第一口斜井的照片和茨沟靠北边的坑口很相像。但和任福昌一说，被他一口否定，他的理由是，那口井是用来做运输用的。

这可算是我第一次对第一口斜井的寻找。

第二次寻找，任福昌带着我又来到本溪湖的本溪煤矿，找到在煤矿中专门负责地质工作的胡振洪工程师。70多岁的胡工，看看我手中拿着的《本钢史》内页中几口斜井的图片，冥想一会儿，告诉我，可能是茨沟左边的至今仍用作采煤的那口斜井。胡工口中说是可能，我想，那一定是了。

过了几天，任福昌给我打电话，说本溪煤矿的总工程师康阔林对第一口斜井有新的说道。我和任福昌又再次驱车来到本溪煤矿公司办公楼。

康总拿出一叠图纸打开，在有本溪煤田煤层及采掘情况的图纸上，清晰地标有第一斜井、第二斜井、第三斜井的位置。

第一斜井地界被确切定在柳塘的山上。

我和任福昌、胡振洪、陈生财三人经本溪湖、柳塘上得山来，在一个被封住洞口的废弃的井口停下。

三人告诉我，这就是本溪煤田的第一口斜井。

斜井被封死，眼睛随着巷道看去，一条直直的堆土上，生长着一溜儿青草。登上堆土，后边是如山的废渣。

周围有几棵树稀落着，一片荒芜。

本溪现代化的一个起点就荒芜地躺在这不被人注意的地方。

我在默默地凭吊，一任思绪如潮。

1906年，本溪开始设县，县治本来设在牛心台。后来县治为什么迁往本溪湖？那是首任知县为遏制日本人而采取的对策。

百年县衙迁址之谜

日本大仓财阀在本溪湖肆无忌惮地采掘煤矿，让初次到来的周朝霖认识了日本的野心

1906年9月的一天，一个穿着长袍马褂的清朝官员来到了本溪湖。眼前的本溪湖现状，却让这位官员大吃一惊。

先说这位官员是谁，他来本溪湖做什么。

这位官员名叫周朝霖，字雨青，安徽人。个头不高，一脸清秀，写得一手好字，喜爱水墨丹青。这次奉命来本溪湖，是负责调查和筹备本溪县设治事宜，他的官职是本溪设治局总办。

1906年之前，在数千年间，一般说来，本溪属辽阳县管辖，治所一直在今天辽阳市白塔区。实际上却复杂得多，辽金时属辽阳县、石城县辖区。元时属辽阳路。明时置草河千户所。明洪武十九年（1386年）改置东宁卫。这还不包括桓仁县，直到1905年，本溪地区还分属辽阳、凤凰城和兴京三地管辖。

但此时的本溪湖形势已发生了很大变化：冶铁和采煤业的兴起，本溪湖已发展成为商业大镇，周围人烟日渐稠密；安奉铁路的修建，本溪湖已成为交通要道，具有重要的战略意义；日俄战争结束以后，日本将铁路沿线各车站周围地区划为"南江洲铁道株式会社附属地"，非法行使行政权，实行殖民统治。小小的本溪湖，日益纠结着经济矛盾、主权矛盾和战略矛盾。当时的盛京将军赵尔巽有感于此，于1905年（清光绪三十一年）10月28日上奏朝廷，要在本溪湖建县设治。

当然了，盛京将军赵尔巽的奏请写得很艺术，一点没说日本人设附属地的事情，一点没说中日纠纷的事情，而是说："辽阳州属本溪湖附近一带，毗连兴京、凤凰，万山重叠，路径分歧，为盗渊薮，应另设知县。"这个地方偏僻，容易为盗贼所用，应在此设置县所，加强管理。

清王朝对日本人对东北的企图同样心知肚明，对盛京将军的奏请很快批准。盛京将军得到批复后，立即于1906年的7月筹设县署衙门，并将本溪县的县治定在牛心台。9月，委任周朝霖为设治局总办。

周朝霖是个很有责任心的官员，接到任命，拜辞盛京将军赵尔巽后，立即起程，到辽阳州拜见知州陶鹤章。两位上司简要介绍了本溪湖的复杂情况，并要他一定要注意日本人在本溪的动向。周朝霖马上赶到本溪牛心台，第二天即到本溪湖来调查。

不看则已，一看却让周朝霖大吃一惊。

1905年10月，日本大仓财阀派人到本溪湖勘查煤铁资源，并绘制了矿区简图。12月18日，大仓财阀将本溪湖煤田命名为"本溪湖大仓煤矿"，正式侵占了本溪湖煤田。1906年1月，大仓煤矿举行开井仪式，时有中国工人110多人，日本工人30余人。并于这年的4月在本溪湖开了第一口斜井，当年采煤300吨。同时，正准备开第二口斜井。

矿区上，很多从日本运来的采掘设备正在卸车。在本溪湖火车站前正在建设中的"洋街"，日本住宅、日本商店连成一片，一副长住久安的样子。

要使用邻居家的锄头还得邻居许可了才能拿，可日本人在本溪湖建厂采煤，既没向盛京方面请求，也没向辽阳州报请，日本人的肆无忌惮让周朝霖大吃一惊。

回到牛心台，周朝霖的心情难以平复，白天的所见让他联想到10年前的甲午中日之战。他认识到，日本人的野心并不仅于此，日本人图谋的不只是一个本溪湖，本溪湖只是日本人的一个点。

他在院里边踱步边谋思应对之策。

应对之策一：建议县治从牛心台迁本溪湖，遏制日本人的野心

要遏制日本人的野心，必须清楚日本人的动向，采取相应的对策。要做到这一点，必须把县治设在日本人在的地方，以方便监督日本人的动向并与之斗争。

为此，周朝霖上书盛京将军，提出本溪县治所应设在本溪湖。他的理由有两条："本溪湖为省地通东边之要道，山势环耸，实省城东南之屏障，一旦东顾多虚于军略上有特别关系。"从战略上考量，本溪湖作为交通要地，是防备日本从朝鲜方面侵略的屏障，此为一也。

他还分析了本溪湖为安奉（今沈丹）铁路必经之地，日本人借保护铁路之名，在此地驻有军队，而且日本人又在本溪湖强行非法采矿，中日双方屡起冲突，"若县治设于他处，则对于外人之抵抗力全归消失，日后恐不堪设想。故就委员管见，其设治处所应以本溪湖为断"。将县治设于本溪湖，以遏制日本人野心，此为二也。

不久，周朝霖的建议获清政府当局批准，治所遂由牛心台迁至本溪湖。

划界工作也在紧张进行。1907年年初，周朝霖和辽阳州知州陶鹤章一起，开始勘定由辽阳州属地划归本溪县新治土地。计东自盘道岭与抚顺东界之处起，沿兴仁(县)边界西向经肖家河、高家堡、张其寨、枣沟、松木堡、歪头山、柳家峪，折西南向，经朝鲜岭、王高玉岭、南大岭、郑家屯，渡太子河经瓦子峪、朴家湾、黄土地渡细河，经宁家寨、老官岭、长背山、石门岭东转10里，经王家崴斜向西南，经滴塔堡、摩天岭南向新开岭、八盘岭、白云山折而东向，经东头岭上万两河、荒店子、石磨子岭、白蓬岭、千家岭斜向东北至分水岭与凤凰厅属草河连界为止。计经线190里，北面纬线150里，南面纬线65里，共计边线380里，以此经线以东划归本溪县管辖治理。共有142个"村牌"。当年拨民地2140余亩入本溪县。1914年再拨旗地152862亩入本溪县。

与此同时，完成了兴京抚民厅西南部、凤凰厅北部地区划出工作。

建县时，将全县划分为8个区、158个乡、346个村，并在碱厂边门衙门设文、武章京各1人。为了减少县署衙门的开支，周朝霖不墨守成规，敢于弃旧革新，将三班六房设置减为三班三房。

周朝霖在商讨建县事宜时，还与本溪永隆泉烧锅的老板张永隆产生了一段佳话。

周朝霖在召集本县各界名流商讨成立本溪县事宜时，张永隆自然也被邀请参加。

周朝霖来了后，听到社会各界对张永隆的赞誉，就想请张永隆出任第四区区长，后来还在本溪湖单独会见了他，对他说："张老板德高望重，不仅富甲一方，而且扶危济困，美名远播，是辽东不可多得的人才，今沟口区尚缺区长，想请张老板屈尊，不知张公意下如何？"

张永隆本来无意仕途，婉言谢绝说："感谢大人的抬爱，感激万分，但小人一向以酿酒为业，除酒之外一无所知，恐误大事，请大人另择贤明，建县之事，小人定当鼎力相助。"

周朝霖见他执意不肯，只好作罢。

到了建县庆典那一天，周朝霖致辞后，各界人士会聚在荣宝斋。当客人落了座，就见9个服装艳丽的满族姑娘依次走进来，每个人手里一个托盘，盘内放着一瓶永隆泉酿制的美酒。来到众人面前一字排开，在一阵欢快的乐曲声中，9个人同时按动酒瓶上的机关，只听"砰"的一声，9个瓶内同时跳出一朵鲜花，每朵鲜花中间有一个字，连接起来就是："万众欢庆本溪县成立"9个金字。紧接着每个酒瓶中，喷出一朵酒花，有半尺多高，像一朵白莲盛开，顿时，室内酒香四溢群情激动，把庆典推向了高潮。

应对之策二：寻机收回本溪煤矿的开采主权

接到周朝霖的报告后，盛京将军赵尔巽深为忧虑。他一方面指示交涉总局照会日本驻奉天总领事，禁止大仓开采本溪湖煤矿，将煤矿交还中国。另一方面，又指示周朝霖会同辽阳交涉委员照会日本副领事，就地禁止开采。周朝霖接到指示，马上到辽阳，将日本大仓在本溪湖开采煤矿的详细情形做了汇报，并与日本副领事进行了交涉。

交涉的结果，日本驻奉天总领事说："安奉铁道附属煤坑，于我有采掘之权利。"完全一副强盗嘴脸。末了还假惺惺地说："望贵我之间常行亲睦交涉，无论依何条件，以本溪湖煤山为贵我共同经营均无异议。"

本溪湖的大仓方面，周朝霖派员禁采，大仓方面给出了个"煤矿已经日本关东总督批准"的借口，不予理睬。

以后，又几经交涉，但日本均不予理睬，照样开采。

在交涉中，周朝霖体味到了弱国无外交的无奈，但他仍不甘心。

光绪三十四年（1908）8月，东三省总督令奉天矿政局总办郭祖舜与大仓煤矿计议合办合同，周朝霖奉命参与此事，并在其中做了大量工作。直到宣统二年（1910年）5月，中日双方才正式签订《中日合办本溪湖煤矿合同》，中方几经努力，才争到一半的矿权。

周朝霖历时四载，不畏艰难竭尽全力周旋其间，有功于民，有功于国。

中日博弈本溪湖

1906年头一页刚刚翻篇，本溪湖的百姓看到日本人在自家门口来来往往，把本溪的煤矿看成是自己的煤矿，打出斜井，挖起了煤。

强盗来偷，尚且要找个夜黑风高的日子，进了屋，蹑手蹑脚，生怕让人发现。可是来本溪湖盗采中国煤矿的日本人，却是一副"此路是我开，此树是我栽"的神情，大张旗鼓地雇人、大张旗鼓地放鞭庆祝开工仪式。

看到日本人如在自家菜园一样肆无忌惮，本溪湖的百姓看不明白了。老马家，老杨家互相打听：嘿嘿，日本人怎么跑到俺们的地盘上来挖煤啦？跟谁请示了呀？

来此采煤的是日本大仓财阀家族，大仓财阀没跟中国任何方请示，但向日军"关东总督府"请示了。

1905年10月18日，日俄战争后，日军在辽阳设立"关东总督府"，后迁旅顺，改称"关东都督府"。日军"关东总督府"以采煤供军需为由，同意大仓财阀在本溪湖采煤。但提出，要大仓财阀家族与中国方面合作。即使是"关东总督府"与中国合作采煤的指示，也只是官样文章，但大仓家族连这样的官样文章也不做，直接进行强占采煤。

强占强采中国的煤炭资源，当中国政府前来制止时，日方一点没有心虚，一点没有愧疚，反而是满口的理由，偷了别人的东西反而觉得理所应当。

5年后，中国方面收回矿产主权的目的没有达到，不得已只好走合资合作的道路。大仓也没有达到独自开采的目的，无奈之下只好和中方合资合作。

其中的博弈，其中的诡异，让我们拨开历史的迷雾，还原其真相。

清王朝在本溪湖建县设治，其中的一个目的：因应日方对本溪湖资源的觊觎

日本把本溪湖的资源和东北资源看作一个整体，把占领东北作为国家战略。日俄战争是其整个战略的一部分，因此才有战争打到哪儿盗采资源之手就伸到哪儿。比较而言，清王朝已失了先手。

围绕本溪湖资源的博弈，清王朝在失了先手的情势下，应了一手：在本溪设治。

清王朝的这一手也挺厉害，要把县政府设在本溪，监视在本溪的日本人。

1906年9月的一天，周朝霖来到本溪湖，眼前的本溪湖情状，让他大吃一惊。

"本溪湖大仓煤矿"的匾额十分耀眼，办公楼虽说还是临时的，但新的正要兴建，一副长住久安的派头。

大仓已在本溪湖开掘了第一口斜井，100多矿工正忙碌在矿井。听说还要开掘第二口斜井，很多从日本运来的采掘设备正在卸车。

周朝霖把所见所闻条呈盛京，并要求将原来准备设在牛心台的县治改设本溪湖，并具文将大仓财阀肆无忌惮的采煤情形及时报告给盛京将军赵尔巽。

赵尔巽接到周朝霖的条呈，一方面指示交涉总局照会日本驻奉天总领事，禁止大仓开采本溪湖煤矿，将煤矿交还中国。另一方面，又指示周朝霖会同辽阳交涉委员照会日本副领事，就地禁止开采。

赵尔巽能如愿收回大仓财阀正盗采的本溪煤矿吗？

日方以没有撤兵为借口，拒绝将吃到口中的肥肉吐出来

交涉的结果，日本驻奉天总领事以"安奉铁道附属煤坑，于我有采掘之权利"为借口，拒绝将本溪湖煤矿交还清政府。但提出合办的意见："望贵我之间常行亲睦交涉，无论依何条件，以本溪湖煤山为贵我共同经营均无异议。"

本溪湖的大仓方面，周朝霖派员禁采，大仓方面给出了个"煤矿已经日本关东总督批准"的借口，不予理睬。

日本政府方面囿于《朴次茅斯和约》，拒绝交还，但可合办。

后来，清政府和日本签订了《中日会议东三省事宜正约》，承认日俄《朴次茅斯和约》中给予日本的各项权利。

正约有三款：

第一款

清政府将俄国按照日俄和约第五款及第六款允让日本国之一切概行允诺。

第二款

日本国政府承允，按照清俄两国所订借地及造路原约实力遵行。嗣后遇事，随时与政府妥商厘定。

第三款

本条约由签字盖印之时起即当施行，并由大清国大皇帝陛下、大日本国大皇帝陛

下御笔批准，由本约盖印之日起两个月以内，应从速将批准约本在北京互换。

附约有12款。

其中第四款写道，日本应允："因军务上所必需，曾经在满洲地方占领或占用之中国公私产业，在撤兵时悉还中国官民接受；其属无须备用者，即在撤兵以前亦可交还。"

日本政府关于中方交涉的本溪湖煤矿事宜的回答，所本的就是这一款。

大仓财阀在本溪湖采煤，依据的也是这一款。

换句话说，日方根据这一款，以采煤供军需为由，堵住中方的口，一旦日方撤兵了，这个借口就不成立了。

日俄对于双方的撤兵有个时间表，即1907年。

深知于此的日本政府，担心1907年撤兵后，面对中方要求收回本溪煤矿时没有了借口，所以在拒绝交还本溪煤矿的同时，表达了合办的愿望。

清政府的回答是，先交还煤矿，而后才能商量其他事宜。

双方于此胶着。

1906年11月11日，本溪湖煤矿发生透水事故，死亡工人22名。12月1日又发生瓦斯爆炸，死亡25人。煤矿被迫中止开采。

清政府抓住这个机会，令奉天交涉局照会日方，今后不准再行开采。但日本总领事仍以本溪湖是没有撤兵的地区为借口，使交涉再次陷入僵局。

专家支招，合作成为双方的选项

围绕本溪湖煤矿的博弈，中日双方经过几个来回，虽没进展，但双方立场都清楚地表现了出来。

但在交锋中，弱国无外交的尴尬也在中方表露无遗。

面对强权，中方无可奈何。

主动权在日方。

日方有日俄《朴次茅斯和约》，有《中日会议东三省事宜条约》，条约给予日方在东三省的权利。

球在日方手中，所以日方并不着急。

如果中方不想法扭转交涉的僵局，中方的利益就会源源不断地流向日方。

就在此时，中方有个人物登场了。

奉天矿政局参事孙海环来到本溪了。

来本溪干什么呢？调查大仓盗采本溪煤矿事宜。

在有关本钢的研究中，很少有人注意过孙海环，其实，孙海环在中日合办的事宜中扮演了很关键的角色。

在中国地学，或者是地质研究上，孙海环是一个开山式的人物。

奉化人孙海环，出生于奉化的名人家庭。他的父亲孙锵，是晚清进士。孙海环毕业于日本大阪高等工业学校，攻读采矿冶金专业。著有《最近生理学粹》和《孙炉图说》。与上海新学会社总经理周世棠合编过《东洋历史地图》和《二十世纪中外大地图》。《二十世纪中外大地图》按照1∶500000比例绘制，共有地图70幅，其中世界地图10余幅。中国行政区划图中不仅有各省的全貌图，还详细地附上了各省的重要城市、海湾等图，内容丰富，标注翔实，颇具参考和史料价值。孙海环开始采用新法炼铜，并发明了新式炼铜炉，由于性能良好，而被称为"孙炉"

这样的一个专家来到本溪，在调查大仓盗采本溪湖煤矿的同时，当然也很关心中方与日方交涉收回本溪湖煤矿的事，也就常和周朝霖一起分析、探讨相关事宜。

中日的这场博弈，如果日方有退出的可能，中方要收回煤矿的愿望就有可能实现。如果日方没有退出的可能，中方要收回煤矿的愿望就难达成。

两人在分析中，均认为日方没有退出的可能。

到过日本的孙海环分析说，日本本土缺乏炼铁的好煤。日本的八幡制铁所，是在汉阳铁厂之后的第七年兴办的。不同的是，汉阳铁厂的原料供应相对富裕，湖北大冶的铁矿和江西萍乡的煤藏均可就近为其提供原料。而八幡制铁所则在设立之初，就不得不面对无铁可制的窘境。另外，从北海道至九州，日本本土所产煤炭多为日常生活燃料，专用于海军战舰的无烟煤却甚是少见，与战备相关的冶金和重化工所需要的强黏结性煤炭，更是难觅其踪。日本所谓"开拓万里波涛，布国威于四方"的立国梦，一个最主要的思路，即是就近从中国获得煤铁资源。

本溪湖的煤是天然的优质煤，日本垂涎已久，势难退出。

矿权难以收回。孙海环想到日本驻奉天总领事曾有共同经营的建议，遂提议周朝霖，日本方面退出采煤既不可能，只能做出让步，采取中日合办。周朝霖也觉得只有此路可走。

孙海环回奉汇报，中日合办得到了中方各方面的认可。

面对中方的让步，大仓仍不愿意。

但此时，已是1908年，日本政府已失去了驻军的借口，日本驻辽阳军政署指示大仓，日军撤退后，在领事监督之下经营矿业。

归领事管辖的大仓，也只好执行领事双方合办的意见了。

这个结局，不应忘了孙海环。

中国冶金史的绝版雕刻（一）

1910年，中方在艰难博弈中，终于迫使日方退步，放弃了独霸本溪湖煤矿资源的狂妄梦想。强开强采的局面结束了，中日开启了合办的大门。合办20年，是本溪煤铁公司大发展的20年，也是那时中国冶铁企业发展的标杆。

本来是很正面的合办历史，本来是中国钢铁业很光彩的发展时间，可写来依然让人纠结。中方没人来正面主导企业的发展。中方争夺时的努力为什么不变为后期对企业的负责精神呢？这时研制的"人参铁"，在成了公司的核心产品后的数十年间，为什么就没有深度的研制和发展呢？

1915，开启中国炼铁新时代

单营煤炭还是煤铁兼营，本溪煤铁公司的发展选择

1915年投入营运的一号高炉，开启了中国冶铁技术新时代。

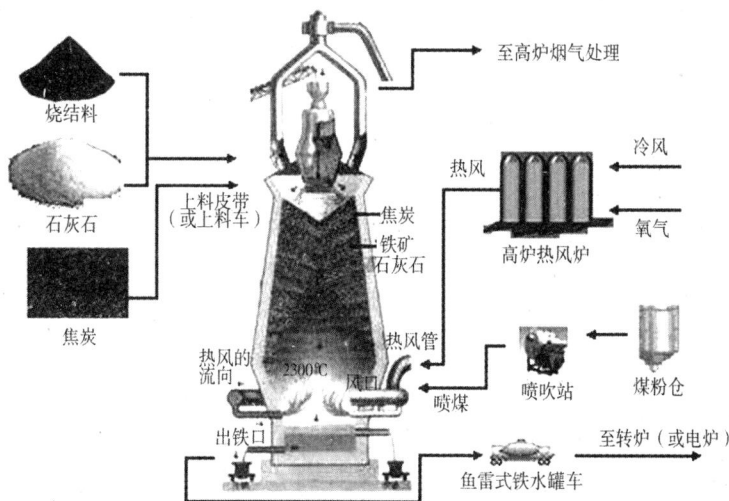

高炉炼铁生产工艺流程及主要设备简图

本钢一铁厂，当之无愧的"中国第一铁"。

1915年1月13日，在中国的冶铁史上是一个注定不平凡的日子。

几千年的冶铁方法，从这一天开始得到根本的改变。

让本溪感到自豪的是，中国冶铁方法的改变，是在本溪开始的。

这一天的本溪，纵然是严冬时节，但本溪湖的地面上，锣鼓急如密雨，唢呐响似鞭炮，一派热烈的气氛吹淡着严冬的寒凛。

热闹中，人群从四面八方涌向如今的一铁厂方向。

一座高炉拔地而起，曾见过在金家大院一带用坩埚炼铁的老马头感慨：流传了数百年的坩埚，再也用不到了。

明王朝初年就在本溪流传的坩埚冶铁法，从此将退出历史的舞台，代之而起的就是这高耸入云的高炉——流行于欧美的现代化炼铁技术。

1890年诞生的汉冶萍，被冠之以"钢之源"，本溪湖一号高炉的兴建营运，无疑成为了中国近代以降的"铁之源"。

本钢一铁厂，无疑地成为了"中国第一铁"。

发展煤炭业，还是煤铁兼营——发展道路的选择

一号高炉的剪彩，在大仓财阀的首脑——大仓喜八郎和儿子喜七郎，以及中方总办巢凤岗、日方总办岛岗亮太郎等一干大员的见证下喜庆而顺利地完成。

点火令下，一股黑烟从烟囱喷薄而出，现在看来是污染的黑烟，在那时则作为现代化的标志备受追捧。

仪式结束，本溪湖的百姓三三两两往家走去。在河西开店的老丁，边走边和名医金大先生唠上了：

"你家住宅一带，过去是炼铁的地方，当时的坩埚炼铁，也很气派，数百的坩埚，排列在地炉子上，点火之后，响声毕剥，火借风势，火头十分地亮丽壮观。"

金大先生掀掀漂亮的胡髯："可不是嘛，丁老板。我家现在的大院，亏得有那些坩埚，用来砌墙，省了材料，也省了不少的费用。大仓家刚来本溪湖那阵，鼓捣的是煤矿，合办后怎么又鼓捣起炼铁的事来了呢？"

中国自洋务运动之后，随着军工事业的发展，铁路的兴建，发展钢铁事业也成了一些有识之士念兹盼兹的事。可随着张之洞在湖北开办汉阳铁厂以来，经历的一波三折，路走得磕磕绊绊，又让很多人看到，要办现代钢铁业，需要人才、需要技术、需

要眼界、需要资金、需要市场，而这些又是当时的中国所缺乏的。

想之简单做之难。很多有实力的人看到这一点，自张之洞后的20年间，就没人再步其后尘，去干发展现代钢铁的事业了。

中日合办本溪湖煤矿后，怎么就把发展制铁业当作第一要务来做了呢？

中日合办本溪湖煤矿是1911年1月1日才正式开始的。

合同共15款，其中规定："合办后的名称为'本溪湖商办煤矿有限公司'，合办期为30年；资本为北洋大银元200万元，中日各出资一半：日方以'大仓煤矿'机械设备等财产折价100万元，中方以矿产资源作价35万元，另缴股金65万元；公司总办中日各任一员，公务人员由两总办协商，务期平均委派；所用开矿工人，以雇用中国人为主；公司开办以后，如必须增加资本或借债时，中日股东各担负一半，惟不得借用中日两国以外之款；公司须缴纳出井税和占红利25%的报效金。"等等。

在这个条款中，中日合办的是"本溪湖煤矿"，但到了1911年10月6日，中日双方又签订了《中日合办本溪湖煤矿有限公司合同附加条款》。

条款共10条，其中规定："本溪湖煤矿有限公司"改称为"本溪湖煤铁有限公司"，除采煤外，兼办采矿、制铁事业；再增加炼铁部，资金北洋大银元200万元，中日各半，分3年筹缴；"职工、工人、矿夫头、矿夫，为工价低廉起见，概用中国人。"等等。

不到一年的时间内，公司由"煤矿有限公司"变为"煤铁有限公司"，是什么力量、什么原因让公司的发展方向发生了如此急速的变化？

让我们拨开历史的云雾，还原其历史的本来面目。

兼办制铁，大仓财阀的原意

大仓财阀家族的首脑大仓喜八郎，周游过多个国家，对钢铁于一个国家的发展意义有深切的了解。

日本八幡制铁所成立时，其目的也是为发展日本的钢铁事业，但成立之初，八幡制铁所就不得不面对无铁可制的窘境。为什么呢？日本从北海道至九州，所产煤炭多为日常生活燃料，专用于海军战舰的无烟煤却甚是少见，与战备相关的冶金和重化工所需要的强黏结性煤炭，更是难觅其踪。

为给八幡制铁所寻觅原料，日本政府不惜提供重金贷款，在中国境内寻找原料基地。为了获得汉冶萍的铁矿和煤炭，日本政府曾借大仓喜八郎之手，为汉冶萍提供了

200万日元的贷款。

这些经历，让大仓喜八郎对资源的认识远高于一般商人之上。

日俄战争时，大仓家族作为日本军队的供应商，随着日军进入辽东地区。大仓家族就派人四处勘查矿藏资源，本溪湖煤矿、庙儿沟铁矿他都派人勘测过。

在对本溪湖煤矿进行强占强采的同时，大仓心里就琢磨着如何发展制铁事业，并在1907年7月，从国内请来了八幡制铁所的技师木户到庙儿沟进行实地调查。第二年又请来八幡制铁所的另一位技师服部，继续对庙儿沟铁矿做实地调查。

一系列的调查，本溪优质的煤铁资源确实让大仓垂涎欲滴。

汉冶萍发展中的很多挫折，有许多人为的事，但与煤炭和铁矿中含硫、含磷偏高有关也是不争的事实。而本溪不单是本溪湖煤炭含硫磷偏低，庙儿沟铁矿也是含硫磷偏低，真是天赐恩惠。

反思日本八幡制铁所的发展坎坷，再看看中国汉冶萍一路走来的磕磕绊绊，守着如此宝贝资源的大仓心痒难禁。

当中日合办的事宜刚刚开始，他就指使手下向清政府提出，要将庙儿沟铁矿并入公司经营，但被清政府一口回绝。

中日合办的事宜妥定，大仓认为时机已到，再次向清政府提出开采庙儿沟铁矿和兴办制铁事业的请求。

这一次，大仓从商业和原料两方面提出了发展制铁的理由。

从商业上看，本溪离海较远，没有运输上的便捷，在商业竞争中失去了一利。再者，本溪附近的抚顺煤矿，属于满铁经营，抚顺的煤矿藏量远较本溪丰富，本溪只以煤一个单一的品种和抚顺竞争，将来恐"陷入不利之地"。

从资源上看，大仓提出，本溪湖煤是炼焦制铁的好原料，加之庙儿沟丰富而优质的矿石，在此基础上发展制铁业，是把资源优势转化为产品优势，"将来与他处竞争，必能占优胜之地位"。

大仓的理由，从主权在我的角度看，是无可厚非的。

清政府对大仓财阀的提议，能给什么回答呢？

主权在我的中方，出于发展目的，同意兼营制铁

我们知道，清政府曾拒绝过大仓家族将庙儿沟铁矿并入公司经营的要求。

但有一个时间点必须注意。

那时，双方还正谈合办的事。

合办的事没有尘埃落定，大仓来提此问题，有点不合时宜，清政府的拒绝也就理所应当。

此时，合办的各种事宜妥定，对清政府来说，事关主权的最大难题已解决，面对企业的发展道路、发展方向等问题，境界就超脱很多了。

原来日方强占强采，谈判的目的为争主权，现在达成了合办事宜，主权在我的原则已得到落实，日方就是带资金带技术的投资方。主权在手，着眼的就是企业的发展，只有"本溪湖煤铁有限公司"发展了，才是希望，才是目的。

其实，发展制铁事业，也为清政府的很多高官认可。看过的资料里，记得是依克唐阿说过，本溪适合发展制铁业。

曾是本溪湖煤铁公司总办、后来曾任国民党政府高官的吴鼎昌，也曾力推本溪发展制铁业。

在历史中，本溪自明初以来，一直就是制铁的工业重镇，历史的路径，是今人认识的一种参照。

清王朝重臣的认识，本溪的炼铁历史，再加上大仓从商业目的出发的理由，这些因素的叠加，获得清政府的同意就是必然。

清政府虽然同意了，但指示奉天的大员们，要和大仓方面组成一个联合调查组，对庙儿沟铁矿做一个全面的调查。

那时的清政府已是日薄西山了，但这个指示仍是一个万全之策。

清政府对此有切肤之痛啊！

当初汉阳铁厂兴建时，就没好好地做过调查。高炉建好了，可高炉和大冶的铁砂不匹配，不行之下只好重建。

清政府有这前车之鉴，才有此万全之策的指示。

不但如此，清政府还派来近代中国第一个将毕生精力奉献给矿冶事业，并为之做出了巨大贡献的开拓者和奠基者——吴仰曾。

吴仰曾是什么人？他来本溪做了些什么？

中国第一代矿冶专家，让庙儿沟铁矿的面貌清晰起来

中国第一代矿冶工程师，有3个人最为著名：一为吴仰曾，二为邝炳光，三为邝荣光。

吴仰曾和邝荣光都曾来过本溪。

邝荣光，曾在另一篇文章中写过，此处不再多说了。

吴仰曾（1861—1939），原名仲泰，字述三，广东四会县四会镇东门人。1872年（清同治十一年），11岁的吴仰曾成为清廷第一批派遣的公费留美幼童。曾在哥伦比亚大学矿冶学院攻读，尚未毕业便因清政府召回而回国。

回国后进入开平矿务局。1886年（清光绪十二年）再赴英国学习矿冶，4年后毕业于伦敦皇家矿业学院。此后，吴仰曾先后在墨西哥、瑞典、西班牙等国办理矿务。

再次回国后，吴仰曾成为矿冶工程师。他先后在热河、南京附近的矿区工作，并曾经赴浙江勘查矿藏。后来他在开平矿务局工作多年，任该局帮办、副局长兼主任验矿师。开平煤矿沦为英资公司后，吴仍任要职。后吴仰曾转任鸡鸣山煤矿总办、分省补用直隶庚山道。民国建立后，他曾任国民政府工矿厅工程师。退休后，他又在天津、汉口等地兴办实业。

吴仰曾受清政府指派来到本溪，是1911年的六七月间。那时，他的身份是开平煤矿的候补道，和他同来的还有一位中方人员——京师大学毕业生严恩裕，两人都是以矿冶工程师的名义来参加调查的。

日本方面来的也是两位技师，一位是上文提到过的八幡制铁所的技师服部，另一位也是八幡制铁所的技师，叫大岛。

庙儿沟铁矿的记忆中，最先到此勘测的是俄国人，后来的是日本人，直到1911年的6月，中国的矿冶工程师才第一次踏上了庙儿沟。

把一生献给了中国矿冶事业的吴仰曾，对于关外这片矿山，也有格外的深情。他知道，中国的现代钢铁业，关内只有一个汉冶萍，关外还是空白，他希望通过自己的努力，能有一座现代化的钢铁公司矗立在关外广袤的大地上。

56岁的吴仰曾和同事起早贪黑，勘测庙儿沟铁矿的走向，勘测矿区面积，勘测铁矿藏量。

终于，庙儿沟铁矿的面貌第一次清晰地展现出来。

矿区的走向和面积：铁矿露头沿山背走向，南自黄柏峪，北向庙儿沟，终于黑贝沟，长约7公里，形状如一条长长的带子。

海拔860多米，矿区面积为20多平方公里。

从地质分析，庙儿沟一带属前寒武利亚纪，铁矿床被片麻岩不整合地覆盖着，一层一层地存在于片麻岩和云母片岩中。

庙儿沟铁矿的性质属于大型磁铁矿并含部分赤铁矿。

藏量有多少，富矿约为1000万吨，贫矿约为4.5亿吨。富矿的含铁量约为63%，贫矿的含铁量约为34%。

被开采了千年之久的铁矿，真正的面貌至此才完整地呈现出来。

吴仰曾在本溪留下的只是雪泥鸿爪般的印痕，研究这段历史，翻检到此，崇敬之情肃然而起。

吴仰曾及同事严恩裕，还有日本的两位技师，他们的勘测，为庙儿沟铁矿的藏量和品位给出了科学的数据，为本溪湖煤铁公司发展制铁事业留下了弥足珍贵的参考。

按照此参考，引进了匹配的设备，引进了匹配的技术，才使本溪的现代化制铁业少走了很多弯路，并最终成为了中国现代钢铁业的标本地。

顾琅印迹

1916年,不知什么季节,很感人的一幕正在本溪湖制铁工场上演:众多人聚集一起,送别本溪一铁厂的奠基人顾琅。儒雅的顾琅,一脸的别情离绪,深情地望着自己为之奋斗4年的地方,说不清是惘然还是郁闷。

说顾琅是本溪一铁厂的奠基人,很多人会感到讶然。难怪,本溪人对顾琅很陌生。但在20世纪初,顾琅是个名重天下的人。

20世纪初,中国的地矿学刚刚建立,早期的地质矿业家邝荣光、顾琅等人,在直隶以及其他许多地方开展了程度不等的地质矿产调查,做了开创性贡献。

20世纪初年,中国地矿学的第一代著作《中国矿产志》由南京启新书局、上海普及书局和日本东京留学生会馆联合出版发行。《中国矿产志》一经出版,经清政府农工商部和学部鉴定,被推荐为"国民必读书"和"中学堂参考书"。至1912年10月,6年间再版4次,可见,该书在当时产生的极大影响。

《中国矿产志》的作者是谁,一为鲁迅,另一个即是顾琅。

对中国的地质矿产做出了开创性贡献的顾琅,是怎样来到本溪的?

一

1912年,本溪迎来了一个历史的转折关头。

继中日合办"本溪湖商办煤矿有限公司"之后,中日又达成了合办"本溪湖商办煤铁有限公司"的协议。本溪由单一的煤矿开采走上了兼营煤铁的发展道路。

发展炼铁事业,就有了炼铁部的成

顾琅

立，就有矿业部的成立，之后就要兴建炼铁高炉。

谁来负责炼铁部、负责矿业部？急需矿业管理的专门人才，急需炼铁的专门人才，一个紧迫的问题摆到中日总办的面前。

那时，中方总办是葆真，日方总办是岛冈亮太郎。选择什么样的人来担任这个职务，中方有中方的考量，日方有日方的算盘。

日方肯定想从日本的八幡制铁厂聘请人选，中方对此无法同意。中方也有自己的人选，比如吴仰曾，比如邝荣光。这些人都是留美的矿学人才，在中国的影响非常大，但日方对他们的留美背景肯定保持着警惕之心。

在磋商中，一个人走进了他们的视野，这人就是顾琅。

此时的顾琅，以一部《中国矿产志》奠定了自己中国地学开创者的地位，在中日都形成了自己的影响力。

顾琅的经历也为中日双方接受。

顾琅，又名顾石臣，1880年生于江苏江宁，1898年考入南京江南陆师学堂附设矿路学堂学习采矿，矿路学堂是中国近代唯一的培养地质地矿人才的专门班级，当时的鲁迅也在这个班学习。1902年毕业后，与鲁迅等一起赴日本留学，先入弘文学院，后入东京帝国大学地质系，获工学士。留日期间，顾琅于1905至1906年，与后来成为文学家的周树人（鲁迅）合著《中国矿产志》，并编绘《中国矿产全图》。这是辛亥革命前第一部全面记述我国矿产资源的专著。1908年毕业回国后，考取进士，宣统元年（1909年）授翰林院庶吉士，同时参与中国地学会的创建（担任评议员）。

用现在的话说，顾琅那就是个学霸。在日本留学就有显赫的成就，回国后不经意间把别人追求一辈子的进士轻松收入囊中。

此时的顾琅在干什么呢？正被天津高等工业学院聘为教务长，一直希望中国要培养中级工务人才的顾琅正在此施展才干。4年的实践，为中国培养了第一批工业上的职业人才，顾琅因此成为了中国职业技术教育的重要倡导者。

有8年的留日经历，有重要的学术成就，有深广的影响力。这三个条件满足了中日双方的共同要求，顾琅成为了本溪湖煤铁公司的不二人选。

这边看中选中了顾琅，顾琅愿意来吗？

一生都怀抱实业救国理想的顾琅，对这个机会也是十分重视。环视当时的中国，能让顾琅实现理想的地方并不多，除汉冶萍而外，也就少数的几个煤矿。

权衡一番，顾琅选择了本溪。

1912年，生于江南的顾琅，怀揣实业救国的梦想，来到了关外的本溪湖。

二

来到本溪湖后，顾琅具体做什么工作呢？有的资料说，他受邀请来担任商办本溪湖煤铁有限公司矿业部部长兼制铁科科长。有的资料说他在本溪湖煤铁公司担任矿业部长兼炼铁部长。

翻检有关历史，本溪湖煤铁公司最初的组织机构，设有三个部：营业部、制铁部和采炭部。顾琅担任采炭部部长，是理之所在，顾琅的专业就是矿业。

兼制铁部部长，顾琅的专业不在炼铁，但矿业和炼铁的关系紧密。更重要的是，现代化炼铁，需要专业性的技术，更需要世界性的眼光。专业性的技师，可从日本的八幡制铁厂请来，懂得世界冶铁发展趋势眼光的人则不是一个技师所能。有眼光、有参照、有比较、有专业，才懂得取舍，懂得选择。

顾琅来到本溪湖后，制铁部的工作就面临修建炼铁高炉带来的设备的选择和地点的选择问题。

后来的事实是：本溪湖第一座高炉的炉体设备购自英国匹亚逊诺尔斯工厂，装料卷扬机、锅炉、鼓风机和发电机则是从德国的伯利希、伯尔兹和AEG三家工厂分别购进。

对这座高炉，后来的评价是"亚洲首屈一指""东北地区洋式高炉的鼻祖"。

这样的评价有互相抵牾之处，"亚洲首屈一指"的地理范围是包含了中国，而"东北地区洋式高炉的鼻祖"则把所指局限在东北。其实，这两个评价是属性不同造成的。"亚洲首屈一指"指的是先进性，说这座高炉的先进性冠绝亚洲。"东北地区洋式高炉的鼻祖"，指的是洋式高炉在亚洲修建时间上的先后。据知，在本溪湖第一座现代化高炉修建之前，中国有汉阳铁厂高炉的修建，日本有八幡制铁所高炉的修建。但论其技术的先进来说，不论是汉阳铁厂的高炉，还是日本八幡制铁所的高炉都赶不上本溪湖的这座高炉。

说这话的根据是什么？

在世界冶金史上，中国古代钢铁发展的特点与其他各国不同。世界上长期采用固态还原的块炼铁和固体渗碳钢，而中国铸铁和生铁炼钢一直是主要方法。由于铸铁和生铁炼钢法的发明与发展，中国的冶金技术在明代中叶以前一直居世界先进水平。

到了近代，英国自1769年蒸汽机发明之后，引发了纺织、铁路、轮船等工业革命的爆发。工业技术的发展，推动了冶金工业的发展，柏塞麦的现代炼钢法得以出现，并迅速普及。英国成了世界冶金工业的龙头老大，到1856年，生产生铁250万吨，钢产量6万吨。

英国先进的冶金技术迅速被德国引进，善于学习、善于较真的德国人以后发优势，到20世纪初超越了英国，中国人最熟悉的克虏伯大炮，就是德国制造的。

20世纪初的英国和德国，是冶金设备和冶金技术最先进的国家。

本溪湖的第一座高炉设备和技术从这两个国家引进，必须具有世界性的眼光。

制铁部部长顾琅，负有指定设备和技术引进的责任。当他的目光扫描世界的冶金业时，不期然地锁定了英国和德国，经中日双方总办及理事会通过而成定局。

设备来自英德，工程设计由德国负责，技术指导由日本八幡制铁所的技术监督大岛道太郎和炼铁部长服部渐负责。

具有国际优势的组合就在本溪湖展开。

三

1914年4月，大地复苏，万象更新。

本溪湖南山山麓，本溪湖有史以来最为庞大的工程开始了。

地基是1913年9月打下的，在此地基上一座现代化的高炉在万众瞩目中修建。

忙碌的施工队伍，堆积如山的各种设备和材料，把南山、把本溪湖铺展得气派无比。

世代居住于此的本溪湖百姓，被这气派惊讶得目瞪口呆。

"哎呀，这场面太牛了，明王朝的炒铁百户所也难以相比，恐怕只有明王朝修筑辽东边墙时的场面才能相比。"

场面上，有德国人在忙碌着，有日本人在穿梭着，不时也有英国人的身影。

顾琅除了到庙儿沟检查开采的进度、对铁矿石的品位予以鉴定和化验铁矿中所含

顾琅所著《中国十大矿厂调查记》

77

的各种元素外，大部分的时间也是花在一号高炉的施工现场。

中国数千年的冶铁史将从此翻开新的一页。有了现代化的钢铁业，必将推动铁路、纺织、轮船、军事工业的发展。

这是顾琅那一代人的梦想，南方的汉冶萍是一个不太成功的示范，顾琅热切盼望北方的本溪湖有一个成功的示范。

施工从4月持续到11月23日完成。

拔地而起的高炉，气派非凡。炉体高于地面83.3米，炉底至炉顶高66.7米。炉顶有瓦斯放散筒2个。高炉设有双层风口，上、下排风口各9个，两排间距1米。放渣口2个，出铁口1个。安装的2台德国AEG工厂制造的588.4千瓦的鼓风机开始供热风炉冷风，另有3座热风炉向高炉供热风。

这座高炉于1915年1月13日正式开炉生产。

领跑中国现代化冶铁的使命随之诞生。

自此，一号高炉在中国大地上站立了100多年，见证了中国近代以来的冶铁历史，如今成了硕果仅存的地标性建筑，向世人展示着它独一无二的风貌。

顾琅是一号高炉，是制铁工场，也是后来的一铁厂的奠基者。他在本溪湖近5年间，和众多的专家完成了对高炉设备的选择，并见证了一号高炉的诞生。今天回看，其眼界，其视野令人赞叹。其实，关于一铁厂选址的决策，更是具有远大目光的选择，留待下文再说。

穿越时空的比较优势

上文《顾琅印迹》中说：

顾琅是一号高炉，也是制铁工场，也是后来的一铁厂的奠基者。他在本溪湖近5年间，和众多的专家完成了对高炉设备的选择，并见证了一号高炉的诞生。今天回看，其眼界，其视野令人赞叹。其实，关于一铁厂选址的决策，更是具有远大目光的选择，留待下文再说。

本溪人，看惯了一铁厂无风无雨的模样，可在有些人看来，那就是绝版珍本。老北平市市长周大文曾说："我国煤铁矿产之丰富，夫人而知之也。然或属煤矿，或为铁矿，求其兼擅煤铁之利而著闻于时者，除汉冶萍而外，要以本矿为首屈一指焉。一南一北，遥相辉映，可谓无独有偶矣。然汉冶萍乃由三地名合组而成。以视本矿之产煤于斯，炼焦于斯，采矿石而镕生铁，无不取给于斯者，是又独得之利也。"

本溪湖一号、二号高炉全景

老北平市市长的评价：一铁厂选址具有绝佳眼光

在老北平市市长周大文的笔下，那个年代，以一地而有煤铁两产品行销于世，只有汉冶萍和本溪湖，本溪湖的独特优势一也；一个地方既能产煤还能炼焦，是本溪湖独特优势二也；一个地方既能采矿石还能将矿石冶炼成生铁，是本溪湖优势三也；一个地方既有煤矿又有铁矿，是本溪湖优势四也。

周大文评价一铁厂的选址具有绝大的眼界，有了这个选定，煤矿坐落旁边，铁矿坐落旁边，石灰石矿坐落旁边，用水也在旁边。

拥有这样的优势，绝对是独一无二了。

有如此眼光来评价一铁厂选址的周大文，是1931年至1933年时段的北平市市长。

一个北平市市长怎么关注起本溪湖的一铁厂（那时的一铁厂叫"制铁工场"，一铁厂是后来演变过来的，但为了表述方便，一律称为一铁厂吧）来了呢？

其实，周大文当过本溪煤铁公司的总办，他对一铁厂的优势评价源于本溪煤铁公司成立20周年时他写的《〈本溪湖煤铁公司创立二十周年纪念写真帖〉序言》。

炼铁 iron-smelting

古代炼铁图

与汉冶萍的比较优势

本溪煤铁资源的优势，以及炼铁厂的选址优势，在周大文的眼中和国内行家的眼中，自然是羡慕不已，但对本溪人来说，确实有"不识庐山真面目，只缘身在此山中"之感了。

人的优势是在发展中表现出来的，资源优势、地理优势也是在发展中表现出来的。

当时与本溪湖煤铁公司有得一比的自然非汉冶萍钢铁有限公司不可了。

汉冶萍成立之时的规模在全世界排名第二，令很多外国人羡慕不已。今天看到那些老外对汉冶萍的记忆，大有害怕汉冶萍产品冲击国外市场之心，表现出来的是一派溢美之词。

可汉冶萍在后来的发展中，挫折重重。

第一个挫折，所建炼铁炉和大冶的铁砂不匹配，高炉重建；

第二个挫折，因煤炭资源的缺乏，三天两头停炉熄火，无法正常生产；

第三个挫折，主打产品钢轨缺乏市场；

第四个挫折，萍乡煤矿被江西收回，钢铁公司沦为卖铁砂的基地。

四个挫折导致生产惨淡，经营亏损，连维持都无法维持，还谈什么发展。到抗战时，整体被拆迁往重庆。

总结汉冶萍由辉煌起步到举步维艰的过程，决策有很多的败笔。

一是地址选择的错误。汉冶萍的生产原料铁砂在大冶，燃料煤在江西萍乡，而生产基地既不在拥有铁砂的大冶，也不靠近拥有煤矿的萍乡，这样的结果在失去了对原料的掌控力的同时，也大大增加了生产成本。

二是对钢铁生产的外行。创立生产基地，引进外国设备建设炼铁炉时，根本就没有对铁矿进行检测检验，根本就不知道炼铁还有酸性炼铁法、碱性炼铁法。致使世界第二规模的钢铁公司，产品难以合规，生产难以正常进行。

反观本溪湖煤铁公司，从1910到1931年的20年间，共获利润龙银1506万元，平均年利润率为13.1%，效益良好。

20年间，产品销售怎样呢？所产焦炭成为品牌，大部分作为本公司炼铁所用，外销20849吨。所产生铁大部分销往日本，还有一部分销往青岛、烟台、天津以及朝鲜、日本侵占的台湾等地，市场兴旺。

20年间，研制出了自己的核心产品。试制低磷铁获得成功，扩大了市场也带来了可观的利润。

20年间，围绕现代化炼铁的辅助厂矿建设基本完备。1915年引进德国设备建设了选煤厂和洗煤厂各一座。1926年建成60孔黑田式焦炉一座，同时建成回收煤焦油和硫酸铵等副产品的化工车间。在南芬建设了选矿厂，在本溪湖建设了团矿厂，架设了石灰石运输的高空索道，建设了耐火材料厂，建立了机修厂，围绕现代化炼铁的辅助厂矿基本完备。

20年间，道路交通的建设日益完善。本溪湖厂区内的铁路专用线建设长达9英里，拥有无火机车8台，30吨货车23辆，25吨货车16辆，15吨货车10辆；建设开通了柳塘电车线路，有牵引力6吨的电机车4台，实现了煤炭运输的便利化；南芬建设了矿区内的轻便铁路，建设了南芬到庙儿沟的铁路专用线，实现了铁矿运输的现代化。

在两相比较中，汉冶萍走得跌跌撞撞，本溪湖煤铁公司走得步履坚实。

总结本溪湖煤铁公司发展顺畅的经验，可圈可点处甚多，比如由单一经营煤炭到煤铁兼营的决策，比如对国外先进设备的引进决策，比如由小到大的发展决策，比如对资源的调研、对市场的调研等内行做法，比如管理结构的良好治理，等等，但本文要说的则是一铁厂厂址的选择决策。

纪念选址的决策者们

"近处无风景"，让我们对身边的一铁厂产生了审美疲劳。当我们穿越时空，把一铁厂与它同时代的汉冶萍相比较之后，就有了发现美的享受。

位于南山山麓的一铁厂，当年选址于此，具体的考量没见任何的文字依据。在有关当年负责制铁部工作的顾琅的有关文字中，也未见提及。

穿越时空，在日本研究了中国矿藏，并对世界钢铁冶炼多有涉及，对日本八幡制铁所有所了解的顾琅，来到本溪后，以世界性的眼光来打量本溪湖制铁所的选址一事，他考虑的是铁矿石、燃料、石灰石的运输是否便捷，考虑用水是否方便，中意的必然是南山山麓。不管是日本大仓家族还是中方的股东，不管是日方总办岛岗亮太郎还是中方总办巢凤刚、吴鼎昌等人，对选址一事都有自己的考量。但不管还有没有其他选址方案，顾琅一定支持对南山山麓的选址。

这篇文章和《顾琅印迹》，可算是本溪人对他的纪念。也是对当年的决策者们选址的纪念。

焦炭，让历史拐了个弯儿

一个新的时代，不只是一个纪年的开始，而是多种时代元素的构成。

炼铁现代化的来临，不只是一座炼铁炉建成，而是诸种元素的排列组合。

1915年的1月，是本钢一号高炉建成生产的日子，是中国几千年炼铁历史的改变，但不等于是中国现代化炼铁历史的全面到来。这话听来有点玄虚，但事实就是如此。

有人会因此问："本溪现代化炼铁历史从什么时间开始？"

应是从1926年开始。

1926年，一件什么事的发生，才让本溪现代化炼铁历史真正开始？

1926，现代化炼焦技术袭来本溪

1926年7月29日，在本溪湖的骸炭工场，一号焦炉建成投产。

建焦炉，目的当然是为了生产焦炭了。生产焦炭，在本溪人的眼中不算个稀奇事，很多人见惯了这个产品，很多人甚至就从事这项工作，但今天的一号焦炉让很多人充满了好奇，也充满了期盼。

为什么呢？机械化生产焦炭，是本溪人前所未见的稀奇事，是大姑娘上轿——头一遭。

因为稀奇，引来不少看热闹的人。

五大三粗的老杨，是长期从事土法炼焦工作的职工，听说现代化炼焦不用人工配煤、装煤、推焦，心里就十分好奇，跑来凑热闹。看着炼焦炉像个庞大的火车车厢倒扣在地上，难

废弃的现代化炼焦炉

以想象现代化的炼焦是个什么模样。

这时就听旁边有个懂行的人向别人介绍，这个黑乎乎的焦炉叫黑田式焦炉，外边看不见里边，里边分为60孔，一昼夜装煤量达587吨，产焦440吨。

听到这个产量，老杨倒吸一口气，他熟悉的土法炼焦，一昼夜才能产90吨焦炭呢。

配煤机械化，进煤机械化，炼焦机械化，出焦机械化，连凉焦和筛焦都是机械化。那产品呢？土法炼焦，得到的产品只有单一的焦炭，而机械化炼焦，焦炭分为冶金焦炭、小块焦炭和焦丁焦粉。还有其他产品如硫酸铵、煤焦油、粗苯、黄血盐、轻粗吡啶、粗酚盐和焦炉煤气。

本溪地区的炼焦历史，如从明初算起，已有400多年的历史了。400多年来，炼焦的方式基本没改变过，产品只有单一焦炭的现状也没变过，可现在，整个的生产方式改变了，产品也由单一的焦炭变得丰富了。

如此的变化，对本溪人来说，是振聋发聩的。

如此先进的技术，让本溪人眼界大开。

在冶铁史上，焦炭作为与铁矿石、石灰石并列的炼铁三大原料，被开启了现代炼铁史的西方认为与蒸汽机、铁和钢一样，是促成第一次工业革命技术加速发展的四项主要因素之一。

现代化冶铁，是以大高炉的兴建为标志的，用大高炉冶铁，必须以机械化炼焦和蒸汽鼓风技术的实现为先决条件。

中国的冶铁史虽然早于西方，但现代化冶铁，却发端于西方的英国，机械化炼焦也是肇始于英国。

大家都知道，中国也好，外国也好，用木炭作燃料来冶铁曾是东西方的普遍共识。

17世纪的英国，资本主义经济迅猛发展，极大地刺激了对钢铁的需求，但是一个巨大的障碍却困扰着英国的钢铁发展，即是燃料的短缺。

长期的木炭冶铁，导致大量的树木被砍伐，植被被破坏，要发展冶铁业，一个急切的问题就是新燃料的开发。

有人用煤来代替木炭，但煤块所含的硫会导致生铁的热脆性，使之无法锻造成形。

后来，又有人用焦炭来代替木炭，并最终获得成功，但这成功却花了80多年的时间。

为英国解决这问题的人是亚伯拉罕·达比，达比出生于1678年，早年在伯明翰的一家麦芽糖厂做学徒，1699年他学徒期满后搬到了布里斯托尔。在那里他和别人一起开办公司，制造家用的铜锅。后因铜的成本高，达比决定尝试用铁铸锅并获得成功，还申请了专利。

后来达比创办了自己的铁厂，并进行焦炭炼铁的试验。实验中，达比发现焦炭不如木炭那么容易燃烧，必须改进鼓风设施和调整炉内结构，以获得更充足的风力，焦炭才得以充分燃烧。因此，他改进了高炉的内径使之适应焦炭炼铁，并为高炉安装了一套新的鼓风设施。改进后的高炉于1709年成功用焦炭炼出生铁。

焦炭炼铁成功了，但用的是水轮机的水力鼓风，这样的风力只适用于小高炉，对于大高炉来说，风力实在太小。直到1776年，蒸汽机代替了水力鼓风在高炉炼铁中得到应用。至此，炼铁业不仅摆脱了对木材的依赖，也摆脱了对水力的依赖，从而获得了充分的发展空间。但此时的炼铁，尚不足称为现代化炼铁的实现，这一进程的来临，尚需等到1904年。

1904年，德国人考贝斯在前人基础上，完成了横蓄热室焦炉的设计。这种焦炉的结构是在每个炭化室下部设置一个单独的蓄热室，形成了横向蓄热室结构。因而解决了纵向大蓄热室存在的缺点，进一步提高了热效率。这样，焦炉自身炼焦所发生的煤气除自用外，有了较大的剩余量。这种焦炉结构形式一直沿用至今。

发端于1709年的焦炭炼铁革命，经过近200年的发展完善，风力实现了蒸汽动力，炼焦实现了机械化，一个全新的现代化冶铁的面貌才被生动地塑造出来。

在国外孕育200年的机械化炼焦的技术于1926年袭来本溪，被称为全国洋式高炉鼻祖的本溪一号炼铁炉，至此才表现出完全的西洋风貌。

行文到此，一些熟悉本钢历史的人会说，你说炼铁历史、炼焦历史从1926年才得以改变，那这之前的11年一号高炉炼铁的燃料难道不是焦炭吗？

本溪土法炼焦的历史追寻

1915年一号高炉建成投产，炼铁使用的燃料就是焦炭，不过那时的焦炭生产采用的是土窑炼焦。

土窑是在1914年11月29日建成的，计有56座。

土窑炼焦，完全是手工方式。

装煤工需要10人，挑石头的工人需要5人，盖土的、挑焦的人数20人，还有1人专门负责喷水。

露天土窑，先是人工在地面挖出深1.33米、直径8米的土坑，周围用石头或土砌高，坑的深度和砌筑的高度相加，土窑的高度2.67米。

一座土窑需要36人，56座土窑，需要1000多人。

烟道是建窑的关键程序，并且要建两层烟道。第一层烟道是在窑的中心用块煤砌成。围绕烟道装煤，这些煤都是粉煤。装到一定的高度，将煤踩平踏实，然后再砌第二层烟道。这一层烟道比第一层复杂，有一个中心，围绕中心用乱石砌成宽0.67米、高0.17米的平面烟道16个或18个，每一条烟道都与中心相通。然后第二次添煤，用粉煤把所有的烟道全部覆盖，厚达半米。这时开始点火，将容易燃烧的木片点燃并投进中心烟道落到底部烟道，煤块燃烧，粉煤燃烧。等燃烧到第二层的中心烟道时，投入木片助燃。然后是第三次添煤，仍是粉煤，厚度达到0.83米。燃烧中，中心烟道塌陷，火焰由小烟道向外部吐出，愈烧愈旺，就会从中心透出外部。火候到此，一番忙碌：众人跑着将石块或砖瓦破片围在窑炉周围。待到火焰透出砖外，火焰有蓝烟时，即是成焦征兆，又是一番忙碌：数十人中有人立即将洞口塞住，有人忙着扬沙盖土，沙土覆盖好之后，众人又忙着喷水。等待冷却后取出，炼焦的工序完成。

56座土窑，每天能出两窑，产焦炭90余吨。一个月共产焦2700吨。

从1915年一号高炉投产，土窑即在忙碌中供应着高炉的所用焦炭。

土窑炼焦，应是中国几千年发展的结果，也是冶铁发展的趋势所致。

早期，冶铁的燃料是木炭，南北大地，冶铁的地方，最后的结果一定是森林被砍光，翠绿变成了荒野。寻求新的燃料，也一直是一代一代冶铁人的追求。到宋时，北方开始用煤炭冶铁，南方仍用木炭冶铁，四川一带用竹炭冶铁。

煤的发现，当然有很悠久的历史，但用煤来冶铁，有关的记载是魏晋南北朝以后的事了，到宋时才成为普遍。要不，大文学家苏轼也不会留诗《石炭行》：

> 岂料山中有遗宝，磊落如䃥万车炭。
>
> 流膏迸液无人知，阵阵腥风自吹散。
>
> 根苗一发浩无际，万人鼓舞千人看。
>
> 投泥泼水愈光明，烁玉流金是精悍。
>
> 南山栗林渐可息，北山顽矿何劳锻。
>
> 为君铸作百炼刀，要斩长鲸为万段。

明代以后，多数冶铁业已用煤做燃料，但用煤炼铁存在缺点，古人对此的说法是"性燥不可用"。性燥即是容易迸裂、炸裂。特别是用在制造火铳上，发射时容易炸裂。

追求就在不如人意时开始。

炼焦的路就在追求中开始。

据有关记载，唐时的长安，很多人家在生炉子做饭时，煤块投进炉子，烧到快没烟时夹出，以后再用，就不会有烟了。这种方法，解放初的一段时间内，用煤做饭的地方都见过。这也是一种简陋的炼焦法。

焦炭炼制成功，在我国至少起于明代。

我国用焦炭冶铁的历史，最早当在南宋末年。1961年，广东新会发掘南宋末年（大约1270年前后）炼铁遗址时，除找到炉渣、石灰石、铁矿石外，还找到了焦炭，这是世界上冶铁用焦炭的最早实例。

本溪炼焦，从什么时候开始？

1870年前后，李希霍芬在调查本溪地区冶铁史时，较为详细地记载了当地的坩埚炼铁技术，该技术是两步法坩埚炼铁，第一步使用坩埚，所用的燃料就是焦炭。

1910年左右，日本相关人员来本溪所做的调查中非常详细地介绍了本溪地区的坩埚炼铁技术，与李希霍芬记录不同之处是第一步冶炼所用燃料是煤炭。从这些对技术的调查记录中可以看出，本溪地区的冶铁技术是典型的两步法，先用坩埚冶炼出渣铁混合物，再用竖炉熔炼出较纯净的生铁。日本这一次调查，认为本溪炼焦的历史起于清初。日本这一次调查，可能是由大仓喜八郎主持的，在有关的资料中，这一年，大仓喜八郎来过本溪，并住在本溪湖的一户人家中。

如果本溪的炼焦史起于坩埚冶铁技术，时间应在明初。1411年三万卫的炒铁军来到本溪王官沟炒铁，使用的也是坩埚技术，炼焦即于此开始。在数百年时间的流转中，炼焦发展到了规模庞大的土窑技术。到1915年，本溪现代化的高炉建起来了，但配套的现代化炼焦一时半会还实现不了，只好将传统技术利用起来。从1915—1926年的11年间，土窑炼焦如老式破旧的车厢，紧跟紧赶地追着前边现代化的高炉机车，不匹配的步调成为了太子河畔的独特景观。

西方焦炭炼铁的发明引发了钢铁业及相关行业的巨大发展，人类也由此被带入了"钢铁时代"，英国的工业革命因此得以全面展开。1926年，西方先进炼焦技术的引进，60孔黑田焦炉的建成，流传本溪地区数百年手工作坊式的炼焦历史从此改变，冶铁历史也从而真正改写。

"人参铁"的前尘后世

中国炼铁史上，有不少回肠荡气的传说故事。最为动人的当数楚国干将、莫邪夫妇二人的离奇传说，后来还演绎拍成了电影。没想到，本溪的"人参铁"也有了自己的传说。

在被演绎为《"人参铁"来由的故事》中，把"人参铁"的历史给推到北宋末年。说宋徽宗赵佶日思夜想要长生不老永享荣华富贵，为此下旨给山东登州府，命令寻找千年人参进奉。

有以开化铁炉打铁为生的钟姓亲哥儿俩，来到东北找人参。找了多年，别说千年人参了，连棵四匹叶也没找着，只挖了几根可怜巴巴的二丫子。不敢回老家的兄弟俩，在到处都是黑黝黝、沉甸甸铁石的地方住了下来，土法上马炼石化铁打造小农具，在东北首创了土法冶铁的纪录。

辽国天庆王听说自己的地盘上有了能炼铁打造兵器的，就立马派下人来了。钟氏兄弟不愿用自己做的兵器去屠杀自己的同胞，便借口说这辽东的铁质特殊，只能做农具，做兵器脆弱易断。只有用千年人参引燃木炭炼出的铁才能打造出好兵器。天庆王下旨让治下山民寻找千年人参，可一直到辽国被大金国灭了也没找到。

大金国皇帝完颜阿骨打听说，梁水边上钟氏兄弟得用千年人参做引子冶炼才能打造出好兵器，就不惜重金请了不少有丰富经验的老人参把头，到人迹罕至的原始森林

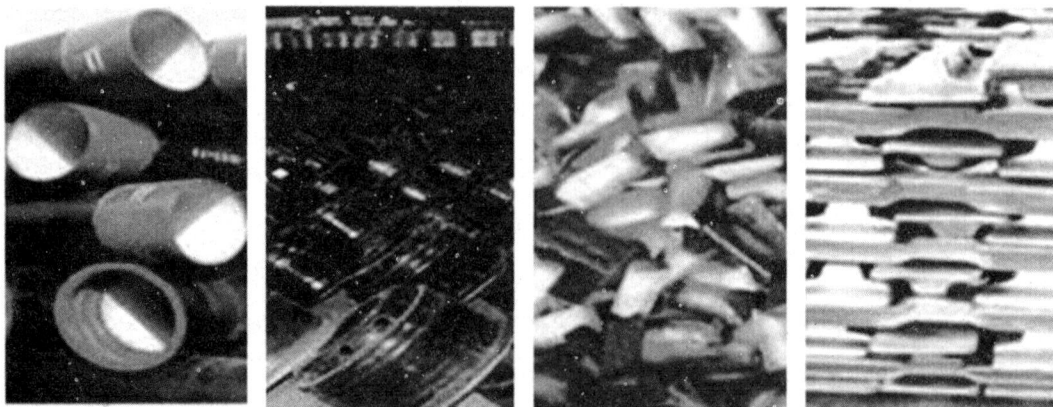

优质人参铁

去寻找千年人参。

完颜阿骨打还真淘弄着了千年人参，他亲自带人把千年人参送到钟氏兄弟手中。这时钟氏兄弟已从来闯关东的家乡人口中得知父母亲人被官府惨杀的消息，两人心中燃起了复仇的烈火。兄弟俩真的把千年人参烘干，然后用它引燃一些木炭冶炼铁石，火光熊熊烈焰冲天，炼出的铁水再经熔铸锻造打制，做出的兵器寒光夺目锋利无比，"人参铁"是从这时得名并流传到后世去的。

金兵得到了大批"人参铁"打造的兵器攻进了大宋的国都，把昏庸无道、祸害百姓的徽宗、钦宗父子俘虏到北国坐井观天困厥而死，也算是钟氏兄弟给亲人和屈死的乡邻报了仇。

在这个传说中，本溪的"人参铁"笼罩着神秘的色彩。

本溪的"人参铁"本就具有许多独特而又令人奇异的性能。有一家军工企业将本钢生产的"人参铁"和别的钢铁企业的生铁对比做破坏性试验时，别家的生铁破裂了，而本钢的生铁除了有点变形外，并没有裂纹，延展性特好。

一些使用本溪生铁的厂家，常因"人参铁"满足不了生产的需求，便会将部分"人参铁"掺入到其他生铁中冶炼，将其作为"药引"，以达到改变其他生铁成分的目的。

日本是最看好本溪的"人参铁"的，凡出口到日本的"人参铁"，一律给予免检的优待。

以名贵之人参来为生铁冠名，可见此产品的不同凡响。

以传说来注释一款生铁的来历，为其独特和奇异的性能赋予了恰如其分的神秘性。

其实，"人参铁"的名称应为低磷铁，它的诞生也不是远在大金帝国的千年之前，而是在20世纪的20年代初。

低磷铁在日本数年辛苦怀孕却胎死腹中

1912年1月23日，这对于今天的本钢来说，是个非常重要的日子。

过去我们常说，本钢的历史从1905年开始，那是从日本大仓财阀在本溪挖掘煤炭的日子算起。到1911年1月1日，中日双方举行了"本溪湖商办煤矿有限公司"的合办仪式，即使这样，也只是限于煤炭而已。只有到了1912年1月23日，公司改称为"本溪湖商办煤铁有限公司"，本钢所属的铁至此才体现出来。

3年后的1915年1月13日，一号高炉举行点火仪式，投入生产，具有本钢属性的铁质才真正得以展现。

属于本钢百年品牌的"人参铁"就是在这个时期孕育的，第一次世界大战的爆发成了"人参铁"的催产剂。

第一次世界大战爆发后，日本就面临资源被断绝的威胁。

军方面临的威胁就更直接。

低磷铁是生产特殊武器的主要原料。日本国在19世纪初叶所需低磷铁主要从英国和瑞典进口。瑞典的低磷铁是用木炭炼成，成本高、价格昂贵，且远隔重洋，运输不便，一旦发生战争，则供应中断。在第一次世界大战爆发后，低磷铁不仅价格猛涨，还发生过断绝进口的现象。因此，从1915年起日本就想方设法，要在国内或中国东北研制生产低磷铁。

日本海军在考察一番后，眼睛就瞄向了本溪。

日本海军瞄向本溪的原因是庙儿沟铁矿具有低硫低磷的特质。如果经过磁力选矿并做成团矿，再用木炭做燃料进行冶炼当能炼制出低磷铁。

日本海军与大仓喜八郎经过数次协商后，双方于1915年7月30日签订了建立低磷铁制造所的协议。

按照大仓喜八郎的计划，本溪是一个原料供应基地。为使庙儿沟的铁矿满足试制低磷铁的需要，在南芬和本溪湖地区增添了选矿和团矿设备。日本是试制基地，大仓在日本国内的广岛县大竹町建立了山阳制铁所。以年产低磷铁1万吨为目的，修建了以木炭为燃料，一昼夜生产20吨低磷铁的高炉两座。

一切都在顺利进行中，可催生低磷铁的条件发生了变化。第一次世界大战结束后，世界多国于1921年11月至1922年2月在华盛顿召开世界裁军会议，规定各国10年内不得建造新的主力舰，日本被迫停止了新舰的建造，海军与大仓财阀的协议废除了。

低磷铁的试制胎死腹中。

对日本海军的噩耗却成了本溪的一个喜讯。

如果没有世界裁军会议的召开，低磷铁在日本试制成功只是一个早晚的问题。生产低磷铁的工序就不会来到本溪运行，本溪难免与这种技术绝缘。低磷铁的试制在日本胎死腹中，机会把幸运带给了本溪。

1921年，低磷铁在本溪顺利诞生连带诸多惊喜

矮个子的大仓喜八郎在商道中一定是个围棋高手。他力主投资制铁行业的决定，让公司在第一次世界大战中赚个钵盈瓢满。低磷铁的试制也是由他一手推动的，在遭

遇大环境的阻遏中，大仓仍没放弃，而是以宏阔的眼光来经营低磷铁的试制。

第一次世界大战刚结束，世界裁军会议还没召开，他就把试制低磷铁的基地转移到了本溪。

在试制过程中，又为低磷铁的生产带来新的惊喜。

1921年，本溪湖煤铁公司制铁厂开始试炼低磷铁时，开始也想用木炭试制，可在一个偶然中，发现本溪湖煤矿上层宝砟煤除具有低磷、低硫的特点外，还具有黏结性强的优势，成为了生产优质铁的理想燃料。

于是，在这年的9月，低磷铁的试制中，燃料由木炭改为本溪湖煤矿上层宝砟煤，结果是首次试炼即获得成功。还创下了一个世界之最——成为世界上最早用低磷煤炼成低磷铁的厂家。

此后曾进行3次试炼均获成功，随即成批生产。

经过各种检测，本溪的低磷铁，质量远远超过当时最具盛名的瑞典厂家生产的产品。

本溪的低磷铁生产出来后销售给谁呢？

1925年生产出来的低磷铁销售给了日本吴海军工厂、横须贺海军工厂、舞鹤海军工厂和神户制铁所、住友铸钢所等厂家。1927年接受了吴海军工厂对一号低磷铁（含磷0.025%以下，含硫0.015%以下）的订货。从此，本溪的低磷铁在日本军工厂的地位越来越重要。低磷铁在生产中的比重也越来越高，1938年的低磷铁占生铁总产量的90%，1939年又升高到95%，而且这些低磷铁全部被运往日本，供应日本海军和陆军扩大军备，制造军舰和其他武器之用，低磷铁成了日本军工生产的一个重要环节。

日本投降后，低磷铁的生产在战乱中销声匿迹。

1949年后，低磷铁的诞生地——本钢第一炼铁厂成为国内最早生产低磷生铁的厂家。因为拥有一批生产工人，于1955年首次炼制低磷铁获成功。1957年正式生产。从此之后，本钢的低磷铁以自己的优异材质成为了新中国的骄宠。不少单位为在配额之外多要一点产品，多次往返本溪。南京伊维克厂负责人对本钢一铁厂的领导说，你们厂真是中国民族工业的骄傲。黑龙江一铸造企业，在使用本钢生铁和其他企业生产的生铁后，优劣马上表现出来。本钢的生铁生产出来的产品合格率在95%以上，其他厂家生铁生产出来的产品合格率只在60%以下。湖北一汽车制造厂是与日本合资的企业，在使用关键的铸件时，日本在生产规程上明确写道：必须使用辽宁本钢的生铁。

直到一铁厂退出历史舞台，成为新中国第一个工业文明遗址。有的人很情绪化地在网上感叹，"人参铁"从此灭绝。

"人参铁"的品牌依然，"人参铁"的奥秘仍在探索

"人参铁"分为铸造生铁和球墨铸造用生铁两种。铸造生铁含硫、磷等有害干扰元素低，是冶金、机械制造最为理想的原料。球墨铸造用的生铁，化学成分稳定，球化性能好，机械性能高，属于国际上高纯生铁的范畴，不仅行销全国28个省、市、自治区，而且远销到美国、日本及东南亚地区，并荣获出口"免检"证书。

很多人都在为因一铁厂退出历史舞台带来"人参铁"品牌的消失而感叹。其实，这个品牌依然还在本溪闪耀着自己的光彩。

位于本溪满族自治县的本溪"人参铁"加工产业园区，就是"人参铁"新生的地方。园区规划总面积8.5平方公里，立足"人参铁"资源优势，凸显地域品牌，未来发展紧紧围绕"传动装置部件、机床机械零部件、新型耐磨材料三大类产业基地"的方向，做足"人参铁"深加工产业文章。园区内涉及"人参铁"加工企业达到115家，其中包括辽宁北方曲轴在内的铸造机加工企业26家，铸造生铁高炉4座。目前，

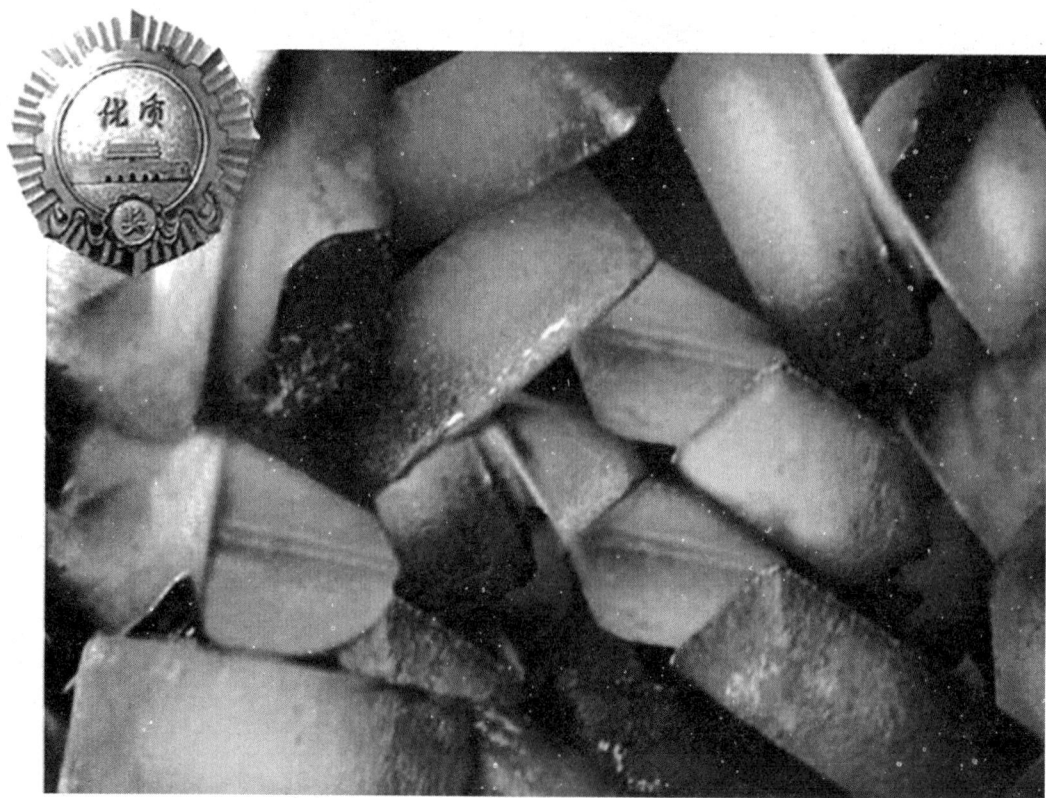

优质人参铁

以曲轴为重点的人参铁加工产业链条已经形成。

在传统认知上，本溪生产的铸造生铁，具有低磷、低硫、有害杂质少、物理性能好、化学成分稳定的特点，是国内最好的铸造生铁，属于国外高纯生铁范畴。与国外高纯生铁相比，钛含量处于中限，铬和钒含量仅为十万分之几，处于下限。其他绝大多数微量元素含量只有百万分之几，低于下限含量。由于质量优异，本钢生铁被冠以"人参铁"的称呼，并两次摘取国家优质产品桂冠，获得金牌奖。

通常的评价是：因其先天优势而具有特好的延展性。一是本溪的铁矿石，天生有低硫、低磷的优势，从原料上保证了"人参铁"与众不同；二是本溪的煤除具有低磷、低硫的特点外，还具有黏结性强的优势，成为了生产优质铁的理想燃料。

但奥秘远远不止于此。

两位专家边秀房和孙保安专门做过《铸铁遗传性和本溪"人参铁"研究》。

两人将本溪的"人参铁"和其他两种生铁放一起做比较研究，结果发现：

本溪生铁的石墨形态呈蜘蛛状和星状，无粗大的片状石墨存在，而其余两种生铁石墨为粗大的片状；

本溪生铁横断面致密，无缩送（缩送是一种缺陷），别的生铁有；

本溪生铁铁液凝固时是逐层凝固，这是其一大优越性，别的生铁不是这样；

本溪生铁微量元素含量较少，生铁组织致密，不容易形成成分偏析现象。

没有粗大片状石墨存在，没有缩送，没有偏析，使本溪生铁有了极大的优越性。特别是在生产球墨铸铁方面具有不可比拟的优势，可以直接生产铸态铁素体球铁，不需要热处理工艺。

两位专家认为，本溪生铁原料中的组织、成分因有了自己的基因优势，就会在一定的工艺条件下产生异乎寻常的遗传现象，并带来无与伦比的铸铁优势，这就是本溪"人参铁"的奥秘所在。

民谚说"本溪的铁、北京的焦、上海的钻头、哈尔滨的刀"，民谚有时是至理名言。

纵有才情也平庸

　　董事会下的经理负责制，是中国在中华人民共和国成立后的20世纪80年代才闻知的管理体制，那时的本溪煤铁公司，采取的就是这先进的管理制度，相比较于汉冶萍的管理，你就知道为什么汉冶萍的发展道路走得步履蹒跚，而本溪煤铁公司却风生水起，一派生机。反观中方的董事长和总办，却甚少有为国为企业负责的担当精神，种种表现实在令人失望。

　　可羡慕的才情，可叹息的平庸。

中方总办剪影

　　今天回看中日合办本溪湖煤铁公司的事，公司的管理体制很现代，其治理结构与百年后的今天如出一辙。我在讶然的同时也很感慨，为什么百年前的管理理念与今天相近，与那个时代反而远呢？

中日合办时期历任总办一览表					
年份	中国总办	日本总办	年份	中国总办	日本总办
1910	巢凤岗	岛冈亮太郎	1921	谈国桓	岛冈亮太郎
1911	吴鼎昌—菅凤和	岛冈亮太郎	1922	谈国桓	岛冈亮太郎
1912	葆真	岛冈亮太郎	1923	谈国桓	岛冈亮太郎
1913	赵臣翼	岛冈亮太郎	1924	谈国桓	岛冈亮太郎
1914	赵臣翼	岛冈亮太郎	1925	谈国桓	岛冈亮太郎
1915	王宰善	岛冈亮太郎	1926	谈国桓	岛冈亮太郎
1916	王宰善	岛冈亮太郎	1927	李友兰	岛冈亮太郎—鲛岛宗平
1917	谈国桓	岛冈亮太郎	1928	周大文	鲛岛宗平
1918	谈国桓	岛冈亮太郎	1929	周大文	鲛岛宗平
1919	谈国桓	岛冈亮太郎	1930	李友兰	鲛岛宗平
1920	谈国桓	岛冈亮太郎	1931	李友兰	鲛岛宗平

中日合办时期历任总办一览表

决策是股东和股东大会。

中方是官股，股东代表是张作霖，此人去世后，张学良是股东。日方是商股，股东自然是大仓喜八郎，此人去世后，其儿子大仓喜七郎成了股东。

总办，中方1人，大仓家1人。

理事，中方1人，大仓家1人。

公司管理层，一半对一半。

治理结构上，势均力敌吧。

因为主权在中国，在中国土地上并利用中国的资源开办的公司，增设了一名督办，由中方担任。

整个治理结构，从设置上看，总体是均衡的，略有点偏重在中方。

本钢的历史，1905年到1910年初，是大仓家族强占经营的阶段。1931年九一八事变到1945年八一五光复之间，本钢完全沦为日本的殖民企业。但1910年到1931年"九一八"之前的21年间，属于"中日合办本溪湖煤铁公司"阶段。这一时期，从治理结构上看，权力是均衡的，责任也是均衡的，可从发展的结果来看，权力偏向了日方，责任偏向了日方，利益也偏向了日方。

原因呢？有很多，但本文先要说的是总办这个层面。

21年间，中方担任总办的计有9人。最能干的有两人，一是赵臣翼，一是王宰善；后来官做得最大的有两人，一是吴鼎昌，一是周大文；科举出身的两人，一是赵臣翼，一是谈国桢；留学日本有两人，一是吴鼎昌，一是王宰善；政界出身的有三人，一是李友兰，一是管凤和，一是巢凤岗。还有一人葆真，无法查到详情。

这些总办，出身不同，籍贯不同，眼界不一样，能力不一样，但有一点基本相同：对国家利益的维护。此点上被骂的只有赵臣翼，骂他卖国。《本钢史》说他"赵臣翼的卖国行动深得日人欢心"。赵臣翼果真是个卖国贼吗？恐怕也是历史的误读。

毁誉不一的赵臣翼

赵臣翼是1913年前来担任本溪湖煤铁公司总办的。之前的1911年9月，中日合办后的第一次股东会议上，大仓喜八郎提出，为保护资本的安全，不能在本溪湖附近再创建同类企业。具体的做法就是1913年呈请中国政府允许他们开采附近12处煤铁矿，垄断煤铁事业。中国政府没有批准。

1914年，中国政府颁布铁矿国有，今后不准人民开采。本溪煤铁公司为了企业的利益，就让中方总办赵臣翼四处活动。赵臣翼数度奔波于本溪湖—奉天—北京之间。活动的结果是1915年7月得到了北洋政府的"特殊批准"，于是本溪湖煤铁公司获得了12处的铁矿开采权。

12处铁矿即梨树沟铁矿、卧龙铁矿、歪头山铁矿、岱金峪铁矿、马鹿沟铁矿、青山背铁矿、骆驼背铁矿、望城岗铁矿、八盘岭铁矿、太河沿铁矿（两处）、通远堡铁矿。

赵臣翼因此获得了公司2000元的慰劳金，也因此被骂为卖国。

赵臣翼历史的另一面，却是个英雄。

1860年出生的赵臣翼，是个很有故事的人。他的家世充满传奇。他是宋王朝皇室宗亲的后裔，清末考中进士，江南镇江人却跑来东北做官。他很开明，也很有创建。1898年出任宁远州知州，改宁远州柳城书院为集宁学堂。聘请英文老师来教学生，在兴城历史上第一次开设外语课程。1903年任铁岭知事期

赵臣翼书法作品

间，创设小学堂一处，招学生40人，是辽北历史上第一所小学校，1910年，12岁的周恩来曾在该校读书。

赵臣翼惊世骇俗的举动发生于1900年。这一年沙俄侵略者在八国联军侵华战争中趁火打劫，出兵强占了辽西走廊的宁远州火车站（今兴城火车站），威逼宁远州地方官员屈服。此后两个多月时间里，沙俄军队多次在宁远州境内"剿杀"义和团团民的抗俄斗争，并蛮横地向宁远州地方政府提出赔款白银10万两的无理要求，声言如果不交出赔款，就闯入宁远城烧杀抢掠。危急时刻，在宁远做知州的赵臣翼挺身而出，冒着生命危险前往俄军兵营谈判，说是谈判，在强权下就是舍身一搏。知道此行凶险，赵臣翼临行写下了一首《绝命诗》：

> 揩柱孤城力太微，保民诚是保身非；
>
> 浮名岂慕羊头烂，壮志原希马革归。
>
> 败局难期成胜算，死灰仍拼觉生机；
>
> 惟余一点丹心在，洒向长空碧血飞。

诗境颇有气势，表明了赵臣翼视死如归、不畏强敌的决心。

与沙俄军队谈判，赵臣翼要求沙俄军队不得进入兴城，但强横的沙俄军队不答应，愤怒之下，赵臣翼拔剑自杀，虽被沙俄方面阻拦没有成功，但已受伤。沙俄军队被赵臣翼的举动震惊，派人为其治疗，中止了进入兴城的步伐。

得以保全的兴城百姓把赵臣翼视为英雄。

之后，赵臣翼做过省官办银行副行长的官，出任东边道道尹，管辖安东（今丹东）、抚顺、本溪和吉林通化、白山、临江等大片地区。1912年，在直隶都督衙门担任内政厅厅长，同年11月又回奉天，成为张锡銮的主要幕僚。1913年到本溪煤铁公司做了两年的总办，后病卒于沈阳。

就这样一个人，做出把中国矿藏出卖给日本的事，说不通。

做任何一件事，都得有理由吧，俗话说的是动机。赵臣翼的动机是什么？为名？没有。为利？他离职后股东大会才决定给他2000元的慰劳金。显然，他为12处矿产奔波时，并没有利益的诱惑。

不为名，不为利，所谓的出卖动机就不存在。

为的是什么？假如我们不要站在今天的立场，而是身临其境地站在那个时代，站在赵臣翼的立场，我们就会发觉，赵臣翼为公司争取12处矿产的开采权，动机是为了本溪煤铁公司的利益。

我们今天的立场是，日本人在本溪的所作所为就是为掠夺本溪的资源。当时赵臣翼看到的是中日合办，主权在我，权利、责任、利益均摊。身为总办，赵臣翼心怀"我是这个公司主人"的责任担当。

从经营和利益角度说，保护中日双方的资本安全，避免无序竞争，也是煤铁公司的利益所在，不只是大仓财阀的利益，也是中方的利益。

应该说，正是基于这样的考虑，赵臣翼才为获得12处矿产的开采权四处奔波。

10年总办谈国楫

在总办中，谈国楫很特殊。一人当了10年的总办，他是唯一一个。

《本钢史》这样评价他："任期最长的是谈国楫，达10年之久。但此人年老多病，长期住在沈阳家中，不到公司办公，一切事务均由日方总办裁决。"

给人的印象是颟顸、怠政。殊不知，另一面的谈国楫是文采出众、学识弘富。

谈国楫一门双进士、三举人。

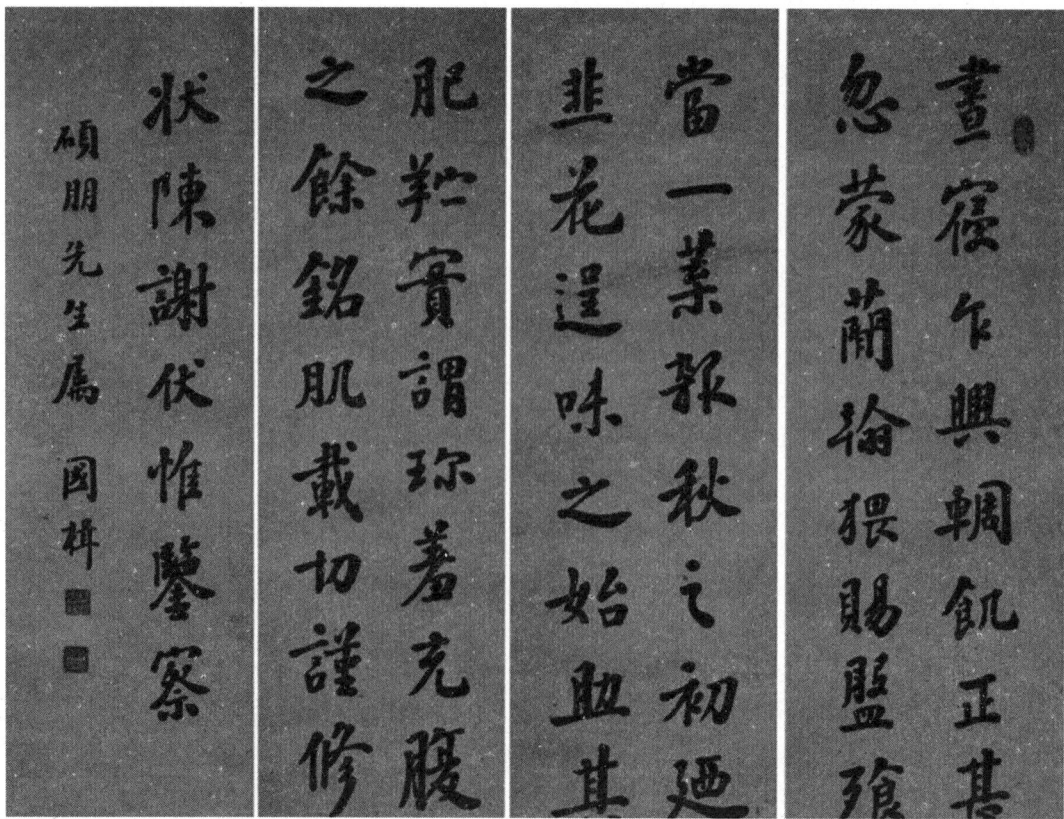

谈国楫的书法作品

宋代的苏洵、苏轼和苏辙父子三人，因文才盖世，而被称为"三苏"。民国年间，辽沈大地上的谈氏一门的父亲谈广庆和他的两个儿子谈国楫、谈国桓也因其才学被张锡銮比拟"三苏"。

父亲谈广庆进士出身，曾任金州厅海防同知，光绪五年（1879年）至清光绪九年（1883年）首次出任宁远州知州。谈广庆爱民如子，善于断案，不冤枉无辜。他经常亲自撰写公文，为振兴宁远文教事业，他从官府银两中拨出1600余两贷给商户，将利息全部用于柳城书院的办学经费。

谈国楫的弟弟谈国桓，和谈国楫同年考中举人，1919年任奉天省实业厅厅长，同年任东三省巡阅使署秘书处长、政务处长、蒙疆经略使署秘书处长，1923年任东三省屯垦办公处参赞。之后任北京税务处会办，安国军政务处长，东三省保安总司令部参议。谈国桓供职于张作霖幕府10余年，是张作霖的"文胆"和重要幕僚人物。谈国桓擅长书画和写作，张作霖逝世后，纪念书籍《张大元帅哀挽录》就是由谈国桓主编并题写书名的。

谈国楫，生于1870年，清代光绪二十一年（1895年），谈国楫参加北京会试，考中进士。谈国楫年轻有为、文采出众、学识弘富，被光绪皇帝钦点，授予"翰林院庶吉士"。

盛京将军依克唐阿，听说奉天新科进士谈国楫的名望，便特地与"盛京兵部侍郎"联名，向清廷上奏，请求将谈国楫调回奉天任职，负责北镇境内垦荒事宜。谈国楫回到奉天后，历任盛京将军督辖文案处总办等职，政绩显著，口碑极佳。

另一位盛京将军增祺，筹办奉天乃至东北第一所高等学堂时，特聘谈国楫为总办之一。

谈国楫以后出任过黑龙江省度支局度支使、东边道道尹等官职。

谈国楫文才出众，书法更是一时之翘楚。他擅楷书，取法欧阳询和颜真卿，人们都争相求购他的书法作品，而谈国楫本人又很忠厚，别人来求字从来不收取报酬。

他还有一件孝行事，轰动一时。甲午战争时，他父亲驻守金州，率士兵登城守御时，被日军发射的流弹震到了金州城下，昏厥过去。手下兵士背着昏迷不醒的谈广庆辗转逃离了金州城。甲午战争结束后，清政府以"临阵脱逃"的罪名免其职，并抓进牢中，等待发配边疆。当时24岁的谈国楫，刚考中进士，初入翰林院，觉得自己的父亲有不白之冤，于是上疏光绪帝，愿意代父从军，报效朝廷，以洗刷父亲的冤情。光绪帝被这位年轻进士的孝心所感动，颁下特旨赦免了谈广庆的罪。这件事情在当时被人们所广泛传颂。

诗人成多禄还写诗赞扬了谈国桢的孝心：

> 世乱丹心在，愁多白发新。
>
> 金州古孝子，天宝旧宫人。
>
> 风雨成吟草，云烟感卧薪。
>
> 何时陶靖节，同作葛天民。

谈国桢晚年定居沈阳，出任张学良东北司令长官公署秘书厅秘书。

1917年谈国桢出任本溪湖煤铁公司总办时，已是47岁，直到1926年。

本溪湖煤铁公司总办，对于谈国桢来说，就是一个赋闲、养老的闲职。

战犯总办吴鼎昌

翻翻《本钢史》，有两个人任职本溪煤铁公司总办的时间最短，一人叫吴鼎昌，一人叫管凤和。两人是在1911年间任职的，每人可能就当了半年时间的总办。

吴鼎昌留在本溪的事迹很少，但这人很有眼光，他力主本溪要发展铁业，这与他留学日本的经历有关。

吴鼎昌有句名言："政治资本有三个法宝：一是银行，二是报纸，三是学校，缺一不可。"

离开本溪后，吴鼎昌按照自己的名言去规划自己的人生。

先是任职江西大清银行总办，后来历任中国银行正监督、袁世凯造币厂监督、中国银行总裁、天津金城银行董事长、盐业银行总经理、内政部次长兼天津造币厂厂长。到1922年1月，任盐业、金城、中南、大陆四行储蓄会主任，成为金融集团的首脑。他把银行的法宝玩得很透彻。

然后玩报纸。1926年盘购天津《大公报》，自任社长，并兼《国闻周报》报社及国闻通讯社社长，又组织《大公报》新记公司。他将《大公报》办成中国第一流的报纸。

银行和报纸成了吴鼎昌通向官途的法宝。1926年7月开始，成为了国民政府财政委员会委员，之后官运亨通，一直做到贵州省政府主席、滇黔绥靖公署副主任、贵州全省保安司令、国民政府文官长兼国民党中央设

吴鼎昌

计局秘书长、总统府秘书长等。

抗战胜利后的国共和谈，吴鼎昌在其中起到了独特的作用。日本投降时，吴鼎昌任总统府秘书长，精于盘算、善于投机的吴鼎昌向蒋介石建议，请毛泽东到重庆来，而且3封电报也是吴起草的。在1948年新华社公布的43名战犯中，吴鼎昌名列第十七。

吴鼎昌1949年1月去职，赴香港做寓公。1950年8月病逝。

成为蒋介石的秘书长，成为战犯，吴鼎昌也是总办中的一道独特风景。

知县总办管凤和

第三任总办管凤和，与吴鼎昌是同一年任总办的。

管凤和是个什么人物？《海城风物百咏》中有一首颂扬他的诗：

> 武进良才管凤和，
>
> 海城县宰政绩卓。
>
> 兴办新学倡实业，
>
> 先忧后乐万民歌。
>
> ——咏晚清海城县令管凤和

管凤和生于1867年，去世于1938年。江苏武进人，原住上海，民国后定居天津遂入津籍。

1902年，管凤和在袁世凯的北洋常备军中任文案，1905年，出任奉天省（今辽宁省）海城县知县，在此，大力推行新政，建立全县第一个卫生机构"卫生施医所"，又建立海城师范学堂，还创办了白话报纸，以及兴办实业等，政绩颇佳，深受地方拥戴。

管凤和忧国忧民，对日俄战争后的东北局势，他深感忧虑，他创办《海城白话演说报》，在《发刊词》中，他用通俗的口语唤醒民智：

"咳！你们知道，今日是什么世界？中国是什么时势？满洲东三省是什么地方？你们还是嘻嘻哈哈，混混沌沌，过了两个半天算一天，真是可怕呵可怕！你们必说：今日的世界，却是新鲜，什么轮船铁路，都活了七八十岁的人，没有听人说过的事；朝廷样样变法，保甲改了巡警，考试改了学堂，法子是比从前好，这关系国家的事，自有官府做主，我们不必问他。我们东三省，日俄两国的战是停了，和约是定了，前两年他们打仗的时候，我们吃的苦，是已经过去的事，亦可不必再说他咯。

"咳！你们的话，多么糊涂，比喻说人家拿着六轮手枪，紧对着你的心坎，拿着又光又亮的刀子，切近着你的脖颈儿，你还呼呼睡着也不醒，半夜里随便说几句梦话，你说可怕不可怕？"

在以上的介绍中可见，管凤和是个好知县，还是个爱国者，但他却鲜有事迹留在本钢，以至于本钢人都不知道有这么一个人曾在本钢的历史上存在过。

市长总办周大文

从总办发迹的，除吴鼎昌外还有周大文，周大文后来成了北平市的市长。

周是本溪煤铁公司的第九任总办。周一生钟爱烹调和京剧，后来成为专业厨师、美食家、京剧票友。

中华人民共和国成立后，周大文和朋友在北京西单开设"好好食堂"并自己掌勺，后来到王府井的味村食堂掌勺，此后又到曾任张学良秘书的李荫春开设于北京前门煤市街的"新馨食堂"掌勺。郭沫若、齐燕铭的老太爷、荀慧生等都曾品尝过周大文烹调的菜肴。周大文烹制的公馆菜被视为中国公馆菜中的名品。

他对京剧的爱好，遗传给了子女。著名的京剧表演艺术家刘长瑜，是他的女儿，只因母亲姓刘，周长瑜改叫了刘长瑜。女儿周长芸，生于1938年，京剧教育家。儿子周长城，京剧教育家。

周大文

周大文的经历颇具传奇色彩，出身贫寒而又与张学良结拜；他既当过北平市市长，后来又以厨艺为生计；日军制造的谋害张作霖的皇姑屯事件中，周大文与张作霖同一节车厢，但仅手被炸伤而幸免于难。

他是怎样来到本溪当上本溪湖煤铁公司总办的呢？

周大文，字华章，1896年1月30日出生于天津。16岁毕业于天津新学院。19岁时，家人托段芝贵送他参加东北军后，东渡日本学电报。回国后任职大连电报局，历任奉天督军署及省长公署电务处处长，东三省巡阅使署秘书处处长，东三省巡阅使署政务处处长，北京张作霖大元帅府电务处处长,奉吉黑电政监督等职,并任本溪湖煤铁公司总办。

周大文任本溪湖煤铁公司总办是1928年至1929年的两年间。本溪湖煤铁公司总办一职不是周大文的专职,而是兼职。看他所任各职,都是重要岗位,仅以张作霖大元帅府电务处处长一职来说,那就是必须时刻伴随张作霖左右的一个要职。

身居要职而又身兼多职的周大文,被张作霖父子任命为本溪湖煤铁公司总办一职,并不真的指望周大文来参与公司的管理和谋划发展大计,只是挂个衔而已,让周大文多了一份收入。

因之,有的资料上说周常年不来本溪,而是住在沈阳。这就与周大文身居要职和身兼多职的工作有关了。

但周大文仍在本溪湖煤铁公司的历史上留下了他的印迹。

为了改变有的人成天沉迷于花天酒地中的风气,周大文常主办晚会,有时自己还上台来一段京剧清唱。周大文对日本人的图谋抱有戒心。有一次日方总办让公司测量系主任王一清到柳塘购买3—4平方公里的用地,来向周大文汇报时,周大文告诉王一清,日本人常常是得寸进尺,叫王一清最多买一半的用地就行了,王一清果然照此办理。

30多岁的周大文阅历丰富,见多识广,认识到一铁厂的选址具有绝佳的眼光,因而才充满感情地给予高度评价。

有关周大文的历史记载,给后来的探寻者留下了疑问。《本钢史》记载,周大文是1928至1929年任的本溪湖煤铁公司总办,这就和他写的《〈本溪湖煤铁公司创立二十周年记念写真帖〉序言》产生了矛盾。以10年一大庆的习惯,本溪湖煤铁公司在1920年举办过一次庆典,当时的中方总办谈国桢就写过一篇《〈本溪湖煤铁公司创立十周年记念写真帖〉序言》。而周大文写这篇序言应是为1930年的20周年大庆准备的,这时,周大文已不担任总办了,怎还会有他的《〈本溪湖煤铁公司创立二十周年记念写真帖〉序言》问世呢?这只有留待有心人去探究了。

才情各异的总办

第一任总办巢凤岗，是1910年就职的，这人的资料稀少，只知道他和北洋实业家周学熙是好朋友。周学熙1915年任财政总长，组织发起在北京设立民国实业银行筹备处，巢凤岗任筹备处副主任，以此推测，他应是金融家或实业家。

第二任总办吴鼎昌，已有叙述。

第三任总办管凤和，已有叙述。

第四任总办葆真，无法查到其资料。

第五任总办赵臣翼，已有叙述。

第六任总办王宰善，应是与李叔同一起留日的晚清留学生，这是一代力图避免亡国灭种、救亡图强的征程中漂洋过海的热血青年，"凡留学生一到日本，急于寻找的大抵是新知识。除学习日文，准备进专门的学校之外，就是赴会馆、跑书店、往集会、听演讲"。他们认为，"他日立中国强固之根基，建中国伟大之事业，以光辉于二十世纪之历史者，必我留学生也"。王宰善就读于日本商业专科学校。1915—1916年，任本溪煤铁公司总办。这是一位最胜任总办的人。任上，他做了两件令人称道的事：一是在中日技术力量方面，本应是1：1的比例，但实际上，中方的人员少得多，他据理力争，补任技术管理人员30多名。二是在维护国家利益上，王宰善发现公司自开办以来，只纳税六七折，他又多方努力，做到十足缴纳。

第七任总办谈国楫，已有叙述。

第九任总办周大文，已有叙述。

最后一任总办，同时也是第八任总办李友兰。1927年当了一任总办，1930—1931年再次出任总办。一人两次任总办，也是总办中的唯一。

李友兰，草根出身，辽宁省法库县叶茂台镇叶茂台村人。从教育转入政界。有两件事可看出其人品。

其一，进入仕途之后，曾任奉天省议会议员，议长。后又任洮昌道尹（辖17个县）。任职期间，每次回家探亲时，总是在村外下车，步行进村，先探问邻里乡亲，然后才回自家。

中间者李友兰

其二，九一八事变后，沈阳成立地方维持委员会，日本方面任命袁金铠、李友兰等9人为委员。李拒绝为日本侵略者效劳，发表声明退出由日本人授意成立的沈阳地方维持委员会。不久去天津，后又转到北平隐居，改名李恒甫。此后，李友兰一直在家中闲居，从不参加社会上任何活动。

1950年，李友兰因病于北京逝世，终年69岁。

梳理中，可看到中方总办大都是杰出人物，才干各具，但他们在任上，却鲜有杰出表现。

可羡慕的才情　可叹息的平庸

21年间，中方担任总办的有9人，其中谈国楫一人做了10年，李友兰两个任期做了3年。其他的7人在余下的8年间，平均任期1年多。

日方的总办3人，岛冈亮太郎做了11年，岩濑德藏做了6年，鲛岛宗平做了5年。

管理公司日常事务的总办，当然都是由股东任命的。日方是以发展公司为目的来安排总办人选的，选用的人是既懂专业也懂管理，任期也是有连续性的，而且都是专职。

做总办时间最长的岛冈亮太郎，因提出"铁就是国家"被日本朝野赏识。没有以世界做参照的眼光，就不会有这样的观念。

中方是以官场的惯有方式来做公司的总办，前提不是为公司的发展来设计的，而是作为官场上的人事安排来运作的。总办们既不用懂专业，也不用懂管理，有的还是兼职。

看看《本钢史》，很纳闷，也很郁闷。多少人呕心沥血，经过了6年的博弈，才把本溪煤铁的权益争回来，可争回来之后又不珍惜，不上心，没有好好经营，眼睁睁地看着大仓财阀千方百计地挖中国利益的墙脚。可仔细想来，中国权益的让渡，中方利益的被侵蚀又有谁为此负责？如果硬要追究的话，主政东北的张作霖也是本溪煤铁公司的股东，应负其责。

在有关资料中，我们确实看不到张作霖对发展本溪煤铁公司的意见，在中日合办的格局中，作为中方股东的张作霖没有主导过公司发展的大政方针，反倒是日方不断提出新的发展方略，张作霖只是附属地表示意见。

诧异后的思索，不是张作霖要有意地放弃对本溪湖煤铁公司的主导权，只是当时的本溪煤铁公司在他的图谋中分量太轻。

为什么这样说呢？独霸东北的张作霖，此时正是风生水起的时候，他的眼光紧盯着中国的最高政坛，在风云变幻中，野心勃勃的脚步已踏进了北京龙宫皇廷，眼光斜视天下权柄。一副"待到秋来九月八，我花开后百花杀"的神态。

天下之重与本溪湖煤铁公司之轻相比，张作霖选择的自然是天下了。

选择在此，张作霖自然不愿把精力投注到公司的发展上来，公司的发展、长远规划大都是日方提出来的。日方甚至早就有要把中方的股金全部收买过来、由大仓家族单独经营本溪湖煤铁公司的设想和计划，并不断地实施，从1912年到1917年间，日方的资本实际上已占了公司资本总数的五分之四，即使这样，仍未见到中方股东有何措施。

中方的股东，实际上已把自己的权力让渡了。

既然在主权上已有了立场的后退，那在公司日常事务的管理上更不必详细盘算。当然也有坚持的原则：自己人。

不懂管理，不懂经营，不懂钢铁业的谈国楫当了10年的总办，成天不来上班，那无关紧要。谈国楫本身是大帅府的秘书，谈国楫的弟弟谈国桓是张作霖的"文胆"和重要幕僚人物，这都是一个山头的。

让周大文来当这个总办，更加有点让人摸不着头脑。那时的周大文相当于张作霖的机要秘书长，是每时每刻离不开的人物，可前任离职了，总要有人接任。扳着指头算算，周大文是心腹，就让他去挂这个职吧。纵然知道周大文不懂这、不懂那，纵然知道周大文没时间去坐班，那也没事。

回头看本溪湖煤铁公司关于总办的用人，开始时应是北洋政府拿的主意，作为关内人的巢凤岗、吴鼎昌的任用就是明证。但卧榻之侧，岂容他人酣睡，未几，两人均卷铺盖走人。

管凤和与赵臣翼的任用应是双方妥协的结果。妥协也只是权宜之计，管凤和不到半年即走人，赵臣翼很能干，可别人把他的能干当作"卖国"借口，成为了唯一一个被免职的总办。

留学日本的王宰善，是专家、行家，是最能干的总办，只因不是张作霖的人，再能干也必须走人。

总结张作霖关于总办的任用，不是东北人，任用了也很难干长久。是东北人但不是一个山头的、不是圈内的，也难相信，也不能让你干长久。有再高的管理和专业水平，也不在任用范畴。

至此，读者明白了，总办们也明白了。到本溪湖煤铁公司任总办，比的不是才干，不是责任心，而是圈子、是山头。

在梳理总办们的简历时，知道各位总办都是才具各异的人，但在张作霖关于天下的秤盘中，本溪湖煤铁公司的分量太轻，轻到无法让人展示才干。有本事的各位总办们，在这样的舞台上，必须知白守黑，演绎一幕平庸的人生。

日方总办，抹不掉的殖民色彩

贪婪的掠夺者

面目模糊，一直是大仓家族留给本溪人的印象。

仔细研读大仓家族在本溪的所作所为后，面目模糊的大仓家族变得清晰起来。

清晰起来的大仓家族的面目：贪婪。

再加剖析，大仓家族的贪婪一是体现在资源上，对中国资源的贪婪，那是无限的；二是对中国利益掠夺的贪婪，那也是无限的。

1907年，大仓家族掠夺资源之手，不仅染指本溪湖，还染指汉冶萍

1907年，大仓家族发生了两件事。

大仓喜八郎

第一件事发生在本溪。第二件事发生在湖北。

先说第一件事。这年的年后，本溪煤矿几个日本人不断地往南芬庙儿沟跑。其中的一人叫佐佐松贤识，是大仓组的人，大仓喜八郎的代理。

到了庙儿沟，就往郭翰福家钻。见面时带着礼物，表现得很亲近，恭维着郭翰福。

郭翰福是什么人？庙儿沟保正，相当于今天的村长。

一个村长值得大仓家族的人去巴结吗？

当然不是，日本人想亲近的是郭姓人家的几座山。

庙儿沟郭姓六支拥有大庙儿沟南沟

111

和小庙儿沟的山林权，大庙儿沟和小庙儿沟没有什么美丽景观，可在大仓家族的眼中，那可是任何美丽景观都没法比拟的诱人——铁矿。

郭翰福既是庙儿沟保正，还是郭姓六支族长，大仓家族要想开采这里的铁矿，自然是必须通过郭翰福这道门槛才行。

套近乎，拉交情，送礼物后，大仓家族和庙儿沟郭家产生了一个合同。

合同内容如下：

公立合同人（大仓组　郭姓六支）同心开垦刨铁矿，设立经营。此矿山处系镶红旗界大庙儿沟南沟，开矿处系郭姓原业山厂，公司开垦刨铁矿。再小庙儿沟系南北沟出铜矿亦系郭姓原业，而且大仓组与郭姓同作生涯，永远绵长。此系两造甘心愿欲，丽无反悔。倘若反悔者有公立合同为证是实。

大清光绪三十三年四月十五日

大日本明治四十五年五月二十六日

公立合同人：郭姓族长、庙儿沟保正郭翰福

喜八郎代理、大仓组佐佐松贤识

此份合同，恐系日文翻译，文词不通，逻辑混乱，而且未见应有的利益上的条款。撂下这些不说，本份合同反映的是大仓家族对南芬铁矿的觊觎。

1907年，大仓家族正处于和中国争夺本溪煤矿开采权的多事之秋。

1904年在东北发生了日俄战争，本溪湖曾划入战线之内。在战争中任日本陆军军需供应商的大仓喜八郎，冒着日俄战争的硝烟，派人沿安奉铁路进行资源调查，发现本溪湖煤矿和庙儿沟铁矿很有工业开采价值。日俄战争结束后的1905年10月，大仓财阀又派人到本溪湖进一步勘察煤铁资源，并绘制了矿区简图。11月，大仓财阀向驻辽阳的日本殖民侵略机构——关东总督府提出开采本溪湖煤田的申请。12月18日，日本关东总督府以采煤供应军用为条件，批准了大仓财阀在本溪建矿采煤的申请。1906年1月，大仓煤矿举行开井仪式，时有中国工人110多人，日本工人30余人，当年采煤300吨。

大仓强行开采本溪湖煤矿一事，遭到中国政府的反对，自1906年起多次要大仓家族停止开采，大仓家族置之不理。中方又指示地方政府从外交层面与日方交涉，收回本溪湖煤矿的开采权。

其实，对于收回本溪湖煤矿的开采权，中日《北京条约》附约上，日方有明确的承诺："因军务上所必需，曾经在满洲地方占领或占用之中国公私产业，在撤兵时悉还中国官民接受；其属无须备用者，即在撤兵以前亦可交还。"

交还本溪湖煤矿开采权是大仓家族必须履行的义务。但大仓家族就是不交，连日方政府指示和中方商谈都被拒绝。中方于是开始了各方面的交涉。

官司缠身的大仓家族，不仅没有退还本溪湖煤矿开采权的意思，还又打起了南芬铁矿的主意，一是表现了大仓家族的强盗行径，二是表现了大仓家族对中国资源的贪婪。

大仓家族和南芬庙儿沟郭姓六支签订的合同是1907年的农历四月十五日，论公历应是5月份吧。这个时候，大仓家族正在南方商签另一份合同——贷款合同。

有关记载如下：

"1907年5月，萍乡煤矿局与另一家日本财团'大仓组'签订了200万元日元贷款合同。'大仓组'先是假称'无力承担此贷款的全部金额'，然后'请求政府协助'。日本政府向日本兴业银行'售卖'200万日元的政府债券，由该行以6厘的利率贷给'大仓组'，再由'大仓组'以7厘5的利率转贷给萍乡矿务局。"

当时的萍乡矿务局是汉冶萍公司的属下，萍乡煤矿局出面，款是贷给汉冶萍公司的。

贷款是好事呀，这还能说明其他事吗？

再看看贷款的程序，那就是在兜一个圈子。大仓家族就是台上的皮影，后边的牵线人却是日本政府。

日本政府这样做的目的又是什么呢？

为了控制汉冶萍的资源。

用贷款的方式，控制汉冶萍的资源，是日本国的国策。

为了这个国策，日本的两任首相都亲自出马。

1898年，日本首相伊藤博文访华。其间，促成了汉冶萍公司首次与日本签订出售煤、铁的合约。

1905年，日本首相兼外相桂太郎训示属下，针对汉冶萍公司加强公关，获取大冶铁矿和萍乡煤矿的采掘权。

具体的步骤，利用汉冶萍公司资金不足的困境，以技术合作和贷款引诱汉冶萍公司上钩，安插日本技师，逐步获取管理权。

这个国策的宏伟目标：对中国将来之形势有所准备。

在日本掠夺中国资源和侵略中国的国策中，大仓家族充当了马前卒。

大仓家族，日本侵略中国的马前卒

1907年，大仓家族刚强占开采的本溪湖煤矿遭到中国方面的强力争夺，在旁人看来，正处于自顾不暇时，又把手伸向了庙儿沟铁矿，给人的感觉就是一个词——疯狂。

疯狂，其实正是那时日本人的一个病态。

回看当时的日本，自甲午战争、日俄战争后，日本的资本家及军政当局，一直在制造、战后更加起劲地制造一种舆论，叫作"今后之满洲经营者，非吾人之任而何"，或者说"开发满洲"乃日本之"天职"。

在疯狂的背后，却是让日本人没有自信心的现实。

这个现实就是贫乏，资源的贫乏。

发生在八幡制铁所的一幕。

八幡制铁所成立于1907年，是日本第一家现代化钢铁厂。有的资料说这家企业是大仓喜八郎建的，如是这样，大仓家族对中国资源的疯狂掠夺就有了更为翔实的内在依据。有的资料说，八幡制铁所是国营，不管怎样，八幡制铁所留下了日本人失去自信后疯狂的一面。

1901年11月18日，日本曾经举行八幡制铁所第一座高炉完成的庆典，这是个举国大庆的日子，日本首相伊藤博文亲自出席。当政府政要、各企业的大佬翘盼火红铁水出炉时，不争气的熔铁炉的炉门怎么都打不开，熔融的铁不能流出，失败了。众多的两院议员、当局大臣等都目瞪口呆。

查找原因，是原料的问题，日本没有优质的铁矿资源和煤炭资源。

从北海道至九州，日本本土所产煤炭多为日常生活燃料，专用于海军战舰的无烟煤却甚是少见，与战备相关的冶金和重化工所需要的强黏结性煤炭，更是难觅其踪。

优质铁矿没有，优质煤炭没有，八幡制铁所从成立之初就不得不面对无铁可制的窘境。

没有了资源，自信的日本政客们因此喊出了一个疯狂的口号："开拓万里波涛，布国威于四方。"就近从中国获得煤铁资源，随即成为日本资本家和新生的日本政治家最为便捷的方式之一。

一时间，日本的学者、名流、政府要员纷纷到我国东三省南部进行调查，甚至西园寺首相本人也于1906年四五月间亲自到奉天进行整一个月的所谓视察，其根本目的，都在于寻找最有利的方式，为囊括东三省南部的利权做准备。

大仓喜八郎，作为日本著名的政商，应该参加了八幡制铁所开炉生产的庆典。假如八幡制铁所真是他成立的，那么他对日本资源的贫乏有更深切的了解。

当以大仓喜八郎为代表的大仓家族，作为日本"开拓万里波涛，布国威于四方"国策的马前卒来到本溪，面对本溪的优质铁矿和优质煤矿，贪婪之心岂能不疯狂？掠夺之手岂能不疯狂？

岛冈亮太郎：戴着领结的入侵者

岛冈亮太郎是本溪湖煤铁公司的"脸面"，也是煤铁公司第一代日方总办。

岛冈亮太郎生于明治四年，明治三十年毕业于日本的法律学校，毕业后先后担任过矿山监督官及八幡制铁所的事务官。明治三十八年起在大仓手下担任本溪湖煤矿的开发业务和技术指导，他的才能在本溪湖煤矿开采初期，表现得淋漓尽致。采矿初期，事故频发，岛冈亮太郎采取了一系列措施，使采煤恢复了正常生产。明治四十年，任本溪湖煤铁公司代理事长。协助大仓喜八郎着手建设高炉炼铁业的发展，他是大仓在煤炭和制铁业开发中的得力助手和最好的参谋，他为本溪从煤的开采到铁的开发做出了突出的贡献。他提出了"铁就是国家"的口号，这一主张得到了日本政府的极大重视，从而加快了日本制铁业发展的步伐，并且得到了日本朝野的赏识，为此，日本设置了东洋制铁业的调查机关，岛冈亮太郎因此担任了满洲制铁理事长。

岛冈亮太郎

昭和十八年，岛冈再度任公司理事长。昭和十九年，担任满洲制铁理事长一年时间，为日本大战积蓄提供了大量的煤和铁，这时的岛冈已是60岁的高龄，仍以顽强的毅力为国家效劳，他追求制铁事业的精神，长盛不衰。昭和二十年初，岛冈从满洲制铁理事长职位上退任，返回日本，战后下落不明。

岩濑德藏：多趣味的采炭第一人

岩濑生于明治八年（1875年）的埼玉县，明治三十三（1900年）年毕业于东京大学采矿冶金科，明治三十四年（1901年）参加北海道炭坑"弃船株式会社"，同年成为岩濑家族的上门女婿，因此而得名。

岩濑当时所在的地方，是日本煤炭工业最发达、最重要的地方。由于采炭技术的不成熟，煤矿事故频发，为此，岩濑率领一部分技术人员到欧美各国进行技术考察，归国后岩濑在煤炭生产中采用了欧美技术，使日本的采煤技术和安全得到了改善。此时，岩濑的长女不幸死亡，使他精神上受到打击。此时他被大仓喜八郎聘用。大正四年（1915年）起到本溪湖煤矿公司，但没带家属，单身赴任。他对本溪湖的风土人情、生活习惯非常适应。两年后把家属带到本溪湖落户。

当时公司的生产很不景气，他采取了一系列措施，使生产逐步恢复正常。大正年代初，本溪湖的全体日本人不到1000人，除了几个小饭店，日本人没有任何娱乐场所。日本人只好在宿舍里饮酒或打麻将。岩濑为了解决社员的娱乐问题，组织了很多青年和小孩儿开展多项有趣味的活动，如钓鱼、喝茶、花牌、台球，他经常参加到活动中来，并且非常活跃，受到新闻记者的追踪报道，并得到了340元、50元的奖励，岩濑把这笔钱捐出，作为小朋友们的活动费用，为小朋友们购买了自行车。岩濑为本溪煤炭的开发提供了技术指导。归国后，为大仓喜八郎的其他矿业，如大滨、北华太煤矿、茂兕煤炭担当技术指导，并且经常到北海道、九州、中国各现场进行技术指导。岩濑被认为是大仓矿业最权威的人，他为采矿业贡献了一生。他共生有8个孩子，但是只存活了1人。他爱好广泛，棒球技术非常好，回国后曾获得过东京大学等6个大学共同举办的棒球比赛冠军。他也是日本室内竞技麻将的冠军。

他在本溪时，任本溪湖煤铁公司采矿技术负责人，接替了岛冈，成为本溪湖煤铁公司第二任理事长。

胶岛中平：不景气中的巧妙经营者

　　胶岛中平，明治九年（1876年）生于鹿儿岛，明治三十三年（1900年）毕业于日本的法律学校，经过普通文官考试合格后，在大藏省从事海军军属经理局及海军经理事务局工作。后被大仓组选中，在横须贺支店工作，以后又随同大仓组在日俄战争中随军从事调查工作。大正六年出任沈阳制铁所所长，从此直接参加了制铁业活动。昭和二年（1927年）接替岩濑成为第三代总办。此时，正是钢铁业不景气的时期，他经认真研究分析，认为在固守制铁业的同时，应以发展采矿业为主轴，这样可以缓解钢铁业不景气造成的困境。同时，胶岛着手加强制铁的基础工作，对制铁业进行了相应的投资。此外，还改善了煤矿的设施，增设电机运输。昭和八年（1933年）以后，煤炭、钢铁业又开始振兴起来。由于一系列的措施有效，胶岛的人气大旺，被任命为总办理事长。公司的社员也逐渐增多，度过了不景气的危机。昭和十年（1935年）胶岛中平故去。

屋山右极：爱好多样的聪明人

生于明治十二年（1879年）的广岛，是东京大学工学部的优秀生。明治三十七年（1904年）任铁道局技师，10年后的大正三年（1914年）被大仓喜八郎聘任为本溪煤铁公司机械科长，约18年。昭和九年（1934年）任本溪湖煤铁公司理事长。

昭和十二年（1937年），曾以商贸名义到欧洲进行了半年的考察，归国后为满洲产业五年计划出谋划策。曾被任命为大仓商事奉天支店长。他策划了公园高炉建设。因身体欠佳回国，到别府温泉疗养，后患脑溢血不幸身亡。他是公园高炉基础建设的理事长。他的爱好很广泛，网球、棒球、花牌、照相，样样精通。在本溪湖东山的理事长公寓的住处，还养过一头小熊。他性格豪放，深得部下的喜爱。终年68岁。

七崎新极：周旋海陆军中的商人

　　明治二十一年（1888年）生于大阪岸和田，毕业于东京大学高等商业学校。毕业后直接参加大仓和名会社工作，入社20年后于昭和四年（1929年）从事大仓矿业的监察工作，10年后即昭和十四年（1939年）任公司理事长，即公司第五代领导。昭和十四年参与制订满洲产业五年计划，这一计划的实施，为战争所需提供了大量的煤炭、钢铁，支援了前线。同时公司的资本金已达到1亿元。为了及时供应战争所需物资，他常常往返"新京"、东京之间，在海陆军之间进行调度，为五年计划的顺利实施做了很有效的工作，这也是七崎最大的贡献。这时，大仓资本在公司已经占了绝大的股份，七崎辞退了理事长又返回本溪，任大仓组的常务理事，这是由战时的体制所决定的。昭和二十五年（1950年）去世。

战车因煤铁而疯狂

1931年九一八事变第二天，日方用残忍手段独霸合办的本溪煤铁公司。

这段历史，见证了日本军国主义的疯狂，为经济的疯狂，掠夺的疯狂。狂妄让人疯狂，疯狂让人灭亡。日本军国主义的大头症，因狂妄而疯狂的大头症古今中外多了去了。

1931，黑色"九一八"

1905年，由日本大仓财阀强行开采的本溪湖煤矿，因中方的强烈反对和坚决斗争，到1911年1月1日，才有了中日合办本溪煤铁有限公司时代的到来。中日合办的时代，走到1931年9月18日时，来到了尽头。

1931年9月19日，日军不到3个小时即完成对本溪的军事占领

1931年九一八事变第二天，即9月19日凌晨，本溪湖还沉浸在一片宁静中。驻守在桥头和石桥子的日本守备队，却按照早已拟好的部署，正向本溪湖开来。凌晨4时，两地开来的日本守备队和驻扎在本溪明山沟的日本守备队会合后，按照日本关东军的统一布置，一路奔向东山，控制了本溪湖的制高点，并架起了机枪。一路奔仕仁街而去，选好了控制本溪县政府的射界，也架起了机枪。另一路则分成几组，奔国民政府本溪县驻地、本溪县公安局驻地、本溪县保安大队驻地而去。

在日军的枪口下，国民党本溪县县长徐家恒带领下属投降日军。日本宪兵队长板津畑太郎带领日军包围了本溪县公安局和县保安大队，迫使本溪县公安局局长常庚尧和保安大队大队长史乃德率部下投降，并将其改编。上午7时，日军已完成对本溪湖的军事占领。

"九一八"之后，日军加速了对本溪的军事占领。日本守备队100人驻扎清河城，100人驻扎小市镇，80人驻扎高官，20人驻扎高丽营子。日本关东军步兵第二旅

团第五十七联队第三守备大队进驻碱厂，大队部设在今碱厂供销社。派驻田师傅大堡50人，派驻八盘岭40人，派驻马家城子60人。还在碱厂驻有伪满洲治安军一个连130人，森林警察队50人。1932年10月，日本守备队100多人入侵桓仁，完成了对本溪地区的军事侵略。

丁双学目睹"九一八"日本人占领本溪的一幕：日军为收缴枪支而拷打大堡村的村长

1931年9月19的一大早，家住大堡的丁双学正准备上小学读书，忽然听到村长被人打得惨叫连连。出门一看，只见几个日本兵正在打跪着的蔡村长，边打边问村里有没有枪，有枪就赶快交出来。这是日本人全面占领本溪的一幕。

老丁家原来是一个大家族。丁双学爷爷辈有哥儿四个，他的爷爷是老二，丁铁石的父亲是老四。丁双学这边有哥儿三个，丁铁石那边有哥儿四个，当时住在河西小学。后来，丁铁石一家搬出来住在现在后湖卖菜街一带。在丁双学的记忆中，过去后湖有个关帝庙和现在的慈航寺，打眼看去，只有破破落落的几家小房。头道岗还没人居住。

丁双学目睹了日本人占领本溪的一幕，丁铁石一家也目睹了这一幕。之后丁铁石一家不甘受日本人奴役，逃难到了北平。丁铁石于1936年开始走上革命的道路，曾任晋察冀军区三分区政治教员、副连长、连指导员、营教导员。后被派到著名的回民支队任政治部主任，成了马本斋的入党介绍人。解放战争初期，丁铁石回到本溪，任东北民主联军本溪市保安司令部副政委兼政治部主任，直接影响了本溪回民支队的建立，并带动了丁双学等一批回民子弟参加革命。后来成长为中国人民解放军工程兵党委常委、后勤部政委的丁铁石是本溪人不甘内忧外患而起来革命的典范。

1931年10月20日，日本独霸本溪湖煤铁公司

九一八事变前，本溪湖煤铁有限公司处于一个什么状况？日方总办、中方总办在此非常之际，有着什么样的举动？

此时的日方总办是鲛岛宗平，中方总办是李友兰。

关于鲛岛宗平，资料上没有记载。关于李友兰，在这年的7月，公司第二十次股东会议上，李友兰曾说："本溪湖煤矿明清两季代有采掘，因纯系土法，采掘不深即行终止，是故废坑，各坑深度均累累，蓄水量与年俱增，而采掘遗迹又极不易考查。公司

用机械采掘在废坑之下。以故采至旧坑附近，每易透水，稍一不慎，为祸甚剧。"

在李友兰一生行状中，这样记载：九一八事变后，李友兰回到沈阳。1931年9月，日本关东军授意，成立沈阳地方维持委员会，任命袁金铠、李友兰等9人为委员。李拒绝为日本侵略者效劳，发表声明退出由日本人授意成立的沈阳地方维持委员会。不久去天津，后又转到北平隐居，改名李恒甫。此后，李友兰一直在家中闲居，从不参加社会上任何活动。

1950年，李友兰因病于北京逝世，终年69岁。

考其一生行状，李友兰不会为日本的侵略张目，即使在公司内部，也断不会出卖中国的利益。但在日方全面侵占东北的情势下，他觉得个人抗争无补于事，自动离开恐怕是最好的选择。

日本完成了对本溪地区的军事占领之后，对中日合办的本溪湖煤铁公司又是做何处置的？

独霸本溪湖煤铁公司一直是日本的野心。只不过在1905年的时候，这个野心表现为大仓财阀家族的贪婪。而现在，这个野心成了关东军的贪婪。

日方先是制造白色恐怖，平时与日本人发生过争执，有过矛盾的中国人，此时成了日本人制造白色恐怖的对象。

老医师陈文茹清楚记得，由于他们平时对日本人侵占的不满，并不时地和一些日本人发生争执，"九一八"之后，这些日本人就开始报复。有一天晚上，陈文茹下班回家途中，就被几个日本人围住打成重伤。当时的制铁科杨科长、三坑技术员周广安等人，都被日本人围住打成重伤。日本军警还以"抗日"的罪名，把雇员金克俊以及准佣员赵蕃、张某和医院陈文茹医师等许多中国职工逮捕，遭到严刑拷打。在这种形势下，一些职工怕遭受迫害逃离了本溪，没走的也坐卧不安，白色恐怖笼罩着本溪，中国人一日数惊。

白色恐怖的形势已形成，日本人开始了赶走中国员工、独霸公司的第二步。

10月20日，日本关东军司令部派来一名参谋，会同本溪湖日本守备队长，到公司召集没走的中国职工开会，向他们宣布，因时局关系，限中国职员在3天之内撤出公司，否则生命财产不予保护。就这样，中国职员在日本侵略者的威逼之下撤出公司，公司的一切大权全部为日本人所掌握。公司中国方面的350万股金也全部被日本关东军占有，日本侵略者终于实现了独霸公司的野心。

战车因煤铁而疯狂

1937年7月，日军在卢沟桥打响了全面侵华战争的枪声，整个中国被拖入了一片血泊之中。

此时的本溪，并没有因为远离卢沟桥就远离了战争、远离了血泊。燕东大地成了日本战车机器上的一环，日本的战争梦想在疯狂驰骋，美丽山川覆盖着战争的硝烟。

1937年7月，日军全面侵华的枪声在卢沟桥响起，"本溪湖煤铁股份有限公司"建设三号高炉的打桩声随即在"宫原"传来

那边，日军的枪声刚在卢沟桥响起，这边，为日军战争服务的机器就在本溪轰隆隆地运转起来。

THE TAISHIKA IRON BRIDGE OF KEIICHI RAILWAY AND ITS NEIGHBOUR-HOOD AND THE DISTANT VIEW OF MT. HEICHO THE BEST SCENERY IN HONKEIKO, HONKEIKO.

本钢厂区旧貌

1937年7月，后来的二铁厂，一声轰隆隆的打桩声响起，整个地面一片颤抖。

这一瞬间，"本溪湖煤铁有限公司"的新厂区建设被战争推着高速运转起来。

随着隆隆的打桩声，建设团矿厂的设备和建设发电厂的设备也在汽车的轰鸣声中运过来了。

围绕"宫原"新厂区的建设，开凿田师傅全家堡子附近西崴子煤矿矿井也在紧张进行着，开凿牛心台王官沟煤矿斜井的工程也上马了。

紧接着，南芬贫矿选矿厂开始动工，开采庙儿沟铁矿的贫矿设施和增采富矿的各种设施也上马建设了。

"宫原"开采石灰石矿的工程立马跟进。

放眼望去，各种材料堆积遍地，成千上万的劳工散布在各个角落。

中日合办的本溪湖煤铁公司，如今已蜕变为日军的战争机器，在高速运转。

这一切，从什么时候开始，其间又有什么过程？

1931年"九一八"，沈阳北大营的枪声响起，本溪湖日军驱逐中国工人的棒子声即传来

1931年9月18日。

凌晨4时。

驻桥头的日本守备队赶到了本溪湖。

驻石桥子的日本守备队也赶到了本溪湖。

两地赶来的日本守备队与驻扎在本溪湖明山沟的日本守备队会合了，按其事前的策划，一部分奔上东山架起了机枪，一部分奔向仕仁街架起了机枪。

一部分奔向县政府，将之包围。

国民党本溪县县长徐家恒带领部下人员迎接日军。

本溪县公安局被日军包围并被强行缴械。

本溪县保安大队被强行改编，大队长史乃德及其部下被迫投降。

一个上午，日军就完成了对本溪湖的占领。

中日合办的本溪湖煤铁公司，此时又是一番什么景象呢。

主持大局的中方总办没在公司。

中国职员、工人人心惶惶，被一片恐怖笼罩着。

大仓财阀，多年来一直想独霸煤铁公司，此时正是好机会。

驱离中国人，独霸煤铁公司成了大仓财阀的选择。当然，和日军联手就是大仓财阀的手段。

具体做法仍然是制造恐怖。

制铁科的杨科长，在煤铁公司是个有头有脸的人物，在中国工人中很有影响，日本人选择他"杀鸡给猴看"。杨科长下班回家途中，突遭一群日本人围住，被打成重伤。

公司医院的医师陈文茹、三坑技术员周广安也是个有影响的人物，他们都有了和杨科长如出一辙的遭遇。

制造借口，加以抓捕。

先由日方给一些中方无辜人员加上"抗日"的罪名，然后由日本军警前来抓捕。

公司雇员金克俊、准佣员赵蕃等许多中国职工都因此而遭抓捕，并受到严刑拷打。

大仓财阀的做法收到了效果。

一些中国职工因害怕开始逃离。

没走的也坐卧不安。但也有不少的人心存幻想。心想，不管公司归谁了，不是还需要干活的吗？

可大仓财阀不这样想，大仓财阀的想法由日本关东军来宣布。

1931年10月20日，九一八事变后刚满一个月，日本关东军司令部派来一名参谋，会同本溪湖日本守备队队长，来到本溪湖煤铁公司，强行赶走了所有中国职工。

笔者在有关的资料中，没看到大仓财阀对中国职工表示过任何应有的同情和帮助。

在研究中日合办本溪湖煤铁公司的过程中，看到日本不管是军方还是大仓财阀，笔者都愤怒于他们在和中方打交道时的处心积虑，都愤怒于他们对中国职工的无情。也就常常想起军事家蒋百里对日作战的一种精神，或说是一种态度：胜也好，负也罢，就是不要和他讲和。

这是对日本深切了解后的战法。

1911年1月1日，中日正式合办的本溪湖煤矿公司，后来因制铁而更名的"本溪湖煤铁有限公司"，原来规定的30年合办期，因日军的侵略战争而中断，时在1931年的10月20日。

日本关东军苦心孤诣，要把本溪湖煤铁公司经营成日本的战争机器，大仓财阀则在为夺得独自经营的道路上挣扎着

全面侵华战争开始，日本的一个如意算盘：以战养战，即用中国的资源来支持日军对中国的战争。

人们说，战争是绞肉机，绞肉机是钢铁制造的，钢铁成了战争的消耗品和急需物。

本溪的制铁业成了日本战争机器上的关键一环。

统一管控东北的钢铁，成了日本的战争决策。

首要目标，统一管控昭和制钢所和本溪湖煤铁公司，将其经营权和发展规划权握在手中。

可大仓财阀不干。

做梦都想独自经营本溪湖煤铁公司的大仓家族，自喜八郎去世后，掌门人成了喜七郎。

喜七郎原本想借九一八事变的时机，夺取本溪湖煤铁公司的独自经营权。

权柄到手还没捂热，日本关东军就想夺走，大仓家族当然不干。

不干必须有理由。

本溪湖日军军营全景

大仓家族提出的理由是与伪满洲国政府合办。

而且还拿出了合办的具体措施：大仓家族出资1000万元，伪满洲政府出资500万元。

关东军看看强扭的瓜不甜，转而同意合办。

于是，1935年8月30日，伪满洲国的实业部大臣丁鉴修和大仓喜七郎在长春签订了《关于本溪湖煤铁股份有限公司的协议》。

大仓财阀将原有的股金和社债计600万日元，以此作为出资费。伪满洲国政府将原来中日合办时期的股金龙银350万元，折合成日元400万元，作为出资费。

改组后，"本溪湖煤铁有限公司"变成了"本溪湖煤铁股份有限公司"。到1938年，公司又改称为"株式会社本溪湖煤铁公司"，大仓财阀独霸经营的意味更重了。

大仓家族企图单独经营的目的没有实现，关东军欲把公司和昭和制钢所合并的目的也没有实现，但公司从此纳入了伪满洲政府的统治之下。

这样的结果，关东军自然是不满意。

关东军在等待机会，实施第二次改组。

机会在日本产业财阀鲇川义介的势力侵入东北后到来了。

鲇川义介的势力侵入东北后，成立了"满洲重工业开发株式会社"，简称为"满业"。

日本为适应侵略战争的需要，将现在的满业和原来存在的满铁做了适当的分工：满铁放弃了对重工业部门的经营，专营铁路，满业则重在重工业和化学工业的建设。

大仓财阀经营的"株式会社本溪湖煤铁公司"被迫编入满业的势力范围。

借此机会，关东军又开始了改组"株式会社本溪湖煤铁公司"的计划。

措施挺狠，要让公司将55%的股份转让给满业。

如此一来，公司将失去任何决策权。

大仓财阀自然不干。

大仓回答，被夺去资金的55%，就等于被夺走了全部事业，希望能维持现状。

现状不能维持，接下来就是谈判。

大仓一方，满业一方，伪满洲国一方，关东军一方。

谈判就是个坚持和妥协的过程。

结果是关东军和大仓的意见都没实现，股票的重新分配解决了问题。

大仓占有公司的股票由60%减少到40%，伪满政府的股票由40%减少到20%，满业获得40%的股票。

大仓和满业都没有绝对的决策权。

但改组后的理事会仍让大仓家族掌握了经营大权。

从1931年九一八事变到1945年八一五光复，公司经历了4次改组，每一次改组都是为适应日军侵略战争的需要。每一次改组，大仓家族和军方都有争执，但在为日军侵略服务的大局上，他们都没有分歧。

本溪湖生产的低磷铁，一直是日本吴海军工厂制造军舰的重要材料，也是日本陆军大阪工厂制造陆军武器的重要材料。1939年，公司生产的低磷铁占全部生铁产量的95%。为增加低磷铁的产量，日本在1941年12月30日，决定增加投资2亿日元，资金则由大仓出资8000万元，满业出资8000万元，伪满政府出资8000万元。大仓家族全力支持日本军国主义的决策。

在日本战车的疯狂奔驰中，1944年4月1日，本溪湖煤铁公司终于与鞍山昭和制钢所、东边道开发株式会社合并，成立了"满洲制铁株式会社"，总公司设在鞍山，在本溪湖和通化设立了分公司，本溪湖煤炭公司又有了一个新名词："满洲制铁株式会社本溪湖支社"，中日合办时期的日方总办岛冈亮太郎成了"满洲制铁株式会社"理事长，"本溪湖支社"经理则由井门文三代理，直至战争结束。

战车因邪恶而灭亡

为统治东北的资源，让日本的战车能疯狂飞奔，日本管制资源的手段急不可耐，并最终组织成立了"满洲制铁株式会社"，把军工急需煤铁纳入了垂直管理。

管制的目的是扩大产量，对此日本也同样急不可耐。

疯狂的产量和撕裂的神经

看着拔地而起的高炉，我常常想，所有的高炉都是有根的。

今天本钢的高炉，越建越先进，越建炉容越大。虽然这些高炉已不叫三号高炉，也不叫四号高炉，我觉得撤除的三、四号高炉仍是它们的根。2008年停产的一号高炉

本钢厂区旧貌

仍是三、四号高炉的根。

在同一个根上长起来的高炉，今天的高炉看起来风度从容，有笑看云卷云舒的自我。当年的三号、四号高炉却给人一种被催生的感觉，诞生得疯狂而撕裂。

1936年的夏季，本溪工源（由"宫原"得来）地区，火辣的阳光烤得大地龟裂着，一群扛着太阳旗的日本人踩着龟裂的土地，发出嘶啦嘶啦的声响。

这是一群属于"满铁经济调查会"的日本人，受日本关东军委托，来此勘测调查。

当然，他们调查的不是这片土地能长出多少粮食，而是调查这个地方能长出多少生铁、多少钢锭。

结果出来了，这个地方能长出生铁55万吨、钢锭50万吨。当然，这必须有个5年的时间过程，即从1937年到1941年。这是日本第一个"五年规划"中对本溪军需物资的掠夺量。

这个结果和这些人的调查有个参照标准，即本溪湖两座高炉的生铁产量。

本溪湖两座高炉自1915年生产之后，产量不均衡，高时铁年生产量8万多吨，低时年产量5万多吨。取个高一点的平均值，年产生铁也就7万吨左右。

由年产7万多吨一下增长到年产55万吨，相当于原产量的8倍。

冶铁是个系统工程，增加产量不是说多建几座高炉就可以的，还需要相应的铁矿石，需要相应的煤炭，需要相应的焦炭，需要相应的工程扩建，需要相应的大批劳力，等等。

10岁的小孩子能扛20斤重的东西，要扛100斤重的东西，需要20岁的青年人。可日本关东军不等小孩子长到20岁，就把100斤重的东西压到他的肩上，其行为只能是疯狂的。

可让人想不到，这个超常的增长指标，到1937年七七事变后，生铁产量又由55万吨增加到105万吨；钢由50万吨增加到56万吨；煤由150万吨增加到220万吨；焦炭由71万吨增加到125万吨；贫铁矿由190万吨增加到400万吨；石灰石由60万吨增加到100万吨。

日本人的"大跃进"细胞为什么如此发达？

只因战争，战争让日本人的神经疯狂了。

菊与刀是日本的两面。

菊是精致与美的一面，刀是武力与强大的一面。自1895年甲午战争后，日本愈来愈尊奉武力与强大，认为世界可以靠武力与强大征服。

全面抗战爆发后，日本就希望用武力与强大迅速征服中国。

日本人自信满满。那个时代，钢铁就是国家，飞机、大炮、军舰、装甲车等杀人利器都需要钢铁。1938年，日本的钢产量是647.2万吨，中国是多少？只有900吨。日本的钢产量是中国的7000多倍。

日本人想，这么多钢制造的武器足可横扫中国大地，足可以让中国人心惊胆战。

于是，从1937年7月开始，日军频频发起了平津作战、淞沪会战、南京作战、太原会战、徐州会战、兰封会战、武汉会战等战事。开始，日本的战车隆隆，进展顺利，华北迅速沦陷，可这样的顺利只维持了不到一年。

1938年6月至10月，在日军发动的武汉会战中，日军战车被迟滞了，陷入了泥潭。在长达4个半月的会战中，日军伤亡4万人，还有近10万日军因战斗、气候、疾病等原因暂时丧失作战能力，日军的有生力量被极大消耗了，抗日战争从此进入相持阶段。

1941年12月23日开始的第三次长沙会战，日军伤亡5万余人，是中国军队自抗战以来的第一次完胜。

自恃有先进武器代表钢铁力量的日本，面对挫败，疯狂的神经被撕裂了。另一次在先进武器打击下的失败，让迷信武力的日本更加疯狂。

这次战争是1943年10月开始的第二次缅北会战。中国军人一色的美式装备，在郑洞国、孙立人、廖耀湘将军的指挥下，击毙日军3.3万余人，伤日军7.5万余人，俘虏323人。缴获大炮186门、战车67辆和汽车552辆。中国驻印军伤亡1.7万人。

战争的胜利，让日军更加迷信钢铁的力量；战争的失败，让日军认为是钢铁不足导致的，从而更加疯狂地增加钢铁的产量，这也就是日本对本溪的钢铁产量不断"跃进"的原因。

到第二个"五年规划"时，日军提出的产量指标更让人瞠目结舌。仅高炉一项，就想增建一昼夜产铁700吨的高炉4座；600吨混铁炉2座；300吨预备精炼炉2座；150吨倾注式平炉4座；30吨转炉2座。

目标产量为：生铁140万吨；团矿112万吨；烧结矿40万吨；焦炭200万吨；钢100万吨。

日本战败时，年产生铁最高年份是1943年，也只产铁40万吨，连第一个"五年规划"的56万吨的指标都没实现，更别说第二个"五年规划"的140万吨的指标了。炼制普钢50万吨和100万吨的指标则连影都没有。

中国有句讽刺话叫"拍脑袋"，一贯标榜细致严密的日本人比中国人更会"拍脑袋"。

其实，日本人也知道这个指标只是"拍脑袋"的结果。当时伪满洲政府一年的国币发行额近3.3亿元，"五年规划"年平均投资额就高达12.5亿元，是一个没有资金基础、物资基础支撑的虚空指标。

明知不可能，可为什么还要做这么大的规划？

一组令人疑惑的数据，透出了日本的用意

八年全面抗战中，日本国内的钢产量是否也如此"大跃进"？查到的数据让人疑惑。

从1938年到1945年间，日本的粗钢产量如下：

647.2万吨、669.6万吨、685.6万吨、684.4万吨、701.4万吨、765.0万吨、672.9万吨、196.3万吨。

前7年间，粗钢产量呈小幅增长的态势，是一个合理区间的运行，一点没有狂热和撕裂神经感。1945年的大幅回落，应是美国飞机轰炸后的必然结果。

相反地，中国抗战八年的钢产量却是一个倍增的势头：

1938年是900吨，之后依次是1944吨、1500吨、2911吨、5793吨、13 361吨、12048吨。

从中可看出国民政府在战争教训面前的认识，没有钢铁的国家，蕞尔小国都会欺负你。

日本国内钢产量小幅增长的正常，反衬了伪满洲国高指标的不正常。难道说日本人在国内神经都正常，到中国后神经都不正常了？

在反常中，透露出了日本的邪恶思路。

在国内，日本人知道资源是有限的，人的劳力也是有限的。而在中国，日本把资源当作无可限制的掠夺物，人力是无可限制的压榨工具。

于是，在本溪地面，我们看到，哪儿有富矿往哪儿开采，哪儿有好煤往哪儿挖。

郭金秀：男，76岁，9岁随父母从山东被骗到煤矿，当劳工。抗战胜利后，一直在煤矿工作，曾任本溪矿务局第三任局长，1999年离休。

他说："日本人开采中国煤矿只要中间最好的煤，他们的开采，就像我们有些人

吃枣糕，只把中间的枣吃掉。日本人只要中间最好的煤，这种破坏性的开采，浪费很大。我记得我们下井时，用的是'前进扒两帮、一捅冒落光'和'杀鸡取卵'的蚕食式、残柱式的采煤方法，以及大舞台式的大面积顶空作业。这些采煤方式，对劳工而言非常危险，很容易出伤亡事故，浪费很大。到20世纪80年代，我们矿务局不得不对他们采过的地方进行二次开采，难度很大。"

日本人挖走的都是金心——低磷、低硫、低灰，是最好的煤。本溪80%的煤都被日本人拉走了，他们把煤挖出后，直接运到大连，拉到了日本，沉入大海里，听说至今还有不少的煤仍存留在大海中。

掠夺的利润出奇地高，1931—1939年间，公司的平均年利润率为48.2%，比合办时期高出35.1%，而同期美国国内企业的利润率为6.2%，英国为10.6%。

奇高的利润率后面就是血腥的残暴。

"苦力村"在今天来说是个很另类的名称，但在本钢的历史上是一个残酷的存在。

今天的人一般都不知道"卢家坟"在哪儿，但老工人崔学明知道。

方圆很大，周遭老宽的一片地方。从二铁厂、发电厂、二焦化厂以西到彩屯大桥一带，老大的一片席棚子，住在里边的苦力，有数万人之多。这些来自于全国各地的劳工，住的是席棚子，吃的是不干净的苞米面和混合面，因为拥挤，因为不卫生，霍乱等传染病不时发生，许多工人因此而死亡。还有不少工人被日本人活活打死。1963年二铁厂新修翻渣线时，挖出了中国工人尸骨73具，这些尸骨中有的头骨被打塌，有的腿上还绑着一条条铁丝。数万名劳工只有六七千人活了下来，和崔学明一起从山东来的360多名工人，最后仅有60多人侥幸活了下来。

日本为了加快掠夺这里的煤、铁资源，根本不考虑矿工的生命安全，采取掠夺式的开采政策，井下经常发生片帮、冒顶、跑车、透水、瓦斯爆炸等重大事故，夺去了无数矿工的生命。此外，由于劳工们劳累过度，饥寒交迫，加上生活环境恶劣，经常爆发流行瘟疫，也是造成劳工大量死亡的一个重要原因。1943年至1944年，本溪湖和南芬地区霍乱、伤寒等传染病大面积流行，死亡工人不计其数，仅本溪湖煤矿就死亡数千人。日本大仓财阀控制本溪湖煤铁公司长达40年，共掠夺优质煤炭近2000万吨、海绵铁7000吨、特殊钢17000多吨。与此同时，由于日本侵略者残酷的法西斯统治、奴隶般的劳役和血腥屠杀，造成13.5万劳工死亡，在庙儿沟铁矿和本溪湖煤矿形成了一个个大规模的万人坑。

日本统治时期本溪庙儿沟铁矿民谣：

> 一进庙儿沟，两眼泪交流，
>
> 吃的橡子面，披的麻袋头，
>
> 干的牛马活，时时遭毒手，
>
> 鬼子汉奸吃人肉，早晚都得把命丢。

日本侵略者在对本溪经济掠夺的过程中，形成了6处较大的掩埋死难矿工的万人坑，即本溪湖煤矿仕仁沟万人坑、月牙岭矸石山万人坑、柳塘南天门万人坑、太平沟万人坑、本钢一铁厂万人坑、南芬庙儿沟铁矿万人坑。

本溪湖仕仁沟万人坑又称"本溪湖肉丘坟"，是1942年4月本溪湖煤矿瓦斯大爆炸中死难矿工的集体墓葬。1942年4月26日下午2时10分，本溪湖煤矿发生了世界最大煤矿爆炸，运上来的矿工尸体堆在井口，在仕仁沟四坑口的山坡上挖了一个长宽各80米、占地面积6400平方米的大坑，大坑四周用石头砌了个大圈，把完整的尸体装进薄皮棺材，垛在坑的四周，共垛了五层，将那些被爆炸烧焦的碎尸填到中间，填满后，用土埋了起来。这是世界煤炭工业史上一次极为惨重的灾难，数千名中国矿工在这次大爆炸中遇难。日本侵略者为掩盖罪行，逃脱世界舆论的谴责，在墓前立了一块墓碑，在碑上仅记下死难矿工1327人。

南天门万人坑位于本溪湖柳塘南山沟，由于沟口状似大门故而得名南天门。这是一个在长500米、宽200米的大沟内形成的天然大坑。1931年后，由于日本侵略者在柳塘开矿挖煤，病死、累死、饿死、事故致死和被打死的矿工被扔到南天门，死难的矿工多是从外地抓来的劳工或战俘，异地他乡，死了没人管，随便扔到山上。据老工人回忆：1943年传染病流行时，每天有30多个板车往山上运死尸，一车装3个，扔进万人坑。那次传染病后，大房子变得空荡荡的，上百人的房子一下子剩下十几人。但不久，新抓来的劳工又把大房子住满了。到1945年，南天门沟里白骨成堆，形成占地面积10万平方米的万人坑。

本溪湖太平沟万人坑原本是埋葬本地死难矿工的地方，占地8000多平方米。1942年瓦斯大爆炸后先清理出的死难矿工大部分埋在了仕仁沟肉丘坟，后清理出的一部分死难矿工埋在太平沟，形成了万人坑。

矸石山万人坑位于本溪湖月牙岭山上，是一个直径500米的半圆形山坡，该万人坑是在用于倾倒煤矸石的山坡上。矿工们在井下因事故等原因死亡，日本监工和把头就让工人把矿工尸体与煤矸石一起装进矿车，推到矸石场，小车一翻，连人带煤矸石一起翻下坡去，日积月累，矸石山上白骨累累，并不断被掩埋掉。

本钢二铁厂万人坑位于今本钢炼铁厂铸铁车间西南角翻渣线一带，占地面积1万多平方米。七七事变后，日本为了进一步扩大侵华战争，急需在东北发展军需工业，于1938年开始建设宫原工厂。建厂的劳动力大部分是从各地抓来的劳工，也有的是用欺骗手段从山东、河北一带招来的劳工，全部住在铁厂"苦力村"里。"苦力村"全部是用席子搭成的棚子，四周用电网围着，里面设有日本警备系、狼狗圈，专门用来对付那些对日伪统治不满或逃跑的工人。"苦力村"内工人的生活极其艰苦，席棚子里没有床，铺点稻草就当炕，冬天被冻得夜不成寐，夏天苍蝇、蚊子泛滥成灾，地面潮湿，几乎每个人都长了疥疮，工人干活没有水喝，只得喝臭水沟的污水，吃的是发了霉的苞米面、橡子面。由于卫生条件差，工人的身体又遭到摧残，许多人被流行的传染病夺去了生命。死亡的工人被埋在今本钢炼铁厂铸铁车间西南角翻渣线一带，形成了一个占地面积1万多平方米的万人坑。

本溪南芬庙儿沟铁矿万人坑，位于本钢南芬露天铁矿东北侧庙儿沟环型山坳里。从1936年年初开始，日本侵略者在庙儿沟铁矿建起本溪南芬第二分监狱，也称为"明生队"。这是一座12栋有铁门、铁窗的大牢狱，高高围墙上建有炮台，四周围绕三层电网，院内还修起一座监视岗楼。日本侵略者和汉奸到处抓人，以"浮浪""经济犯""思想犯""国事犯""嫌疑犯"等罪名，先后从关内各省及东北各地抓来许多人关进"明生队"充当劳工。在这座阴森的监牢里，冬天四壁结冰，寒气刺骨，夏天又热又闷，加上屋小人多，拥挤不堪，内如蒸笼，跳蚤、臭虫、蚊蝇成堆成群，人的身上普遍长了疥疮。"犯人"吃的是又红又黑的高粱米稀粥、橡子面和豆饼面做的窝窝头，长期吃不到蔬菜和盐。生活条件恶劣，劳动强度更加沉重。"犯人"每天劳动时间长达14小时以上，不管多累、多么危险都得干，稍有懈怠，鞭子、棍棒立刻打在身上，造成大批劳工与"犯人"死亡，被扔进庙儿沟万人坑。伪满后期因劳工死亡太多，又在庙儿沟万人坑山下建起两座炼人炉，大批死亡劳工被抬送到炼人炉炼化。1962年2月，本钢南芬露天铁矿团委组织团员青年对万人坑遗址进行挖掘，仅在一处直径约4米的圆形坑内就发现14具尸骨。此外，在庙儿沟铁矿周围的黑背、插信、太阳、对面等四条大沟里也都埋葬了大批死难矿工的尸体。

综上所述，6处较大的万人坑共计占地面积约37.24万平方米。其死亡人数，根据已有的各种资料分析综合，1905年至1931年本溪煤铁公司死亡矿工约2837人，1931年至1945年本溪湖煤矿死难矿工约10万余人，本溪南芬庙儿沟铁矿死亡矿工约17800

南芬庙儿沟铁矿万人坑外景

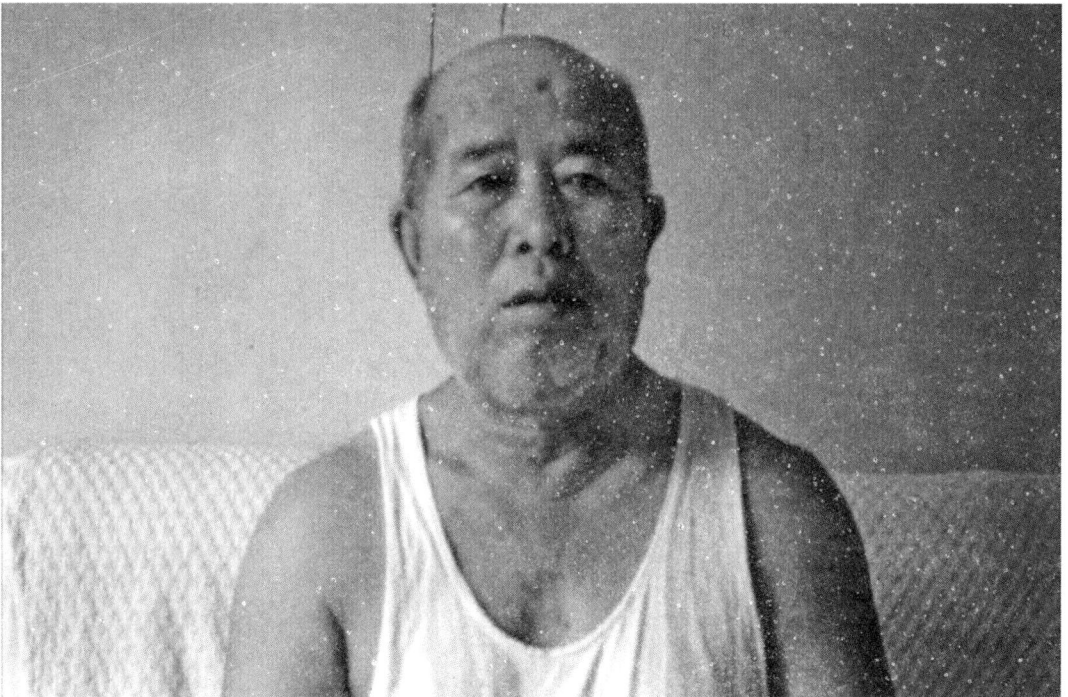

　　南芬铁矿幸存劳工徐景义。徐景义，1926年生，13岁时就到本溪南芬铁矿干活，每天挖矿石、推矿车，工作12小时以上，完不成定额就挨打。有一天他刚伸伸腰想喘息一下，被日本监工一榔头打在头上，险些丧命，至今头上的疤痕仍清晰可见多人，一铁厂在建设厂区初期死亡劳工约14000余人，合计死难劳工约为13.5万余人。

日本人对资源的无限掠夺和对人力的无限压榨，遭到了中国工人的反抗和抵制。

煤矿工人破坏生产的招数花样翻新，方法有磨洋工；结伙打架，减少入井采煤人数；装煤时装进石头和工具；破坏生产设备和工具；毁坏铁道造成翻车事故；等等。茨沟的共产党员和"特殊工人"在井下用斧子砍大绳制造"跑车"和冒顶事故达40多起。

其他生产线的工人也用不同的方法破坏日军的增产计划。特殊钢株式会社的工人们常常毁坏生产中的重要材料——电极，达到停产的目的。有的工人在电炉生产时，送电时故意超过负荷，击穿变压器线圈，使电炉停产达半年之久。工人贾禄勋在最大的5吨电炉上班，因为重要，生产时日本人亲自操作，聪明的贾禄勋在日本人眼皮下，将钢水包丝扣拧开，造成漏包事故，停工修理了半年多。

花样翻新的破坏，严重影响了产量的提升。

一直到1945年日本投降，日本不要说第二个"五年规划"没有实现，就连第一个"五年规划"的生铁产量和煤炭产量也都没有达到。

日本战车，因煤铁而疯狂，因邪恶而灭亡。

1942年发生于本溪湖煤矿的"4·26"瓦斯大爆炸，日本人说："瓦斯被风所袭，猝然爆发。"日本人编造这个理由，只不过为了掩盖他们对真相的刻意隐瞒。

世界最大矿难真相

1942年发生于本溪湖煤矿的"4·26"瓦斯大爆炸，根据目前的史料记载，至今仍属世界煤炭史上一次性死亡人数最多、最惨烈、最大的一次矿难！但70多年过去了，有关惨案的事实真相，日本政府极力掩盖，避而不谈。并以"瓦斯被风所袭，猝然爆发"这样妇孺皆知的弥天大谎来掩盖事实真相。本文将据实披露这一起矿难的真相。

历史回放

1942年4月26日是一个星期天，连绵不断的春雨下了一整天。中午11时30分，地面变电所发生了故障，全矿井停电。到下午2时修复后，首先给地面扇风机送电运转，2时10分往井下各采区送电。就在这个时候突然从井口传出一声巨响，瞬时滚滚黑烟由茨沟、仕仁沟、柳塘等5个井口往外翻腾而出。柳塘大斜坑口两间木板房被暴风吹得荡然无存……当时全矿井共5个采区，最东部的五坑区和最西部的四宝砟这两个采区还没有受到爆炸影响，其余3个采区所有当班井下人员除极少数生还外，绝大多数都

最大矿难死亡工人的验骨处——肉丘坟

139

遇难了。事故后清理尸体就费了10多天的时间，总共查实死亡人数为1549人，轻重伤246人。在死亡人员中有31名日本人，其余都是中国人。

以上史实摘自张洪昆《关于1942年4月26日本溪湖煤矿瓦斯大爆炸事故的回忆》一文。

张洪昆先生是作为当时中方唯一在第一时间，第一现场参与事故调查处理的中国人，当时是本溪湖煤矿保安课的技术员。

张洪昆先生关于死亡人数的记载还是一个可商榷的数据，但一个明确的事实确是明白无误的：刹那间，近2000名中国人的生命就此消失，数千家庭顿时陷入灭顶之灾。

那时的本溪确实处于"千村薜荔人遗矢，万户萧疏鬼唱歌"的悲惨中。

处于本溪的日本人又怎样呢？风声鹤唳，紧张万状。

日本当局初步判定这是一起最大的惨案后，唯恐引起工人暴动，入夜之前，对各厂矿以及各交通要道、车站等加强了封锁，全城处于戒严状态。对于日本人则采取了各种保护措施。

距离坑口最近的西山、南山、四坑口住宅区的日本男职工当晚都在矿上集合待命。妇女、老人和小孩子等大部分家属，都带着贵重物品到市区的亲属朋友家躲避。

煤矿瓦斯大爆炸事故处理的见证人张洪昆。张洪昆，1925年生，1941年在本溪煤铁公司保安科担任职员，1942年本溪湖煤矿瓦斯大爆炸后参与了事故处理，是日本统治者为保矿井不顾工人死活下令停止送风的历史见证人

有的家中虽留人看守，但都门窗紧锁，连灯也不敢开。特别是柳塘坑口附近的4户日本独立住宅，一夜间全部撤离到市中心区了。

为防止工人闹事或是暴动，日本当局的第一反应就是立即召集全市的军队、警察、宪兵荷枪实弹，很快将大白楼、本溪矿茨沟、四坑口、柳塘几处的井口广场戒严和封锁。同时加固了矿工宿舍房子的电网、铁丝网，分布在茨沟、四坑口、柳塘等处的独身矿工居住的大房子也被包围得水泄不通。这一夜日本的监工、把头三番五次到大房子里，对照"灯牌子"查点人数，对矿工们实行严格的人身管制。

日本当局还对刺网、电网重重包围的茨沟、柳塘两处的"特殊工人"住的地方加强了警戒。不但严密包围了大房子，还将"特殊工人"住处的所有铁器如锹、镐、斧头、锤子、炉通条以及木棍等全部收缴集中看管。电网内外形成了一触即发的对峙状态。

害怕工人逃跑，日本人还把当时的本溪湖火车站以及各主要交通要道，全部封锁戒严。

极力封锁消息，矿内的电话一律不准往外打。

事发第二天，也就是1942年4月27日凌晨4时，天刚亮，本溪湖电话电报局夜间值班员熊谷奕雄（日本宫城县人）被一阵急促的敲门声惊醒，打开窗口，看到两三个日本人，急匆匆地要打电报。短短二十几个字的电文，传递着"本溪湖煤矿发生了特大瓦斯爆炸事故"的噩耗。接下来来打电话、电报的人越来越多，不一会儿就发出了50多份。到上午9时，日本宪兵队来人下令：所有电报一律停发，这一封锁就封锁了十几天。

为什么惨案发生后，日本人惶惶如大难临头？因为他们知道，他们对惨案的发生负有直接的责任。

日本人对惨案真相的隐瞒

惨案发生后不久，日本人为推卸责任，即把瓦斯爆炸一事赖在"特殊工人"头上。后来看这条理由实在是站不住脚，才组织人搞了个调查，并撰写了有关惨案的极密文件——《灾害事故报告》（以下简称《报告》）。

《报告》中日本政府承认了"4·26"瓦斯爆炸是一起惨案。但是，在《报告》中只是记录了一些有关爆炸的时间、地点、死亡人数以及如何探险、救护、恢复生产和抚恤方案等过程，而对"4·26"瓦斯爆炸惨案的真正原因却避而不谈，既没分析

矿难考证者任成玺

事故的原因，也没追究事故的责任人。

任何一份事故报告书，最不可缺的就是事故原因分析和追究事故责任人，日本人对于"4·26"瓦斯大爆炸的事故报告缺的刚好就是这两部分。不为别的，只为隐瞒事故真相。

那么日本人用什么理由来隐瞒事故的真相呢？他们用了这样的理由："瓦斯被风所袭，猝然爆发。"

这是一个明眼人一看就很蹩脚的理由。瓦斯被风所袭带来的结果是瓦斯在空气中的含量降低。瓦斯在空气中的含量降低了导致的结果就是避免了瓦斯爆炸的可能，还怎能猝然爆发？

日本人编造这个理由，只不过为了掩盖他们对真相的刻意隐瞒。

一位名叫上野建二的日本人，是当时惨案的见证人，"8·15"日本投降后，他还留在中国本溪继续工作，1948年才回国。他在后来写的关于本溪"4·26"瓦斯爆炸回忆录中明确说："'4·26'瓦斯爆炸惨案是一起不应该发生的矿难！"他说：

"这次事故，不是一次单纯的惨祸，也使技术界人士感到耻辱。"

本溪1942年"4·26"瓦斯大爆炸，是一起因日本人的无责任感造成的世界第一大矿难

无视科学的掠夺性生产的殖民者心态是导致惨案的主导原因。

惨案发生后，经从日本北海道请来的专家鉴定分析，将这次事故定性为"瓦斯煤尘爆炸"。即是以二平半为中心的瓦斯爆炸发生后，相继引发了"有浮游煤尘参与的瓦斯煤尘串联大爆炸"，这次串联大爆炸波及井下各巷道长达10000多延长米。这起由煤尘参与的大爆炸，威力之大，范围之广，死伤之惨烈都是空前绝后的。爆炸瞬间产生的烟雾和毒气沿着巷道喷出井口，持续了长达近3个小时之久，致使近千名矿工因窒息而死伤在求生（升井）的路上。煤尘在这次大爆炸中起到了绝大部分的破坏作用，但是，在爆炸事故发生前，日方却从未对该矿做过任何煤尘检测和分析。当时井下贯穿东西长达5000多米的主巷道内，堆积大量煤尘，不用干活，就是从这条巷道走一趟，就会满脸黑黑的，只有牙是白色的。

面对严峻的潜在威胁，日本人没有采取任何防尘、除尘措施，并主观预言该矿不会发生煤尘爆炸。

在只够1000人呼吸的井下却涌入了4000人，不仅严重影响工人的生存和健康，而且埋下了严重的事故隐患。

根据国际惯例以及煤炭安全生产的标准规定，井下工人每人每分钟必须保证供应新鲜空气不得少于4立方米。当时这个矿井采用的是5个采区联合通风的方式，地面主要通风（抽风）井，从东到西共有100马力主扇4台，总有效风量近4000立方米/每分钟。按最低标准每人每分钟4立方米计算，每班入井人数不应超过1000人，而《报告》中记载说，当天实际入井人数高达4442人，超过规定的最低标准3倍之多。

不合理的拐脖子式的通风道造成瓦斯的聚积。

在矿山设计开发过程中，科学合理的设计开发是尤为重要的。然而，日伪统治时期的本溪湖煤矿的井下通风设计却是不合理、不科学的。当时的本溪湖煤矿的井下通风设计经常采用的是"急倾斜下行风"或者是"串联通风"。通风巷道被设计成拐脖子式的，瓦斯于此没有通畅地流出去，造成瓦斯的聚积，当送电时引发电火花，惨案就酿成。这是煤矿通风设计、生产中的大忌，是技术性很强的原则性错误！日本人采用这种不懂技术、不懂常识、违反科学的错误设计，除了视中国人的生命如儿戏外，

实无其他理由可以言说的了。

事故的直接原因：事发当日上午10时45分，井上高压线系统突然发生故障，"井下数次停电"。后来，数次送不上电，造成井下通风和电力供应时断时续。按常理，这就已经发出了事故警告，但是却没有引起任何部门任何人的重视。上午11时30分，往井下送电再次失败，此时才开始组织有关人员停电抢修。

在明知当天数次停电，造成井下通风和电力供应时断时续，直至彻底停电停风长达两个半小时之久的情况下，明知井下瓦斯会大量迅速地积聚，但并未采取任何安全防范措施。在井下作业人员完全不知情的情况下，擅自下令突然送电，造成井下二平半溜子口，电工启动电源开关瞬间产生的电火花，引发瓦斯煤尘串联大爆炸！

因此说，这是一起完全可以控制或避免的矿难，日本人却没有避免，造成了2500余人瞬间失去了鲜活的生命，造成了世界最惨重的矿难。

综上所述，事故的根本原因是，日本帝国主义侵略者无视国际人道主义，以疯狂掠夺资源为第一目的，致使其在整个生产过程中无视矿工生命安全，对事故发生的预警、判断、分析严重失职！

1942年发生于本溪的世界最大矿难中，日本人公布的死亡人数为1327人，一个接近于真实的数据应为2500多人。

日本掩盖最大矿难死亡人数

在本溪市溪湖区四坑口的月牙岭下，有一处占地面积约6400平方米的肉丘坟，坟前立有一块花岗岩的石碑，碑名"本溪湖煤铁公司产业战士殉职墓碑"。

立碑的时间在1943年，立碑之日，日本驻东北关东军司令官、伪满洲国国务总理及各大臣、日满各机关等人物为平息事端均致吊电、吊辞，以深痛悼。

撰写碑文的是当时本溪湖市的副市长白复。

白复是中国人，其撰写的碑文文辞漂亮。

单看"本溪湖煤铁公司产业战士殉职墓碑"的碑名，对去世者充满了悼念和追忆的感情。再看看碑铭，更好像是那数千亡灵的功德碑。

在本溪境内，这是一块为美化日本侵略、美化殖民统治的最具象征的历史遗存。

被日本当局直接和间接害死的数千中国人民成了日本侵略者的顺民，成了为日本侵略战争忘我劳作的忠勇战士。

这块墓碑是对数千亡灵的亵渎。同时，这块墓碑还掩盖着当年统治本溪的日本当局竭力隐瞒由他们间接造成的1942年的本溪瓦斯大爆炸中死难的人数。

本溪瓦斯大爆炸惨案，一场未被清算的罪恶

冲永健三是日本福冈市中央区人，1942年本溪瓦斯大爆炸时任本溪湖煤铁公司劳务部长，兼任煤矿副部长。

在他的回忆中，1942年本溪瓦斯大爆炸惊心动魄。

"1942年4月，一个星期日，在东山鹤友俱乐部，有关东军参谋、政府官员参加研究增产煤炭的会议。当天有一股满洲特有的引起黄尘万丈的蒙古风席卷本溪湖，经

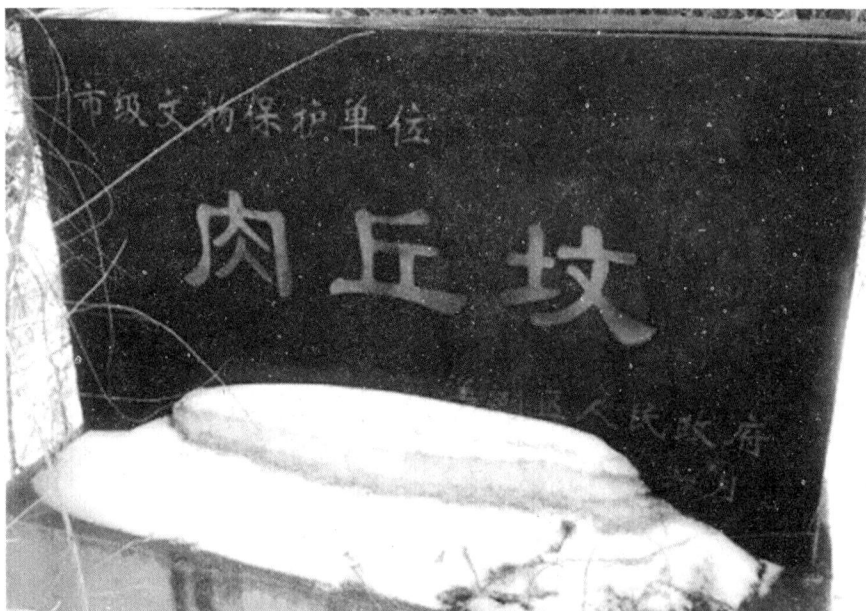

肉丘坟原址

过长时间停电后，电灯将一闪亮就伴随一声巨大响声，煤矿坑口喷出一股黑烟，是煤矿发生了瓦斯爆炸，我们立即赶到煤矿办公室。以后见到南北方向的柳塘坑口也冒出黑烟，随后组成坑内探查挺进队，有七八名采煤干部，戴着防毒面具向坑内进发。因有严重的毒气不能向深部进行，这些人被毒气熏得像醉汉似的，又退回到地面，其实还有没戴什么防毒面具的，如医院长马先生，我真惊叹他的勇敢和无谋，调查结果得知是煤尘爆炸产生一氧化碳中毒。很快采取对策但毒气充满井下救助工作迟迟不能进行，当日入井二千余名职工中有一千五百人牺牲了，其中日本人三十一人，据说是历史上世界煤矿发生的第二大的事故，在爆炸点附近有十余名工人尸体粉碎散落在井下坑道，还有一处像蚂蚁一样堆积在一起，有三十多人很少有外伤，很少有被救出地面的，救助搬运尸体大约用了一个月的时间，其间医院全力参加伤员救助，由于爆炸重点在井下电车道，采煤工作面受损极其轻微，因此恢复很快，半年后就达到事故前的产煤量日产万吨，第二年工原二号高炉点火，事故后成立调查委员会，有学者和煤矿技术人员反复调查研究，原因就像马院长所判断的是因为停电，对电器设备操作错误引起瓦斯煤尘爆炸产生一氧化碳中毒，当时是生产第一，对生产有很大影响，我当时兼任煤矿副部长自感负有责任的。其中还包括有人说是冲永劳务部长引进二千余名华北战场的俘虏称为特殊工人，是他们当中的密谋切断电线造成的停电引发事故，由此因果关系，我于当年4月离任转到官原坑木厂，1943年3月又转到陆化学会工作。"

自感负有责任的冲永健三在1945年日本投降时，最担心的一件事就是怕中国方面追究瓦斯爆炸的责任人。他的担心是有原因的，在本溪周围的抚顺、鞍山等各地工矿企业主持劳务关系的日本负责人因对中国工人犯下的罪恶几乎都被枪毙了，造成本溪柳塘煤矿数千工人死亡惨案的责任人还能活吗？

所有当时在本溪的日本高层对此都心知肚明。所以，在惨案之初，为隐瞒其责任，在主观上都竭力模糊惨案发生的原因，都竭力减少惨案的死亡人数。

虽然日本人竭力淡化惨案，但作为世界第一大惨案，引起了国际上的注意。

1948年，苏联的一本名为"煤"的杂志，在第5期发表了一篇《本溪煤矿爆炸事件》的文章，所写情况与日本方面对于事故的调查《报告》基本相同，然而事件的真相却完全不同，这更说明日本当局在有意掩盖真相。

1946年国民党统治本溪时期，南京国民党政府派两名官员，来本溪调查这次瓦斯爆炸事件，据说是苏联在联合国提出了控诉，可是战乱使调查没能进行下去。

日本方面的刻意隐瞒和战乱的形势，使日本侵略者在本溪犯下的这一罪恶没有受到清算。

关于本溪柳塘惨案的真相，笔者已有专门的文章，本文重在揭示被日本方面隐瞒的惨案死亡人数的真相。

日本方面留给公众的数据：惨案死亡人数为1327人。事实是如此吗？

日本在其所立的碑中，明确记载：惨案死亡人数为1327人。刻在石上，可谓言之凿凿。

亲身遭遇了惨案的劳工的记忆呢？

尚宝德是山东人，1934年随父亲来到本溪，父亲在朱佩成家开的矿山机械修理部干活，尚宝德到了煤矿当矿工，具体工作是在运输科当铁道木匠。

在他的回忆中，1942年4月26日的那天，他穿了一件家织布的蓝色棉袄，上早6时的头班。他们班共有7个人：吕信仁、蔡长山、刘金茂、马万龙、老肖，还有一位姓丁的回族人，再就是尚宝德。那天他们干活的地点在现在矿里的大斜坑，头一天那里跑车了，一个叫佐佐木的日本人带他们去安挡车器，位置离井口有100米。坑挖好后，蔡长山和刘金茂上去找材料，其他的5人在里边坐着。那天正下着小雨，要是不下雨的话，他们也许会到外边去。年龄最小的尚宝德，就坐在大家挖好准备安挡车器的土坑内，背对井里，面朝井外。

本溪湖煤矿幸存劳工尚宝德。尚宝德，1927年生，原籍山东省乐陵县人，1941年随父母和妹妹被骗招到本溪煤铁公司当劳工，是1942年4月本溪湖煤矿瓦斯大爆炸的幸存者之一

　　几个人在那里谈天说地时，惨祸发生了，一股巨大的气浪把他们几人冲到了矿井口外，跑电车用的架线在尚宝德的腰部缠了三四圈，将其吊在半空中。当时尚宝德已处于昏迷状态，后来腿部伤口的疼痛才让他苏醒过来。指头粗的铜线缠在他的腰上，怎么也弄不开。这时来了一个老头帮他把电线解开。一看自己浑身是血，也来不及多问就往医院跑，跑到电车库就跑不动了，有人把他弄到了杨春开的医院。位置就在现在的柳塘小医院，那时还不是楼，是两趟平房。医生、护士紧急给他包扎处置，他是受伤的矿工中最先到医院的。

　　与尚宝德在一起的几个工友都死了。

　　他在医院住了一个多月，又回家养了半年才恢复。吕信仁、老肖和回族老丁被炸飞井外死了，马万龙摔成了肉饼，面目全非。监督他们干活的日本人，也死在了井下。尚宝德事后回想自己能幸免于难，就是坐在坑间，才得以活下来。

　　说到矿工的死亡人数，尚宝德说，确切的数字恐怕弄不准了，有的日本人说是

2600多人。有一个姓万的把门，管的那个门是运死人的，据这个姓万的讲，能死4500多人。

但尚宝德对日本人方面说只死了1000多人一点也不相信。他说，1945年后，为了恢复生产，在清理坑道时，又在这些坑道里挖出了20多车白骨。他推测死亡人数在三四千人。

马国志是本溪煤矿退休工人。1942年只有13岁，在日本株式会社总务课当杂工。据他讲，肉丘坟埋下的人数在3000多人。

包景阳是本溪煤矿退休工人，1935年进矿，在柳塘煤矿干了10多年，瓦斯大爆炸惨案后，参与了清理尸体的工作。据他说："死亡人数足有3000多人。"

翟文华，本溪煤矿退休工人，是当时的特殊工人。瓦斯大爆炸那天，因拉肚子没下井而捡了一条命。但和他住一起的71个人，死了一大半。他估计当时死的人在三四千人。

综合中国工人的看法，本溪煤矿瓦斯大爆炸的死亡人数应在3000多人，与日本方

本溪湖煤矿幸存劳工翟文华。翟文华，1941年在山西对日作战中被俘，押送到本溪煤矿成了"特殊工人"。1942年本溪湖煤矿瓦斯大爆炸时身体有病，把头硬逼他下井，同伴替他上工，途中回来取工具，随后发生了爆炸，两人均得以幸免。那场事故中，他所住的大房子中劳工死亡大半

面给出的数据有很大的出入。

就目前拥有的资料看，日本方面关于本溪煤矿爆炸的死亡人数有三种。一种是刻在石碑上的1327人。一种是出现在极密资料《灾变事故调查报告》中的1527人。还有一种应是内部上报的数据，为1800多人。

当时苏联也给出了一个数据，这是在《煤》的杂志上披露的本溪煤矿瓦斯大爆炸的死亡人数为1527人，这个数据应该出自于日本方面的《灾变事故调查报告》。这个数据可以不论。

日本方面给出的数据是不断变化的数据，但要隐瞒真实死亡人数的意图是不言而喻的。对日本方面给出的第三种数据要给予特别的关注，因为这个数据的来源非同一般。

给出本溪煤矿瓦斯大爆炸的死亡人数为1800多人数据的人是谁？

一个是日本人古海忠之，一个是中国人于静远。

古海忠之可是日本侵华战争中赫赫有名的人物，日本的傀儡国——伪满洲国中，古海忠之是其国务院中掌握实权的日本官员的第二号人物。其官称是伪满国务院总务厅次长兼企划局长。

古海忠之可说是伪满洲国劳动人事部的总管，他制定的一系列制度，将日本当局对中国人的压榨和剥夺视为合法，成千上万的中国人就在他制定的制度的压榨和剥夺中死于非命。

1945年9月，古海忠之被苏军逮捕，关押在西伯利亚。1950年7月被引渡给中国，关押在抚顺战犯管理所。1956年7月，经中华人民共和国最高人民法院沈阳特别军事法庭审判，判徒刑18年。1963年2月提前释放回国，1983年去世。

作为战犯被审判中，古海忠之在其自供状中提及了这组数据：“在1942年和1944年连续发生了多起重大的事故。1942年在本溪湖煤矿，发生了瓦斯大爆炸，夺去1800多名劳工的生命。”

出自于这样一个高官口中的数据，应是由当时本溪湖的日本方面呈报上去的。

同时获得这个数据的还有于静远。

于静远当时是伪满洲国产业部、兴农部、民生部、经济部的大臣。当时的日本开拓团移民东北、残酷的归家并屯等陷东北百姓于无边苦难的政策无不与他有关。他也在其供述中说：“一九四二年我推行‘劳务新体制要纲’，是由伪满各县劳务股按村屯摊派‘劳工’编成大队，送至矿山、工地劳作，三个月为一期轮换；每年为数

记录日方矿难罪证的书籍

一百万人。我听说，因衣、食、住的状况极为恶劣，又加农民不惯于矿山劳作，致被日寇打死的、过劳累死的和冻饿死的不下百分之十。一九四二年冬，伪满劳务司长报告我，西安煤矿瓦斯爆发，'劳工死亡六百余人'。我曾去西安参加煤矿工人死亡者'慰灵祭'。一九四二年伪满劳务司长报告我，'劳工'死亡了十万人。一九四三年死亡了十万人。本溪湖煤矿瓦斯爆发'劳工'死亡了一千八百余人。"

虽然是听伪满劳务司长的报告，但其数据来源应和古海忠之的数据来源为同一渠道。

由此可看出，日本方面给出的本溪瓦斯大爆炸的死难人数的最后数据是1800多人。

1800多人的死难人数也是被隐瞒了的数据

数十年来一直在调查矿难的张洪昆，对当时的矿难范围有如下的描述：当时全矿井共5个采区。最东部的五坑区和最西部的四坑区，这两个采区还没有受到爆炸影响，其余3个采区所有当班井下人员除极少数生还外，绝大多数都遇难了。

这至少说明，当时下井的矿工有五分之三遇难。只要知道当天下井的矿工数，死难人数也就可以框定了。

当天下井人数多少呢？

据日本人的《灾变事故调查报告》称："当日有4400余人入井按正常作业"。

尚宝德说得更详细一点："那次瓦斯大爆炸的时间，真是太损了点儿，正是头班没出来，二班已下去，一部分人准备接班的当口。整个头班的矿工全报销了，二班的也死了一部分。"

定下4400多人下井的事实，将其平均分布到5个工作区，一个区应是880人左右，3个重灾区应是2600多人，大爆炸殃及的其他遇难者也不少，如以200人计，应有2800—3000人遇难，假如重灾区有10%的生还者，定为200人左右，大爆炸死难人数应是2500人左右。

还有一个数据可以佐证这个推论，当年的伪庄河县县长就死亡人数问题前来本溪与日本方面交涉。庄河县送到本溪的劳工本是1500人，全部遇难，但日本方面通知庄河县时却说，只死了500人。伪庄河县县长对其余的1000人没法交代，就直接上诉到伪新京高等法院进行交涉。

庄河县的1000多名劳工被隐瞒，还有"特殊工人"也被隐瞒，估计当在1200多人。

日本人在碑记中的死难人数是1327人，加上被隐瞒的1200多人，就是2500多人。

本溪煤矿瓦斯大爆炸，死难人数大概为2500多人，应是一个接近于真实的数据了。

辽东大地的绝世记忆（一）

1945年日本战败，但在本溪这块土地上，战败的日军并没有自愿地退出历史舞台，本溪煤铁公司的"特殊工人"自觉地站出来用扫帚扫掉了日本这一撮灰尘，被日本糟蹋了40年的本溪迎来的又是3年的内乱。

中国第一铁是被殖民、被屈辱，也是被辉煌、被贡献交织一身的历史产物，它不属于自己，它只属于那个时代，只属于历史进程中的标本。保留它，就保留了中国近代冶铁史的印迹，保留它也就保留了日本用这个企业殖民中国的一个断面。

1945，"特殊工人"收复本溪始末

战败的日军，企图实施毁灭本溪工业的计划

1945年8月，本溪湖处于慌乱和无序中。

凄厉的警报声不时地在一铁厂周边响起，然后见一群人掀倒装有沥青的大桶，将之点燃，浓烟冲向空中，还有学生抱来枯枝柴草覆于沥青之上，以增强升空的浓烟。

当时演练的这一幕，目的是让浓烟遮蔽半空，让前来轰炸的苏联红军的飞机看不清目标而无法投弹。

在工源，在本溪湖，还有众多的人在马路上挖着深一米、宽一米的壕沟，目的仍是为阻拦苏联红军的坦克。

日军的特攻队也在演练着自杀式的爆炸。

1945年8月8日，苏联对日宣战，打破了日方的预测。日军原以为苏联会在1945年的9月或1946年发动对日作战，并依此拟定了防守措施。苏联的提前进攻，打乱了日本关东军的步伐。受此影响，本溪湖煤铁公司部长会议正在商讨应对方案，但定下的却是罪恶滔天的毁灭计划：一旦失守，除立即炸掉高炉外，并将炸毁其他主要工厂和设施。

本溪煤矿危急！

本溪冶铁危急！

与日方博弈力量的聚集

本溪湖茨沟，在一道一道的山脊间，常见垛着的枕木，杂乱的住房，萧条的井口。现在的来人，不会知道，数百年来，这里是一家一户生存的希望，千万条希望的力量，带动了城市的发展。

1945年8月19日，数千颗希望民族独立的心在这里凝结成一股拼死一搏的力量，阻止危机的发生。

在郭黑球的大房子里，"特殊工人"陶守崇、王庆锁、邢房银、郝振光、赵璧和郭黑球等人正在开会。

沉稳、从容不迫的陶守崇，曾经是中共山东省平度县的区委书记。在日军的"扫荡"中被俘，被强迫送到本溪来当劳工，成了本溪茨沟煤矿的"特殊工人"。其他与会的人员也都是华北地区共产党武装抗日的共产党员，在战斗中不幸被俘，遭遇了和陶守崇一样的命运。

会议由陶守崇主持。会议汇总了来自各方的信息，明确日本已战败，本溪地区垂死的日军方面已有毁矿毁厂的计划，要保厂保矿成了在座的共产党员的责任。因此，这个会有了两个主要内容。

一个内容是组建了茨沟"特殊工人"共产党党支部。支部书记为陶守崇，副书记为邢房银，郝振光等人为委员。"特殊工人"的领导核心产生了。

另一个内容是将"特殊工人"组织起来，团结工人群众举行武装暴动，防止日军的破坏和屠杀。

这股力量的兴起带来了与日方对本溪湖企业毁灭计划博弈力量的聚集。

"特殊工人"的来历

"特殊工人"是日本侵华战争的特殊产物，也是日本以战养战的组成部分。

自1937年日本发动全面侵华战争后，东北成了日本支撑战争的物资基地。为加强东北各种物资的生产，必须有大量的劳力。日本因此有掠夺劳工的计划，即将在关内被俘的抗日人员，不管是国民党军还是共产党军，甚至包括伪军人员和一些老百姓都送到东北当苦力。这些人都被称为"特殊工人"。

华北日本方面军和东北日本关东军在这方面有详细协议，并且于1941年即已开始。双方达成了组织"临时特别工作委员会"的协议。据此协议，当日本华北方面发起战役时，由满洲劳工协会驻华代表部、满洲各重工业会社、新民会、华北劳工协会、华北交通会社代表组成的"临时特别工作委员会"就会在华北日军指导下，指挥监督招募人员组成特别募集工作班，来负责从战俘中强行招募"特殊工人"到东北做劳工。当时，组成21个募集工作班，每班由日本人2名、中国人3名构成。分布如下：

抚顺煤矿	4个班	甲募集地区
满炭	6个班	丙募集地区
本溪湖煤铁公司	2个班	乙募集地区
东边道开发会社	2个班	乙募集地区
昭和制钢所	2个班	乙募集地区
密山煤矿	1个班	乙募集地区
满炭	4个班	山东募集地区

特别募集工作班是按日军的讨伐作战区配置的。他们被要求从事"伴随军的特别工作"，作为政治工作组成部分来进行。特别工作不但携带特制的宣传品，还要携带其他的必需品，并准备好运输工作。当讨伐征集到劳工并准备分配给工作班所属的会社时，该特别工作班，即作为本会社的劳工进行管理，并对身份证的发放、募集基地与满洲劳工协会联系问题等，都要给以"特别考虑"。因其特殊，特别募集工作被称为"特别政治工作"。

使用"特殊工人"最多的企业是抚顺煤矿，有两万多人，其次是本溪煤矿，有7000多人。

第一批"特殊工人"来到本溪时，应是1939年，人数为140人。

1941年日军开始大量役使"特殊工人"，其人数就逐渐多了起来，并被分布于柳塘和茨沟两个矿区。

1939年加入中国共产党的陶守崇，1942年被俘后，也被分配到本溪茨沟，在搬运把头房当"特殊工人"。他说，当时茨沟"特殊工人"分成两部分，一部分叫辅导班，设有中队和小队。中队长付书恩、副中队长邓杰（邓坚），佣员贺觉民，下设14个小队，总数大约在六七百人。另一部分称为直辖系，工人称直辖夫，直接由日本人管理。这部分多数是年轻人，大约有5个小队，300人左右。两部分共有1000人左右。这些"特殊工人"的成分，有我党政军人员，有在解放区抓捕的老百姓，有被俘的国民党军政人员，也有小部分伪军人员。

这是茨沟煤矿的"特殊工人"，柳塘煤矿的"特殊工人"不会比这少。

日本人对"特殊工人"的看管是非常严的。1943年5月，又把原来分散在各把头房的"特殊工人"集中到一起住，在原有的大电网里又增加了一层小电网。两层电网的门口设有岗哨，在大电网门口还设有一个警察所。每个小队都有把头派的一个人看守。上下坑干活站队集体押送，晚上小便也有人监视。

日本人把"特殊工人"集中到几十栋房子后，又在周围加上一层小电网，在小电网门口有人看守，上下班看押和点数。不过，"特殊工人"集中起来，便利了他们之间的了解与联络，有利于"特殊工人"的斗争。日本人增设了小卖店和妓女院，想麻痹工人和使工人走腐化道路，并收集情报，但是种种方法都没有征服"特殊工人"斗争的决心，"特殊工人"除部分人策划逃走外，还有秘密建立党组织的，并多次秘密制造生产事故。

1942年7月初，由石家庄集中营派至本溪柳塘矿的300人中，有冀南五分区地委书记王泊生、武邑县委书记信孟卜、八路军田宝林等，王泊生、信孟卜指示田宝林组织起来，开展斗争。田宝林和张顺组织了临时支部，张任书记，田任委员。这个时候，主要宣传进步思想，不让特务拉拢"特殊工人"，团结老工人，分清敌我，不许流氓打骂工人。与此同时，一是组织同志集体逃跑，二是照顾身体不好的同志，反迫害，争取合理待遇。王泊生就是这时逃回冀南的，仍任地委书记，不久后牺牲。一位从事八路军政治工作的谭庆高在1944年五六月份，在"特殊工人"中组织赵仲林小组、田喜文小组、张顺小组、谭庆高小组、赵桂林小组等5个党小组。

茨沟煤矿中有700多"特殊工人"，工人的活动比较自由。原八路军团长邢房银便利用这个条件，积极串连活动，恢复党的组织，扩大党的活动，使百余人恢复党的组织关系。

"特殊工人"中共产党人经过几年的斗争、不屈不挠的坚持，终在光复时形成了坚强有力的堡垒，领导"特殊工人"成功暴动。

有了"特殊工人"，有了"特殊工人"中党的组织，才有了阻止日方毁灭计划的力量。

在本溪湖煤矿"特殊工人"开展武装斗争的同时，田师傅煤矿部分工人也赶到本溪湖参加武装暴动，房天静对此记忆犹新。茨沟、柳塘、田师傅几处人马会合，共同组成4个中队，参加人员达2200多人。

本溪其他厂矿的工人阶级也行动起来。在南坟（今南芬）铁矿，"报国队"2000

余名工人组织起来，一举捣毁了日本配给店。在本溪湖大冶铁工厂，尹传圣组织全厂500余名工人保护工厂设备，清算经理梁小五和一些日本人。他还同李绪昌到哈尔滨，同中共哈尔滨工委取得了联系。回到本溪后，尹传圣遵照哈尔滨工委的指示，将大冶厂工人组织起来，成立了工人武装独立营，保护工厂，恢复生产，救济生活困难的工人。

"特殊工人"暴动，挫败日方毁灭本溪阴谋

1945年8月14日夜，大雨瓢泼。

本溪市区日军军火仓库。

在远方不时传来苏军重炮沉闷的爆炸声，守卫仓库的10名老弱病残日军，斗志全无，窝在宿舍里酗酒，唱思乡歌。门口两个哨兵，无精打采地晃动。

衣衫褴褛、瘦骨伶仃的几条人影，全身淋得透湿，弓着身，贴着墙，摸到仓库门口附近。

领头的是邢房银、陶守崇、贺觉民。邢房银是八路军第三纵队南进支队二十团团长，1942年在冀中反"大扫荡"战斗中失利被俘。陶守崇是山东省平度县的区委书记，日军"大扫荡"时被俘。贺觉民是国民党军中校参谋，在中条山被俘。

见日军哨兵转过身，三人交换了一下眼色，邢方银做出攻击手势。

"特殊工人"孟飞、房天静手持铁锹，悄悄接近日军哨兵，以突然动作将哨兵砍翻在地。

随后跟进的大批"特殊工人"，持铁棒、铁锹、镐头等劳动工具冲入日军宿舍，打死了几个想反抗的日军士兵，逼日军军曹打开仓库。

工人们纷纷进入仓库取武器、子弹和手榴弹。

邢房银、陶守崇、贺觉民来到仓库。

邢："先找吃的、穿的，然后就地构筑工事，做好防御准备。孟飞！"

孟："到！"

邢："你带一些人去布置好岗哨，所有的路口都要架上机枪！"

孟："是！"向房天静等人挥手："带上人跟我走！"

工人们给邢等人送来几盒日军罐头和几套日军军装。

吃着罐头，邢面对陶守崇、贺觉民说："我们几个领头的都在这里，大家商量商量下一步的行动吧。"

陶："据可靠消息说，苏联红军已经消灭了关东军，看来日本鬼子要完蛋了。"

邢："被鬼子抓来这里做了这么多年苦力，现在快解放了，我们应该行动起来，积极参加到消灭日本鬼子的最后战斗中去。现在我们有人有枪，但缺乏组织，我们应该成立一个武装纠察大队，一可以和鬼子伪军进行战斗，二可以保卫我们的矿山。这个纠察大队，我建议老贺你当大队长，我当副大队长，老陶当政治部主任。"

贺："我同意成立一支队伍。老邢你的人多，这个大队长应该由你当。还有，让老陶当参谋长吧，政治部主任在我们这种队伍里有点不合适吧？"

邢："正因为我的人多，我提出你当大队长反对的人就少。队伍刚组织，思想很乱，很需要做大量的政治工作，我们八路军的工作方法和效果你应该知道一些的，缺少了政治部主任这种角色，队伍恐怕带不好。"

贺："行！按你说的办。"

邢："按现有人数，我看可以组成4个中队。柳塘、茨沟的劳工各搞两个中队，中队长和指导员由他们的支部决定，有个中队完全是贵军人员，没有支部，你决定他们的中队长。"

贺："好！"

陶："我现在去把几个中队的干部初步定一下后，再来请你们决定。"

邢："好！"

这一段本溪"特殊工人"暴动的场景，仿佛电影镜头，有很强的现场感。

这是一本有关四十军历史书籍上的描写，很好看，但不是真实的历史。

本溪"特殊工人"的暴动是有过程的。

组织过程：

茨沟煤矿"特殊工人"在共产党支部的领导下，武装暴动很快行动起来，并很快传到了柳塘煤矿。柳塘的"特殊工人"在临时党组织的串联和发动下，也立刻组织起来，并派共产党员康正德、张凤翔等人到茨沟联系。于是，两支工人队伍联合起来，共同组成4个中队，参加人员达2200多人。

联合起来的工人队伍成立了"工人纠察大队"，发布了《告全市人民书》，张贴在市区街道上，以此向全市宣告工人纠察大队的建立及其保卫国家财产、维护社会治安秩序的宗旨。

"特殊工人"的这一行动被本溪湖日本守备队得知后，惊恐万状，急忙派要员来大队谈判，声称："本溪湖范围大，你们活动就限于矿区，全市的事情你们管不了，否则对你们不利。"大队对这种软硬兼施的"劝告"做了研究，认为日伪虽投降，但没有缴械，工人尚未武装起来。为避免与日本守备队发生冲突，大队决定将本溪市工人纠察大队改为"本溪市工人护矿大队"。

武装过程：

护矿大队成立，面临的最大的问题是没有武器。柳塘的张凤翔与茨沟联系，一起搞武器，张凤翔到茨沟与邢房银取得联系后，邢房银派一个工人小队给张凤翔，一起搞敌伪武器。

一个阴雨天，茨沟和柳塘工人11时前在茨沟集合开会，会后立即以游行示威方式向市内前进。在游行过程中，张凤翔带着原有的人，又组织了一些人准备夺取武器。

游行队伍到达本溪车站后，张凤翔将工人队伍分成两部分：一部分猛攻放有手枪和弹药的仓库；一部分猛攻茨沟大白楼警备队。

第一部分工人攻取枪械库后，迅速武装起来。此时，本溪湖宫原工厂日军得知消息，日本兵乘着3辆汽车来到本溪湖火车站，但立即被刚武装起来的工人包围，不准日本人下车，临时通知日本翻译谈判，大势已去的日军，被迫退回宫原。此时，攻击茨沟大白楼警备队的工人获得全胜，夺取了大白楼地下仓库的所有枪支。

本溪"特殊工人"在暴动中先后收缴了驻本溪的日本守备队、铁路警护队、公司矿警队、日伪警察署及宪、特的枪支弹药。有了武器后，陶守崇和邢房银将茨沟工人武装组成3个战斗中队，柳塘工人武装也组成3个战斗中队。从而有力地控制了本溪地区的局势，挫败了日军炸掉高炉、毁坏其他主要工厂和设施的罪恶计划。

1945年9月14日，冀热辽军区第十六军分区特派员吴继尧来到本溪，宣布将本溪工人纠察大队改编为冀热辽军区第十六军分区特务二团，贺觉民任团长，邢房银任副团长，陶守崇为政治部主任，王庆锁为副主任。会上，以"破坏国共合作"罪名，枪毙了原纠察大队二中队长。9月18日，特务二团改编为二十一旅六十二团，计2500人，陈协任团长，邢房银（1947年5月6日，由于长期艰苦斗争的折磨，积劳成疾，在吉林长白县逝世）任副团长，十六军分区派来的张瑞林任团政委，陶守崇任政治部主任。

本溪"特殊工人"武装参加革命后，在解放战争中做出很大贡献。

苏联红军的黑色印迹

1945年9月，东北大地。日本关东军覆灭之后，本应一派和平景象的东北，缔造和平的苏联红军霎时成了破坏和平的魔手，在广袤的土地上毁坏企业，拆卸机器，凡是有现代化企业的地方无不惨遭毒手，疮痍遍地，东北大地一派破烂不堪的景象。

美国《星条报》报道：东北自九一八事变以来，经日本人苦心经营之庞大工业，在屠杀及恐怖中被洗劫净尽，工厂工人亦被逼协助搬运，唯大部工作，系由日本战俘为之。自哈尔滨起，凡重大军械飞机厂，据传已被拆精光，大部分物资俱由大连出口，运至海参崴等苏联境内。哈尔滨和大连之间铁路交通，现由苏方严密守卫，载运其"六日大战"作为战利品的千万吨重工业机械。

被苏军拆卸一空的厂房

此时的本溪，又是一番什么景象？

南芬庙儿沟郭姓老人，眼前是沙俄军人和苏联红军的叠影

1945年10月10日，南芬庙儿沟老郭家的几个60多岁老人，看着从他们面前走过的几个外国人，混合着诧异和惊慌的表情漫上了他们沧桑的面庞。

这几个老人中，有一个是庙儿沟保正郭翰福的后代。

郭翰福本也是一介草民，但他所代表的老郭家，曾拥有南芬庙儿沟铁矿的产权。日俄战争后，觊觎本溪煤铁资源的大仓财阀盯上了庙儿沟铁矿，在本钢的历史上就有了1907年郭翰福和大仓组的佐佐松贤识签订开发庙儿沟铁矿合同的一幕，这才让郭翰福的名字在本钢的历史上站立百年。

郭翰福在签订合同时，他的一个10多岁的后代子孙目睹了这一幕，并留下了一个多年无解的念头：这个少年在日俄战争之前曾见过沙俄军人在庙儿沟铁矿勘探，日俄战争之后又见过日本人在庙儿沟铁矿勘探，看到自己前辈和日本人签订合同，这个少年就想，签订合同的怎么是后来的日本人而不是先来的俄国人呢？

40多年后，签订合同的日本人战败了，随之而来的又是俄国人，时间虽然不同，但在郭家人看来，40年前的沙俄军人和现在的苏联红军面孔依然相同。

见过沙俄军人也见过苏联红军的庙儿沟人，同样想不通，今天的苏联红军到南芬干什么来了？

不过，不几天庙儿沟人就知道答案了。

苏联红军来到南芬后，直奔选矿厂而去，然后是大拆大卸。拆卸完毕，包装运走。

这下，庙儿沟人明白了，苏联红军是来拆卸选矿厂设备的。继而又不明白了：日本人修厂建矿，掠夺俺们的资源。苏联红军是来帮俺们打日本鬼子的，怎么也来掠夺属于俺们的厂矿设备呢？

这时，有人过来说，你们别埋怨了，不要说俺们这旮旯的选矿厂，就是本溪工源的设备，都被苏联红军给拆光了。

"嗨，苏联红军，是来帮俺们的还是来祸害俺们的？"

可苏联红军告诉本溪百姓说，日本关东军是苏联红军打败的，日本人的物件是苏联红军的战利品。

苏军来本溪拆卸机器的时间是1945年9月20日，但苏军获得日本满洲重工业株式会社总裁签署的移交文件时期是1945年10月29日。掠夺之心欲盖弥彰

本钢史上，记载苏联红军拆卸工源设备有这样的一笔：苏军对本溪设备的拆卸，引起了广大中国员工的议论和不满。公司维持会的杨春钰等人曾去苏军司令部交涉，苏方不理睬；民主政府接管煤铁公司后，也曾派代表前去交涉，苏方仍不理睬。

苏方不理睬，别人理解是苏方的傲慢，其实是苏方此时还没有拿到"战利品"的有关证据。

"战利品"是苏军拆卸东北各种设备的一个最好借口。

要使东北的重要设备成为自己的"战利品"，苏军必须获得日本满洲重工业株式会社、满洲电业株式会社以及满铁株式会社的各种证明材料和移交手续。

上述3家日本株式会社，属下的很多企业为军工企业，军工企业是为战争服务的，将这些企业的机器拆卸并作为苏军的"战利品"，就有了足够的口实。

本溪煤铁公司和上述3个株式会社又有什么关系呢？

拆卸机器设备的苏军

有！

和日本满洲重工业株式会社有关系。

日本产业财阀鲇川义介的势力侵入东北后，成立了"满洲重工业开发株式会社"，简称为"满业"。

大仓财阀经营的"株式会社本溪湖煤铁公司"被迫编入"满业"的势力范围。

关东军为了服务其战争需要，又开始了改组"株式会社本溪湖煤铁公司"的计划。

1944年4月1日，本溪湖煤铁公司，经改组后，与鞍山昭和制钢所、东边道开发株式会社合并，成立了"满洲制铁株式会社"，总公司设在鞍山，在木溪湖和通化设立了分公司，本溪湖煤铁公司改称为"满洲制铁株式会社本溪湖支社"。

既然"满洲制铁株式会社本溪湖支社"是日本"满洲重工业株式会社"旗下的军工企业，在苏军的道理中，自然成为了自己的"战利品"。

迫不及待的苏军，一方面派人前来本溪拆卸，一方面在长春着急忙慌地寻找各种有关"战利品"的手续。

前来本溪拆卸是1945年9月20日， 53名苏军带着500多名苏联工程技术人员进驻本溪钢铁公司，任命原本溪湖煤铁公司理事日本人门野正二为拆迁机器设备的技术顾问，又雇用了1000多名日本人和少数中国人开始拆卸机器。

为了抢时间，苏军给雇用工人的工资相当于原煤铁公司的3倍，工资高，活就得日夜不停地干。

本溪正在慌乱和忙乱地拆卸机器，苏军高层正在长春焦急地拼凑着有关"战利品"的相关手续。

获取"战利品"相关手续的第一步，是抓住日本几个株式会社头目。

先是抓住了日本满洲重工业株式会社总裁高崎建之助，之后是日本满洲电业株式会社以及日本满铁株式会社的高管。

第二步是让这些高管们承认和证明：东北某某企业是为关东军服务的，日本资本占多大比例。有了这些证明，就为苏军将这些企业攫为"战利品"提供了"事实根据"。

第三步，强迫高崎建之助等日方高管签署"将属于满业之各种事业移交于苏联"的文件。

但高崎表示，"满洲国"既已解散，他作为满业总裁，无权签署这样的文件。既然苏联要求移交，应由苏联下书面命令；不然，"将来中国方面必有异议"。但苏军当局拒绝下书面命令，并说中国方面由苏联解决。高崎经不起威胁利诱，于10月29日与其他管理人员联署了以下文件：

> "在满业所辖之各公司，亦曾为关东军之需要而工作，为其公司业务执行者之我辈，将我等对于全部财产之权利，移交于苏联。此等公司之财产包括其事业所、事务所、住宅及其他各种建筑物。此等公司之名簿及应交于苏联之事业所一览表，一并附上。我等希望……对于所有之专门家、技术者、事务员、工人等，向在此等事业中工作者，不问其民族如何，均予以职务，保证其生命财产与生活。"

就这样，高崎等一伙为了活命，非法签署了移交文件，将由他统管的72种工业，以及150种辅助工业作为军事企业移交给苏联红军。

满洲制铁株式会社本溪湖支社自然在移交之列。

三个步骤走完了，苏军仍没完事，还在签署的移交文件的日期上做文章。

高崎签署文件的日期是1945年10月29日，但苏军要高崎倒填日期，填为9月17日。

苏军为什么要倒填日期？

为的是把他们的掠夺行为合法化。

苏军来本溪拆卸机器的时间是1945年9月20日，这个时候，苏军手中没有任何可以拿得出手的文件和借口。只有到了1945年10月29日后，有了高崎签署的移交文件，他们的拆卸才有了"合法"的借口。把文件的签署日期倒填为1945年9月17日，就是为了要把在签署之前他们在包括本溪在内的东北大地上的所有掠夺行为合法化。

有了高崎等人签署的移交文件，苏军关于"战利品"的掠夺仍不合法

根据东北地区的统计，苏军从本溪拆走的机器设备包括电力、钢铁和煤矿三个方面。

本溪火力发电厂，被拆走的机器五部分，发电能力3.5万瓦，经拆迁后，仅剩旧机器1部，发电能力5000瓦的发电设备。

工源钢铁厂的设备完全被破坏。本溪钢铁厂铁的生产能力由60万吨降到10万吨，生产能力下降了83.33%。此外，本溪的特殊钢、机械等工厂也损失严重。

煤炭工业被破坏的程度如下：本溪煤矿由年产100万吨下降到年产70万吨，生产能力下降了30%。

那时的本溪，火车站的货场，市区太子河沿岸，堆满了包装待运的各种设备。有资料记载的这些拆迁的设备总重达14 385吨，至于库存设备等被运走的则无法统计。

1945年11月15日，苏军撤出本溪后，偌大的工源厂区除第三发电厂12500千瓦的周波变换机外，已无一台能转动的机器。

在整个东北大地上，遭到苏军拆迁的企业除本溪煤铁公司外，还有辽阳橡皮公司、抚顺铁厂、轮机油厂、刘和矿井、石煤化工厂、卢国泰矿井、结莫无矿井、火药厂、机器制造厂、汽油厂、车厢厂、造船厂、制铁厂、电力厂、凸天矿井奉天橡皮公司、航空厂、造纸成衣厂、机器制造和车胎修理厂、机器制造通风机矿井、化学消除厂、电线厂、无线电厂、航空厂、灯泡厂、电池厂、螺旋制造厂、烟草制造厂、兵工厂、轴厂、聂切曼托果果厂、洗衣厂、汽车装制厂、电汽发动机制造厂、造木厂电力发动机厂、电厂、瓦制厂、化学玻璃厂、改造铁厂、制钉厂、昭和制铁所等数以百计的企业惨遭拆迁。

东北最大之鞍山钢厂是东北的骨干企业，摧毁该厂，便可瘫痪整个东北工业体系。因此苏联对其拆运也最为认真，由苏军中校柯刹罗夫指挥苏俄技工80名，暨工人及日俘共8000名，经40余日才拆运完毕。该厂被洗劫之彻底，非经重建，永无恢复之可能。又如，奉天飞机制造厂，月产高等教练机70架（装配），发动机100台。后来为躲避美机轰炸，实行分散经营，设公主岭和哈尔滨二厂。公主岭月产高等教练机30架，发动机100台。哈尔滨月产高等战斗机10架，发动机100台。以上三厂全部机件均被苏军拆运而去。

放眼望去，东北大地一派破烂不堪的景象。

当时中外通讯社对苏军的拆迁做了大量报道：

合众社：东北不复为富庶工业区，"九一八"后日本辛苦经营之结果，已尽付东流，盖东北无数工厂，已被按部就班搬运一空，各种机器，不论大小，自火车头至旋凿，皆被苏军当作"战利品"车载而去。

美国《星条报》：东北自"九一八"事变以来，经日人苦心经营之庞大工业，在屠杀及恐怖中被洗劫净尽，工厂工人亦被逼协助搬运。

中央社、合众社：沈阳全城共有工厂4570家，内有第一、第二等工厂948家，战时全部开工，今仅有20家继续开工，其他工厂大部经过焚烧，重机器被掠。

美联社：中国接管东北工业的希望已粉碎无余。记者目睹无数工厂仓库及机厂，仓库已被洗劫一空，机厂设备亦荡然无存。

对于苏军对东北工业的摧残性的破坏，斯大林理直气壮地说，苏联将东北日资企业视为战利品并进行毁灭性的拆运，是根据战争法。

但战争法是怎样规定的呢？

根据1907年海牙陆战章程规定：战胜国对占领国财产的处理，首先要分清是公产还是私人财产，凡属私人财产一律不可侵犯。第二，对占领国的公产，必须分清动产和不动产，对动产现金、车船等经过移动不改变其原有价值的财产，战胜国完全有权据为己有，也就是说可以作为战利品加以没收。但对不动产，房屋、土地、工厂、矿山连同机器设备，一律不得搬运毁坏，必须严加看管，等候战后议和时处理。因为这些不动产，一经搬动，其固有的价值将损失殆尽。

俄国是海牙章程的签字国，它对东北财产的处理，除了没收现金等动产符合战争法外，对工厂、矿山等机器设备的拆运，都是典型的违反国际法的行为。

被誉为战争法权威学者的夏尔·卢梭特别指出："苏联政府于1946年把在中国东北各省的、曾经为日本军队服务的所有日本企业视为战利品。这种解释遭到了美国和中国的反对，因为这种解释超出了国际公法和国际实践普遍承认的战利品的概念。"

从国际政治角度看，苏联拆运东北机器设备对同盟国也是一种背信弃义行为。

1945年2月在雅尔塔会议上，美、苏、英三巨头即已商定，对日本所有境外资产，应优先赔偿受日本侵害最重、在战胜日本的过程中贡献最大的国家。

面对苏军拆运东北机器设备，美国国务卿贝尔纳斯在1946年2月26日，断然指出："据其所知，美英苏三强间，并无准许苏联搬运满洲方面日本机器之协定。"

美国62名社会各界名流还发表"对中国东北宣言书"，该宣言书说：苏联仅以6日几乎不流血的战争，"竟藐视数年以来经历痛苦失败，卒赖共同牺牲，获致太平洋战争胜利之中美两国，中国于此危机中之反应，自属明白。""吾人必须为中国力持正义……支持中国人民之呼声。"

1949年后，大部分苏联援华项目和专家被安排在东北，本溪钢铁公司也获得了几个援助项目，想来这应是斯大林对拆运机器设备的一种补偿吧。

毛泽东新式整军的思想，来源于东北民主联军第三纵队七师二十团三营的"诉苦教育"实践；三纵队七师二十团三营大部分是来自于本溪的"特殊工人"

"特殊工人"与"新式整军运动"

说本溪发生过不少影响了中国历史进程的重大事件，不少人会点头首肯；说本溪发生过影响毛泽东思想形成的人和事，不少人都会摇头否定。但不管你信不信，确有其事。

毛泽东的军事思想中，有一项重要的内容，即有关军队建设的论述，如"新式整军运动"就是其中最著名的一项。

"新式整军运动"理论的形成就是源于本溪"特殊工人"的实践。准确地说，是参加了革命队伍的本溪"特殊工人"为毛泽东的这一理论做出了可贵的实践贡献。

参加了革命队伍的本溪"特殊工人"一次可贵的实践，被当时的东北民主联军第三纵队总结为部队建设的宝贵经验上报毛泽东

1947年9月底，一封来自东北

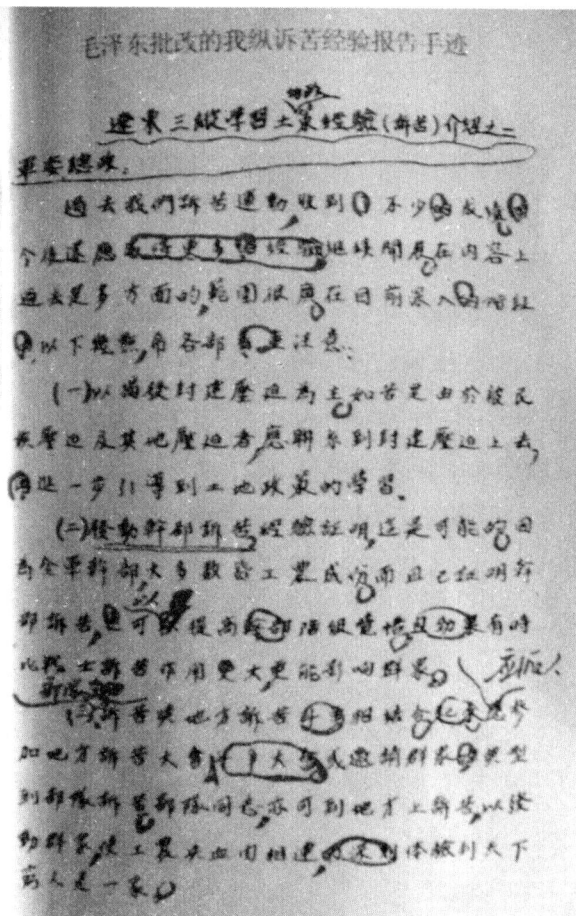

毛泽东批改的诉苦教育的手迹

诉苦教育的所在地——吉林柳河安口镇

民主联军总政治部的电报放到了毛泽东桌上，毛泽东看后，不禁满脸笑容。标题为
"辽东三纵学习土地政策经验（诉苦）介绍之二"的电报为什么让毛泽东这么高兴
呢？从三纵来的经验，解决了毛泽东存在心中多年但没解决的问题。

在中央苏区的时候，每次战后，红军都面临怎样教育俘虏兵的问题。毛泽东看
到，俘虏是解决红军兵员的一个途径。但采用什么形式、采用什么方法才能有效地完
成俘虏从旧军人到革命战士的转化，这个念头在毛泽东心中存了数年，没想到，这个
问题让三纵在思想政治工作的实践中给解决了。

三纵的方法就是诉苦教育。

东北民主联军总政治部的电报内容如下：

军委总政：

过去我们诉苦运动收到了不少的成绩，而今后还应取得更多的经验，继续开展，
在内容上过去有多方面的范围很广，在目前深入的阶段中，以下几点，希各部着重注
意：

（一）以揭发封建压迫为主如若是由于被民族压迫及其他压迫者，应联系到封建
压迫上去，再进一步引导到土地政策的学习。

（二）发动干部诉苦经验证明，这是可能的，因为全军干部大多数皆工农成分，而且已证明干部诉苦，更可以提高干部阶级觉悟，且效果有时比战士诉苦作用更大更能影响群众。

（三）诉苦与地方诉苦斗争相结合起来应参加地方诉苦大会，斗争大会或邀请群众典型到部队诉苦，部队同志亦可到地方上诉苦，以发动群众，使工农兵血肉相连地深刻体验到天下穷人是一家。

（四）发动地主富农出身的干部揭发反动社会制度的覆没与黑暗从反面来教育群众，使群众知道封建阶级的本质及没落的前途，现已有个别进行控诉自己家庭的黑暗压迫贫苦人民的罪恶这是进步的表现应受到表扬。不应歧视。

（五）诉苦揭发后，并开农民大会，号召团结部队阶级教育的目的，是使工农分子阶级觉悟提得更高，非工农分子应彻底地抛弃自己的阶级立场而同情劳动大众，一心一意为人民服务。

东总政治部　申俭

1947年9月28日

看这封电报，在断句、修辞上和标点符号的使用上都存在不少的毛病。当年的将军们，在战场上是叱咤风云的英雄，但拿起笔杆来，就不如用枪那么顺利了。但毛泽东一点没挑剔，拿起红笔，就像先生给学生改作业一样，耐心地逐字逐句地修改，修改的文字达66处，标点符号48处。经毛泽东的修改，这封电报神采立现。

之后，毛泽东将其批转全军学习，并提出五条要求，即：以揭发封建压迫为主；发动干部诉苦；部队诉苦与地方诉苦相结合；发动地主、富农出身的干部揭发反动社会制度的没落与黑暗，使群众知道封建阶级的本质及没落的必然性；号召团结部队。

随后，全军部队普遍开展了以"诉苦""三查"为中心内容的整军运动，达到了提高官兵思想觉悟的目的，到了1948年3月，毛泽东在其《评西北大捷兼论解放军的新式整军运动》一文中，深刻阐明了"诉苦"和"三查"在部队教育中的伟大意义，并将其提炼上升为新式整军的理论。

毛泽东可能不知道，来自于三纵的诉苦经验是该纵七师二十团三营创造出来的，而三营是以本溪"特殊工人"为主组建的。来自于本溪"特殊工人"为毛泽东有关军事思想的建设提供了宝贵的实践经验。

发端于本溪"特殊工人"组成的三营的经验，是如何为三纵的领导乃至于东北民主联军的高级领导知晓并上报毛泽东的？

三纵的这个经验是如何得来的？三纵第一个特等功臣房天静的一句话透露了这个秘密

1947年年初，东北民主联军第三纵队在一保临江的战斗中，打败了敌人的大规模进攻，获得了很大的胜利。过去只作为辅攻的七师二十团三营，在热水河子战斗中，表现得很勇敢。特别是九连战士房天静，表现异常突出，一个人消灭敌人一个班，活捉敌人一个排，成为了三纵历史上的第一位特等功臣。部队为他召开了庆功会，并表演了节目。部队首长为他披红戴花，颁发了奖章。当时的纵队副政委刘西元和七师副师长黄思沛特来为他庆功，问他为什么这么勇敢，房天静回答："连队开展的穷人和富人，到底是谁养活谁的诉苦运动，让我擦亮了眼睛，认清了敌人。"在当时来说，房天静的回答很不一般，很有水平，并引起了领导的兴趣和关注。再问他是怎么回事，他就把自己在连队开展的诉苦教育中提高了觉悟的事汇报了。他诉说了自己过去受尽了苦，却不知苦从何来。连队的诉苦教育，才提高了他的思想觉悟。刘西元副政委听了很高兴，就派人到三营九连进行调查，帮助总结经验。将其诉苦经验总结为"吐苦水""挖苦根""查忘本""下决心"和"弄清是谁养活谁"的几条。就这样，"诉苦教育"逐渐引起了团、师、纵队、东北军区首长和机关的关注。

在对敌斗争的严峻时刻，"诉苦教育"所表现出来的对提高部队战斗力的无可比拟的作用，立即为我东北民主联军各级指挥员高度重视。

中共辽东分局书记兼辽东军区政委陈云指出，这是部队教育的方向，要把诉苦教育和杀敌立功运动结合起来，在全区推广。

1947年7月，东北民主联军总部副政委罗荣桓、主任谭政等人听取了第三纵队副政委刘西元等人的汇报。

1947年8月，在罗荣桓主持召开的政治工作会议上，辽东军区政治部主任莫文骅汇报了辽东三纵队的诉苦情况，三纵七师政治部主任李改介绍了"诉苦教育"的经验。

1947年8月26日，《东北日报》发表了《辽东我军某部根本改造教育工作》的长篇报道，详细介绍了辽东三纵队诉苦教育的经验。罗荣桓也给予高度评价：诉苦教育，"在部队教育工作上是一个具有极其重大意义的创造"。

1947年的9月28日，东北民主联军总政治部将这次经验拟成电文上报中央军委总政治部，毛泽东得以接阅，并升华为我军军事建设的理论。

由本溪"特殊工人"组成的七师二十团三营九连一个成功的教育实践，并经房天静的披露，并最终上升为我军部队建设的经典理论，既充满了历史的偶然性，也表现了历史进程中的必然性。

中国版的奥斯维辛集中营，本溪"特殊工人"的来历

某军干休所离休干部标兵、原作训处长吕效荣老人，一提到本溪，话匣子就打开了。

一口五台话的吕效荣，16岁参加共产党做地下工作，第二年被叛徒出卖被捕。正赶上本溪煤矿瓦斯大爆炸，死亡2000多劳工。一列闷罐从山西到了本溪，把他和一些被俘的八路军和在中条山被俘的国民党官兵，赶进茨沟煤矿矿井。这些人被日本人称为"特殊工人"。

因张正隆的报告文学《雪白血红》而得以站在中国历史上的吕效荣、房天静、王福民等人都是来自于本溪的"特殊工人"。

自1941年始，日本人统治下的本溪煤矿成了数千"特殊工人"的奥维斯辛集中营。

1940年开始，在中国东北大地统治了10年之久的日本人，为大规模掠夺中国的资源并把东北建成侵略全中国、侵略苏联的军事基地，先后制定并推行了"产业开发五年计划"和"北边振兴计划"。日军要完成这两项计划，需要数百万劳动力，靠东北的劳力根本无法解决，于是，主宰东北的关东军便于1941年4月5日，同日本驻华北方面军达成了关于紧急动员工人"入满"的协议，伪华北新民会根据华北方面军的指示，在华北地区一手包办"特殊工人"的供应。把作战抓到的俘虏，以及日伪军、政、宪、特各部抓捕的所谓嫌疑犯和妨碍新民会工作的人等，都作为"特殊人"或"特殊工人"送往东北。

首批"特殊工人"是1941年4月从天津俘虏营押送来的国民党新编四师二团二营机炮连少尉胡登山等人。

我军冀鲁军区的工作人员张永是1941年8月由济南押送来的，同来的有40多人。

以后的"特殊工人"暴动中发挥了重要作用的王庆锁是1941年年底从石家庄押送而来的，同来的有200多人。

以后在解放战争中屡立战功的原晋察冀热辽二分区五台县游击队支部书记吕效荣是1942年春从太原集中营押送而来。

在本溪"特殊工人"暴动中起到重要作用的陶守崇是1943年年初从青岛押来本溪的，同来的有20多人。

1941年以后，前后被押送来到本溪煤矿茨沟和柳塘两个矿区的"特殊工人"计4000多人。

日寇为了防止"特殊工人"逃跑，采取了各种严酷的措施。

日寇分别对象编号立案，"50""70"是八路军被俘人员的代号；"02"是从解放区抓来的老百姓的代号；"01"是国民党被俘人员的代号。

日本人对"特殊工人"的残酷统治除了没用毒气成批毒杀，除了没有使用炼人炉外，其他方面一点也不比奥斯维辛集中营差，有的有过之而无不及。

每顿两个橡子面窝头，每天劳动12小时以上，上井就关进有两层电网的棚子里。大小便要报告，有人看着。睡觉时，麻袋片衣服都给抱走。还设有特高课的特务日夜监视。一年三百六十五天，能动弹就得下井。伤了，病了不能干了，拖去万人坑喂狗。如今，本溪老人还常念叨：什么叫十八层地狱？那"特殊工人"就是十八层地狱中人呀！那小鬼子才叫歹毒呢！

1945年光复前，4000多"特殊工人"只剩下了2000多人。

"特殊工人"在特殊时期就现出了特有的精神。柳塘矿区的共产党员秘密联络、建立了不少共产党组织。茨沟"特殊工人"中的共产党员也以不同的形式建立了各种组织同日寇斗争。光复前，由"特殊工人"中的邢方银、陶守崇、贺觉民组织了暴动。邢房银原来是新四军一个团长，陶守崇原来是中共山东省平度县区委书记，贺觉民原来是个国民党少校。但在反抗日本人方面他们都是好样的。8月14日夜，大雨瓢泼，"特殊工人"冲出茨沟，去市里抢了一个军火库。第二天，暴动工人编成一个大队，贺觉民任大队长，邢房银任副大队长，陶守崇任政治部主任。

后来，茨沟、柳塘两矿全体特殊工人及部分市民组织千人集会，正式成立"工人纠察大队"收缴铁路警察和煤铁公司枪支千余支，后被编为共产党领导的东北人民自治军二十一旅六十二团，队伍发展到6000多人。

张正隆《雪白血红》记载："特殊工人"走上革命道路的艰难历程

来自于本溪的"特殊工人"，是从日寇的残酷统治中冲杀出来的英雄。

但到了革命队伍后，国民党军与八路军格格不入的做派马上显现出来。

先说作战时的心理不同。

就说二十团九连吧，140多人的九连，清一色新军装、牛皮鞋、皮帽子，清一色九九式步枪，腰间挂个日式子弹盒，还有个轻机枪班。瞅着令人振奋不已，再看那人可就泄气了，立即会想起那句"驴粪蛋子——面上光"。

九连是由本溪和抚顺暴动的"特殊工人"组成的，大都是中条山战役中被俘的国民党官兵。沙岭战斗，九连两个排埋伏在一片坟里，距敌100多米，都是老兵，军事技术蛮好，却只听枪响，不见人倒。那枪大都是朝天上放的。

国民党打国民党！是有点下不了手。张正隆看到了点子上。

再说那做派不同。

赵绪珍从炮兵连调到九连当指导员的第一天，就有老乡上门告状，说有人偷了他的老母鸡。赵绪珍让副连长晚点名时讲讲。副连长正讲着，黑影中一个大个子喊："你瞎嚷嚷个啥呀，谁说老子偷鸡啦"？副连长说"你骂谁？"那个大个子挥拳就打，副连长掏出匣子枪，被大个子一脚踢飞了。

共产党干部讲和平。嘴上叼支烟，耳朵上夹支烟，镶个大金牙的王福民，张口就是："和平？毛、蒋不死，这辈子也和不了。"

再说那作风不同。

有偷鸡摸狗的，有买东西不给钱的，有借东西不还的，有损坏了不赔的。还有赌钱的，磕头拜把子的，拜"三番子"（一种封建迷信组织），和女人打情骂俏的，还有逛窑子嫖女人的。

各种表现都和从关内过来的老八路格格不入。

受不得艰苦，吃不了磨难。沙岭战斗后，指导员开小差了，后来连长又带头不辞而别，一天晚上跑了22个，给养员把全连菜金席卷一空。

九连要黄铺了。

某军政委冯恺的回忆：诉苦经验怎么会在由"特殊工人"组成的九连开始

冯恺是某军政委，是诉苦教育的组织者。他有本回忆文章就叫《诉苦教育是怎样产生的》。

1946年年初，冯恺由七师特务营调二十团三营任教导员。这个营兵员成分复杂，80%以上的人当过国民党军的兵，有的还担任过"旧军队"的班、排、连长。冯恺对到这个营任职有些想法，一些连排干部也三天两头找他要求调走。

巩固部队成为当务之急。

就在这时，师里组织召开政治工作会议，主题是"论阶级教育问题"，这次政治

173

工作会议使冯恺茅塞顿开。回到营里，他立即召集干部会进行研究。会上，大家一致同意马上搞阶级教育。那时，师宣传科发下来一套学习讨论题，有一个题目是"谁养活谁？穷人养活富人，还是富人养活穷人？"冯恺感到这个题目好，抓住了"根本"，就在全营围绕这个题目展开了"辩论"。万万没有想到，就是这场讨论，引出了一个新生事物："诉苦教育"。

"谁养活谁"的辩论一展开，空前热烈，众说不一。说"穷养富"者有之，说"富养穷"者有之。结果，会场上出现僵持状态，谁也说服不了谁。就在这时，一个意想不到的"奇迹"出现了：机枪连那天开会，二班副班长任纪贞发言时，情绪特别激动。他从算经济账开始，讲他父亲给地主放了200只羊，每年繁殖的羊羔就收入300多元，但地主只给30元。给地主干了一辈子活，累得吐了血，临死前向地主家借点高粱面做点糊糊喝，地主婆不但不给，还张口辱骂。讲到这里，他失声痛哭，引发了全连官兵的悲痛。许多同志也一边哭一边控诉地主老财的剥削和压迫。有的责备自己糊涂，受了这么多苦还说财主是好人。有的捶胸顿足，骂自己想开小差是忘了本……这件事使冯恺受到很大触动："诉苦"是个好办法！他立即召集干部会，决定让任纪贞到各连诉苦。"诉苦"这个词，就是在这次会上提出来的。

九连指导员赵绪珍说，那时人没文化，肠子不拐弯，讲课搞教育得直来直去讲实的。"谁养活谁"这个问题就不一样了，再没文化、再笨，也能说几句。

有的说富人什么活不干，却吃香的喝辣的，是穷人养活富人。有的说富人不租给你地种，你喝西北风？有人说他闯关东要冻死了，一个财主把他架到家里热炕上，给饭吃，又给活干，这不是富人救了穷人又养活穷人

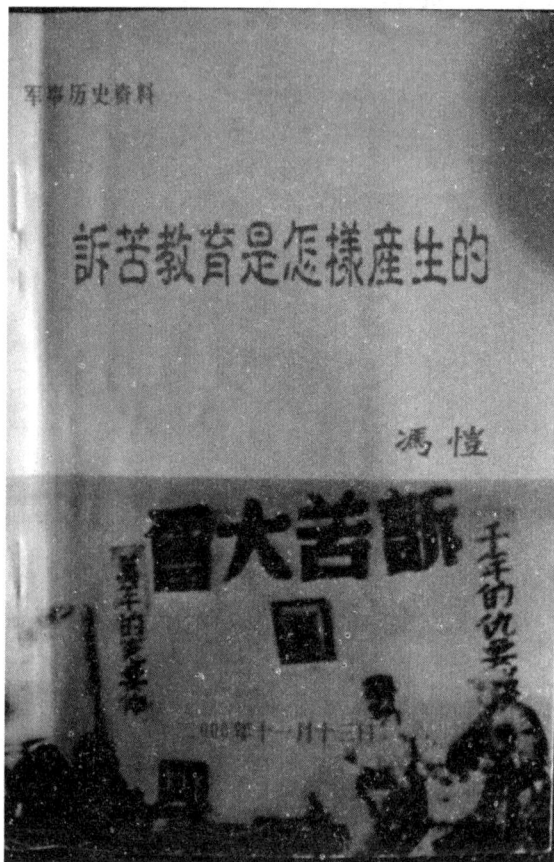

冯凯的回忆录

吗？有的说穷人和富人是互相养活，谁也离不开谁。有的说穷富都是命，前生就注定，有钱人是有能耐，坟埋得好，谁也不服谁，争论得热火朝天。

第二天上课，指导员赵绪珍抱件破棉袄，一领破席头，一个讨饭瓢，旁边还站着个老大爷，这是干什么？

这件破棉袄，补丁摞补丁，油黑发亮。这个老大爷穿了10多年。赵绪珍问："这样的棉袄，地主能穿吗？"

战士说："送给地主擦屁股都不要！"

老人的苦，把100多条汉子的苦水引发了，一个个哭成了泪人。

房天静成了忆苦典型：俺16岁叫小鬼子骗到本溪下煤窑。俺娘从山东来看俺，断了盘缠，把小弟卖了25元钱。到本溪俺娘病了，就那么眼睁睁看着俺娘死了。俺哭啊，哭有什么用？穷人没有钱，富人谁管咱？

王福民跺着脚哭：俺也是个穷小子呀，却盼蒋介石来，要干"正牌"，蒋介石来了还有穷人的好哇！过去瞎了眼，现在心里亮堂了。

有钱的人也哭：过去吃香的喝辣的，以为那是凭本事挣的，原来喝的都是穷人血汗呀！

从此，一支《谁养活谁》的歌就在九连响起：

> 谁养活谁呀？大家来看一看，
> 没有咱劳动，粮食不会往外钻。
> 耕种锄割全是咱们下力干，
> 五更起，半夜眠，一粒粮食一滴汗，
> 地主不劳动，粮食堆成山。
> 谁养活谁呀，大家来瞧一瞧，
> 没有咱劳动，棉花不会结成桃。
> 纺线织布没有咱们呀干不了，
> 新衣服，大棉袄，全是咱们血汗造，
> 地主不劳动，新衣穿成套。
> 谁养活谁呀，大家来说一说，
> 没有咱劳动，哪里会有瓦和砖。
> 打墙盖房全是咱们出力干，
> 自己房，二三间，还有一半露着天，

地主不劳动，房子高又宽。

1946年7月，一个影响了我军新式整军运动的、自己教育自己的思想方法，就这样在吉林省柳河县安口镇开始了。

发起的连队是三纵二十团三营机枪连，但组织开展得最好并总结出经验来的却是九连。

三营在二十团的3个营里是最落后的，九连在三营的几个连队中又是最落后的。但经过诉苦教育后，三营成为了最有战斗力的部队，九连也锻炼成为一个钢铁连队。

在一保临江的战斗中，房天静创立了一人歼敌10余人、活捉一个排的战绩，而成为了三纵历史上第一位特等功获得者。曾被列为"危险分子"、兵痞的王福民，五次负伤不下火线，在三保临江大北岔战斗牺牲前，抓着指导员赵绪珍的手要求入党，后被追认为共产党员。

张正隆在《衡宝追歼战》一书中有如此叙述：离休前为某军副政委的李洪奎老人，1948年1月冬季攻势时，是三纵七师二十团一营教导员。战后去医院看望伤员，路过二连进去看看，算上炊事员就剩十几个人，住在一间房子里。师长邓岳下令，让全团每个连抽出一个最好的班给二连，又成了一个完整的主力连。

其实三营更惨，营长牺牲，教导员负伤。以诉苦教育闻名的九连只剩了20来人。

吕效荣当指导员的八连，185人全都参加过本溪暴动。四平撤退前伤亡、逃亡三分之一，辽沈战役胜利后进关时剩下20多个，全国解放就不到10个了。

在辽沈战役中，在衡宝战役中，在解放海南岛的战斗中，在抗美援朝的战斗中，这支部队都有上佳表现。

在整个东北野战军中，三纵队是其五大主力之一，七师又是主力中的主力。作为七师中的三营，自然也是用自己的功绩成为主力中的主力，锻铸成了锋利的破关斩将的军刀。

诉苦教育的影响和作用

在《罗荣桓传》一书中，关于罗荣桓推动诉苦教育的开展有这样的记载。罗荣桓听了详细汇报，说："这在部队政治教育工作中是一个具有重大意义的创造，解决了当前教育的主要内容和方法问题，是部队政治教育的方向。"

接着，罗荣桓指示政治部起草了关于在部队政治教育中普遍开展诉苦运动的训令；还授意《东北日报》撰写了社论《部队教育的方向》，于1947年8月26日发表。

社论指出：诉苦运动是部队教育工作一个具有极其重大意义的创造。这种群众性的诉苦证明，罪恶绝不是单个地或偶然地发生的。大家来自山南海北，都受到同样的痛苦，都同样受冻受饿受辱挨打，这证明普天之下都存在着两种人，一种是压迫人的人，一种是受人压迫的人。前一种人经过各种线索的追寻，都归到蒋介石那里，蒋介石就是他们的头子。后一种人经过各种事实证明，都归到共产党这里，共产党为人民办事，是被压迫的劳动人民的领袖。要报仇雪恨，只有和共产党一起，大家联合起来打倒蒋介石。

罗荣桓对诉苦教育做了理论上的概括和提高。

林彪听了三纵队政委关于诉苦教育的汇报后肯定地说，我们的军力不如国民党的部队，但我方的政力（诉苦教育）优势则可弥补不足了。

经过推广和引导，诉苦运动在东北人民解放军各部队大规模地开展起来。

毛泽东更是应用马克思主义的观点，将此升华为部队建设的思想武器，亲自修改并向全军批转了东北民主联军第三纵队进行诉苦运动的经验。

发端于由本溪"特殊工人"为主三纵七师二十团三营的诉苦教育，从此成为我军新式整军的基本内容和经验。特别是房天静更成了这一经验的典型。有关新式整军的总结这样说：诉苦教育的步骤：一是进行深入的诉苦动员，提高诉苦的自觉性。二是发现与培养受剥削压迫最甚、身世最苦、仇恨最深、反抗性最强的不同类型的诉苦典型，如东北民主联军的房天静、陕甘宁晋绥联防军的刘四虎、华东野战军的魏来国、晋察冀军区的王鸿禧、晋冀鲁豫军区的王克勤，启发引导全体官兵认识封建地主阶级的剥削压迫及蒋介石祸国殃民的罪行。

在此，房天静作为全军诉苦教育的典型得以确立。

诉苦教育在改造国民党起义或投诚人员上影响尤为深远。

国民党六十军起义后，于1949年1月26日改编为中国人民解放军第五十军，但改编后的五十军各种矛盾尖锐存在。

不仅相当一部分军官对我军的政治教育不服，就连一些士兵也有所抵触。

情绪上的抵触，有时是杀气腾腾的。

有个老兵拿着一把雪亮的匕首，在指导员面前晃来晃去，非让指导员回答"这是啥东西"不行。

更有甚者，还有个老兵拿着一枚手榴弹让指导员"看看"，没等指导员回过神来，"啪"的一声拉着拉火管，往10米开外处一丢，然后，看着指导员"紧急避险"

的狼狈相，一阵狂笑，扬长而去。也不是成心要杀你，就是吓唬吓唬你，出出你的洋相，让你难堪，他好出一口气："国军"的武器装备比八路好多了，凭什么投降？不变着法子搞点恶作剧，这面子往哪儿搁？

也有动杀机的！海城起义的陈家才和李德钰，在暂编第五十二师二团三营机枪连分别担任连长和指导员。两人约定，晚上出门一定要一起行动，以防有人下黑手。不幸猜中了。一天晚上，两人一同查哨，刚出村庄，黑咕隆咚的，不知从哪儿飞过来的一枚手榴弹，落在脚边。幸好发现及时，二人迅速往路旁的沟里一滚，躲开了。事后，一直没查出是谁干的。

海城起义的周启龙调到该团八连当指导员不久，发现副连长私卖连队多余的60多套冬装，遂严厉批评。副连长恼怒万分，当夜安排勤务兵和理发兵趁夜暗在老乡后院挖坑，准备活埋周启龙。幸好发现及时，逮捕了副连长，周启龙才免遭灭顶之灾。几天后，该师第一团四连发生了聚众携械叛变，绑架、劫持解放军干部高汝云、许排长事件。

离休前担任沈阳军区炮兵司令员的华文，当时在暂编第五十二师第三团和第一团都当过政治委员，他说，那时，每天晚上睡觉都把手枪压在枕头底下，子弹上膛，再关上保险。他带了两名警卫员、一名马夫，全是党员，轮流值班，以防万一。

为改造这支部队，借鉴了三纵七师二十团三营的诉苦教育，并发展为"三个运动"：展开以士兵为主体的控诉封建军阀制度的控诉运动；以控诉阶级苦、民族苦为主要内容的诉苦运动；以自觉与旧社会、旧军队割断政治、思想联系，摆脱其反动影响的阶级自觉运动。

半个世纪已经过去，当年最年轻的士兵如今都已进入了古稀年龄，不饶人的岁月使老人忘却了许许多多如烟往事，然而，所有亲历者对这场政治整训，尤其是对那如泣如诉涕泗滂沱的"泪血大控诉"，无一不留下铭心刻骨、永志不忘的记忆。

起义士兵人人感慨：从此，我们才知道自己不是奴隶，是人，应该做人！

起义军官个个叹服：控诉运动这个办法好啊，不是人民军队学不去！

解放军干部更是兴奋：控诉运动之后，我们不再担心挨黑枪了，部队也一下子好带了！

三营的诉苦教育在改造五十军时，显出了立竿见影的效果。旧军队马上获得了脱胎换骨的新生。1949年10月，五十军在鄂西战役中，俘虏国民党七十九军代军长以下官兵7000余人。12月参加成都战役，俘虏和迫降国民党官兵25000多人。在朝鲜战争中更有上乘表现：全歼英军皇家重型坦克营，解放了汉城；第四次战役中，在汉江两岸顽强抗敌50昼夜等辉煌战绩，其军长曾泽生两次获毛泽东接见。

三营的诉苦教育被后来在全国各战场上的国民党起义部队运用时，数十万昨天还没有战斗力的国民党部队，马上表现出了新的战斗力。

怕死的国军士兵起义加入解放军后为何勇猛无比？这应是一个历史的答案。

从本溪走出来的"特殊工人"，为革命史留下了难忘的记忆。他们的个人车轮又驶向了何处？

组织诉苦教育的冯恺，后来走上了重要工作岗位，成为某军政委。现已去世。

诉苦教育典型房天静，《沈阳军区历史资料选编》对他这样记载："全纵（四野第三纵队）在四次保卫临江和夏季攻势战役中，共歼灭敌人37000多人，涌现战斗功臣1500多名，其中最突出的就有纵队首名特等功臣房天静。"

房天静本是山东淄博人，在他15岁时的1941年，被日本人在本溪开的煤矿上的把头骗来本溪柳塘进洞挖煤。八一五光复后，房天静参加了工人暴动，遭到日本鬼子和伪警察的镇压，两个工友被打死，房天静和7名工友被捕，后经地下党的营救，乘上开往本溪的列车，参加由暴动工人组成的二十一旅。

经诉苦教育后，房天静成长为先进战士。在一保临江的热水河战斗中，他被纵队授予"孤胆英雄"称号。当时的《东北日报》《辽东日报》分别报道了他杀敌立功的事迹，纵队文工团还由此改编了5幕17场歌剧《复仇立功》巡回演出。之后，房天静又参加了围攻义县、解放锦州、血战文家台等大小数十次战斗，前后7次负伤。东北解放后，房天静又随四野入关，参加了解放天津的战役、消灭白崇禧桂系部队的衡宝战役，参加了解放海南岛的渡海作战。全国解放后，房天静伤痕累累的身体不再适宜部队工作，复员回到了田师傅，做过井口绞车工和井下采煤工，默默地为社会主义建设做着自己的贡献。

参加诉苦教育的"特殊工人"吕效荣，1941年任原晋察冀热辽二分区五台县游击队支部书记，1942年春被俘，押送本溪成为"特殊工人"。八一五光复，吕效荣参加暴动被编入特殊工人武装三中队。参加东北民主联军三纵队后，任过七师二十团三营八连指导员。二保临江时，吕效荣率领突击排冲进敌团指挥所。一颗子弹从左耳打进，从脑后穿出，组织股曾把他的名字写进了"烈士花名册"，但他被抢救过来。四战四平，险些当了烈士，一块弹片至去世还嵌在肺尖上。后来，任过某师副参谋长和某军作训处长。

吕效荣任副参谋长时，率队前往唐山抗震救灾，一路克服各种艰难，成为第一支抵达灾区的部队。30年后，被他救过的群众还特地来到干休所看望他。

参加诉苦教育的"特殊工人"王福民已牺牲在解放东北的战场上。

当年组织"特殊工人"暴动的共产党员邢房银和陶守崇自参加部队后就再没看到有关两人的文字记载。

王庆锁、马辛卯、李运、赵璧、郑山景、郝振光等2800多名从本溪参加革命队伍的"特殊工人"也难觅踪影。

历史也许就是这样，它记载的是结果，对于过程中的许许多多的人常被遗落在笔外。

开启新时代的"炉门"

1949年春季，新中国已如桅杆上的一轮红日，遥遥在望。

此时的本溪，细心的人发现了一个异兆：早晨，本溪湖的两座高炉被一片霞光笼罩；傍晚，斜阳夕晖又结成一个美丽的光环，高挂在两座高炉之间。

懂风水的人说，35年的高炉将有新的生命。

别人说，瞎掰，钢筋水泥的高炉哪儿来的生命？

不久，一个信息传遍了本溪大街小巷：东北局指示本溪，1949年7月1日，本溪湖高炉要开炉生产。

这个指示显然具有共产党历史的特殊含义，这个日子恢复高炉生产，既是对建立新中国的支持，也是对这个特殊日子的纪念。

为恢复本钢生产的周纯全

1915年开始生产的本溪湖高炉，1945年遭遇了战争的急刹车，突然而来的停产，对高炉造成致命伤害。自此，喷薄着生机的热气变成了没有生气的空洞眼睛。

上将周纯全

1945年9月来到本溪的共产党人，为了本溪城市的生机，也为了本溪百姓的生计，开始恢复本钢的生产。

先是共产党人、本溪市市长田共生，后者是开国上将周纯全。

周纯全，1905年出生，湖北省黄安（今红安）县人。1923年参加工人运动。1926年加入中国共产党。1927年参加黄麻起义。土地革命战争时期，任红军第四方面军十师政委，红四军、红三十一军政委，红四方面军政治部主任，参加了二万五千里长征。抗日

181

战争时期，中国人民抗日军政大学第一分校校长，滨海行署副主任兼秘书长。解放战争时期，任东北民主联军后勤部东线战勤部司令员，东北军区后勤部部长，第四野战军后勤部第二部长。中华人民共和国成立后，任中南军区后勤部政委，中国人民志愿军后勤部政委，中国人民解放军总后勤部第一副部长兼副政委，武装力量监察部第一副部长。1955年授衔为上将，1985年逝世。

这样一位人物是怎样来到本溪的？

周纯全的任职经历中这样写道："1946年春，任辽东省实业厅厅长兼本溪煤铁公司总经理。"

详情则是这样：1946年1月，中共东北局决定，调周纯全任本溪湖煤铁公司总经理。这段话涉及一个历史事实，自日本强占经营后，本溪湖煤铁公司后改名为"满洲制铁株式会社本溪湖支社"，抗战胜利，民主联军进驻本溪，并接管公司后，遂将"满洲制铁株式会社本溪湖支社"更名为"本溪湖煤铁公司"。

接掌煤铁公司大权后，周纯全一是改组公司领导层，二是积极组织力量恢复生产。

之前的本溪湖煤铁公司，除总经理是共产党人田共生外，各部的正职都由日本人担任。担任经理的冲永健三，日本人，前公司的劳务部长。顾问井门文三，日本人，前公司的一把负责人。

周纯全来之后，撤销了日本人担任的一切职务，并积极组织工人们恢复生产。第二发电厂恢复了一台14000千瓦发电机组的生产，官原硫酸厂恢复了生产，本溪机械厂也恢复了生产，战乱中的城市有了生机，有了活力。但受损最严重的本溪湖高炉没来得及恢复，国民党军的进攻将共产党人逼出了本溪。1946年的4月，周纯全等人撤离了本溪，从此，将军的生命之花开在了另一片高地上。

共产党人在撤离本溪时，有人曾从战术的角度主张，炸毁机器，但被决策者否决了，说工厂是人民的，是未来的。本溪因而被保全了。听说，这个决策者是陈云。

这是共产党人第一次恢复本溪煤铁公司的生产。

国民党军进驻本溪后，国民党行政院对本溪煤铁公司很重视，将之视为东北三大重工业基地之一，并制订了全面恢复计划。

这一时期，国民党给今天的本溪留下了两个记忆：一是将南坟改为南芬，二是将官原改为工源。

本溪湖两座高炉的恢复是计划中的重头戏，但在清理时，发现一、二号高炉中均有凝铁，恢复计划即告破产。

修复一铁高炉成了新时代的一面旗帜

本溪人今天很骄傲的一件事，本溪历史上曾是直辖市。

在解放初，如本溪一样拥有雄厚工业基础的城市确实不多，正因如此，本溪在中央领导的心目中分量自然不一样了。

本钢老经理许言回忆说："中央指示：本溪市和本溪煤铁公司要集中一切力量，用最短的时间恢复生产，以钢、铁、煤支援国家建设。"

那一代的共产党人，成了国家主人后，自然能体会到恢复生产的重要。这是他们获得政权后赶考的第一道考题，紧迫感和使命感迫使他们迎难而上。

数年的战乱，苏军的大肆拆除，当时的本钢千疮百孔，如此境况，要恢复生产也只能是一步一步地来，但要选重点，要选具有代表性的部位来恢复。

恢复煤的生产是必不可少的，恢复特钢的生产是必不可少的，恢复铁的生产更是必不可少的。

本钢以煤起家，以铁彰显于世，铁成了本钢的一面旗帜，擦亮这一面旗帜成了本钢恢复生产不可或缺的内容。二铁厂也有两座高炉，但辅助设备被苏军拆卸一空，没有重建，恢复就是一句空话。

一铁厂，当年苏军拆卸时，因嫌其设备老旧而被忽略，生产的整体性和程序性得以保留下来，为今天的恢复创造了条件。

各种因素的叠加，一铁厂的两座高炉，就成为迎接新时代到来的旗帜，坐上了本钢恢复生产重中之重的位置。

群雄治"炉伤"

刘宝暄是负责修复一铁二号高炉的工程科长，后来成长为本钢副经理和总工程师。他对这项工作忐忑不安，还是军代表找他的一番谈话，才让他树立了信心。

军代表叫王金栋，一番谈话充满了鼓励："你在恢复硫酸车间的工作中，不是做得很好吗？依靠了老技师和老工人，用两个月就恢复了生产，到炼铁厂修复高炉，仍然按照老办法，依靠那里的一些老同志，也同样会有效地把高炉修复。"

那时代的大工匠风云际会。

被称为老江头的江之浩、最善修破烂机器的"董破烂"、汽锤大王刘凤鸣、起重

THE ACTUAL CONDITION OF WORKING AT
THE FURNACE OF BAITETSU COMPANY, HONKEIKO.

20世纪30年代亚洲最先进的炼铁高炉

机师丁洪宝、电气技师乔海升等等风靡了那个时代。

二号高炉是在没有做任何善后处理的情况下而和焦炉一起被突然停运的，原料化成的铁水和正在熔化的原料冷却成铁块凝固在炉内。风口以下是半渣半铁的凝固物，采取打眼放炮的办法炸掉了。出铁口以下一米多厚的死铁块采用上面的方法不灵了，炮眼打浅了，炸出来的是一个倒三角的锥坑；炮眼打深了，炸出来的是个正三角的锥坑。后来又调来一台电炉变压器，想用炼钢化铁水的方法熔化凝铁，因周围耐火砖衬被拆除，无法保温，此法失效了。

爆炸不行，加楔子。

在铁上面加楔子，谁的高招？丁洪宝。

好使吗？

先用凿岩机在凝铁上打出一排排透孔，在透孔中打进50毫米的圆锥楔子。然后钓起3吨重的铁锤，砸向透孔的两侧，凝铁受震而破裂，再用起重机将其钓出。

挡住高炉恢复的第一只拦路虎被大工匠丁洪宝搬掉。

在修复旧料罐卷扬机的过程中，没有卷筒小齿轮，是大工匠江之浩将过去废弃不能用的卷筒小齿轮成功修复，解决了难题。

那个时候，本溪还有一些特殊的专家人才。

杨好年是伪满留用人才，在日本长大并受高等教育，是位很有水平的建筑设计师，特别擅长修理被破坏的建筑物。

靳树梁是旧中国少有的高炉专家。1944年12月，他发表的《小型炼铁炉之设计》论文，是中国第一篇总结小型高炉设计的文章。

他在抗战期间研究设计的"小型高炉标准炉喉"，开了那个时代的研究先河。

他是国民党占领时期的本溪煤铁公司经理，但共产党人视他为高级专家，任命为公司总工程师。

在一铁厂的高炉修复中，他的意见具有举足轻重的作用。

二号高炉在修复中解决了炉基问题后，开始测量炉子中心线时，发现高炉中心线向上料斜桥方向倾斜了280毫米。如何纠正原有的问题？最好的办法是拆掉重建，但时间急迫，不允许拆除重建。关键时刻，专家的科学素养和经验积累绽放出了创造性的智慧之花。靳树梁提出解决方法：即"两借方针"，从机械上设法借过一点，再以偏砌耐火砖衬的办法借过一点，以此来修正倾斜的280毫米，给高炉新的平衡。

公司领导将靳树梁的方案汇报给东北人民政府重工业部部长王首道，王首道派了一位苏联专家罗马罗尔夫前来协商解决问题，听了全部的意见后，苏联专家给出了与靳树梁一致的意见。炉心偏差280毫米的问题得以解决。

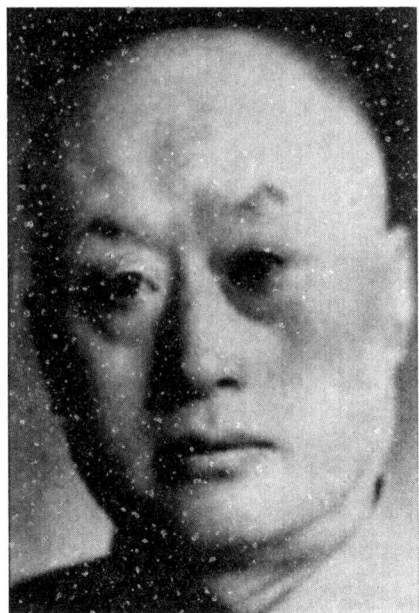

靳树梁

靳树梁最精彩的一笔还在后头。

1949年6月30日下午4时，本钢二号高炉正式点火，靳树梁和工人一起守候在炉旁，当风量加到每分钟500立方米时，空气柱与风口平台发生共振，使整个平台都震动起来，在场的人无不震惊。苏联专家罗马罗尔夫首先提出了解决办法：堵上出铁口。靳树梁则不同意，他的意见是继续加风。公司总经理杨维来到一铁厂，听取了苏联专家和靳树梁各自不同的意见后，最终采纳了靳树梁的意见。

当风量增至每分钟550立方米时，炉台震动果然减小了。一小时后，风量增至每分钟700立方米时，炉台震动消除了。翌日，当风量达到定额值每分钟920立方米时，炉台纹丝不动。

靳树梁凭自己的经验和卓识，解决了本钢恢复生产过程中的旷世难题。

南芬铁矿于1949年5月1日，修复的4坑口开始生产；

第二发电厂的三号锅炉于1949年6月15日修复成功；

特殊钢厂的高周波炉于1949年第一季度修复生产；

…………

1949年7月以前，本钢煤铁公司所属的煤矿、炼焦、铁矿、特殊钢厂等主要厂矿的部分设备已先后恢复生产。

1949年7月15日，本溪迎来了盛大节日：中共中央东北局、东北行政委员会决定在本溪举行隆重的开工典礼大会。

东北行政委员会副主席林枫、高崇民，中央军委代表张令彬等党政军领导人亲临大会。

中共中央和中央军委为大会题词："为工业中国而斗争。"

中共中央东北局和东北行政委员会也发来贺电。

二号高炉的修复，开启了本钢新时代的"炉门"。

富拉尔基的记忆

2015年7月早晨的阳光，在热烈中带着斑斓的色彩。一米八大个的赵广荣，逆光踏着斑斓的色彩来到《本溪日报》"洞天"专版编辑部，向记者讲述着他父亲赵恩普天南地北的人生。同时，把一家人的生活也捎带着讲了出来。

一

1963年，42岁的赵恩普又走到了人生的一个转折点。经历10年频繁的调动后，赵恩普又回到了本钢一钢厂。所不同的是，原来的调动都是单位，或者说是国家建设的需要而调动的，本人处于被动的境地。这一次调动则不然，是自己的主动行为，是自己主动要求从抚顺钢厂调回本钢的，调回到自己的家乡。

奔波10年，回到家乡，看着熟悉的街道，熟悉的厂房，赵恩普恍如隔世。42岁，正是人生的壮年。未来，还有许多的梦想期待实现；过去，也如刚浏览过的风景，历历在目。

二

1948年年底的本溪，一派忙碌的景象，一派除旧布新的气象。

大街小巷，红旗招展；街面店铺，布告贴满。

解放本溪的枪炮声刚刚停息，新政权的建设、生产的恢复都成为了共产党人最为紧迫的事情。

这时，拥有了东北广袤地域和丰富资源的共产党人，一方面在孕育着解放全中国的问题，计划东北野战军提前入关的重大战略；另一方面，也在思考着怎样利用东北的丰富资源支持解放全中国，迅速恢复企业的生产，尤其是具有战略意义的军工生产。

解放本溪的硝烟还没散去，有一个人就匆匆忙忙从沈阳赶回本溪。这人叫岳立，曾经是国民党时期一钢厂的厂长。这个旧时代的知识分子，目睹了国民党的腐败造成的民不聊生，他把对社会未来的希望寄托在共产党身上。面对即将逝去的旧时代，他没有丝毫的感伤，而是匆匆地带着自己保存的特殊钢厂的资料从沈阳返回了本溪。岳立带来的资料，以及他本人对特殊钢厂生产程序和管理环节的熟悉，对特殊钢厂在战后得以迅速恢复生产起到了至关重要的作用。

共产党前来接收特殊钢厂的人员也及时来到。

一个新的时代来到了本溪。

此时，正在偏岭后崴子村的赵恩普也走到了新的人生关口。

赵恩普命很苦。

赵恩普本是牛心台上牛老官碴子村人，4岁时父亲去世，后随母亲迁往偏岭后崴子村。

幼年丧父是人生的大不幸。赵恩普的童年和青年的艰难和困顿自不用说。

到了可以用自己的力气养活自己的时候，赵恩普来到了日本人开办的一机修厂干活。

1942年，赵恩普听说日本人的本溪湖特殊钢株式会社要招工人，工资比一机修厂高，为了多挣几个钱，赵恩普前往报名。没想到，日本招收员工的条件，看能不能扛起一根枕木。一米八大个的赵恩普不费劲地一哈腰就把百多斤重的一根枕木扛在了肩上，成为了生产特殊钢二轧车间的一名轧钢工人。

颇有心计的赵恩普不甘于做一个只给日本人干活的工具，他想学到轧钢技术。但日本人处处防范着中国工人，不让中国工人学到任何技术。有一次，几个日本人正在演算轧钢孔型的设计参数，他悄悄过去偷看，被另一个日本人发现，一铁钳子就砸在了赵恩普的头上。顿时，血流如注。轧钢技术明偷不行，就暗偷。之后，到休息日，赵恩普领着日本人到太子河撒网打鱼，趁日本人喝高的时候问一些技术问题。

偷师学艺，再加平时认真观察学习，赵恩普熟练掌握了轧钢技艺。

日本战败投降，本溪又处于战乱中，已由本溪湖特殊钢株式会社改称为特殊钢厂的生产被迫停产。不得已，赵恩普只好回到乡下，拿惯铁钳的手拿起了种地的农具，但他的心里仍有个盼望，盼望着有一天能重回轧钢车间，把自己好不容易学来的技术施展开来。

赵恩普没想到，他的命运随着本溪的解放而发生了改变。

1948年11月初的一天，厂里派人来通知赵恩普：回去上班。

一个新的时代来临，赵恩普新的人生也从此开始。

三

1953年，在特钢厂干了近5个年头的赵恩普，人生又来到了另一个关口：前往齐齐哈尔，支援齐钢建设。

在特钢的这5年，是赵恩普非常愉快的5年。

既受过日本人的欺凌，也对国民党失去希望的赵恩普，看到解放后不几天，共产党就从外地调来粮食解决了工人的粮荒，让他感受到了共产党人的民本情怀；看到特殊钢厂在本溪解放后的第十天，就成功地恢复了生产，炼出了第一炉特殊钢，让他感受到共产党人不可思议的活力；看到厂领导对工人的尊重，让他看到社会的希望，也看到自己美好的明天。

勤奋工作，努力奉献成了赵恩普的工作追求，也成了他的人生追求。

一身的技术，再加肯干，他在1950年加入了中国共产党，被迅速提拔为班长和车间值班主任。还在当时最好的甲楼分得了房，妻子带着孩子随着都来到了城里。下班了有家可以回，回家了有热乎乎的饭菜等着。这让经历日本人统治时期受人欺负、国民党来时温饱难以维持的赵恩普感慨万千。

在比较中感到幸福，在幸福中产生了感恩的心。新中国成立后，很多的农民、很多的工人都是这样的感受。

1953年，原本要建于本溪的第二钢厂，因朝鲜战争的影响而改建在齐齐哈尔市的富拉尔基，但筹建的任务仍由特殊钢厂负责。头一年，厂党委书记林纳已带着一部分人打前站去了。在第二批援建的人员中，既是生产骨干又是技术骨干的赵恩普自然上了优选名单。

谁都知道，草创工作是最艰苦的，但赵恩普觉得这正是自己回报新社会的好机会。毫不犹豫地撇家舍业踏上了前往齐齐哈尔的旅程。

坐落在松嫩平原上的齐齐哈尔是个美丽的城市，边上的嫩江鱼肥虾美，每到夏季碧空万里，让人心里都跟着清亮和惬意。

赵恩普没空儿欣赏。一到富拉尔基，屁股还没坐热，厂里派他带着一批刚从学校毕业的年轻人到鞍钢的小型轧钢厂实习代培，一直到1955年的3月才结束。为齐钢带出了第一批新工人。

也是1955年的3月，怀孕的妻子带着几个孩子从本溪迁到齐齐哈尔。

本溪人不知道齐齐哈尔的寒冷，下了火车没戴帽子，赵恩普有准备，用一条大棉被把孩子从头到脚都给捂上了。

整整两年，一家人才得以团聚。

团聚了但没房。没办法，只好住在柳长斌家。

柳长斌是赵恩普在本钢特钢厂时的老主任，不赖他赖谁啊！

住了3天，分了一套新房。

刚盖好不久的新房，潮湿，墙旮旯被冻了挂着厚厚的白霜。赵恩普没说什么，仍安排一家人住了下来。不想，这事不知怎么被齐钢的一把手林纳知道了，亲自来家看，说孕妇怎能住这儿啊，后又给另调了一套条件好一点的房子。

那时，长子赵广荣已经念书。到了一个新地方，仍坚持着早上跑步的习惯。不戴帽子出去跑了一圈，忽觉得耳朵麻酥麻酥的疼，刚想用手去揉揉，旁边的人喊他：别揉，一揉就掉了。回家之后，别人用雪慢慢地搓，很长时间才缓过来，即使这样，以后还掉了一层皮。

冬天的夜晚比较长，冬天的嫩江是个天然的滑冰场。喜爱运动的赵广荣常去滑冰，有一次，脚没保护好，被冻疼了。回来脱掉鞋子一看，脚的表面冻上了一层冰，放在凉水里慢慢化了很长时间，才缓过来。这类事，如处理不当，整只脚都会烂掉。

冬天的齐齐哈尔，零下30多摄氏度，那就是平常事。

春秋两季，风特大，出门必须戴挡风镜，走路身体必须前倾，否则，强劲的风会把人往后刮倒。

气候恶劣，初创的艰苦，一些人难以安心，寻找着调走的机会。

赵恩普一个心眼地想，只要是国家的需要，那就是自己的心愿。有时，妻子也会叨咕，本溪多好，找机会回去吧。赵恩普总是说，个人都想个人的事，国家还怎么建设。再说了，在日本人时期，我们像个人不，人家根本不拿咱们当人看。共产党把咱们当人看了，咱们还能不努力干，那还像个人不？

赵恩普不是什么大人物，但实心实意把自己交给组织，交给国家建设事业，任劳任怨地做着组织交给的培养新工人和工地上各项基本建设工作。

到1956年，一项新的工作摆在了文化不高的赵恩普的面前：到苏联学习。

齐钢项目，是中华人民共和国成立之初，由苏联援建的156个项目之一。全套设备都是由乌克兰扎布罗斯钢厂提供图纸并制造安装，选派人员到乌克兰扎布罗斯钢厂学习是必然的。

既是生产骨干又是技术骨干的赵恩普自是选派之对象。

那时，赵恩普最小的孩子才1岁，最大的孩子在上小学，家里的许多事都离不开他，但他一点条件没讲，愉快地服从了组织的安排。

35岁的赵恩普只有小学四年级的文化，他首先要面对的是很艰难的语言关。每个被选派人员都要在半年的时间内过了俄语关。文化低、年龄偏大的赵恩普又以当年偷学轧钢技术的精神来学习俄语。别人一天学习8个小时，他就用16个小时来学习。在家里仍然是咿咿呀呀地念着俄语的单词和发音。不服输、不低头的坚韧让妻子佩服，并以此来教育孩子："看看，像你们父亲一样，你们的学习还有上不去的。"大儿子以后在学习上的劲头深受赵恩普的影响。

赵恩普通过了语言关。

组织上为前往苏联乌克兰的员工一人做了一件皮衣和一套西服。

1956年的10月，赵恩普和其他学员一起登上了开往乌克兰的国际列车。

四

在乌克兰的扎布罗斯钢厂，赵恩普是这批学员组的组长。他不但自己要学好，还要带着大家一起学好。同时，还要带着大家遵守各项规定，要在一个陌生的地方为齐钢塑造一个良好的"国际形象"。

平时说话不太注意的赵恩普为自己立了个说话的规矩：文明礼貌。开口就是问好，打招呼就是礼貌。

身高本就出众的赵恩普，再加本就深厚的技术底子，学得快，领会得快，给扎布罗斯钢厂负责培训的工程师们留下了良好印象，并经常竖起大拇指夸他。

那时的乌克兰与中国相比，生活很不错。吃的是奶油面包、鸡蛋香肠，喝大米粥都要浇牛奶，那是中国人想都没法想的生活。但赵恩普很不习惯，特别是喝大米粥都要浇牛奶，让他别扭，但喝酒上可以和对方一拼。嗜酒是乌克兰人的普遍现象，就连女人都不例外。赵恩普从齐齐哈尔带去的烈酒，乌克兰人品尝之后又竖起大拇指。酒成了双方关系的润滑剂，喝酒之后，有关的技术问题，乌克兰人滔滔不绝。这又难免让赵恩普想到当年自己向日本人学轧钢技术时常用的那一招。

生活不错，学习也愉快，但乌克兰的治安不好，抢劫的事经常发生。对于像赵恩普这样的出国学习人员，国家一个月发500元卢布的生活费，每个月去领取生活费时，都有乌克兰的保安人员跟着，一路护送。

到1957年的5月间，学习结束，在即将返回的前夕，一个乌克兰的工程师对赵恩普说，要与他交换皮大衣。原来，国家给他们做的皮大衣，很受乌克兰人的喜爱，但受纪律的限制，赵恩普无法满足那个带过、教过他的工程师。

回到富拉基尔，赵恩普从国外带回来的东西，让孩子们高兴无比。一个收音机，一个照相机，在国内那是稀罕物，左邻右舍很是羡慕。一个救生圈，一个皮球，让几个孩子争着抢着地玩。

赵恩普回来后，正赶上齐钢投产的前夕，他被厂里任命为技术质量监督站的站长，全面负责齐钢产品的监督检测。赵恩普全身心地投入到各项基础工作的建设中。

1957年11月3日，齐钢举行了建成投产的隆重典礼。1952年即由本钢特钢厂负责筹建齐钢，为援建齐钢，特钢先后派去厂级干部6人，科级干部10多人，工程技术人员23人，技术工人100多人。经过5年的艰苦建设，新中国为数不多的另一家特钢厂，实现了国家建设的目的，如期建成投产。所有的人高兴啊，他们没有辜负国家的期望。赵恩普更高兴，他在技术质量监督方面开创了齐钢的先河。

齐钢是新中国成立后建成的第一家重点特殊钢厂，本钢人做出了积极贡献。特别是亲身参与了建设的特钢人，更是功不可没。

齐钢建成投产后，即赶上了1958年的"大跃进"，新的产量指标压在了齐钢人的面前：535万吨的年产量翻到1070万吨。

增加产量，最好的办法就是新建生产线。齐钢在现有的11个生产车间的基础上增建第十二个车间，在工作上富于开拓性的赵恩普被任命为新的车间主任。

基础建设，设备安装，一系列的事逼到了赵恩普的头上，速度也是跃进性的：一年之内完成，第二年投产。

赵恩普打起了冲锋，他带的不少人都是从朝鲜战场上下来的志愿军战士，这些人也一样地跟他打起了冲锋，工地成了他的家。

一年下来，工程如期完成，1959年，新建车间顺利投产。只是妻子发现，赵恩普明显消瘦了，眼眶凹下去一大圈。

从1953年到1960年间，赵恩普摸爬滚打在北大荒，但给一家人留下的是稳定而喜悦的记忆。夏天的嫩江水面宽阔，大儿子一有空儿就去钓鱼。长长的钩线上一挂就是五六个钩，一甩出去就是30多米远，鱼咬钩后铃铛就会悦耳地在江面上响起来，听了让人心旷神怡。

吃的是苞米楂子，虽不是细粮，但足可保证，那已让人满足了。

烧的煤还是半成煤状态，仍可看到树木的形状，见惯了本溪的煤，这种半成煤的记忆就尤其深刻。

一切美好的记忆都将留在北大荒。

五

1960年10月，赵恩普的人生旅途又发生了一个转向：国家要在甘肃张掖新建一个特钢厂，他作为很合适的筹集组人员和30多人被选派。

那时流行革命战士本是一块砖，哪里需要往哪里搬的口号。

赵恩普在心里自觉地把自己当成一块砖。

工作了一年多，画图纸、搞设计。后来，专家论证说，张掖不适合建特殊钢厂。一行人又按照指示，来到陕西的齐镇。

安顿下来，以为这可以是固定的地方了，妻子拖儿带女从北大荒千辛万苦地赶了过来。到西安下车，齐镇不通汽车，为了等赵恩普来接，一家人在旅店住了1个月有余。

到了齐镇，大儿子转学到了当地的一所高中，时间已晚了两个月，陕西老师的陕西话，儿子也听不懂。一个学期下来，本来学习成绩很好的孩子，竟然有4科不及格。

1962年，国家过热的建设计划重新调整，赵恩普等人所承担的筹建长城钢厂的计划下马。赵恩普被分配到了抚顺钢厂，妻子儿女则被下放回到了偏岭乡下。

此时，已42岁的赵恩普不愿再四处奔波了，通过关系调回了本钢，之后，妻子儿女也慢慢回到了城里。虽然后来也有波折，在"文革"中，他到苏联学习的经历还成了一条罪状，影响了他也影响了儿女的前途。但他和他的一家人都没有后悔到富拉尔基工作。

个人能为国家建设做点贡献，他们认为这是个人的荣幸。

辽东大地的绝世记忆（二）

"中国第一铁"是复杂而矛盾的复合体，从国家层面来说，它既是中国近代冶铁史的发端，并因其优秀的设备和技术为其他钢铁企业的发展树立了典范。特别是合办期间，日本先进的管理体制带动了企业快速发展。从地方来说，它促成了本溪城市文明的进步。这是正面的。从负面来说，它又是个典型的殖民经济体，对于这个国家和人民来说，又有着太多的屈辱。这一点，虽然影响了对它的研究。

"中国第一铁"是一株巨大的根须，它仿佛是南方的榕树，一棵单独的树苗种下，以后会发展成方圆数十亩的巨大丛林景观。即使当初的树苗曾带着毒素或细菌，我们也不能因为当初的毒素和细菌而毁了这片巨大的丛林景观。

孙中山对日本经济侵略中国的关注

1840年以后，在中国面临列强瓜分的危机下，实业强国救国成了许许多多中国志士仁人的思考和希望。孙中山在他的《建国方略》中对此有多方面的考虑和论述。汉冶萍的建设孙中山关注过，本溪煤铁工业的发展，孙中山也关注过。

1917年，孙中山慨叹本溪煤铁生产主权的外溢

1917年，中国大地风起云涌。孙中山开创的中华民国自1912年成立，第二年即为袁世凯篡夺了革命果实。1916年袁世凯的帝制梦想破灭并去世。1917年孙中山在广东领导护法运动，并任大元帅。

"茫茫九派流中国，沉沉一线穿南北。"中国向何处去？一代伟人孙中山在历经革命的成功和失败后展开了新的思考。思考的结晶成为了影响深远的《建国方略》。

孙中山在伏案奋笔疾书时，远在辽东大地的本溪掠过了他的笔端，为今天的本溪人留下了一代伟人有关本溪的论述。

孙中山先生在《建国方略》中谈及本溪时，十分感叹地说："中国经营钢铁事业，现只有汉阳铁厂与南满洲之本溪湖铁厂，其资本又多为日本人所占有，虽云近来获利甚厚，亦不免有利权外溢之叹矣。"

笔者见识浅陋，无缘拜读中山先生的巨著。但在有关新闻对其架构的论述中对此有所了解。

长沙曾发现了一张民国时期的孙中山建国方略图。该图以翔实的资料全面介绍了辛亥革命胜利后孙中山的建国方略，见证了他立志建设强大中国的伟大构想。这张已经泛黄的图纸长45厘米、宽36厘米。正面为彩绘的当时中国全图，由于当时台湾尚被日本侵占，所以与朝鲜一样为暗红色。全图四周还有改良广州河汉计划图、改良广州为南方大港计划图、整治扬子江水路计划图、改良上海为东方大港计划图、建筑乍浦为东方大港计划图、建筑青河口为北方大港计划图等6幅附图。

图纸背面是近万字的《孙中山先生建国方略撮要》，包括交通之开发、商港之开辟、铁路中心及终点并商港地设新式市街各具公用设备、水力之发展、设冶铁制钢以供上列各项之需、矿业之发展、农业之发展、蒙古新疆之灌溉、与中国北部及中部建造森林、移民于东三省等共十方面的内容，种种构思体现了孙中山建设强大中国的美好愿望。

建国方略图还有32幅各省市的地图。第二十六图为辽宁省。附有沈阳城市及附近交通图、营口附近图、鸭绿江口形势图、葫芦岛形势图、抚顺附近炭坑图、辽东半岛日本租借地全图、大连市街图、旅顺要塞图等。在辽东半岛日本租借地全图中，含有本溪之地域。

1917年的本溪湖煤铁公司为什么引起了孙中山先生的关注？

1917年，孙中山正考虑建设一个什么样的国家，以求得国家的强盛和发展。因此，就有了《建国方略》的问世。

孙中山像

游历了资本主义世界的孙中山，感受到工业化是资本主义强盛的重要因素。钢铁业和铁路的发展简直就是资本主义飞速发展的两翼。高度关注钢铁业和铁路的发展就成了孙中山《建国方略》中"实业救国"的主要内容。

那时，本溪湖煤铁公司留给孙中山引领钢铁业发展的印象。

当时的中国，在很多人的心目中，实不知"实业救国"为何物，煤铁公司的开办也仅限于局部。偌大个中国，南只有汉冶萍煤铁公司，北只有本溪湖煤铁公司。而本溪煤铁公司，尤为惹人注目，其设备、其技术，环顾中国，无出其右。就亚洲而言，也绝对是一流的。

1915年1月13日，第六任中方总办王宰善来到了本溪湖，参加本溪湖煤铁公司一号高炉的点火仪式。这是东北地区第一座现代化高炉。

来参加开炉点火仪式的王宰善心里最清楚，这座高炉的设备和技术都是从欧洲引进的，连日本本土的钢铁企业都没有这样先进的设备和技术。高炉的炉体设备来自于英国，装料卷扬机、锅炉、鼓风机和发电机来自于德国，有的设备来自于美国的ＧＥ公司。整个工程设计日本都搞不了，而是委托给德国来做的。技术指导则是在日本最享有盛名的专家。

技术的力量推动着生产的发展，也推动着一个地方的发展。在那个年代，本溪现代化炼铁技术的发展是日新月异的。1908年开始安装发电机；1916年建成了机械修理厂；1918年建成了选矿厂，之后又建成了团矿厂，采矿使用了凿岩机；1921年建成耐火材料厂；1926年建成了60孔黑田式焦炉……

在孙中山考虑怎样建设一个工业化的中国时，本溪湖畔又矗立起了第二座高炉。

现代化钢铁业在本溪取得了日新月异的发展，自然引起了孙中山的关注。

本溪湖煤铁公司良好的市场经营成效，是留给孙中山的第二个印象。

汉冶萍生产的很多产品滞销，没有市场。相反，本溪湖煤铁公司的产品大量销往日本市场，仅有少量的销往山东的青岛一带。在第一次世界大战时，赢利颇丰。1916年到1919年之间，公司的利润率高达25%。

但本溪湖煤铁公司经营的所有权问题又让孙中山担忧，并引发他的慨叹。

1917年的本溪煤铁公司，是由中日合办的。如果以今天的眼光来看，中日合办那不就是招商引资吗？可那得有一个前提，即主权在我的前提。

日俄战争前夕，东北是沙俄的势力范围。日俄战争后，东北成了日本的势力范围。日本在东北的铁路沿线划分了附属地，并对东北的资源采取了蚕食鲸吞的策略。

本溪湖煤铁公司的诞生就是日本经济掠夺政策下的产物。

日本人先是强行在本溪湖周围开采煤矿，接着开采铁矿。后遭东北地方政府的不断反对，不得已才采取合办的形式。

虽是合办，但日本人的眼睛无时无刻不在盯着本溪周围的矿产资源。日本人先利用中方总办赵臣翼的大肆活动，从中方获得了梨树沟、卧龙村、歪头山、马鹿沟、望城岗等12处铁矿的开采权，后来又获得了田师傅煤矿的开采权。

在经营权上，日本人也处心积虑夺得控股权，谋求经营的主导权。

日本人借为公司增加资本的机会，使其奉天省政府向日方股东借款。奉天省政府借款投资后，就背上了日方的高利息。同时，日方还把本溪湖煤铁公司和安东采木公司的全部中国的股票作为抵押。中方如果到时还不上贷款，这两个中日合办的企业就将落入日本人的手中。

在日本人的算计之下，从1912年到1917年短短的5年间，日方的资本实际已占到五分之四。

经营权旁落日本人手中，已是不争的事实。

远在南京的孙中山，目光如炬，透过层层的迷雾，洞察了日本人对本溪湖煤铁公司的心机。孙中山虽然深知，煤铁业是实现中国工业化的必由之路，但最能代表中国煤铁业发展水平的本溪湖煤铁公司，其经营权已悲哀地落入了日本人手中。

1917年的本溪湖煤铁公司，在孙中山的眼中，既有着发展钢铁业的希望，但也是一个国家主权旁落的标记。

主权难保的国家，是说不上发展国家经济，说不上实业救国的。

孙中山笔下的本溪，是那一个时代中国命运的写照，是那一个时代中国革命的先行者的浩叹和呐喊。

孙中山笔下的本溪，是日本人经济侵略中国的先声留存。

【链接】

孙中山先生在1917年写的《建国方略》中谈及本溪时，十分感叹地说："中国经营钢铁事业，现只有汉阳铁厂与南满洲之本溪湖铁厂，其资本又多为日本人所占有，虽云近来获利甚厚，亦不免有利权外溢之叹矣。"

《建国方略》，是辛亥革命以后，资产阶级革命派领袖孙中山为总结资产阶级民主革命成功与失败的经验教训、启发与唤醒全社会的民众、开创未来社会建设新局面而撰写的重要著作。本书由《孙文学说》《实业计划》和《民权初步》三部分组成，提出了一套系统地建立新型资产阶级民主国家的规划，描绘出一幅完整的资产阶级共和国的蓝图。它不但是孙中山政治思想和建国思想的光辉结晶，同时也是中国资产阶级革命党人创建资产阶级民主共和国的实践尝试，对中国社会产生了积极而深远的影响，在中国近代思想史上占有不可磨灭的地位。

鲁迅，本溪的故实与自己的忧国情怀

1903年，鲁迅先生借千里之外的本溪，浇自己心中的块垒

1903年，远在日本的鲁迅，年仅22岁，到日本刚一年。发下"我以我血荐轩辕"宏愿的鲁迅以一种远大的目光回顾着祖国，寻找着产业救国的希望。

国外的经历，让鲁迅看到了资源对一个国家的重要性。

世界列强的发展，使鲁迅认识到：资源，足以决定一个国家的盛衰生死。并举煤炭为例，说一个以蒸汽为动力的国家，无不以煤炭为燃料。没有了煤炭，就能让所有的机械停止运转，连海上的军舰都变成废铁一堆。

18世纪后，德国、匈牙利、俄国等科学家，先后到中国考察地貌，并有文章问世。中国的矿产丰富，却无自己国人的著述，对自然之事知之有限。有感于此，同时也为揭露沙俄掠夺我国矿产的野心，为让国人知道本国的丰富矿产，鲁迅遂决定撰写一篇有关中国地质矿藏的论文，名为《中国地质略论》。

写论文，就要寻找资料。在这个过程中，鲁迅收集了东西秘本数十余种资料，又阅读了中国各省通志。在搜集资料中，有一件事给鲁迅留下了刻骨铭心的记忆。鲁迅和他的同学顾琅在日本老师那里发现了一张《中国矿产全图》，这是一个不让印刷、不让外传的秘本。是谁绘制的秘本？是日本农商务省地质矿山调查局绘制的。

绘制这样的图当然都是秘密进行的，花的工夫也不是一年二年的，至少也得十年八年。

这张图让鲁迅震惊。

当时，国人对沙俄的野心看得明白，但对日本的野心还不甚明了。正是由于对日本的警惕，1904年日俄战争之时，日本人大肆宣扬和中国人是同文同种时，鲁迅找到有关

青年鲁迅像

199

中国的媒体，劝说不要附和日本人的口径，要有自己的立场。对此，本溪的前辈最能感同身受，日本人和沙俄在本溪土地上大战时，为了拉拢当地的政府和百姓，也到处散布同文同种的论调。

当然，这张图引领着鲁迅的目光来到了辽东大地。

东北的矿产，这张图标得最为清楚。太子河上游的本溪一带，标有富藏煤矿和铁矿的标记。

鲁迅在他的《中国地质略论》中说："今据日本之地质调查者所报告，石炭田之大小位置，图示于左，即：满洲七处：赛马集、太子河沿岸（上流）本溪湖、辽东、锦州府（大小凌河上流）、宁远县、中后所、辽西。"

本溪湖被鲁迅明确地标示出来，还画出了交通路线图。

本溪，以富藏煤矿而成为沙俄势力范围的不幸成为了鲁迅的记忆。这篇论文发表于1903年第八期的《浙江潮》上。

从此开始，鲁迅将《中国地质略论》拓展开来，并与其同学顾琅一道着手《中国矿产志》的撰写。1906年5月初版《中国矿产志》，同年12月，增订再版；1907年1月增订三版。在8个月内，连续出版3次，可见在当时产生了很大的影响。清政府农工商部曾给予很高评价和认可，又被学部批准为"国民必读"书，批准为"中学堂参考书"。《中国矿产志》的功绩，是中国第一部关于矿产分布的著作，一在草创，二在完备。书中爱我中华、为我中华的拳拳之心却如炬光，闪亮在中国的近代史上。

在《中国矿产志》中，鲁迅又再次提到了本溪。

在鲁迅的笔下，本溪和辽东的其他矿产地，既是鲁迅普及矿产知识于国人，也是鲁迅借此揭露沙俄与清廷官员勾结出卖国家主权的勾当。

鲁迅浩叹："吾既述地质之分布，地形之发育，连类而之矿藏，不觉生敬爱忧惧种种心，掷笔大叹，思吾故国，如何如何。乃见黄神啸吟，白皙舞蹈，足迹所至，要索随之，既得矿权，遂伏潜力，曰某曰某，均非我有。今者俄复索我金州复州海龙盖平诸矿地矣。"

并举例说，开始时，有清商某某以自行采掘矿产为由，请求奉天省政府给以采掘执照，奉天将军答应并给以采掘执照，商人又在背地将其采掘执照卖给了沙俄。奉天省政府欲毁其约，俄国人则大怒，无理要求，漫天要价。

其实，鲁迅所批判的国人为私利而出卖国家利益的事也在我们本溪存在。本溪湖附近的煤矿开采执照就有人卖给过英国人，南芬矿的开采执照也有人卖给过日本人。

本溪的现实，辽东的现实，以及整个国家的现实，让鲁迅忧虑。他说："此垂亡之国，翼翼爱护之，犹恐不至，独奈何引盗入室，助之折桷挠栋，以速大厦之倾哉。"

一个即将败亡的国家，殷勤维护都来不及，却还有不少人引狼入室，拆柱移梁。

鲁迅还从本溪和东北的现实引申到浙江，揭露浙江某商人盗卖国家矿产的勾当，并进而批判清王朝的腐败卖国。

本溪的故实，成了鲁迅浇心中块垒的酒杯。

鲁迅与本溪的这一段情结，由他的同学顾琅延续下来。

当鲁迅为了拯救一个民族的精神，由地质转向医学，由医学转向文学时，他的同学顾琅依然故我，执着于实业救国的理想。

回国后的顾琅一度来到本溪，任商办本溪湖煤铁有限公司矿采部部长兼制铁部部长，并借本溪湖煤铁公司调查汉冶萍矿和开滦煤矿之便，考察了全国10多个省的矿产，撰写了《中国十大矿厂调查记》，成为了中国矿产志的一座丰碑。

鲁迅笔下的本溪，是中国那一段内忧外患历史的写照。

【链接】

鲁迅先生在其《中国地质略论》中标示本溪湖为富藏煤矿之地，还绘有交通线路。其后撰写的《中国矿产志》中，鲁迅又再次提到了本溪。

鲁迅笔下的本溪，是中国那一段内忧外患历史的写照；孙中山笔下的本溪，是日本人经济侵略中国的先声留存。

鲁迅与地质学：地质学是鲁迅一生中首先接触和系统学习过的第一门自然科学知识。他于清光绪二十四年（1898年）入南京陆师学堂，半年后即转入陆师学堂附设的矿路学堂学习矿业。清光绪二十八年（1902年）他东渡日本后，仍注意地质学，除《中国地质略论》外，还发表有《中国矿产志》《中国矿产志例言》《中国矿产全图》等6篇文章或图件。他还曾手抄赖尔的《地学浅论》两大册，做《地学笔记》，译《金石识别》(原作者为美国地质学家德纳)。他于1903年10月10日在《浙江潮》第八期以索子笔名发表的《中国地质略论》，虽非过去所说是中国近代地质史上的第一篇论文，但仍不失为早期重要的中国地质学论文之一。这篇近万字的论文分绪言、外人之地质调查者、地质之分布、地质之发育、世界第一石炭国五大部分，并介绍了康德–拉普拉斯星云说，论述地球与宇宙的起源。

毛泽东与本钢犁铧钢的生产

《毛泽东眼中的本溪》在报纸发表后，引起了不少人的关注，并来电话询问那段历史。经博客发表后，还有不少人予以转载。一篇文章引发别人的关注，无非就是这段史实具有的猎奇性。很多人想看这篇文章无非也就是想看看毛泽东为什么要关注本溪。

其实，解放初期，本溪不但引起了毛泽东的关注，也引起了众多开国领袖的关注。除毛泽东和刘少奇欲来没来成之外，朱德两次来过本溪，董必武来过本溪，陈云、贺龙、余秋里、李立三等人都先后到过本溪。一位老同志还说，她见到过薄一波。

那时的本溪，作为中国共产党人建政之初的工业重镇，本溪煤铁工业的发展寄托着一代共产党人建设工业化国家的思考和希望。

共产党人的思考和希望，其实也是1840年以后，在中国面临列强瓜分的危机下，许许多多中国志士仁人的思考和希望。

1955年，国家为了发展农业，在研究改进农具的过程中急需农用犁铧钢。因此由毛泽东批示，陈云同志亲自布置，给本钢下达了名为701犁铧钢的生产任务。

半个多世纪前，本钢曾经毛泽东的批示研制一种用于农业生产的新型用钢——犁铧钢。今天，拨开半个世纪的历史云烟回头看：60多年前，粮食问题是如何困扰中国领导人；60多年后的今天，困扰中国领导人的已不是粮食问题，而是土地里长出的粮食及其他农产品如何顺利进入市场、如何卖出个好价钱的问题。60多年间，农村问题由解决吃饭问题过渡到农业发展的三农问题，让人确实感到一种翻天覆地的变化。

一张拍摄于半个世纪前的老照片，曾在《人民日报》《辽宁画报》等很多报刊上发表。照片上的毛泽东正在北京举行的一个小型的农业生产资料的展览会上。工作人员认真向毛泽东介绍这款名为双轮双铧犁的新农具。在听介绍中，毛泽东左手插在裤兜里，右手握住了双轮双铧犁的把手，一副若有所思的样子。

这款新农具——双轮双铧犁的诞生，与毛泽东当时思考的发展农业生产、提高粮食产量以及出台的农村政策有关，而生产这款新农具的犁铧钢却与本钢有关。

据本钢一钢厂厂志《历尽沧桑》记载：1955年，国家为了发展农业，在研究改进农具的过程中急需农用犁铧钢。因此由毛泽东批示，陈云同志亲自布置，给本钢下达了名为701犁铧钢的生产任务。

这里就引出了一个问题：日夜操心着国家大事和国际大事的毛泽东怎么会关心到农具的改进？还具体到农用犁铧钢的研制？这就不能不说到当时的历史政治。

20世纪的1955年，粮食问题是中国人的一个重要问题，也是中国共产党的高层领导面临并日夜思考的一个重要问题。有资料显示，这一年，中国粮食缺口达5000万吨，各省粮食不足的报告还在纷纷汇总到中南海。解决中国人民的吃饭问题成了高层领导思考的问题。在陈云的年谱中有这样的记载：1955年5月，毛泽东为了制订今后若干年内农业发展的总体规划，曾多次到陈云在中南海东华厅的办公室，商讨有关提高粮食单产的问题。与此同时，中央还不断地派人深入到各省调查研究，并多次召开会议，研究解决粮食问题。

要提高粮食产量，如何改进农具也就成了摆在中央面前的一个技术问题。为此，在中央制定的《农业发展纲要四十条》中，就明确农业生产中推广具有一定技术含量的双轮双铧犁的规定。还有具体的数据，在3—5年内，推广双轮双铧犁600万部。双轮双铧犁是50年代传入我国的一款新型农具，它有两个犁铧两个轮子，与我国传统的单铧犁、木犁以及7寸犁相比，一次就可犁出两条平行的比一般传统型犁沟深得多的垄沟，在理论上和实践上都能提高耕地的效率。为此，中央把推广这一新式农具作为提高农业劳动生产力的一个重要环节。但是，双轮双铧犁适用于土地平整、土层深厚的大平原地区，而不适用于南方水田。改进它使之适用于南方水田的耕作方式也就成了一些部门的任务。浙江省农科所在改进工作中获得了良好的试验效果。毛泽东听说后还亲临视察，并在试耕现场看了工作人员的现场操作。兴致盎然的毛泽东还在现场接过犁把扶犁耕地，亲自感受新技术的效用。

在中国推广双轮双铧犁新农具并在不断地改进过程中，需要有大量的犁铧钢投入。但对于刚解放不久的新中国，犁铧钢还是生产上的一个新钢种，因而，研制这个新钢种也就成了一个政治任务，由毛泽东批示、陈云布置下达给了本钢。

据本钢一钢厂当时的老厂长周刚介绍：一钢厂在一无资料、二无生产经验的情况下接受了中央领导下达的任务后，第一个反应就是迅速召开会议，研究怎样组织生产这种从未生产过的新钢种。接着就是调集全厂的攻关能手组成犁铧钢攻关小组，由责任心最强、最善于科技攻关的工程师李庆国担任组长。攻关组成立后，打听到全国只有某市一个厂能小批量生产这种钢，一钢厂组织了攻关人员到那个厂学习，没想到，那个厂十分保守，图纸不让看，生产情况的介绍也十分简单。即使是这样，他们还不让听介绍的人有任何记录。一位技术员简单作了一些记录被他们发现，当这些人员离开时，他们还派人追出来，硬是把那位技术员的记录给撕了。

没有图纸，没有资料，也没有任何的数据。但困难难不倒攻关组的人员。他们夜以继日，工作在研制现场。特别是攻关组组长李庆国，干脆吃住在厂里，和技术员们一起研究试制的方案，并亲自设计绘制了轧机孔型图。经过多次试验，在不到一个月的时间里，成功轧制出符合规定的犁铧钢。到1956年的1月，一钢厂共上交犁铧钢1600多吨，出色地完成了这项由毛泽东亲自批示的生产任务，并受到了当时冶金部的通报表扬。

中国船王眼中的本溪湖

1930年7月2日，一个晴朗的日子。狭窄的本溪湖，被刚发展起来的中日合办本溪湖煤铁公司拥挤着，好像一个小屋住着一个大家庭，空间都被行走的腿、闲着的腿挤占着。

一行人来到本溪湖，为拥挤的本溪湖增添了更多行色匆匆的腿。

走在前面的是一个瘦削的中年人，眼神平和，可在偶尔盼顾中又闪现着睿智的光芒。

走到如今的本溪湖火车站一带时，发现空中有条运输线路，挂载着一车一车的石头凌空而去。瘦削的中年人似乎被这景观吸引了，抬起头久久地凝视。

新兴的本溪湖似乎习惯了被别人惊讶，习惯了被别人打量和仰望，并不在意眼前的瘦削的中年人。

被本溪漠视的这人却被中国现代史时刻关注着。

新中国成立初年，毛泽东曾对黄炎培说，在中国近代历史上，有4个人是我们万万不可忘记的，这万万不可忘记的人当中就有1930年7月行走在本溪湖的这个人。

国民党大佬张群评价这人，"他是一个没有受过正规教育的学者，一个没有个人享受追求的现代企业家，一个没有钱的大亨。"

中国平民教育家晏阳初这样评价他：我一生奔走东西，相交者可谓不少；但唯有这人是我最敬佩的挚友。他是位完人，长处太多了。

央视则这样解说他：

1938年秋天，当一个国家民族工业的生死存亡全掌握在一个船运公司企业家手里时，这段故事的传奇色彩就更显浓厚。在日军的炮火下，他把中国最重要的工业企业经三峡抢运到四川大后方。这些企业构成了抗战时期中国的工业命脉，为抗战的最后胜利奠定了物质基础。

为中国抗战做出过卓越贡献的这人，就是被称作"中国船王"的卢作孚。

卢作孚，中国船王，如此来头的人到本溪来为啥？

实地感受东北的沦陷危机

1930年，深重的灾难将要降临在中华大地。

第二年，日本蓄意发动了九一八事变，东北沦陷。日本殖民统治东北6年后，发动了卢沟桥事变，中国被拖入灾难深重的深渊。

日本的侵略图谋，作为国家战略长期存在。中国的东北被日本当作侵略的实验场从日俄战争就开始不断地演练。

深忧国家命运的卢作孚，决心到东北实地感受日本的野心，并以一个国民的身份对战争做切实的准备。

抱持这样的初衷，卢作孚计划东北游的行程。

按计划，当是由上海到青岛，由青岛到大连，由大连到沈阳，由沈阳到哈尔滨，由哈尔滨回长春转敦化，由敦化回沈阳到山海关，由唐山到北平，由天津回上海。

1930年6月21日，卢作孚率领峡防局、民生公司、北川铁路公司的一行六人从上海杨树浦码头搭船赴青岛，开始了为期"一月差三天"的东北考察。

到了沈阳后，也许是听了接待方的建议，卢作孚没有直接去哈尔滨，而是转道来了本溪，考察中日合办的本溪湖煤铁公司。

上午9时从沈阳出发，奔本溪湖而来。

参观本溪湖现代煤铁业

如今的本钢集团公司档案里没有卢作孚到来的记载。

1930年，中日合办本溪湖煤铁公司的中方总办是李友兰，日方总办是鲛岛宗平，没有这两人出来接待卢作孚的记录。

卢作孚到本溪湖，目的是参观庙儿沟铁矿、本溪湖煤矿和炼铁的诸种设施。

9时从沈阳出发，到本溪11时左右，到厂的事务所接洽，问明白了几件事。第一件，铁矿在庙儿沟距本溪湖还有几十里，参观时间原定一天，路上行程耗去了半天，那是去不了。第二件，到事务所的时间快中午12时，明白此时正是职工吃饭和休息的时间，再上班，时间已是午后1时半了。

参观行程只能从下午开始。

安排参观是一位姓刘的先生负责。

接待的人送给每人一本说明书，和今天的情况差不多。

参观从煤矿开始，第一站即是第二口斜井。

有人会问：怎么不从参观第一口斜井开始呢？

日俄战争时，日本大仓财阀来本溪湖强行采煤时，第一口斜井是1906年开掘的，地点在柳塘的山上。

柳塘上山的道边，有一个被封住洞口的废弃的井口，这就是本溪煤田的第一口斜井。

斜井被封死，眼睛随着巷道看去，一条直直的堆土上，生长着一溜儿青草。登上堆土，后边是如山的废渣。

周围有几棵树稀落着，一片荒芜。

原来不知道是什么时间被废弃的，卢作孚参观的日记中明确记载，他们来参观之前已被废弃了。废弃的原因是产煤太少。

参观第二井，卢作孚首先看到的井门外立着的一块木牌，木牌上写有斜井的几种事项。卢作孚选择重要的几项记录下来：井长3595尺，井深1348.69尺，倾斜角度为17°38′，每日出煤量295吨。

之后又参观了第三、四、五口斜井和柳塘煤井，一共观看了5口斜井，对此，卢作孚留有文字。

"现在二、三、四、五和柳塘五个煤井，每日出煤一千余吨，运煤出井，皆系挂线铁道，下用铁轨，上用铁链。以发动机转动铁链，车随链转，空车入井，载煤出来。参观第二坑之发动马达，有马力二百五十匹，井外运输，与井内同。只道路甚平。另有火车行于较大之铁路，但装蒸气，不用锅炉。"

对于空中运输线，卢作孚留下的文字中可见出，他对此不太明白。

"至挂线于空中，以铁架为支柱者，车箱悬于线上，随线旋转，所载系山间石子，用以帮助熔铁的。"

文字中的石子，即今天石灰石矿的石灰石。石灰石是炼铁必需的辅料，当年的运输，是借用空中索道来完成的。

煤井参观完毕，接下来参观的是炼焦厂、熔铁厂、发动厂、修理厂等。

在冶铁史上，焦炭作为与铁矿石、石灰石并列的炼铁三大原料，被开启了现代炼铁史的西方认为与蒸汽机、铁和钢一样，是促成第一次工业革命技术加速发展的四项主要因素之一。

本溪湖的第一座现代化炼焦炉，建成投产于1926年7月29日。叫黑田式焦炉，外边看不见里边，里边分为60孔，一昼夜装煤量达587吨，产焦440吨。

第二座焦炉，1930年开建，时间是8月，卢作孚已离开本溪湖一个月了。

关于炼焦厂，卢作孚这样写道：

"参观炼焦厂。新式炼焦炉有六十座，每日装入煤五百八十七吨，炼焦煤四百六十吨。另有副产物，臭油、硫化铵、硫酸三种。此炉一部分损坏，正修理中，仍兼采旧式炼焦法，掘地为炉，以资补救。"

卢作孚的这段文字，给一铁厂的历史提供了有趣的一笔。

一铁厂的建设，是先建炼铁炉，后建其他附属设施。现代化焦炉建成之前，所用焦炭仍用传统土法生产。

传统土法炼焦，使用的是土窑。

土窑是在1914年11月29日建成的，计有56座。

56座土窑，每天能出两窑，产焦炭90余吨。一个月共产焦2700吨。

60孔的现代化焦炉，一昼夜装煤量达587吨，产焦440吨。一个月就是14000吨。

卢作孚的参观，留下了1930年7月本溪土法炼焦的场景。

之后是制铁工场。在卢作孚的记载中，写成了熔铁厂。即是一铁厂的一、二号高炉。一号高炉建成投产于1915年1月31日，炉容291立方米，日产能力130吨。建成之日，即以最先进的技术雄冠亚洲。仿制的二号高炉建成投产于1917年12月10日。炉容302立方米，日产能力130吨。对这样当时中国最先进的炼铁高炉，卢作孚当然必须一睹为快。

卢作孚留下的文字！

"参观熔铁厂，有一百五十吨熔铁炉两座，每日各出铁一百五十吨。由卷扬机陆续将铁矿运入熔炉中，而于其下准备砂模，枋比于铁汁经过的砂道的两旁，每开炉门一次，则铸成铁若干条。不断的预备，不断的出铁，一炉点火以后，往往出铁到三四年而后熄火。"

在卢作孚的笔下，保留了这样的信息，建设初期，计划日产能力130吨的高炉，到了1930年，日产能力已提高到150吨。

之后是发电厂，卢作孚记作"发动厂"。最地道的叫法是一电所。本溪湖第一发电所是1912年开始建设的，1914年5月23日，两台发电机运转发电。1925年，3000千瓦 发电机运转发电。

对此，卢作孚记载如下：

"参观发动厂，系供给电力的地方。其锅炉的燃料可用煤，亦可用熔铁炉里来的瓦斯。用煤的方法有两种，一种是人力加煤，一种是打风机送入煤粉。"

最后一项，参观修理厂。

其文字如下：

"参观修理厂，各部机器损坏，都送到这里修理，其规模比上海一般的铁工厂还大些。"

卢作孚感慨的是规模。他没想到，本溪湖小山沟里的修理厂，规模比上海铁工厂的还大。

对中日合办本溪湖煤铁公司的参观，卢作孚注重的是技术，是现代化的程度。整个的过程是行色匆匆，走马观花。即使这样，他也给今天的本溪留下了不少值得玩味的历史细节。

观感本溪湖

卢作孚没有专门的文字写有对本溪的观感，但在字里行间，偶尔流露出他对本溪的印象。

他应该是坐火车来本溪湖的。从沈阳驶出，经过平原来到了山间，火车穿行于隧道之间，后来出了洞便到了本溪湖。本溪湖，留给卢作孚的是万山深处的小城。

小城的印象自他到后的所见所感更层叠起来。中午寻找饭馆时，经过县政府，给他的印象是"经过公馆式的一个小小县政府"。而且县城只有两条街，只有两条街的县政府当然是小小的县政府了。

本溪湖之小还体现在"少"上。

一是饭馆少。中午吃饭，走了两条街，左找右找才觅得一个中国饭馆。

二是卖冷饮的少。参观完毕，口渴万分，四处寻找解渴的冷饮。找了几条曲折迂回的街市，才找着一家小店，买了几杯冰淇淋和几瓶汽水。

街道少，买卖少，更是证明了本溪湖之小。

藏匿于万山之间的本溪湖，本来也就小。

虽千万人，吾往矣

东北考察归来，卢作孚将沿途所见所闻及自身的看法汇集成《东北游记》一书，"印成册子，以赠友人。"

他大声疾呼："我们一度游历东北，见日本人在东北之所作为，才憬然于日本人之处心积虑，才于处心积虑一句话有了深刻的解释。才知所谓东北问题者十分紧迫，国人还懵懵然未知，未谋所以应付之。一旦东北各地，没于日军，然后举国震惊，起谋救济，已太迟矣；而又况狂呼之外，仍无如何应付之计。这岂止是东北问题？实是国家根本问题。而且东北问题正由于这根本问题而起的。"

洞穿了日本的侵略野心，大声疾呼后，就是自己的切实准备。

他先是发起成立了东北问题研究会。

东北问题研究会的工作为大后方人民了解东北的危局，提高对日本军国主义侵华野心的警惕，发挥了很大作用。仅在《东北游记》附录中，卢作孚就开列了近170种当时各大书局出版的有关东北问题的图书目录。

加快统一和壮大川江民营航运业的进程，为抗战时期的运输打下了坚实基础。

卢作孚利用各种经济办法，集零为整，统一和壮大川江民营航运。到1937年抗战爆发时，民生公司已从1930年的4艘轮船发展到46艘轮船。1938年秋天，卢作孚率领民生公司，在日军的炮火下，把中国最重要的工业企业经三峡抢运到四川大后方。这些企业构成了抗战时期中国的工业命脉，为抗战的最后胜利奠定了物质基础。他的这项伟大壮举被称为"中国抗战史上的敦刻尔克大撤退"。

加快了三峡峡区经济和科学文化建设，从而为北碚在抗战时期成为迁建区打下了基础。

1930年到1937年，卢作孚把北碚建设得应有尽有。"有小学，有中学，有报社，有图书馆，有博物馆，有公共体育场，有平民公园，有地方医院，有民众会场，有农村银行，有科学院，有中国西部科学院，其中有地质研究所，有生物研究所，有理化研究所，有农林研究所……"全面抗战爆发后，国民政府西迁重庆，北碚划为"迁建区"，有200多个政府机关、文化机构、学校和科研院所迁入北碚，数万难民落户北碚，其中有3000多位科教文化界知名人士，如晏阳初、陶行知、梁漱溟、陈望道、许德珩、薛暮桥、翦伯赞、周谷城、马寅初、竺可桢、吴宓、林语堂、郭沫若、老舍、田汉、夏衍、阳翰笙、胡风、梁实秋、姚雪垠、曹禺、洪深、吴祖光、陈白尘、焦菊隐、白杨、张瑞芳、秦怡、戴爱莲、徐悲鸿等。饱经战乱迁徙之苦的民族精英们不仅可以在北碚安身立命，而且创造出大量承亡继绝、名垂青史的精神产品。

抗战过去多年，回首当年，能洞穿日本侵略野心的国民少之又少；能洞穿日本侵略野心而又付诸行动的国民，更是凤毛麟角。呜呼卢作孚，虽千万人，吾往矣！你才是真正的国民。你在本溪的惊鸿一瞥，便是那国民的永恒精神。

【链接】

卢作孚（1893—1952），重庆市合川人。中国著名爱国实业家、教育家、社会活动家、农村社会工作先驱。幼年家境贫寒，辍学后自学成才。1925年创办的民生公司，是中国近现代最大和最有影响的民营企业集团之一，他本人被誉为"中国船王"，于1952年在重庆服用安眠药辞世。中华人民共和国成立初，毛泽东曾对黄炎培说，在中国近代历史上，有4个人是我们万万不可忘记的，他们是搞重工业的张之洞，搞纺织工业的张謇，搞交通运输业的卢作孚，搞化学工业的范旭东。卢作孚跨越了"革命救国""教育救国""实业救国"三大领域，并且在几个方面都有成就。

附录：卢作孚原文

1930年春，卢作孚曾率团赴东北考察，嗣后，卢作孚将记载考察见闻和观感的《东北游记》印行成册，分送达官政要、社会名流、亲朋好友，并先后在重庆《星槎》周刊和《青年世界》杂志上连载发表。下面日记是卢作孚赴本溪湖游记全文。

正文

七月二日 星期三 晴

午前九钟搭车到本溪湖，车渐行渐入山中，最后穿一洞而发现市场，发现空中有运输线路，知道本溪湖到了，行约两点半钟。

到这里是参观煤铁矿，熔铁厂和炼焦厂。往厂的事务所接洽，问知铁矿在庙儿沟距本溪湖还有几十里，不能去看。时间又快到十二钟了，职工都要停止职务，约午后一点半再来。于是我们利用此时间游本溪县城，经过日本人的居留地，经过公馆式的一个小小县政府，两条市街，觅得一个中国饭馆吃饭。

午后一钟半再到厂，厂中职员赠送我们每人一本说明书，介绍一位刘先生领导我们。据刘说，这里煤矿有六个坑，第一坑产煤太少没有采了。参观第二坑。门外立有一块木牌，是表列坑里的几种事项的。特摘录重要的在下面：

井长3595尺

井深1348.69尺

倾斜17° 38′

每日出煤量295吨

现在二、三、四、五和柳塘五个煤井，每日出煤一千余吨，运煤出井，皆系挂线铁道，下用铁轨，上用铁链。以发动机转动铁链，车随链转，空车入井，载煤出来。参观第二坑之发动马达，有马力二百五十四，井外运输，与井内同。只道路甚平。另有火车行于较大之铁路，但装蒸气，不用锅炉。

至挂线于空中，以铁架为支柱者，车箱悬于线上，随线旋转，所载系山间石子，用以帮助熔铁的。

参观第三井，与第二井略同。

参观炼焦厂。新式炼焦炉有六十座，每日装入煤五百八十七吨，炼焦煤四百六十吨。另有副产物，臭油，硫化铵，硫酸三种。此炉一部分损坏，正修理中，仍兼采旧式炼焦法，掘地为炉，以资补救。

参观熔铁厂，有一百五十吨熔铁炉两座，每日各出铁一百五十吨。由卷扬机陆续将铁矿运入熔炉中，而于其下准备砂模，栉比于铁汁经过的砂道的两旁，每开炉门一次，则铸成铁若干条。不断的预备，不断的出铁，一炉点火以后，往往出铁到三四年而后熄火。

参观发动厂，系供给电力的地方。其锅炉的燃料可用煤，亦可用熔铁炉里来的瓦斯。用煤的方法有两种，一种是人力加煤，一种是打风机送入煤粉。

参观修理厂，各部机器损坏，都送到这里修理，其规模比上海一般的铁工厂还大些。

离厂后，口渴万分，找了几条曲折迂回的街市，才找着一口清凉，几杯冰淇淋和几瓶汽水。

到车站，搭车到沈阳，又是夜晚了。

周而复笔下留华章

周而复，原名周祖式，祖籍安徽旌德。1914年1月3日出生于南京，自幼受庭训，入私塾。为文化部原副部长，中国作家协会名誉委员，中国书法家协会顾问，著名作家，于2004年1月8日在北京因病逝世，享年90岁。周而复是中国最早将白求恩事迹介绍出来的人，人们从他那里知道了这位国际主义战士和他的国际主义精神。长篇小说《上海的早晨》先后出版过多种外文译本，被拍摄成电影和电视连续剧，在当时几至家喻户晓，周而复也因此成为无愧于时代的文坛巨擘。

抗日战争胜利后，周而复以新华社、《新华日报》特派员身份，随军事调查处赴各地采访，在东北三省巡访期间，及时创作了报告文学集《东北横断面》，于1946年由今日出版社出版。《本溪湖的铁山和远东第一大煤矿》即为其中的一篇。

《本溪湖的铁山和远东第一大煤矿》（原文）

一个多钟点之后，便到了本溪湖。本溪湖，这个闻名已久的钢铁重地，从山沟里转出，进入市区时，给我的印象是一个群山环绕的小市镇，街道既狭小，房屋也低矮得可以，我怀疑：这就是钢铁重地所在吗？待过了横跨太子河上的和平桥，柳暗花明，却是又一番景象。

本溪湖和宫原（这是敌人为了纪念日俄战争中有功的宫原大将而起名的一个车站）相距有十里之遥，这十里并不大，而且是建筑物几乎把这两个地方连接起来了。重工业地带在本溪湖与宫原之间。

宫原完全是一个现代化了的城市，不过是还没建筑好的现代城市。广阔的柏油路还没完全修好，市中心的大转盘，仍然是一堆黄土，尚未动工。马路两边的树木，不过一人多高，树干单薄得很，马路两边的红色洋房，断断续续，其中有许多空地还没有盖房子，正好给那些日本侨民摆地摊。

辽东军区司令部就在马路尽头左边靠山的一座大洋房里，原先的一个学校。

在一间精致的小房间里，我会到军区司令员程世才将军，他过去是中共四方面军里面的一位军长，抗日战争期间是萧克将军的参谋长，和晋察冀民兵运动的领导人。

满口湖北乡音，身子修长而结实，明朗，果敢，心直口快，有时语气中还夹杂一些诙谐。一会儿进来一个学生模样的人，年纪很轻，但从他眼光和举止谈吐上看，是一位饱经风霜的人，程将军给我介绍：这是辽东军区政委萧华将军，今年才三十二岁。他是山东解放区创造者之一，想不到这样年纪的人，在抗战八年中，在山东做出这么大的事业来——把山东人民解放了。

他们这两天很忙，正在开一个会，当时没有时间谈，而今天也没有火车去安东，决定在本溪湖停留一天，参观工业设备，访问辽东省政府。

首先我到煤铁公司，这是本溪湖重工业的总司令部，在会客室里见到周荪泉先生，他是辽宁省实业厅厅长兼煤铁公司的总经理。周先生抗战期间在山东工作，担任抗日军政大学第一分校的校长，和滨海区行署副主任，他原籍湖北，现在已是四十挂零的人，中等身材，心宽体胖，眼睛不大好，一双眼睛常常闭着，而且有些浮肿，我怀疑他这双眼睛已经失明。但他精力很旺盛，办事很干练，在煤铁方面，并非专家，但在他手下，煤铁公司大部分的机器，又在转动了，恢复了生产。

敌人早在明治四十三年就有所谓"大仓组"在本溪湖设立制铁所。本溪湖成为重工业地带有他的优越条件，这儿有铁，煤，石灰，耐火黏土，木炭……距离安（东）奉（天）线南坟站三〇六千米，有铁矿石，南坟站东北面有铁山，八千米长的轻便铁道修到山麓。太子河南岸三大铁山：鞍山，弓张岭，庙儿沟，这是东北产铁的大据点，庙儿沟就在本溪湖附近。

庙儿沟这个矿区面积有一百九十万坪，附近一带海拔八百米，有二层到三层铁层的铁脉延长到四里之长，每层铁层，从二十六尺到一九五尺，铁的质量和鞍山的相同，贫矿含量百分之三十三到三十六，富矿含量百分之六十六到六十七，含量这样多的好铁，全世界除美国一处有以外，只有中国东北有。庙儿沟含铁埋藏量有一千万吨，总的埋藏量是六亿二千六百五十万吨。日本投降以前，这个公司的太上皇是日本海军，海军省派一名海军上校驻此，一切的钢铁出品，全由他支配，直接交海军使用。在本溪湖，当时敌人统治得很严，一切铁不准买卖。据专家研究，本溪湖的钢铁所制的武器，相比之下，美国的钢都显得逊色。

据昭和五年的统计，那时敌人每年需要二百五十万吨铁的矿石量，日本国内年产只有二十五万吨，加上能从朝鲜咸镜北道茂川等铁矿掠夺来二十万吨也还是不够。东北约有十亿吨埋藏量的铁便成为海盗掠夺的目标。鞍山年产二十八万吨铣铁，本溪湖年产八万吨铣铁，敌人从这儿得到补救。

东北炼钢事业缺乏耐火黏土，但本溪湖没有这个困难。从庙儿沟取得铁后，以破碎机破碎它，炼成低磷团矿，用低磷团矿和普通炭（即焦子）炼为金型低磷铁，再炼就成为日本人所谓的压缩高纯铁，这就是钢了。过去每月能出一千多吨特殊钢，连普通钢在内，年产十多万吨。

本溪湖的煤，是黏性煤，日本所谓的低磷炭，能炼普通骸炭，即焦子。煤矿有两大井，一为竖坑，一为竖坑。有十五万万吨的埋藏量。

按照敌人新五年计划，要把本溪湖的建设和生产量超过鞍山。周厅长给我看了煤铁公司的全景图和各种矿物的原料同成品，然后带我去参观。煤铁公司独立成为一个庞大的小城市，内部有一切这公司所需要的单独设备：我参观了发电所铁工厂，电业工厂，木工厂，修械所，瓦斯厂，烧窑场，电话局（有五百个自动电话机）……凡是公司里所需要的东西，全由自己工厂制造。瓦斯厂有两个烧瓦斯炉，一个已经过了保险年龄，一个因为八一五停火，所烧之铁已凝固，要重新生火，用瓦斯倒回，把铁烧溶了流出来，才可以再出瓦斯。其他方面都已复工。全厂有七千工人。竖坑煤矿，现在每天产一千吨到一千二百吨，较敌人的每日平均产量来说，生产量增高到百分之六十七。

参观完了以后，周厅长打电话叫来一辆电车，我们一同到竖坑去。这离煤铁公司有四里地的样子，是敌人新建筑的一个全辽东最大的一个煤矿，比抚顺竖坑的规模还要来得大。所谓竖坑，就是直打下去的开口煤井。在高大的楼房上，又盖起一座高楼，屋顶上是大转压机，四面电梯尚未开动，从红色的高架梯子爬上去。日本国内并无建筑这样宏大规模的技术人才，敌人特地从德国请了两名专家来，日本最有名的专家，只当德国专家的助手，在他们领导之下，建筑了六年又半，还未完工，但运煤烧焦的设备已初具规模，从英国买来的四五分厚的运煤用的胶皮已经装置妥当了。敌人以有此等伟大工程为光荣，常在人面前夸耀他这个远东第一的竖坑。有些房屋基业已打好，钢骨也已安就，可是八一五一到，敌人投降了。

我们走下来，周厅长指着竖坑屋顶和四周的建筑物跟我说："在民主政府手里，半年之内，就可以完工出煤。"

这和我在抚顺参观国民党区域的工业是一个鲜明而有趣的对照。那边设备齐全的工厂在停工，这边设备尚未完工的工厂要生产；那边完整工厂，封条重重，你拿我偷，把工厂的心脏劫掠而去，动转不得；这边的工厂一切照着原来位置放着，而且提高了生产量。

这里面有一个秘密。

就是那边为自己服务，这边为人民服务。工厂里为工人服务，改善工人生活，执政者不贪污，自然很快可以开工，很快可以提高生产量。

民主政府在本溪湖一开始就成立国产保管委员会，统一保管一切资产。把敌人仓库的棉衣，取出来，发给每个工人一套。从前一个工人，每天工作十五小时，没有休息，却只拿一元八角一天的工资，还要扣去五角的"饭伙"。现在八小时工作制，有娱乐休息时间，星期休假，工资十二元到十九元，月发粟米五十斤，家属不满十二岁的一月津贴十元，直系亲属，不能生产的，每月津贴二十元，能生产的，津贴十元。普遍发给贫苦工人救济粮，一人十公斤。

乘电车回来，周厅长留我在那儿吃饭，并且已叫饭馆子准备好了，但我婉辞谢却了。一则我希望停留在本溪的短时间内多做点事，看看谈谈；二则要到省政府去，更何况程世才、萧华两将军一定要设宴请客，我已经答应，不好不去。

150 盏灯照亮一个时代

"楼上楼下，电灯电话"，这是20世纪40年代本溪留给外界的印象

2014年9月11日，《甘肃日报》在"经济新闻"中报道"庆阳近四千无电户告别点灯靠油历史"。

随着庆阳市环县车道乡安掌村窦城子组24户村民用上了电，庆阳市最后的3975户无电户结束了"点灯靠油"的历史。

看了这条新闻，我很为本溪自豪。

本溪用上电灯的时候，全国的很多人，连电灯是什么都没听说过，更别说是使用了。

房天静是四野三纵的孤胆英雄，当年却是本溪的把头到山东招工给招来的。房天静印象最深的是把头嘴上的一句话：本溪老好了，老美了，楼上楼下，电灯电话。那时，整个中国农村，还处在煤油灯时代，电灯对于他们，是个无法想象的事物。能到有电灯电话的地方工作，那等于是到了另一个世界。

房天静是20世纪40年代初到本溪的，本溪给他的印象就是"电灯电话"。

1945年年底的时候，抗战胜利后，因战略需要，大批八路军要长途跋涉挺进东北，各级领导做动员时，常说的一句话也是：东北是个好地方，楼上楼下，电灯电话。有个战士来到本溪后，看到明亮的电灯，就凑上去点烟。可是这个明明亮亮的东西就是点不着烟，好一阵奇怪。

中国最早用上电灯的是上海，时间在1882年，本溪是什么时候用上电灯的呢？

1882年7月26日晚上7时，上海的一台发电机开始转动起来，点亮了15盏电灯。这是上海文明史上的重要时刻，也是中国电灯历史的新纪元。

上海的15盏电灯，并没有点亮全中国。

民国时期以及解放后，电灯在中国只有部分城市才拥有，城市的普及经过漫长的过程。农村以及广大偏远地区到了解放后才开始用上电，有的地方甚至到了今天才享受到了电灯的光明。

本溪的电灯是什么时候点亮的？

上海用上电灯26年后，即1908年9月的一天，本溪湖的老居民们听到一个让他们很振奋的消息：本溪煤矿要点电灯了，要在煤矿巷道和办公楼内安装150盏电灯。老金家的孩子，老马家的孩子，老何家的孩子……一大群孩子跑到本溪湖煤矿的办公楼去看稀奇。还有些大人也来凑热闹。甚至大堡的老丁家的大人也带着孩子来看看电灯到底是个什么稀罕物。

在本溪湖煤矿的办公楼内，老本溪的居民们看到，在房间的中央吊着个白白的圆形玻璃，里边的钨丝发着泛黄的光，有了这个光，整个房间变得明亮了。

发电所的冷却塔

有的人想去摸摸，办公室的工作人员吓唬：别摸，摸了电着你。

老本溪人不知"电着了"是什么滋味，心想肯定不是什么好事，就不敢摸。

虽然不摸，但好奇地问题却是挡不住的。"是什么东西让这个灯亮起来的？"

被问的人可就兴奋了，用手指着串着电灯的线路说："电沿着线路走到灯泡里，就把灯泡点亮了。到了晚上，在灯下看书可清晰了。"

人们惊讶电灯可照亮书本上的文字，好奇也越发大了，遂有人刨根问底："电又是什么呢？"

"电是一种能量，能开动机器，能点亮电灯。"

"能量又是什么东西？"

被问的人不耐烦了，其实他也不懂，就挥挥手："去去去，说了你们也不懂。"

虽然挨人呲了，但对电灯的好奇心仍然不减。众人又挨个房间瞅，每个房间都是四面布置着线路，中间吊个灯泡。

看完之后，好奇变成了向往："俺家要能有个电灯那就好了，不用在破煤油灯下练字了。"

1908年的秋季和冬季，电灯就成了老本溪居民口中的谈资，同时也种下了使用电灯的希望。

老本溪人为什么能早在1908年时就享受到西方的现代文明？

20世纪初，本溪可说是展览西方文明的大舞台。

这边，采用现代化通风技术刚在古老的煤井一展风采，那边，现代化铁路又吸引着百姓的眼球；这边，现代化的高炉刚刚矗立起来，那边，现代化的炼焦又让见惯了土法炼焦的百姓瞠目结舌。

吃惯了轱辘井水的人喝起了自来水，习惯了中医看病的人忽然见到了现代化医院就矗立在你的旁边。

传统的私塾被现代学校代替，老少咸宜、童叟不欺的经商理念突然就碰上西式经商管理的新法。

…………

一切源于现代工业的发轫。

先是日本大仓家族对本溪湖煤矿的开办，接着是中日合办本溪湖煤铁有限公司。

那时的现代化，都是以电力的运用为先导。

有了电力的运用，家庭使用电灯照明就只是个时间的问题了。

1908年，大仓集团开掘的斜井在电力通风等先进技术的运用中正常生产，电力照明就被提上了议事日程。

这年，"本溪湖大仓煤矿"安装了一台75千瓦的发电机，开始向煤矿内的电灯供电，供电电灯150盏。之后，本溪的电灯事业是如何发展的？

从相关的史料中，我们发现，整个本溪的电力发展本着先生产后生活的顺序。电力在生活中的运用又本着先家庭后公共场所的顺序。

"本溪湖大仓煤矿"开始使用电灯后，就近向本溪湖市区普及。差不多在一年的时间内，本溪湖安装的电灯数达到600盏，想来，在当时别的地方一片漆黑时，本溪湖却是灯火通明。

作为公共产品的路灯，则是1915年以后的事了。刚开始，也只是在矿区和日本人聚集的街道上安装了10来盏。随着"附属地"街道的建成，才又在今天的自由路和民主路一带安装了电灯。

1915年的时候，本溪湖商办煤铁公司有1500千瓦发电机两台，年发电量达到534.6

当年的公司办公楼

万千瓦，电灯用户是494户，电灯数为2075盏。

1915年时，本溪湖至庙儿沟铁山之间的输电线建成，后又在至桥头和南芬地区各建一座变电所，目的是为把电力引到南芬庙儿沟铁矿，这也是生产优先，但电灯也在这过程中普及了。

今天的工源地区是什么时候使用电灯的？

彩屯矿的总工程师任福昌，家住蛋库附近，他说，1942年的时候，他家就已经在这个地方了，当时已有电灯。

开发工源地区，是1937年以后的事了，但工源地区使用电灯，应在这之前。确切说工源使用电灯在1934年以后。1934年工源变电塔落成供电，1940年工源发电所建成，安装了一万千瓦发电机1台，二万千瓦发电机1台。

之后是火连寨输电线路的建成，南芬到连山关输电线路的建成，连山关到草河口输电线路的建成。

当然，还有第一发电厂、第二发电厂、第三发电厂的建成。电灯在工业的发展中被普及了。

电力不仅仅给本溪带来了电灯，还带来了电话等先进的通信方式

1923年，老本溪湖发生了一件令人啼笑皆非的事。说的是县长白尚纯"阴谋"算计公悦成等商家的事情。

来本溪做官的白县长，所思所想就是要当个好官，造福一方。但那时的本溪县不太平，土匪横行，为害一方。剿匪安民，是白县长想为民做的好事之一。

有想法就得有措施。

看看本溪县的形势，土匪总是呼啸而来，席卷而去。信息反馈到县衙时，土匪早已跑得无影无踪了。

要剿灭匪患，就要有良好的信息沟通渠道，白县长的做法就是架通从本溪湖到碱厂的电话线路。

想法有了，但奉天省政府出不了钱，白县长又不愿把这笔开销转嫁到百姓头上，唯一的办法就是在各商号上打主意。

白尚纯又盯上了几家与安装电话线路所需材料有关的商家。

聪明的白县长先派人查税收，做买卖的有几家不偷税漏税？早就定好的罪名就落在这几家商号的头上："投机经商，非法牟利，靠偷漏国税、坑害百姓发财。"

这个罪名，说有多重就有多重。为了自保，只能求县长法外开恩。

白县长给指出两条道，一条是认关，一条是认罚。

所有的商家都选择了第二条。

怎么罚，白县长早就为他们摆好了道。

大商家公悦成自然"首当其冲"。这时的白县长，脸色很和缓，甚至是和颜悦色。他对公悦成的一把掌柜宋金庭说："你看，你们公悦成的老店还在碱厂，修好了这条线路，你们受益最多。公悦成就负责筹建电话局的房屋和购买交换台电话机等设备。"

精明能干的宋金庭虽然明白了这是白县长布下的陷阱，但在此情形下又不得不跳，还装大方地对县长说："只要是造福桑梓的事，我们公悦成敢不尽心尽力？"

开木局子的王子襄承担电线杆子，销售五金的唐维汉负责电线，开梨窖的谭钟山则出建设的人工费用。

本溪县的第一条电话线路就这样建起来了。

公悦成虽说有点冤，以今天的角度说，正是这份冤枉，才在本溪的通信史上留下了他们的贡献。

电力带来了现代化的通信手段。

电力对于家庭来说，不单是照明的方便，更有生产生活的各种便利。

本溪湖另一大商家张碗铺，成立油坊时，用的是传统的榨油机，每个月才能生产豆油7000公斤，商业赢利面不大。有电后，就在1928年装设了电动机，新的动力使豆油产量由每月的7000公斤猛增到10500公斤，效益大增。

蒸汽动力带来了世界第一次工业革命，电气动力带来世界第二次工业革命。

老本溪人有幸在20世纪初目睹了电力给本溪带来的变化，也体验了电力给自己生活带来的多姿多彩。

商业文明之发轫

本溪商业文明史上，曾发生过很经典的一幕：1937年的一天，本溪湖的市民们突然发现，张碗铺的所有人员，一色地西装革履，还佩戴着篆体的"张"字徽章，出现在商铺的各个位置。

脱下了数百年来祖祖辈辈沿袭的长袍大褂，换上了西装革履，当时，这一幕一定成了本溪湖最大新闻，迅速在短街窄巷中蔓延。

张碗铺吸引人眼球的不只是职业装的问题，公司名称都很现代化了：张碗铺无限公司。

变化还在继续：掌柜的改成了经理；伙计改成职员、店员。

内在的变化也在进行：沿袭下来的流水账的管理变成了财务会计核算制度，推行职员、店员考核常态化，推行顾客至上的观念。

张碗铺的现代管理、现代营销和我们今天经营思路毫无二致。

张碗铺是本溪湖民国年间商业文明的风向标。

本溪三大商镇的历史

文明发展的基础依赖国家的建立，国家建立的标志是城市的建立，城市建立的前提是定居。农业民族是一定要定居的，定居了之后就建城，建城之后就建国，文明就开始了，所以最初发展都是农业民族的文明。

本溪是一个商业文明远胜于农业文明的地方，地利和矿藏形成了本溪这一独特的发展现象。

商业文明源于贸易的发展。

本溪商业文明的历史很早，明朝初年，5个炒铁百户所在本溪炒铁，这些人员及家属的生活需求，引来了山西、山东、河北骆驼商队的长途贩运贩卖，这些人的落脚点就在火连寨，火连寨成了本溪商贸交易点，并最终发展为本溪第一商镇。

50年后，明王朝最大的国防工程—辽东边墙东段开始修建，碱厂因其水陆交通的方便，成了关内货物的集散地。加之，大量辽东边墙修建者的聚集，一个需求广泛的市场因而形成，关内的商家闻风而来，碱厂因而发展成了本溪第二商镇。

本溪湖商镇的形成则是清初的事。

清初，东北大地，因事关清王朝皇家的风水龙脉，很多的地方被封禁。本溪有幸，成了周边很多地方唯一被允许挖煤采矿的地方。在月牙形的地带上，被开凿的煤井有20多个，挖煤的工人当在数千。有了煤，就有了炼焦，有了炼焦，就有了炼铁，有了炼铁，又有了铁器制作业。这一个产业链，以及产业链背后的工人和家属，又形成了一个庞大的需求市场。再加之本溪湖兴盛的制缸业，本溪湖河西商业发展得蓬蓬勃勃。1763年立的"创筑玄真观碑"记载："辽郡之东北本溪湖青石沟，屯堡而居者，烟火万家，煤矿为宝者，云连百户商人贾客于异地，络绎不绝。"可见繁盛之景观。

当本溪失去了地利之优，失去了矿藏开发之利时，本溪的商业也衰落了。

本溪湖煤铁公司对本溪湖商业的巨大影响

民国年间又一轮的商业发展，则是又一轮资源开发带来的利好。

1905年，日本大仓财阀借着日俄战争之机，打着采煤以供军需的借口来本溪湖开设煤矿，1911年又与中方达成了中日合办本溪湖煤铁公司的协议。采煤新技术的运用，炼铁新技术的运用，使本溪湖成了展播世界先进煤铁技术的舞台。

本溪湖煤铁工业重镇的形成，对于商业来说，出现了一个最大的变化，这个变化不是高炉的建设，不是一个又一个新厂的建成，不是一个又一个从未见过的新事物的出现，而是突然多了大批要吃要穿的人。

有个统计，1907年，本溪湖地区人口195298人，1931年，本溪湖地区人口223700人，增加近3万人，这近3万人大半是本溪湖煤铁公司的职工，还有一部分是这些职工的家属，还有一部分来此做买卖的。

这些人每天都要消费，他们的消费形成了一个庞大的购买力，本溪湖的大市场因这些人自然而然地形成了。

当然，本溪湖煤铁公司带来的新技术，以及营销之道也都会在无形中影响着本溪湖商家的销售之道。

繁盛的太子河水运、新建的铁路等便捷的运输条件，也都在为本溪湖商业的发展注入新的动力。

大市场引来众多商家入驻

需求形成的购买力是刚性的，尤以生存为主的粮食买卖最为明显。民国的初年，本溪湖经营粮谷的商号也就20家不到，加工的粮谷也都是本地所产。到1929年时，经营粮谷的商号多达50多家，购买的粮食作物大都来自于开原等外地了。

浓烈的商风引来了不少外地的商家。

民国年间，公悦成大商号在本溪湖风光一时。但公悦成原是碱厂的大商家。

公悦成是一个人的名字。

公悦成是关内人，来辽东经商时选择的地方是碱厂。那时的碱厂，乡路四通、水运流畅，成为联通新宾、桓仁、凤凰城、宽甸、安东（今丹东）、抚顺各市县的边缘地带和方圆数百里广阔腹地的商业中心。

公悦成从关内来此经商，以自己的名字做了商店的名字。靠着见过世面的眼界，靠着碱厂得天独厚的地理条件，不几年间，公悦成发展成了碱厂的头牌商家。

到了民国年间，公悦成看中了本溪湖。

公悦成来到本溪县衙对面，大手笔投资8万元买了一座二层小楼和后院，共30间房子，开设了公悦成丝房。

二层小楼上下14间房，用来经营绫罗绸缎、米面油盐、烟酒糖茶、百货土杂等。后院16间屋开设油坊、豆坊、仓库、宿舍等。雇有员工100多人，其中的30多位外地人常年住在宿舍。

大手笔投资，多种经营，市场回报非常丰厚，一亮嗓就成了和1875年经营的张碗铺、1912年经营的广泰盛比肩的本溪湖商业头牌。

广泰盛也是瞅准了这块市场，于1912年来到本溪湖经商。经过10余年的拼搏，广泰盛的经营由粮食加工拓展到了油坊、绸缎、布庄、百货等业务，拥有5万大洋的资本金，成为了本溪湖最大的商号。掌柜王普庭也因此成为了本溪商会的会长。

解放前的本溪湖

以后还有日本商家入驻，还有朝鲜商家入驻。

商机无限

本溪湖，到处是商机。

对豆油的需求是商机，1918年，张碗铺出资8000银圆购置轧豆机一台，榨油机10台，雇工10人，成立了本溪最早的油坊。后来新安装电动机，动力充足，产量增加，每月产豆油10500公斤，豆饼97500公斤。

张碗铺在此基础上，把经营的范围扩大到大百货，其品种有苏州、杭州的绫罗绸缎，华南、华北的棉纺织品，北京、广东的杂货以及东北的土特产品。扩大到经营大豆的购销出口业务，伸展到典当行业和木材的贩运。发展成了本溪湖最大商家。

商机，催生了本溪湖的商业门类。

于是，本溪湖诞生了最早的油坊、最早的手工纺织业、最早的木器作坊、最早的皮革作坊、最早的洋铁铺"双盛合"、最早的大饭店、最早的戏院等等。

河西、河东商铺林立，中外商家比邻而居。

商业中心的转移

本溪湖的老商业中心在河西。

河西到青石沟的月牙形地带，山上分布的是煤井。山下围绕着的就是为下井人服务的各种商店。

为产业工人服务的格局，自然形成了河西的商业中心。

中日煤铁公司的成立，现代化高炉的建成，小红楼、大白楼的落成，本溪县衙门的建设，都在河东地段，本溪湖的发展重心转移到了河东，商业网点的分布自然而然地从河西转移到了河东。

你看，本溪湖后来的最大商家张碗铺、广泰盛、公悦成、信成当等等都分布在河东。

商业文明之道

本溪湖煤铁公司的创立为本溪湖的商业发展带来了市场，同时，公司带来的技术也在无形地影响着商业的发展。

以电力技术为例。本溪湖地区的粮米加工，长期以来采用的都是牲畜推碾子拉磨的方式。有名的三盛合粮米店，是席焕亭、张世震、张复山三家合伙开的，多年以来就以这种方式来生产粮米，然后销售给顾客的。但到了1927年，引进电力，购置了机器，开始了机器磨米磨面的历史。

技术，带来商品加工的便利，同时也降低了成本。

日本式的经营之道也在影响着本地的商业。

随着居住本溪湖的日本人的增多，有的日本商人也把商店开在了本溪湖。自日本明治维新之后，日本人对西方的学习很到位，其中包括对商业的学习。

张碗铺成了学习日本经商之道的第一家，于是，在本溪的商业发展史上，就有了一个让人难以忘怀的节点。以今天的眼光来看，80年前发生在张碗铺的这一幕，与今天的经营之道很近，与当时的时代反而隔得很远。

本溪湖煤铁重镇的形成和发展，为本溪湖医疗文明的发展带来了市场需要和世界眼光

第一台 X 光机

回首20世纪初的头30年，随着本溪煤铁重镇的形成，本溪人目睹了商业文明、教育文明、医疗文明、城市文明的发端。那时的本溪人是特骄傲、特自豪的。

令本溪人大开眼界的事又在1927年发生了。

这一年，是中国革命史的分野。

孙中山先生"联俄、联共、扶助农工"的三大政策在这一年遭遇了根本性的颠覆。蒋介石这一年与共产党撕破了脸，把中国拉入了血腥的内战。上海、武汉、南昌等地陷入了腥风血雨中。

孤悬山海关外的本溪湖一隅，却是一片勃勃发展的生机。亚洲最现代化的高炉建成投产了，铁路建成通车了，第一所现代化学校在柳塘开学了，由日本人和朝鲜人开设的商铺一家一家地在本溪湖火车站前开业了。

一切都在欣欣向荣地发展着。

一天，有人来到金家大院，带点神秘的口气对金恩荣说："你知道什么叫'X光机'吗？"61岁的老名中医金恩荣当然不知道。这人接着说："这种机器能照见人的骨头，哪儿错位了，哪儿骨折了，都能一目了然。"一辈子都在治疗骨损伤的金恩荣，平时正骨接骨，靠的都是一辈子积累的治疗经验，听说世界上还有一种能看见骨折、骨错位的机器，很惊讶地问："哪家医院有这种机器？"

"本溪湖医院。"那人回答。

"本溪湖医院"和它的X光机

本溪湖医院，创办于1909年。属于日本满铁的内部医院。

日本满铁怎么来本溪湖设立医院呢？

满铁是南满铁道株式会社的简称。

1905年日俄之战之后，沙俄将其控制的东清铁路南段（长春至大连）及从中国掠夺的一切权利和财产全部让与日本。为此，日本政府于1906年开始筹设南满铁道株式会社，1907年4月正式开业。总社设于大连。

途经本溪湖的铁路当然属于满铁修筑。修筑成功后，为了给在本溪湖火车站及沿线的员工看病，就在本溪湖火车站前创办了"大连医院本溪湖派出所"，其实就只是一个门诊。1911年才开设住院处，1912年增设传染科，并改名为"南满铁道株式会社本溪湖医院"，本溪人嫌字长拗口，就简称为"本溪湖医院"。1919年，医院扩建，增设内科、外科和妇科病房。1927年又增设花柳科病房（性病），并于这一年购置了X光机。

X光机，是那个年代最先进的医疗设备了。

从发现X光射线到医疗临床运用，大概是20多年时间，应是1923年前后用于临床。过了4年之后，这项最先进的医疗技术就来到本溪落户安家。

那时的本溪，仿佛就站在世界的前沿，随时准备接纳最先进的技术。

西医发展成燎原之势

1909年之前，本溪地区，中医一家独秀。

享誉本溪湖的金大先生和"金大膏药"则可以说是本溪湖中医药的代表。同时享有盛誉的还有名医金海峰。

本溪县建治的1906年，协盛广中药店在本溪湖成立，至民国十年（1921年）已发展中药店23家。

一批名医在山城拥有较高的知名度，世外丛林的名医有光绪年间铁刹山道士李至香；蜚声辽东的有御医赵德馨；享誉本溪、凤城、兴京（今新宾）、桓仁、宽甸诸县的秀才郎中魏元珍；以及中医大家赵从周、翟天泰、王乃明、杨靖山、张俊峰和周凤池等等。在光绪二十年（1894年）至民国十年（1921年）近30载的时间里，仅本溪石桥子地区就有刘玉清、刘济东、金海峰、金殿春等27家郎中行医，实可谓医道广博。

自1909年第一所西医院落户本溪湖之后，西医就以与中医不同的行医方式让人们耳目一新。

1916年，本溪湖茨沟左侧山坡出现了一家煤铁医院，后改名为"湖山医院"的西医院。让很多人想不到的是，这湖山医院即今天本钢总医院的前身。它的创办者当然是本溪湖煤铁公司了。

自1906年走来，经历10年，随着公司业务的日益扩大，创办医院已是完善企业发展的一环。这一环终在1916年开始焊接上了，就有了大企业的气势。

本溪湖煤铁公司在创办医院时，除湖山医院外，还同时创办了两所。3所医院有两所在本溪湖，湖山医院自不必说了，还有一所是为日本人看病的，另一所在南芬。1940年，本溪湖煤铁公司又在彩屯、官原各新建一所医院。

想想，那也是一个有趣的现象，祖祖辈辈生活在老本溪湖的居民，看病拿药仍去他们熟悉的老中医诊所。来本溪湖居住的日本市民，和来此工作的日本员工以及本溪湖煤铁公司的高级职员，看病求医奔的却是西医诊所。

但是，新的发展正在打破中西医的市场壁垒。这个发展就是私人西医诊所的开设。

私立西医诊所的滥觞及发展

本溪最早的西医私营诊所，是丁秀豪在本溪湖河西开办的"秀豪医院"，原址在溪湖区标牌厂。丁秀豪，回民，西医大夫，致力于培养子女做护士和药剂工作。他诊断病情疏导有理、疗效特好、患者盈门。丁秀豪对穷苦人有怜悯情怀，对贫困人家减少药费。其子孙先后开设了"方舟医院""惠仁医院"。

自此之后，私人西医诊所逐渐兴起。

1932年4月，由国人开办了早春、述尧、普生、崇石等私立西医医院，每月就诊患者约200人。之后又有苏州医院、博爱医院、静波医院等先后在本溪湖地区开业，还有日本人开的两家齿科医院和朝鲜人开的一家康德医院。

私人西医诊所的发展与西医专门学校的设立与培养有关。

20世纪20年代，英国传教士、医学博士司督阁在奉天开办了奉天医科大学，这是当时东北三省的第一所高等医学院校，后来于1948年并入中国医科大学。西医学校的开办，为培养西医人才提供了很大的便利，有了众多西医人才的出现，才为私人西医诊所的开办提供了人才基础。

本溪湖最为有名的私人西医诊所，是早春医院。早春医院的开办者郭福秀就是从奉天医科大学毕业的。

郭氏家族居住在本溪湖河东街,父亲郭海川早年做过木匠,靠开杂货业起家,后与其长子郭殿山、次子郭殿秀开设钱庄,家境殷实。郭福秀为其三子,从奉天医科大学毕业后,曾做过军医、在双城开过医院。后因患肺病回到本溪。1932年在本溪湖开办了早春医院,地址位于现溪湖区文化馆左前方、原市第一医院家属楼位置。

据说,早春医院就能解决难产、外科手术等当时中医很难解决的治疗问题。

本溪煤矿退休职工王凯中回忆说:1943年其母亲难产,父亲用马车请郭福秀到歪头山出诊才挽救了两条生命。至今提起郭福秀,王凯中老人仍然是满怀感激之情。许多人是在这家医院第一次看到用打吊瓶的方式治病,而且见效之快是以前没见到的,基本是用两瓶就够,很少用3瓶以上。

早春医院最兴盛时从业人数超过30人,是本溪当时规模最大、科系较为齐全的一家私人西医医院,有多名在奉天医大及其他医科学院毕业的医生,如其侄子郭枝芳,1941年毕业于伪满"国立""新京"(长春)医科大学,毕业后在早春医院做外科医生。

第一家市立医院和第二台X光机

1945年8月15日,日本宣布无条件投降后,又是国共3年多内战,本溪工业遭到巨大破坏,医院也没能幸免。

当时的伪满铁路医院早已遭到破坏,后重建的铁路医院也迁出溪湖。

煤铁公司湖山医院,随着1940年本溪湖煤铁有限公司附属医院官原医院(现本钢总院位置)的建设成立,以及附属彩光医院的(位于溪湖区彩屯)建成,煤铁公司湖山医院也开始逐渐萎缩。

1945年10月,本溪煤铁公司所属官原、彩屯、湖山3家医院改组为东北人民自治军第一、第二、第三野战医院,南芬医院为第四野战医院。1946年这4个野战医院均撤出或部分撤出本溪,仅在彩光、湖山医院保留部分不愿离开的医务人员,医疗能力大大降低,各家私人医院则成为为当地百姓服务的主力。

1948年11月2日,辽沈战役结束,东北全境获得解放。

1949年4月,东北人民政府卫生部针对本溪市无公立医院的现状,经多方考察决定以当时医疗实力最强的早春医院为基础,由早春医院院长郭福秀等负责筹建本溪市市立医院。

当时，政府拨款东北币1.5亿元（折合人民币1.5元，可购粮食3万公斤）、房屋1座（现溪湖文化馆址）。郭福秀院长也将早春医院的人员、财产、土地（180平方米）、房屋7间全部交给政府开办市立医院。同时，联合博爱医院、静波医院、凌云医院合并成立本溪市第一家市属公立医院——本溪市立医院，直属市政府管辖，1949年6月15日正式开诊，院长为郭福秀。

医院为一座二层小楼房，占地297平方米，建筑面积594平方米，使用面积425.8平方米。

楼上为病房，设床10张。

楼下是门诊，设内科、外科、五官科、妇儿科4个医疗科室，另有药房、挂号室等。工作人员15人、医师4人、药师1人、护士长1人。

内科主任为原博爱医院的杨洪筠，奉天医大毕业；儿科主任是原静波医院的杨学海，奉天医大毕业；外科主任是郭枝芳；妇科医生姓闫；药剂师是原凌云医院的郭凤午，药剂专门学校毕业；护士长张凤玲，为郭福秀的妻子。当时医院外科就能开展唇裂手术、胃穿孔手术，以及常见病、多发病的治疗，对缓解当时本溪地区看病难做了不少工作。当时开支是自负盈亏，政府年末补差。

1949年9月在宫原（现平山区）解放路设立宫原诊所，设内、外、儿科及化验等，有简易床位10张，隶属市立医院领导。

1950年5月医院迁到溪湖区顺山街（原伪本溪市政府大楼），面积为843.25平方米，医院扩大了规模，技术力量也有了加强，分配来解放后首届大学毕业生12名。增设了手术室、化验室、注射室、理疗室、防疫室、行政办公室，床位40张。手术能做阑尾炎、疝气、胃肠穿孔修补术以及骨折固定等。增设1台15毫安日本进口手提式X光机。

因笔者没有本钢总医院的资料，不知道该院过去有没有X光机的设备。只从笔者所知而言，这是本溪地区的第二台X光机。从1927年到1950年，在23年间，中国社会发生了翻天覆地的变化，X光机的技术也在日益成熟和发展中。

本溪湖煤铁重镇的形成所带来的各种发展变化由此告一段落，本溪也由此开始走上了另一种发展的道路。

张作霖别墅与东北师大的诞生

东北师大校友会寻源本溪湖

2016年7月21日，雨幕遮住了本溪。一辆从外地急驶而来的车穿过雨幕，奔溪湖东山的本钢石灰石矿而去。

冒雨而来的一群人有的是东北师大的前领导、现领导和老师，有的是东北师大的学生。他们冒雨来本溪的目的是寻找东北师大的源头。

东北师大是在本溪创办的？这话会让很多本溪人不解。

且说这群人到了本溪后，与本溪东北师大校友会副会长、本溪电大副校长付晓东，本溪东北师大校友会成员、本溪电大中专部校长史维刚，本溪东北师大校友会成员、本溪日报社副总编辑于昭阳，本溪东北师大校友会成员、本溪日报社地方新闻中心主任杨苗会合一起后，向本钢石灰石矿行驶而去。

东北师大旧址即张作霖别墅

本钢石灰石矿办公楼前立有"东北师大旧址"的石碑，一干人在此合影，然后在本钢石灰石矿会议室举行了"寻源"活动。

整个活动由本溪东北师大校友会副会长主持，致力于本钢史研究的史建国介绍东北师大在本溪创办情况及旧址情况，东北师大的代表做了学校建设和寻找学校发源地的介绍发言。参加活动的东北师大原党委书记周敬思在解放初时曾路过本溪，那时的本溪留给他的是严重污染的印象，如今的天蓝水碧让他感慨遥深，说到东北师大在本溪创建的历史，他说，那是本溪的光荣，也是东北师大的光荣。

东北师大在本溪的创办经过

1945年光复后，如万花筒般变化的形势让本溪百姓饱了眼福。开始是"特殊工人"暴动成功收复了本溪市，不几天十六军分区开进本溪，本溪成了锣鼓喧天的"解放区的天"；小鬼子刚蔫巴，苏联军人开进本溪拆厂拆设备，本溪工业被拆成一地鸡毛；东北局一下开到本溪，东北野战军后来的主力纵队三纵、四纵在本溪成立。

本溪的百姓眼花缭乱还没看出个头绪，1946年年初，大街小巷贴满了东北大学的招生简章。贴这招生简章的人是东北大学副校长舒群和他的警卫员。

舒群可说是本溪老人了。1955年下半年，舒群由于受"丁陈集团"影响被错误批判。1958年，祸不单行，又被戴上了"反党分子"帽子受到党纪处分，长期下放到东北，直到1978年平反调回北京，20年中大部分时间都在本溪。

1945年，舒群作为文工团的团长，带着延安文工团长途跋涉来到沈阳，这年年底又带着文工团随东北局来到本溪，后来在东北局宣传部长凯丰的指示下，担任副校长筹办东北公学，即后来的东北大学。另一位副校长白希清是伪满时期著名的医学病理学专家，当时住在沈阳。舒群受东北局委派，前往沈阳商请白希清。因沈阳已是国民党的天下，舒群乔装前往，由于随行参谋开了小差，舒群险些遇害。

白希清请来了，任校长，副校长舒群，教育长张松如。班子搭起来了，各种教学人员和管理人员也在调配中。

要办大学，必须招生啊！

于是，在本溪、东丰、海龙、抚顺、辽阳、营口设了招生处。

东丰招生处的负责人是老干部肖岩，负责接待的是穿黄棉袄扎着皮带的很精神的中年女同志——吕洁。

本溪招生处的负责人没查到，根据舒群亲自张贴招生简章的情况推测，恐怕负责人就是舒群吧。在本溪张贴第一份招生简章的舒群没想到，他这次在本溪如雪泥鸿爪般的经历，却为他结下了后来在本溪生活20年的缘分。

那份招生简章在本溪人眼中也很独特。

海龙人张力果是东北大学自然科学院1949届毕业生，曾任东北大学城市与环境科学学院教师，后为青岛大学教授、旅游系主任，现已离休。他曾写了一篇文章《忆东北大学在战火中创建与成长》。据他回忆，招生简章全称为《东北公学招生简章》，上边写着办学宗旨："依照民主政府建设新东北的方针，本校广集各级学员，以造就行政、技术及师资等实际工作人才。学制是普通班1年、补习班半年、研究班不限。校长：白希清，副校长：舒群。校址：本溪。"

学制规定：预科1年、本科4年、研究班不限。设社会科学院、自然科学院、文学院、教育学院。入学资格规定中学生入预科，大学生入本科。

陕北公学为何变成了东北大学

东北大学首届毕业生的这段回忆，留下两个问题。

第一个问题，在《东北公学招生简章》里，学校名称明明是"东北公学"，后来怎么变成了"东北大学"了呢？

简章中的学校校长明明写的是白希清，后来怎么变成张学思了呢？

先说第一个问题。

说到"公学"的字眼，很多人就会想到共产党在延安创办的陕北公学。

创办学校，培养自己的人才，是共产党人的高招。

抗战胜利后，共产党人把目光投注到东北时，为经营东北培养众多的人才的战略构想也随之成型。毛泽东找到相关的人员嘱咐，要把陕北公学的人员一分为二，其中的一部分到东北办学，办一所和陕北公学类似的学校。东北局的领导一旦把办学的设想付诸实践时，就按照毛泽东的想法，取名为"东北公学"。后来怎么又变了呢？那是形势变化了。

东北局的领导正要按共产党人的追求开始创办东北公学时，时局发生了重大变化。当时，国民党在全国人民要求和平民主的压力下，同意在重庆召开由国民党、共产党、其他党派和社会贤达参加的政治协商会议。会议是1月10日召开的，通过了关于政府组织、和平建国纲领、国民大会、宪法草案等问题的决议，看来有和平民主建设国家的希望了。

和平建国了，创办的大学不能单纯地一抹红色了，也要让方方面面都认可吧。

于是，"东北公学"就被"东北大学"所代替。

再说第二个问题。校长的易位。先是白希清，后是张学思。

这个问题和第一个有相同之处。

共产党人要办"东北公学"时，请出一个社会贤达，本是应有之义。后来形势变化了，合作、和平建国的趋势出现了，东北局势也面临团结教育广大东北知识青年，共同建设新东北的问题，培养干部的"公学"就要让位于创办综合性的东北大学。校长就需要一个更有名望、并被国共两党都能接受的人物，张学良的弟弟张学思就适时地成为了"校长"。

留在本溪的校史

东北大学在本溪的招生情况如何？史建国从有关材料发现，在本溪的招生情况并不好，只招到了两名20岁不到的女青年，其中的一名在后来的转移途中突发重病，不幸去世。

在张力果的记忆中，6个招生处招来的学生只有70人左右，本溪和辽阳的新同学有刘喜荣、刘竹欣、刘革尘、霍松军、李德恩、苑毅、刘舒生、侯振国等，刘喜荣报名最早，算是东北大学第一个新生。到本溪后还回家了几人。

招生困难有着历史原因。

不管是本溪地区还是其他地区，那时的百姓都认为国民党是正统，对共产党不了解，不敢靠近；国民党有美国支持，而美国有原子弹，力量强大，支持共产党的苏联比不上美国。东北城市青年追求个人发展和前途的就出现了几种情况，家境好些或有亲戚在国民党统治区的就向国民党统治区跑，找工作或学习，把希望寄托于国民党；解放较早地区的青年看到共产党八路军爱护老百姓，老干部和蔼可亲，就靠近共产党，参加工作或学习；还有相当一部分采取超然态度，观望不前。

学校开学的时间当在1946年2月中旬。

学校的学习、生活安排和正规学校一样，按学时、按铃上课下课，只是不严格遵守。老师做报告常常拖长，同学们讨论激烈时也不管时间长短。

学习有听报告，有文艺活动，还有参加本溪召开的一些会议。

有一次，张松如教育长给大家讲课，讲的是"九一八事变和抗日战争"，用大量事实讲解日本帝国主义侵占东北，蒋介石不抵抗，共产党八路军敌后抗战，艰苦奋斗，直至胜利。

这类课很受学生欢迎，学生从中学到了不少历史知识，也对中国的抗日战争有所了解。讨论起来就很热烈，也提出不少问题，老师又针对问题给以解答。

文艺活动常在一个专题大讨论之后开展，老师教唱革命歌曲，老师教的和学生学的第一首歌是《解放区的天》，还学了《团结就是力量》，学合唱还学轮唱，大家唱得非常起劲儿。

学会这些歌曲的学生，在一些重大会议上就有了展现自己的机会。有一次参加全市大会，会场歌声此起彼伏，学生们齐唱了《解放区的天》，一下子就把别的队伍压下去了，对方不服气，又唱歌来拉学生，学生们接着就二部轮唱《解放区的天》，这么专业的唱法别人学不了，学生们的表现，受到一致好评!

东北大学创办不久，国民党撕破了和谈的面具，武力对付共产党。东北局所在本溪，成了国民党军聚集的沈阳的卧榻之侧。本溪的形势陡然紧张起来。

武装保卫本溪，是共产党人的应有之义，把非武装机构和人员撤离本溪也是共产党人所考量的策略，东北大学自然就在撤离之列。

撤离时间大概在1946年的2月下旬，有人说是2月23日。

动员撤离的是副校长白希清。

2月22日，白希清副校长在动员会上介绍了学校为什么要撤离：国民党蒋介石背信弃义，撕毁了政协决议，向东北大举进攻，这里已经不具备办学条件。搬迁的地方：安东（现丹东市）。同时还说明了撤离的自由：不愿和学校一齐走的可留下，来去自由。他还勉励大家：边撤离、边学习、边建校，要学习八路军艰苦奋斗、三大纪律八项注意、不拿群众一针一线、行动听指挥。动员后，大部分学生表示坚决做革命者，跟学校走。

2月23日一大早，部分师生带着图书和锅碗瓢盆，坐着4辆四吨载重汽车沿公路向安东进发了。

学校于1946年3月15日转至安东后，继续转移经通化、梅河口、吉林，于4月26日到达长春。校址设在当时长春著名的建筑之一"海上大楼"。后来又再度北撤哈尔滨市，留下部分师生接收哈尔滨医科大学后继续北撤北满根据地佳木斯市。

1946年8月，张如心所率延安大学和华北联合大学的百余名教师、干部胜利地到达哈尔滨市，加入了东北大学的行列。

1948年7月，东北局决定将东北大学迁往吉林市，与党在吉林市创建的吉林大学合并，定名为东北大学。1949年2月，长春大学、沈阳东北大学、长白师范学院文、理、法三个学院及先修班教职员与学生，全部合并到东北大学。

1949年7月，学校由吉林市迁到长春市。

1950年4月，根据国家教育事业发展的需要，学校易名为"东北师范大学"，隶属教育部。后于1958年，划归吉林省领导，同年10月，学校更名为"吉林师范大学"。

1978年2月，经国务院批准，学校重新划归教育部领导。1980年8月，经教育部批准，学校恢复了"东北师范大学"的校名。

学校之名从"东北公学"到"东北大学"，到"东北师范大学"，到"吉林师范大学"，后来又恢复"东北师范大学"的名称，直到今天。

1996年学校被确定为国家"211工程"首批重点建设的大学。

东北师大校址之谜

战争年代创办于本溪的东北师大，一路行来，成果丰硕，成为新中国教育史上的一朵奇葩。

可是有一天，当回头寻找自己的出生地时，面临的答案却浇了他们一头雾水。

三个校址之说

关于东北师大校址，据史建国的考证，有三说。

一说是溪湖二十中附近的一座小楼。持这种说法的是原《本溪日报》"洞天"专版主任李伟威。据李伟威说，这座小楼当时有3个单位，一楼是东北书店，二楼是八路军十六军分区的《先锋报》编辑部，再就是东北大学的办公地和招生处。还说东北大学的开学典礼就在此举行。

此说有东北大学的办公地和招生处、有东北大学的开学典礼就在此举行的证据，但要用此来推断这就是东北大学的旧址证据还不足，说旧址就是校址，即办学的地方。这里没有上课的地方，不具备学校应有的教学条件。

二说是"工字楼"，此说是梁志龙和曹德全从舒群讲述个人经历中听来的。

舒群是东北大学的副校长，由他讲来自有其可采信的价值，但曹德全后来写就的文章中，只有校址设在"工字楼"的说法，而没有详尽的介绍在"工字楼"什么地方，哪一栋楼。

三说是本钢石灰石矿办公楼，即张作霖的别墅。持这一说的是东北师大。《东北师范大学校史》一书中有一张老照片，照片下面有文字：东北大学在本溪。

这张照片经多方辨认，都认为就是本钢石灰石矿的办公楼。

在这里读书学生的记忆也证明了此说。

东北大学的第一届学生张力果在回忆文章中说："本溪校舍当时是二层(后加一层)白楼，据说是张学良父亲张作霖的别墅，规模不大，看不到图书馆，看不到实验室，觉得不像个大学，同学们有些失望。"

"本溪校舍当时是二层(后加一层)白楼"符合了本钢石灰石矿的办公楼的建造情况，这座小楼原来只有二层，第三层是后来加的。什么时候加的，一直说不清楚，在张力果的回忆中，我们至少知道，第三层是在1946年之前加的。

"据说是张学良父亲张作霖的别墅"，更是确凿的证据。

张作霖别墅的来历

本溪湖东山，两栋日式建筑很惹人注意。

一栋是居住的，一栋可叫活动室，当时可能叫舞厅。

这是张作霖的别墅。

张作霖别墅建在这儿，自有它的原因。

中日合办的本溪湖煤铁有限公司，日方的董事长是大仓喜八郎，中方后来的董事长是张作霖。

本溪湖煤铁有限公司在自己公司所在地为大老板建栋别墅天经地义。

什么时候建的？

没有准确的说法，但口耳相传是1927年。翻一翻中国历史，觉得建在1927年也是天经地义。

为什么呢？

1927年，是张作霖飞龙在天的龙运年。

1926年下半年，随着北伐战争的兴起和发展，中国政局发生了急剧的变化。这年的11月29日，由孙传芳、张宗昌两人领衔，发表通电，以直、鲁、豫、苏、皖、赣、浙、闽、陕、晋、察、热、绥、吉、黑15省区共同通电拥戴的形式，推举张作霖为安国军总司令。12月1日，张作霖在天津蔡园就任安国军总司令后，中国的局势基本上形成了以张作霖为首的北方军事集团和以蒋介石为首的南方北伐集团。

1927年6月18日，张作霖组织安国军政府，自称"中华民国陆海军大元帅"，代行国家元首之职权。

你看，1927年，张作霖成为中华民国的掌门人，一国之元首。

作为贺喜、作为巴结，本溪湖煤铁有限公司在这时为其建座别墅那就合情合理了。

这座别墅还被人称为张作霖行宫，由此可见其中的历史含义。

从此推断，这座别墅建于1927年于理有据，于情有因。

20年后，在战火中，这座别墅上诞生了中国共产党第一所大学，为新中国的教育史增添了别开生面的一笔。

中国冶金史的绝版雕刻（二）

庙儿沟：长河流月生丽质

多次站到南芬铁矿的山顶，仰目而看，是四季流转的景致；俯身下视，如梯田般的铁山裸露眼前。崖下的罡风，不时地呼啸而上，盘旋在身旁，模糊了视野，也模糊了我的思绪。欲写铁山的笔意，随着自然景观流转一圈后，找不到落笔处，多次提笔，又多次搁浅。

又一次站到山顶，熟悉的铁山矿貌被阳光层层翻卷，仿佛被风卷起的麦浪滑向悠远，仿佛海涛一波一波地把自己拍向无边。空渺的思绪突然带出了一句话：铁山的矿脉，流动的都是人文的历史。几年的空落突然搁到了实处，空悬的笔油然间意绪灵动，如长河流月般婉转起来。

周而复，名人访名地

周而复，新中国一代名人，他的《上海的早晨》，几乎家喻户晓。

抗争胜利后，中国共产党人挺进东北，东北局机关迁移本溪后，周而复来到了本溪。那时，他的身份是新华社、《新华日报》特派员，随军事调查处赴各地采访，采访的结果，是报告文学集《东北横断面》的问世。

他到本溪，采访了庙儿沟铁矿。

随军事调查处各地采访，可采访之事纷繁，为什么还要专门采访庙儿沟铁矿？当然是庙儿沟铁矿的盛名。

周而复了解到，庙儿沟铁矿中贫矿含量百分之三十三到三十六，富矿含量百分之六十六到六十七，含量这样多的好铁，全世界除美国有一处以外，只有中国东北的庙儿沟有。专家研究，本溪湖的钢铁所制的武器，相比之下，美国的钢都显得逊色。

庙儿沟含铁埋藏量有一千万吨，总的埋藏量是六亿二千六百五十万吨。称为亚洲第一铁矿。

日本投降以前，日本海军省派一名海军上校驻本溪湖。为什么呢，由庙儿沟铁矿生产的低磷铁、特殊钢在军工武器的生产上具有无可比拟的优势，所以，本溪湖生产的一切钢铁产品，全由这名海军上校支配，直接交海军使用。在本溪湖，所有的铁都不准买卖。

那个时代，庙儿沟铁矿就是中国铁矿的排头兵，如此盛名，周而复能不来吗？

周而复来了，走时，为本溪留下一篇《本溪湖的铁山和远东第一大煤矿》的文章。本溪人今天读到它，油然一种亲切感。

1930年，被称为"中国船王"的四川人卢作孚也想来看看庙儿沟。在卢作孚的想象中，这座铁矿应与一铁厂紧挨在一起。到了本溪湖一看，庙儿沟还在数十里之外，他只好就近参观了高炉、发电厂、焦炉车间和本溪湖煤田的几口斜井后，怀着遗憾走了。

中国近代地质学界的泰斗如吴仰曾、顾琅等都曾怀着孺慕之心前来考察过。

顾琅在其后撰写的《中国十大矿厂调查记》一书中，对庙儿沟铁矿有详细的记述。

日本人都留一雄还写了一本有关庙儿沟铁矿的专著——《庙儿沟铁山的地质与矿床》。

西洋人丁格兰编著的《中国铁矿志》记载，本溪湖冶铁业的存在至少在200年以上了，乾隆时曾发采煤矿照，所采之煤即以制焦炼铁。矿石出于庙儿沟、牛心台等地。

庙儿沟名垂史册，但让庙儿沟享有盛名的不是这些史册，而是1911年，中日合办本溪湖煤铁公司伊始，经日本八幡制铁所技师服部和大岛以及中国地质学家吴仰曾和严恩裕联合对庙儿沟铁矿的含铁量和矿藏量进行调查后，决定在本溪湖建立以庙儿沟铁矿为原料基地的制铁所，从此，庙儿沟铁矿才以独步天下的优势和丰富的藏量为世界推崇。

盛名之下，庙儿沟过往的历史反而被遮蔽了。

庙儿沟河是一条流程不长的河，逆河而上，寻找这座源自元古界矿山的人文历史，是一件既费力又开心的事。

青龙观，犹记清时磬铃声

要问谁是铁山开矿第一人，赵家堡子的人必定说是赵宏。

赵宏是赵氏门中了不得的人物。

赵氏家族原系汉族，清朝顺治八年(1651年)，赵氏家族的赵国英(赵三公)从山东迁移辽阳东的下雪梅落了脚，十几年之后又迁到南芬的金坑细河北。乾隆二十年，赵凤鸣娶了郭家堡郭氏家族的姑娘为妻，并买了其岳父的土地一处，即庙儿沟上至汪家街横河，下至龙头(郭家堡大庙处)南北至山岗。

自此以后，赵氏家族在庙儿沟定了居，后来发展到139余人，这就有了赵家堡子。

1840年，到了五世祖赵宏这代人，赵宏是很能耐的一个人，他到北京领来了开矿执照——龙票，同郭姓人组织农民采掘矿石，开始了最原始的采矿。当时是夏季采冬季运，用马车和马爬犁把矿石运到本溪湖的土窑换取农具等。虽然当时开采和冶炼技术都很落后，但在我所看到的记载中，赵宏的开采是最有规模的开采。赵宏揭开了庙儿沟铁矿的面纱，成为开采南芬露天铁矿的先驱。由于铁矿石的开采，一个代姓人在矿区附近开了一家大车店，故此就有了代家店。

郭家堡、赵家堡、代家店，成了围绕铁矿而建的3个聚落。

传说同治元年，即1862年，有风水先生说郭家堡子对面的山为龙，于是在龙头之地，即今天的大庙建庙一座，俗称青龙观，庙旁的沟谷由此被称为庙儿沟。

故事有鼻有眼，赵宏成了庙儿沟采掘铁矿的先驱。

其实，没有被记载的应该还有很多。老人们说，郭家堡子河两岸，发现过很多铁炉痕迹，是先人们在此采矿、冶炼、打铁留下的。他们是早于赵宏的先驱呢，还是晚于赵宏的跟进者，这有待于专家的考证了。

一个可以肯定的事实则是，清朝一代，赵宏并不是采铁的先驱。

本溪湖自雍正、乾隆后，准许挖煤采矿，也就成了皇帝特许的煤铁生产特区，铁矿的采掘成了一件有利可图的营生。

雍正即位是1723年，赵宏采铁是1840年之后，在漫长的100年间，本溪湖处于炼焦冶铁的炉火映天地的热闹中，处于车辚辚、马萧萧的商业贩运的繁忙之境，咫尺之外的庙儿沟铁矿任凭市场的喧闹就沉寂在历史的深处，无人问津?

不可能。

经多方查找，1910年至1985年时间段的《南芬铁矿志》中找到了线索。

清道光十三年，即1833年，山东来的付赐福、付赐搏、王金德到此开矿，所采矿石运往本溪湖贩卖，矿石每斤合制钱19吊，每吊160文，约合奉小洋三元。

这是早于赵宏7年前的记载。而且有详细价格。每斤矿石19吊，十斤190吊，千斤1900吊。对此记载，我有点不敢相信。道光初年，1吊钱换白银1两，但又说，1吊等于1000文，而此处只等于160文，可能是银价高了，制钱贬值了。即便如此，赢利也很大呀！每斤矿石相当3000文，价值银子3两。10斤30两，百斤300两。如果这样，在清朝，开矿可以暴富。但话说回来，开矿可以暴富，但开矿的执照不是谁想办就能办的。

开矿好挣钱，炼铁当然如此，打制铁制工具也当然如此。

既是如此，赵宏前有山东来的付赐福、付赐搏、王金德到此开矿，付赐福、付赐搏、王金德之前也肯定还有别人来此开矿。除了开矿，还有不少人就在郭家堡子河旁开始炼铁，开始打制铁制工具，围绕庙儿沟铁矿形成了一条生产链，也形成了一个内生市场。

赵宏之后，同治十三年，即1874年，又有孙、季二姓人来此采掘，矿石贩运到本溪湖，后因露头采空，加之捐税苛重，无技术向深度开采，光绪初年遂停采。

光绪十三年（1887年）前后，矿区附近农民利用农闲小规模开采。

整个清王朝，庙儿沟铁矿的开采几乎都是个人行为，虽然时断时续，但终其清王朝的200多年间，采掘声、马和骆驼的銮铃声、爬犁的印痕，此伏彼起，一直惊扰着大庙的清修。

再往后，即是沙俄和日本人偷偷摸摸地派人前来勘探，这往后的话题暂且搁下。

这一段追溯的是清王朝时期庙儿沟铁矿的开采状况，往前再追溯就到明王朝了。

蛤蟆塘，明时炒铁的印迹

清初，庙儿沟海拔800多米的山顶上，有座烽火台，这是明朝留下来的。辽东边墙沿抚顺关、清河城、碱厂一线南下丹东，报警的烽火台则往内经威宁营、平顶山、思山岭、庙儿沟、南芬一线西去辽阳。

明时的遗迹不仅有烽火台，还有烽火台下山半腰的老坑。黄柏峪孟姓老人讲，老坑四周有被采掘的遗迹，人们称之为老矿坑。坑里多水，还有蛤蟆，人们称为蛤蟆塘。

明王朝在这采过铁吗？

没见过记载。

翻遍了《辽东志》《全辽志》没找到片言只字。

尽管这样，也无法否定。

一个大前提让人无法否定。

明王朝在本溪境内开设过5个铁场百户所，5个铁场百户所有3个靠近庙儿沟。一个是牛心台王官沟炼铁场，一个是阴湖屯炼铁场，即如今的本溪湖的河东一带。多年前，人们还在这一带看到不少的坩埚碎片，不少的人将坩埚叫作罐炉子。有的人家在砌院墙时还将坩埚当砖头使用，在金家大院的院墙上，仍可见到。一个是平顶山炼铁场。

3个炼铁场，都有可能使用庙儿沟铁矿的矿石原料，尤其是平顶山炼铁场，就其运输来说，最为便捷。

如此推断，容易引来质疑：明王朝的炒铁军如何知道庙儿沟有铁矿。

我的回答：明王朝如果不知道本溪湖周围既有煤田又有铁矿，怎么会在此设置5个炼铁场。

明王朝是如何知道的，那就是前人的路径。

路径依赖，动物的迁徙，靠的是路径依赖。

路径依赖，是前人实践的记忆积淀。

明王朝依赖的路径来自于何朝何代？

辽帝国，一个给本溪带来确切的采煤炼铁记忆的王朝。

辽代，渤海遗民留路径

《辽史·耶律羽之传》记载："梁水之地……地衍土沃，有木铁盐鱼之利。"

太子河，古称梁水。这话明确说，太子河流域有煤铁矿藏。这是目前发现最早的有关本溪拥有煤铁矿藏的信史。

认真追究，说这话时的时间在辽帝国建国之初，辽帝国还没有在本溪一带采煤冶铁的实践，靠的也只能是前朝在本溪采煤冶铁的实践留给辽帝国的记忆。前朝又是谁呢，可能就追到战国了，追到战国七雄中的燕国在威宁营建设公共设施的时段了，或许还可追到濊貊民族创制青铜剑的岁月里。

辽帝国在本溪采煤冶铁的实践是渤海遗民迁移本溪以后的事了。

辽帝国之初，远征渤海，并灭其国。皇帝封长子耶律倍统辖渤海旧地。后来，耶律倍的兄弟当了辽帝国的皇帝，把耶律倍的都城从渤海旧地迁移辽阳，大批的渤海遗民随之迁移到太子河流域。

南芬，有两处与渤海遗民有关的地方。

南芬思山岭有个后塔沟，原来就是渤海遗民居住的地方，传说一个叫大臭的渤海遗民，后来还做了东京留守。

有记载最早在钓鱼台修寺庙的人是金世宗完颜雍的母亲李洪愿，完颜雍的母亲也是渤海大姓。

渤海人是一个善于冶铁的民族。

他们已较好地掌握了生铁铸造技术。熟铁锻造技术也达到了相当高的水平。

渤海人已熟练地掌握了从选矿、筑炉到冶炼一整套冶铁技术。

渤海遗民来到本溪，冶铁技术也随他们来到了本溪。在后塔沟的地方，在本溪湖金家大院的地方，在威宁营，渤海遗民支起了坩埚，让冶铁的火焰闪耀在本溪的泽野深山。

特别是生活在后塔沟的渤海遗民，庙儿沟铁矿与他们只有一山相隔，探矿时易于发现，运输时也相当便捷。各种优势叠加，后塔渤海遗民冶炼之铁因质量好而享有口碑。

然后是元代的承袭，明王朝也沿着渤海遗民的路径在平顶山设立了炒铁场，到庙儿沟采掘铁矿石。

庙儿沟人文历史的足迹也由此追溯到了辽帝国。

追溯中，脚步踉跄，思绪飞扬。想到庙儿沟河从亿年前流来，又向亿年后流去，只有天空的朗月相伴，长河流月，天生丽质，在铁山周围婉转，一派天籁之境。

彩屯竖井，世纪工程独步天下

竖井是一个地名，位于本溪彩屯地区。竖井又是亚洲最深的采煤主井的井筒，是亚洲最大的采煤矿井。因采煤而开凿的竖井既是采煤工程又成了那个地区的名称，足见竖井的影响。

彩屯的竖井工程，在那个时代，是独步天下的世纪工程。

早在东北沦陷时期，日本侵略者为了扩大侵略战争，疯狂掠夺本溪煤炭资源，计划在本溪彩屯开凿煤矿竖井采煤。设计中，彩屯竖井的主、副井筒净直径均为7米，井壁为混凝土预制块砌筑，在砌块和岩壁间充以素混凝土。井口地面标高+149.52米，主井垂深536米，副井垂深515米。开拓方式为多水平分区域。第一水平井底标高-350米，设置8个采区，矿井设计能力年产煤150万吨；第二、第三、第四水平井以暗斜井方式连接，一直采至-1150米。竖井煤炭地质储量16019万吨，可采量9611万吨，可采66年。地面主井井塔高60米，为钢铁骨架，红砖砌筑，总面积2785平方米，在塔顶安装2台摩擦式绞车，总容量为3851千瓦，提升容量均为12吨，其中1台为箕斗，负担运煤；1台为提四层罐笼，负担运矸石、器材及人员。

工程从1938年（民国二十七年）9月18日正式开始。首先开凿竖井的主井井筒，1940年竣工。

1942年，安装提升机。

在如此深的地下采煤，一个最为关键的问题是解决提升机的能力和技术。当时，日本国内都没有这种技术能力，还是引进了德国技术来解决此问题的。日本引进了德国制造的3851千瓦单绳摩擦式提升机2台。其中，一台一次能提煤12吨，提升时间为80.1秒/次，全年提升能力为221万吨；另一台提4层罐笼运矸石及乘人，运矸石每次提1立方米的矿车8个，乘人时每次100人。提升机的电机转子及主轴共重95吨，为亚洲地区提升能力最大的提升机。1942年（民国三十一年），从德国请来技师现场指导，在64米高的井塔上安装提升机。

1944年4月正式开凿副井井筒，至1945年8月日本侵略者投降时，只开凿了34.6米，大量的井巷工程及地面建筑，均未施工。日本侵略者投降临走前，将提升机图纸、资料均予以烧毁。

1948年10月本溪解放后，彩屯竖井恢复生产，于1951年8月17日开始续凿副井井筒。为迅速修复提升机，于1949年曾欲通过外交途径请回当时指导安装提升机的德国技师协助修复，但德方未同意，并扬言："没有我们，彩屯竖井的提升机就是一堆废铁。"本溪矿区广大工程技术人员、工人、领导干部发扬自力更生、奋发图强的精神，用立柱支撑井塔提升机大厅，用木垛垫好基座，用4台大型起重机和40吨小起重机上吊下抬一起操作，取出了电机转子与主轴，检修了提升机，绘制了图纸，并一举试运转成功。

1954年12月，全部工程建成，彩屯竖井正式投入生产。在管理上实现矿长负责制，在生产上采用风镐和康拜因采煤机采煤。后来，又使用自行设计安装、属国内首创的大倾角钢丝绳皮带运输机，为彩屯煤矿的发展创造了条件，显示了本溪煤矿工人阶级的智慧和力量。

本溪彩屯竖井煤矿在矿井深度上、提升机的功率上和生产能力上均属亚洲地区最大的矿井。

功勋高炉：四海无人对夕阳

1915年1月13日，亚洲第一座现代化炼铁高炉在本溪正式开炉生产。

1912年，经中方多年的力争，中方和日本的大仓财阀在本溪合办的"本溪湖商办煤铁有限公司"才得以成立。成立伊始，遂决定发展炼铁事业，并从1914年4月16日开始建设第一座高炉。设计炉容为291立方米，设计能力为日产生铁130吨。

当时，日本的高炉建设技术还很低，钢铁生产的水平也不先进。炼铁的先进设备，就连当时最有实力的日本八幡制铁所也难以完成。为面对未来建好这座高炉，就把建设高炉所需的设备和技术瞄准西方。

西方的英国和德国是当时钢铁生产的执牛耳者。同时，两国生产的高炉设备和技术也是领先世界的。本溪第一座高炉的炉体设备购自英国的匹亚逊诺尔斯工厂；装料卷扬机、锅炉、鼓风机和发电机则是从德国的伯利希、伯尔兹和AEG三家工厂分别购进的。工程设计在日本搞不了，而是委托给了德国。

这座高炉建成后，炉体高于地面83.3米，炉底至炉顶高66.7米。炉顶有瓦斯放散筒2个。高炉设有双层风口，上、下排风口各9个，两排间距1米。放渣口2个，出铁口1个。安装的2台德国AEG工厂制造的588.4千瓦的鼓风机开始供热风炉冷风，并由3座热风炉向高炉供热风。

这座高炉于1914年11月23日竣工，1915年1月13日正式开炉生产。

这座高炉的建成投产，不仅是我国东北地区钢铁工业使用现代化高炉炼铁的开端，也是东亚地区当时最大的炼铁高炉。1983年7月12日，对高炉进行第十二次改造大修，炉容扩大到380立方米，上料方式由料罐式改为料车式。同年12月13日竣工投产，高炉装备达到国内一级水平。这样的设备和这样的技术，在当时来说，不仅是中国的第一家，也是亚洲的第一家。

本溪第一高炉开启了东北地区、中国地区，乃至亚洲地区现代化炼铁的先河。影响至为深远。

现代化高炉的建成投产，促进了其他工序的现代化进程。

特殊钢：无出其右的伟人嘉奖令

1954年10月，是本溪特钢人最值得纪念的月份，也是最值得他们骄傲和难忘的月份。

1954年10月25日，毛泽东主席亲自给127军工厂写去一封贺信，信的原文是："127厂全体同志们：祝贺你们试制成功122公厘榴弹炮，这对建立我国的国防工业和增强国防力量上都是一个良好的开端。"

毛泽东主席写给127厂的祝贺信与本溪钢铁工业又有什么关系？原来，制造榴弹炮是需要用特殊钢材的，而127厂制造的122公厘榴弹炮的材料正是本溪特殊钢厂提供的。能为新中国的国防事业贡献出自己的一份力，让本溪特钢人感到非常的自豪，能得到毛主席的肯定，让本溪特钢人倍感自豪与骄傲。

生产特殊钢铁，不仅仅工艺上特殊，在原材料上要求使用低磷的铁矿石，而前提条件是必须用低磷低硫的煤炭炼出的焦炭来冶炼才行。本溪所出产的煤炭正是别的地方不能比的，正是冶炼特殊钢材所需的低磷低硫煤炭。

瑞士军刀，名扬世界。而打造瑞士军刀的钢材就是用特殊钢材——海绵铁。自从海绵铁生产出来以后，到20世纪30年代，瑞士的海绵铁质量一直处于世界领先地位。

当时，日本制造枪、炮、刀、剑还有飞机及军舰的不少钢铁都是以瑞士进口的海绵铁为原料而冶炼。第一次世界大战时期，瑞士的海绵铁曾经一度中断过对日本的供应。一种战略物资，随时有被中断供应的可能，这对于日本来说，如骨鲠在喉。日本痛下决心，要自己生产海绵铁。可是，在日本国内却一直没有找到适合生产海绵铁的原材料和冶炼海绵铁的低磷低硫煤炭，但这并没有使他们放弃自己生产海绵铁的愿望，而是一直在不停地寻找着。

一直寻找可以替代瑞士海绵铁产品的日本，从1905年开始在本溪炼焦冶铁后，于1915年在生产的铁产品中发现含磷较低。后经多方调查，1929年发现了庙儿沟的铁矿石具有低磷的特质，就连本溪的煤也都有低磷低硫的优势。这一发现，让日本人眼光发亮，苦苦寻觅多年的冶炼海绵铁的原材料及煤炭终于找到了。于是，立马决定在本溪开始冶炼海绵铁的试验。

经过两年的时间反复多次的试验，终于得以成功。负责此项试验的日本人井门文三因此获得了专利权和特许专利号。当将产于本溪湖的海绵铁送回日本的吴海军工场、东京刀剑锻造厂以及日本八幡制铁所特殊钢部进行试验性生产和研究时，令日本人欣喜万分，其性能都好于现有的其他特殊钢产品，完全可以与瑞士的海绵铁媲美，有些性能还优良于瑞士的海绵铁。

于是，本溪湖商办煤铁有限公司于1933年开始筹建本溪湖特殊钢试验厂。到了1935年投产，正式生产出第一炉特钢。随着日本日益扩张的战争，对特殊钢需求与日俱增。原有的特殊钢生产的场地不能满足所需，又在本溪工源建设了更大规模的特钢厂。

之后，本溪特殊钢的种类日益增加。用于枪支制造的钢种就有8个品种之多，还有用于刀剑锻造的特殊钢，用于飞机制造用的钢种，还有汽车用钢、车钩用钢、发条钢、滚珠钢等数十种。

本溪特殊钢生产的产品在当时完全用于生产军工产品。一部分被送到了日本建成的、当时东北最大的军工企业——南满陆军造兵厂，供应这里用来制造战斗机、战车、坦克、大炮、炸弹等等；一部分被送到奉天兵工厂，用于制造炮弹；还有一部分被运送回日本本土的吴海军工场、东京刀剑锻造厂，以及日本八幡制铁所等兵工厂。

日本人对产品的生产、开发追求的是尽善尽美，对于军工所用产品，更是精益求精。对于日本军国主义所需的特钢产品，在发展、研究和生产上，更是费尽心力，达到了当时世界上最好的品质。同时，这也为新中国成立后能够快速地生产出第一炉特钢奠定了基础。

1948年东北地区全部解放后，已有4家能够生产特殊钢材的企业。由于本溪特钢恢复生产的速度最快，特别是生产历史时间长、生产技术成熟和拥有着独具优势的丰富资源，得到了中共中央和中央军委的特别关注，并把生产人民军队所需的特钢任务下达给了本溪特殊钢厂。

本溪特殊钢厂没有辜负中央的重托，在本溪刚解放的第十天，本溪特殊钢厂就成功地炼出了第一炉特殊钢。这第一炉特殊钢，既是本溪特殊钢厂恢复重建后的第一炉钢，也是新中国的第一炉特钢。这第一炉特钢，为新中国完全自主地制造武器奠定了坚实的基础。

在生产出第一炉特钢后，本溪特殊钢厂在新中国成立前期，又创造了另一个惊喜。

1949年的第一季度，已恢复生产的250公斤感应炉，在一天之内创了下冶炼10炉钢的纪录。超过了日伪时期6炉的最高日产记录，更是国民党时期最高日产记录的2倍。

50年代初，本溪特殊钢厂凸显了新中国军工重镇的战略地位，研制和生产出了新中国若干个第一：研制出了新中国第一代枪钢，结束了从苏联进口的历史；首家成功研制出了用于火炮生产的梯形弹簧钢和P类炮钢，生产出了新中国第一批榴弹炮、第一批"762"野炮、第一批37高炮。新中国的第一批枪、第一批炮、第一台汽轮发电机、第一批汽车弹簧都使用本溪特殊钢厂的产品。到1957年，本溪特殊钢厂共生产了226个钢种、463个规格的特殊钢产品。

本溪特殊钢厂的突出贡献，得到中央的充分肯定，中央领导对本溪特殊钢厂的发展给予了极大的关注。

1952年的秋季，中国人民解放军的缔造者朱德来到了本溪，并于9月20日前往本溪特殊钢厂视察。1959年，朱德第二次来到本溪时，又一次到了特殊钢厂视察。

1954年，毛泽东主席对研制用于农业生产的新型用钢——犁铧钢做出批示，之后由陈云同志亲自布置给本溪特殊钢厂，为701犁铧钢生产特殊钢。

时至今日，本溪特殊钢厂的产品已被广泛用于国防工业的各个行业上，最新型的运载火箭和通信卫星都有其产品在发挥着作用。

"人参铁"：铁品家族中的独孤求败

人参，是人们公认的名贵中药材。以人参来为生铁冠名，可见此产品之名贵。

其名贵之处，从一些使用生铁的厂家可看出。"人参铁"满足不了一些厂家的需求时，这些厂家会将少量的"人参铁"掺入到其他生铁中冶炼，将其作为"药引"，以达到改变其他生铁成分的目的。

"人参铁"有什么特征呢？有一家军工企业将本钢生产的"人参铁"和别的钢铁企业的生铁对比做破坏性试验时发现，别家的生铁破裂了，而本钢的生铁除了有点变形外，并没有裂纹，延展性特好。

"人参铁"分为铸造生铁和球墨铸造用生铁两种。铸造生铁含硫、磷等有害干扰元素低，是冶金、机械制造最为理想的原料。球墨铸造用的生铁，化学成分稳定，球化性能好，机械性能高，属于国际上高纯生铁的范畴。

"人参铁"曾经用于生产我国第一辆坦克和第一门大炮，是国内仅有、世界稀有的资源。

炼制"人参铁"有两个重要因素，一是要用低硫、低磷的铁矿石，二是要低磷、低硫、黏结性强的煤炭。这两条正是本溪所独有的资源优势。

"人参铁"之名，来源于一个传说。

相传北宋末年，宋徽宗赵佶昏庸无能外不能抵御强敌入侵，内不能治国安民，却偏偏日思夜想要长生不老永享荣华富贵，他听说东北的人参是灵丹妙药，要是寻到千年人参吃了就可以返老还童延年益寿，便给山东的登州府下了道圣旨，命令寻找千年人参进奉。人参是东北三宝之首，长在东北，皇帝的圣旨为啥不下到东北呢？原来呀，那时这登州府在山东半岛尖上，与辽东半岛隔海相望，那些年山东连年遭灾，老百姓没活路只好铤而走险划小船渡海闯关东。这些闯关东的大都是青壮年，单身到东北找个活路干上一二年挣点钱再回家和亲人团圆，这其中便有不少是干挖棒槌也就是挖人参营生的，他们在东北的山林里，历尽千辛万苦挖到人参回到关内卖给达官贵人或大买卖家，卖得钱好养家糊口。这登州府的官儿们近水楼台先得月，品相好的大参没少让他们划拉，为保官晋级他们自然要挑选好中之好的人参献给皇上了。这宋徽宗整日在三宫六院里转悠，在七十二嫔妃堆里泡着，弄得精疲力竭元气大伤，吃了登州府官儿们晋献的大人参后顿感神清气爽精力充沛，对于千年人参能使他长生不老一说自然是深信不疑，所以才下圣旨到了登州府上。

这登州府的官儿们接到圣旨后既喜又忧，喜的是又可以借机大发一笔横财了；忧的是要弄几个大人参容易，要寻千年人参可就难了。他立刻向下面摊派任务：各家各户，买卖店铺，有人出人，没人出钱，驱使大批青壮汉子偷渡过海去东北寻找千年人参，找不到回来不但要受罚还要挨顿毒打。一连两年这千年人参也没找到，皇帝可急了，给登州府下了死命，再寻不到千年人参晋献将拿当官的脑袋是问！这下登州府的官儿可慌了神了，派兵丁挨家挨户抓青壮年押到海边推上船，把他们的父母妻儿却看守起来作人质，如果到东北找不到千年人参全家杀头。

却说这批到东北寻找千年人参的青壮年中，有这么个姓钟的亲哥俩，在老家时是开化铁炉打铁活为生的，这钟氏兄弟来到本溪关东后爬深山钻老林，烈日暴雨，狼虫虎豹，蚁叮蛇咬的罪没少遭，连命都差点搭上，找了一春八夏到老秋，别说千年人参了，就连棵四匹叶的也没找着，只挖了几根可怜巴巴的二丫子，兄弟俩抱头痛哭，家里的父母老婆孩子一准没命了，两人也不能回去了，回去也是死，便想找个地方住下来在当地生活。他俩找人参时爬过了许多山岭。蹚了不少的河，发现有不少地方的石头黑黝黝沉甸甸，应该是铁石，兄弟俩就在一处依山靠河的小山村住了下来，土法上马炼石化铁打造农具。当时东北地广人稀较关内中原落后了不少，这钟氏兄弟在东北首创了土法冶炼的纪录，因而辽史曾记载"梁水（今太子河）之地……地衍土沃，有木铁盐鱼之利。"

物以稀为贵，况且铁制农具便宜耐用，当地远近的村民、商人纷纷前来买钟氏兄弟打造的锹、镐等物。兄弟的行当越来越兴旺红火，兄弟俩就在当地娶妻生子扎下了根。

辽国的天庆王听说自己地盘上有了能炼铁打造兵器的，马上派下人来，钟氏兄弟早有耳闻，他们不愿用自己做的兵器去屠杀自己的同胞，便借口这辽东的铁质特殊，只能做农具，做兵器脆弱易断，并当场打了一把刀让辽国将官试验。辽兵将官拿刀向一棵碗口粗的树砍去，树没砍断刀却断了，辽兵将官信以为真地问钟氏兄弟，怎样才能使这里炼出的铁打造出好兵器？钟氏兄弟说，只有用千年人参引燃木炭炼出的铁才能打造出好兵器！辽兵将官回去禀报给了天庆王，天庆王也只好下道旨意让治下山民寻找千年人参。

这大金国皇帝完颜阿骨打野心勃勃，他大力扩充实力开拓疆土也十分缺少兵器，他听说梁水边上的钟氏兄弟开的冶铁锻造作仿出产的铁挺多，因为铁质特殊做兵器得用千年人参做引子冶炼才能打造出好兵器。大金国是从长白山起家的，长白山又是人参的老家，完颜阿骨打对人参可不是门外汉，他不惜重金请了不少有丰富经验的老人参把头，让他们到人迹罕见的原始森林里去寻找千年人参。

苍天不负有心人，这千年人参还真叫完颜阿骨打给淘弄着了。他亲自带人把人参送到钟氏兄弟手中，这时的钟氏兄弟早已从相继来闯关东的家乡人口中得知父母亲人被官府杀害的确切消息，两人一见千年人参心中燃起了复仇的烈火，便不再推辞。兄弟俩真的把人参烘干，然后用它引燃一些木炭冶炼铁石，火光熊熊烈焰冲天，炼出的铁水再经熔铸锻造打制，做出的兵器寒光夺目锋利无比，"人参铁"从此得名而流传到后世。

真正冶炼出传说中的"人参铁"并实现现代化生产，则始于20世纪的20年代。

1921年（民国十年），中日合办本溪湖煤铁公司制铁厂时，开始试炼低磷铁，继而发现本溪湖煤矿上层宝砟煤是理想的低磷煤，并于9月份用这种煤首次试炼低磷铁成功，成为世界上最早用低磷煤炼成低磷铁的厂家，而且质量远远超过当时最具盛名的瑞典厂家生产的产品。此后曾进行3次试炼均获成功，随即成批生产。

1949年后，本钢第一炼铁厂成为国内最早生产低磷生铁的厂家。1955年本钢第一炼铁厂首次炼低磷铁获成功，1957年正式生产。本溪钢铁公司第一炼铁厂生产的铸造生铁，具有低磷、低硫、有害杂质少、物理性能好、化学成分稳定的特点，是国内最好的铸造生铁，属于国外高纯生铁范畴。与国外高纯生铁相比，钛含量处于中限，铬和钒含量仅为十万分之几，处于下限。其他绝大多数微量元素含量只有百万分之几，低于下限含量。由于质量优异，本钢生产的"人参铁"，两次摘取国家优质产品桂冠，获得金牌奖。不仅行销全国28个省、市、自治区，而且远销到美国、日本及东南亚地区，享有出口"免检"的特殊待遇。

"人参铁"虽历经百年，其品质经久不衰。不仅得到行业内的称赞，同样也得到了民间的称赞。民谚说"本溪的铁、北京的焦、上海的钻头、哈尔滨的刀"，这是对百年品牌"人参铁"的高度认可。

新中国的军工重镇

一

1948年11月11日，本溪产出了第一炉特殊钢，从而拉开了共产党领导大企业生产的序幕，也为新中国第一军工重镇完成了一个奠基仪式

1948年11月11日，本溪解放刚好10天的日子。

这时，拥有了东北广袤地域和丰富资源的共产党人，一方面在孕育着解放全中国的时段问题，计划东北野战军提前入关的重大战略；另一方面，也在思考着怎样利用东北的丰富资源支持解放全中国，迅速恢复企业的生产。尤其是具有战略意义的军工生产。

东北野战军的百万大军一部分已秘密入关，一部分正在肃清各地残敌，建设新的

原特殊钢工场

社会秩序。1949年后的本溪特殊钢厂的职工，正以前所未有的热情为恢复生产而忙碌着。

1949年前就加入了共产党的贾鼎勋，曾因从厂里偷出重要器材帮助八路军的军工生产而被关入监狱。此时，为了恢复生产，捐献器材，动员职工，更是格外忙碌。

技术非常好，也非常有性格的刘凤鸣，既打过日本人，也和自己的同胞工友干过仗，新社会的到来，带给他一派新气象，让他看到了这个国家新的希望。他浑身散发出热情，要把自己的一身技术贡献给这个社会，他把恢复生产当作自己的事，他的行动，带动了不少的人。

既受过日本人的欺凌，也对国民党失去希望的杨森林，看到解放后不几天，共产党就从外地调来粮食解决了工人的粮荒，让他感受到了共产党人的民本情怀，他主动献出了自己在国民党时期藏起来的白金坩埚，这是冶炼特殊钢不可或缺的器材。

正是这些人对新中国的热情，对共产党义无反顾的支持，在本溪刚解放的第十天，本溪特殊钢厂就成功地炼出了第一炉特殊钢。

如果说，解放东北，使共产党人第一次拥有冶铁炼钢的大企业，那么，本溪特殊钢厂1948年11月11日生产出来的这一炉特殊钢，拉开了共产党领导大企业生产的序幕。

从这个意义上说，本溪特殊钢厂1948年11月11日生产出来的这一炉特殊钢，是共产党领导下开始的大企业生产之最。

本溪生产的第一炉钢的象征意义大大高于其实际意义。它对于正停工待产的沈阳的兵工厂、航空生产厂家以及东北的一些需要特殊钢做原料的大企业来说无疑是一个重大的利好。

虽未建政的共产党人也看到了其中的意义。

当时，东北地区有4家特殊钢生产厂家，从历史来说，从品种来说，其他3家都逊色于本溪的特殊钢厂，从恢复生产的速度来说，本溪的特殊钢厂也走在了前面。

早行一步的排头兵，自然引起了中共中央和中央军委的注意，1947年7月15日，当本溪煤铁公司和鞍钢举行隆重的开工典礼时，中共中央东北局和东北行政委员会来人参加并发来贺电，中共中央和中央军委也为大会题词。与鞍钢的典礼仪式不同的是：中央军委不但送来了贺幛，还专门派代表前来本溪参加恢复开工生产的典礼仪式，从中说明了中央军委对于拥有战略资源的本溪的格外关注。

二

20世纪30年代，利用本溪资源加工的特殊钢，其质量超过了当时世界排名第一的瑞士产品——具有特殊品质的本溪煤铁资源，在20世纪20年代就以独特的优势而被日本当作战略资源加以刻意经营

作为一个本溪人，看到产于本地的石灰石、焦炭和南芬的铁矿石，就像满眼的山石和树木一样，普通得无法再普通了。谁能想到，在20世纪的二三十年代，这些东西在日本人的眼中就是支撑战争的战略资源。

那时的日本，以暴发户的心态穷兵黩武。要穷兵黩武就必须拥有足够的战略资源。这一条是日本的短板。日本制造枪、炮、刀、剑还有飞机及军舰的不少钢铁都是以瑞士进口的海绵铁为原料而冶炼。

当时，瑞士的海绵铁其质量可称为世界第一。

今天，瑞士利用其独特的海绵铁制造了什么武器我不知道，因为手中没这方面的资料，但名扬世界的瑞士军刀绝对是瑞士的海绵铁打造的。在陆战时代，一个步兵手中的瑞士军刀，那就是全能的生存武器。

第一次世界大战时期，瑞士的海绵铁曾经一度中断过对日本的供应。

一种战略物资，随时有被中断供应的可能，这对于日本来说，如骨鲠在喉。

为找可以替代瑞士海绵铁产品日本开始以战略资源的眼光来审视本溪的煤铁资源，并于1929年开始冶炼海绵铁的试验，并获得成功。

本溪湖的海绵铁送回日本八幡制铁所特殊钢部进行试验性生产和研究时，发现其性能都好于其他特殊钢产品。

从此，本溪湖特殊钢工厂开始建立。

中国第一批特殊钢生产工人从此诞生。他们是刘长荣、高重历、赵学贤、张书山、施成玉、李春山、张庆林、刘玉田和贾鼎勋等人。

如果要研究中国的特殊钢生产的历史，这是一个不可或缺的资料。

之后，日本日益扩张的侵略战争使其对特殊钢的需求与日俱增，特殊钢生产的场地随之扩建，开始了由本溪湖向工源发展的历史。

之后，本溪特殊钢的种类日益增加。

用于枪支制造的钢种就有8个品种之多，还有用于刀剑锻造的特殊钢，让我们今天的人不可思议的是当时竟然研制出了用于飞机制造用的钢种，还有汽车用钢、车钩用钢、发条钢、滚珠钢等数十种。

本溪特殊钢产品在当时用于什么地方？

当年的724厂，是日本建成的南满陆军造兵厂，是当时东北最大的军工企业，本溪生产的特殊钢供应这里用来制造战斗机、战车、坦克、大炮、炸弹等等；

奉天兵工厂也是本溪特殊钢的一大用户，1944年一年就用了本溪生产的特殊钢423吨，绝大多数的特殊钢在这里被用在了制造炮弹上；

当然，还有奉天造兵所，日本本土的吴海军工场、东京刀剑锻造厂，以及日本八幡制铁所等兵工厂，仍有本溪的特殊钢源源不断地输入，以支持其制造杀人武器之用。

日本把本溪资源当作战略物资绑在他们侵略的战车上，长达14年之久。

也正因为如此，日本对本溪特殊钢的发展、研究和生产也是刻意经营的。

以后发展起来的抚顺特殊钢厂、大连特殊钢厂、北满特殊钢厂，在历史上、在品种上等诸多方面与本溪的特殊钢厂相比都是逊色的。

源于此种原因，共产党建政后，本溪自然也就当之无愧地成了新中国的军工重镇。

三

开国领袖的目光，透过朝鲜战争的硝烟，透过发展国防战略的思路，不断注视着本溪特殊钢的生产——明王朝时成为军工重镇的本溪，再度成为新中国的军工重镇

1952年的秋季，中国人民解放军的缔造者朱德来到了本溪，并于9月20日前往本溪特殊钢厂视察。

1959年，朱德第二次来到本溪时，又一次到了特殊钢厂视察。

毛泽东主席1954年10月25日曾亲自写过一封与本溪特殊钢厂息息相关的贺信。贺信是写给一家军工生产厂家127厂的：

127厂全体同志们：

祝贺你们试制成功122公厘榴弹炮，这对建立我国的国防工业和增强国防力量上都是一个良好的开端。

毛泽东

1954年10月25日

一份没带本溪特殊钢字样的贺信怎么又说与此息息相关呢？127厂制造122公厘榴

260

弹炮的材料来自于本溪特殊钢厂。

对新中国的国防建设，本溪特殊钢厂起到了一个良好的开端作用。

1954年，毛泽东的一份批示又与本溪特殊钢厂息息相关。

那是一份研制用于农业生产的新型用钢——犁铧钢的批示，之后由陈云同志亲自布置给本溪特殊钢厂的生产任务——名为701犁铧钢的生产任务。

新中国成立后，本溪特殊钢厂以其自己的独特贡献为国防工业和增强国防力量上起到了一个良好的开端作用。因而才引来了开国领袖的频频关注。

本溪特殊钢厂的独特贡献是在新中国建国初面临的严峻形势下做出的，其意义尤其深远。

那时的新中国，靠蒋介石当运输大队长的时代已经结束，一项急迫的任务就是建设新的国防力量，就是要拥有自己武器系列生产厂家，要拥有能提供武器生产所需的特殊钢材料。另一项更急迫的任务，就是生产抗美援朝所需的各种战略物资，而其中，特殊钢的生产显得尤为重要。

作为东北龙头老大的本溪特殊钢厂自然是重担在肩，自然是不用扬鞭自奋蹄了。

但本溪特殊钢厂自己也面临千疮百孔的局面。单以设备而言，被苏联红军当作战利品拆迁的设备就有：

埃鲁式6吨电弧炉1座；

大同制造所制造的3.5吨电弧炉1座；

5万ＫＶＡ变压器两台；

20吨、10吨、5吨天车各1台；

钢水包及其附属件4套；

1/2吨锻锤3台；

100马力空压机7台；

1200吨水压机1台。

除此，还从仓库拉走了大量的物资。

苏联人拆迁和运走的都是值钱的设备和有用的物资。

面临这样的形势，那一代特钢人以一种空前的热情和创造性的劳动，将本溪湖的特殊钢厂和工源的特殊钢厂合二为一，在军工生产上谱写了一个又一个的奇迹。

第一个奇迹：在本溪解放后的第十天就恢复了高周波炉的生产。

第二个奇迹：1949年的第一季度，250公斤的感应炉，创下日产10炉的新纪录，超过了日伪时期日产 6 炉的最高水平。

第三个奇迹：1950—1953年期间，钢产量达到18030吨，不仅超过了日伪时期和国民党时期钢产量的总和，而且是日伪时期最高年产量的4.3倍；钢材产量为21494吨，是日伪时期最高年产量的11倍。

第四个奇迹：一炉钢的冶炼时间规定为7.35小时，但高尚一班却创造了5.5小时冶炼一炉钢的纪录。

第五个奇迹：技师刘凤鸣用一块钢材直接锻成无缝五环链子，解决了东北各煤矿生产厂家设备紧缺的问题，被坐镇指挥的重工业部副部长王首道誉为"新中国的汽锤大王"。

时至今日，本溪特殊钢生产的产品已被广泛用于国防工业的各个行业，最新型的运载火箭和通信卫星都有其产品在发挥着作用。

百年钢铁业标本地

走在已经停止生产的本钢一铁厂，就好像走进了中国钢铁业的历史隧道。在这里，你既可感受到中国从青铜器以来冶铁技术的发展轨迹，也可感受到欧风美雨引发中国钢铁生产现代化的西学东渐之风。

中国从明清以来一直沿用的土法炼焦的痕迹仍然依稀可见，20世纪初世界最先进的冶铁工艺技术透过矗立了近百年的高炉仍然可追寻。

本溪湖，中国现代化钢铁业发展的缩影。

一

本溪，铁矿就产在这个地方，煤炭也产在这个地方，炼焦、采矿、熔铁都在一个地方完成，这种优势是其他地方所不具有的——老北平市市长对本溪独特的优势的精准解说

1928年初冬的本溪湖，一派如年节般的气氛弥漫在河东河西。那时，刚刚17岁的刘春震更是高兴异常，因为在本溪师范讲习科任校长的父亲告诉他，梨园界风头正劲的程砚秋要来本溪湖演出，并要带他前往观看百年难遇的盛事。

那天，本溪湖山楼可说是热闹异常，公益成茶庄的老板、张碗铺的老板、金大药膏的当家人都连贯地往湖山楼走去。那皮大氅、那狐狸皮帽子油光水滑。有头有脸的太太和小姐也穿着光鲜地前来一睹名角的风采。本溪湖煤铁公司头头脑脑都来了，本溪湖社会上的知名人士都来了。在现场，刘春震欣赏到了程砚秋主演的《碧玉簪》和《玉堂春》，程砚秋在演唱中表现出来的发音结实圆润、吐字沉着有力的特征确实让17岁的刘春震感受到了大家的风范。

刘春震问父亲，谁有这么大能耐请到程砚秋来本溪湖演出。父亲告诉他：是本溪湖煤铁公司的中方总办周大文请来的，并指了指坐在前排的周大文。

刘春震顺着父亲手指的方向看过去，这时，周大文刚好站起来和别人握手，个子不高，戴着眼镜，虽说肤色不是很白净，但长得很精神。

周大太监举荐，到东北督军张作霖处谋事，很得张作霖和张学良的信任。历任电报局长、大帅府密电处长、辽吉黑三省电政监督。1928年6月，周大文跟随张作霖从北京撤回关外，见证了张作霖被炸事件。

当时的周大文，那可是张学良身边的红人，张学良考虑到本溪湖煤铁公司的重要性，也鉴于日本人日益嚣张的野心，才派自己的心腹前来做总办，代表张学良来管理与日本合办的企业。

既然负责了这差事，周大文就对当时国际煤铁业和中国所有的煤铁公司研究了一番。结果有了这样的认识：20世纪的煤铁业与社会的发展息息相关，就像衣服、粮食于人不可或缺一样。

进而得出的结论让他对本溪湖这个地方刮目相看。他说，中国煤铁矿产的丰富是人人都知道的，但常常是铁矿在一个地方，煤矿在一个地方。独有本溪这个地方，既有铁矿也有煤矿，一个地方兼得这两大资源，那就是本溪的独特优势。

周大文进一步将本溪的这个优势和当时最有名的中国第一的煤铁公司——汉冶萍煤铁公司相比较，汉冶萍煤铁公司虽说当时已产钢了，但其铁矿在一个地方，煤矿在一个地方，炼铁又在一个地方。他感慨地说：本溪湖煤铁公司所在的本溪湖，铁矿就产在这个地方，煤炭也产在这个地方，炼焦、采矿、熔铁都在一个地方完成，这种优势是汉冶萍煤铁公司也是其他煤铁公司无法拥有的。

正是看到了本溪湖拥有的独特优势，周大文就想在本溪湖煤铁公司总办的位置上好好干一番。因此，在纪念本溪湖煤铁公司成立20周年的大喜日子里，红极一时的程砚秋被请到本溪演出。为本溪的历史增添了有趣的一页。

周大文这个人以后在中国的舞台上还有重要的一笔，1931年九一八事变后随东北军撤入关内，于1932年出任北平市市长。周大文还是一个有名的京剧票友，唱得一手好京剧。他的女儿本名周长瑜，只为避周大文在旧政府任事的历史之讳而改名刘长瑜，就是著名的京剧表演艺术家，其主演的《红灯记》已成为中国京剧的一座丰碑。

说周大文，目的是说本溪发展钢铁业的独特优势。

有优势，就有发展；有发展，就有繁华。那时的本溪湖，是繁华的。

20世纪初的20年代，本溪湖在经历17世纪末18世纪初的繁华后又掀起了第二次繁华的势头。

独特的资源优势带来了本溪湖的繁华。

二

先进技术把本溪的潜在优势变为现实优势。20世纪初的20年间，本溪的煤铁业继明王朝16世纪时期、清王朝18世纪时期又获得了第三次高速发展

1915年的1月13日，周大文之前的第六任中方总办王宰善来到了本溪湖，参加本溪湖煤铁公司一号高炉的点火仪式。

王宰善是一个勇于任事，对中方权利据理力争的人。

王宰善还是一个对本溪的煤铁历史和世界局势非常了解的人。

19世纪末期，本溪湖的煤铁业进入了一个低谷期。传统的采掘方式，导致很多的矿井因无法通风而放弃。落后的冶铁方式，使其土法制作的铁器难以与西方先进的铁器抗衡。本溪的煤铁业进入了衰退期。

这是与中国的整个进程相生相连的。

中国的冶铁业自青铜时期以来，就一直走在世界的前列。但自欧洲的工业革命后，中国就停滞不前，而欧洲则以一日千里的速度发展着。电力的发展催生了鼓风机的诞生，催生了现代炼焦业的诞生，然后是洗煤、精粉、团矿等先进技术的应用。

正是有感于欧洲日益飞速发展的先进技术，中国的有识之士才举起了办洋务的大旗。张之洞为此在湖北筹建了汉冶萍公司，在中国首开了现代化炼钢的先河，并在全国引起了仿效。

此时的本溪，虽然处于煤铁业的衰退期，但因其丰富的煤铁资源引起了其他国家的垂涎。先有英国有关人士从在本溪开办煤业的人手中购买了20多份有清王朝颁发的煤业执照，欲把本溪的煤铁资源纳入囊中，只因囿于地理环境和资本环境的考量，设想才没成为现实。接着是沙皇俄国，在沙皇俄国的势力一进入东北后，就派人来到本溪勘测煤铁矿的储量等情况。日本的野心当在英俄之前。鲁迅到日本留学时，为和顾琅编辑《中国矿产志》一书，曾四处寻找资料，结果发现，日本有一份秘密的《中国矿产全图》。鲁迅到日本是1902年，看到这份资料时大约在1903年，日本收集和勘测所获得的这份资料当在10年前，1904年日本大仓喜八郎派人到本溪一线勘测矿藏不过是以这份图为资料的。

日本终以武力获得了对本溪湖煤铁矿产的开采权。后遭中国政府的反对而成为中日合办，具体说应是代表中国政府的张作霖和日本的大仓财阀合办。从当时的情势来说，这也不失为一个办法，中国毕竟主权在手。合办的方式不但引进了技术，还引进了先进的设备。

于是，在采煤上，数百年靠人工挖刨的方式改为了爆破，本溪人第一次见到了电力给坑道送风的技术，运煤的方式也由人拖人拉变成皮带运输或是挂车运输。

自1908年中日合办本溪湖煤铁公司起，到1915年，在采煤、采矿方面实施了一系列新技术，又于1915年成功建成东北地区第一座现代化高炉。

来参加开炉点火仪式的王宰善心里最清楚，这座高炉的设备和技术都是从欧洲引进的，连日本本土的钢铁企业都没有这样先进的设备和技术。高炉的炉体设备来自于英国，装料卷扬机、锅炉、鼓风机和发电机来自于德国，有的设备来自于美国的GE公司。整个工程设计日本都搞不了，而是委托给德国的。技术指导则是在日本最享有盛名的专家。

数百年来本溪湖大地上见惯了的传统炼铁方法不见了。一座高炉一天的产量超过了传统方法一年的总量。

技术的力量推动着生产的发展，也推动着一个地方的发展。在那个年代，现代化炼铁技术的发展是日新月异的。1908年开始安装发电机；1916年建成了机械修理厂；1918年建成了选矿厂，之后又建成了团矿厂，采矿使用了凿岩机；1921年建成耐火材料厂；1926年建成了60孔黑田式焦炉……

1931年之前，虽说是中日合办，但由于主权在我，本溪湖煤铁公司生机勃勃，充满了活力。相比之下，首开中国钢铁现代化先河的汉冶萍公司，因缺少资金和先进的设备和技术，举步维艰，进退维谷。

三

本溪的资源优势给本溪带来既活力四射又纷纭复杂的发展路径

已经衰退的采煤业重又焕发了生机。所需的工人越来越多，原来萎缩的商镇又发达起来，河东一带的大商业、大商家以及新的大酒店业和文化娱乐业、学校教育都是这时发展起来的。

张碗铺的开办是在20世纪初，但其发展却是在20世纪的1911年至1931年间。不仅经营苏杭绫罗绸缎、华南华北的棉织布匹、北京和广州的杂货和东北的土特产品，还经营粮食买卖和大豆的出口业务，又收购了店铺"公益当"，到1931年，张碗铺的字号名满辽东。

最大的油坊商业并兼营粮谷的广泰盛也在这时获得长足的发展。占地1820平方米的大商场内，成天车进车出，本溪湖繁华的商业景象从此可见一斑。广泰盛的商业影响力不仅在商业上，还能影响到本溪县县长的官位能否坐得稳，真是非同凡响。

本溪最早的大型戏院——湖山楼也在1911年建立，然后，本溪地区才有了评剧的演出，有了新式电影的播放，本溪人才能在此欣赏到红极一时的程砚秋的精彩表演。

金融业也在这时得到了发展，商会也在这时成立，具有现代化气息的医院也在1909年开办。

现代教育的雏形也于此时形成。1908年在溪湖大堡创办了师范讲习所。1917年，在柳塘创办了第一高级小学，并又在大堡创办了女子师范讲习所。

可以这样说，本溪湖河西商镇的发展是乾隆御批采煤执照带来的发展浪潮。本溪湖河东商镇的发展则是中日合办、新技术为本溪采掘业带来新的活力导致的必然结果。

日益发展的本溪湖，引来了政府的关注。加之觊觎本溪湖繁华的土匪的兴起、加之日本人得寸进尺的野心，本溪最终走上了设县建制的道路。

当年来此负责筹建县政府的周朝霖，在周边地区考察后，本认为本溪湖作为县政府的所在地过于狭窄，不如今天本溪满族自治县政府所在地。只因考虑到有日本人在本溪湖的煤铁业，为抑制日本人的野心才将县址定在本溪湖，并由此开始了一个城市建设的规划。

本溪因煤铁的资源而发展为城市、因煤铁资源而发展为市级政府所在地，从此可寻出端倪。

【补白】

本溪煤铁业的百年发展沉淀为工业文明遗址的优势。

明王朝的煤铁业，发展了火连寨商镇；清王朝的煤铁业，发展了本溪湖河西商镇；民国年间的煤铁业，发展了本溪湖河东商镇。并进而催生了县级政府和市级政府的建制。

本溪拥有明王朝时期冶铁炼焦的遗址。

清王朝冶铁炼焦的遗址更不难寻到。在中国钢铁现代化的进程中，本溪更有独特的地位：作为全国首开现代化钢铁业的汉冶萍煤铁公司，因资金、因技术、因经营、因环境等等原因早已不复存在。今天的本钢就成了硕果仅存的中国百年钢铁现代化进程中的标本。或如说，本钢就是中国百年钢铁发展史的缩影。

煤铁生产的遗址，为本溪沉淀为另一种优势——工业文明遗址。

本溪拥有丰富采煤遗址。最早使用蒸汽动力设备的炭坑，是在1910年；最早采用机械通风的矿井，是1907年；本溪煤矿大斜坑是唯一采用倾斜皮带提升的矿井；彩屯矿井是最大的采煤矿井；采用湿式凿岩法开凿的巷道；技术和设备方面有提升能力最大的提升机；用于运煤的苏制刮板溜子；等等。

围绕冶铁方面的遗址更是不少。1411年炼铁场，1891年建在草河口和小市镇的庆发炉和天赐炉，1915年建成的最早高炉，1913年建成的洗煤厂，1914年建成的发电所，1938年使用的制氧机，1924年建成的硫酸厂，1929年建成的最早的石灰窑，等等。

以上遗址，再加上本溪湖煤铁公司的办公楼、本溪湖火车站等建于20世纪20年代的一系列建筑，那又是今天的本溪独有的优势。

现在，不少的城市纷纷寻找方法申报工业文明遗址，本溪却拥有如此丰富的工业文明遗址，不能不说是本溪的福分。

百年的煤铁业不但为发展今天的本溪做出了巨大贡献，而且还为明天本溪的发展留下了丰富的遗产。

全国哪一家大型矿务局，都有本煤的人；

全国哪一家大型钢铁企业，都有本钢的人。

本钢精英遍九州

一

1952年5月，朝鲜战争依在继续。外国人不了解的是，支撑如此大规模战争的中国，生产军工用钢的特殊钢企业只有6家。发展军工生产以支撑强大国防的需要摆在了新中国的面前，本溪人亲历那个时代的重大转折和变化。

因和苏联的特殊关系，背靠苏联建设一个北满特殊钢厂成了新中国领导人的设想，为新中国领导人完成这个设想的是本钢人。

这年的5月，本钢一钢厂的党委书记林纳带着50多人来到北满的富拉尔基，开始了北满特殊钢厂的拓荒工作。1955年，本钢一钢厂的厂长苏明又带着第二批人来到富拉尔基。这140多人担负了新钢厂从管理到技术到生产的所有生产环节，本钢一钢厂得以复制到了北大荒。

1957年，北满特钢厂开始生产。多年来，北满特钢先后为我国自行研制的第一门重型火炮、第一辆重型坦克、第一艘核潜艇、第一架歼击机、第一颗人造地球卫星、第一艘万吨远洋巨轮、第一座原子能反应堆、第一枚洲际导弹等多个国家第一提供了关键性合金钢材，填补了我国多项空白，为我国的航空、航天、军工、汽车、铁路、矿山、能源、石油、化工等行业以及黑龙江省的经济发展做出了巨大贡献。投产几十年来，先后有多位党和国家领导人亲临北满特钢视察，北满特钢以其特殊的贡献和地位曾被敬爱的周总理亲切地誉为祖国的"掌上明珠"。

北满特钢厂的成功背后，站着老军工企业——本钢特钢厂的坚强脊梁。

1952年发生在本溪的这一幕，从此拉开了本溪30年来对国家重工业的援助的序幕。

二

1966年8月，21岁的赵跃忠的命运发生转折。

赵跃忠是个老本溪人，爷爷在本溪煤铁公司干了一辈子，父亲又在本钢公司干了一辈子。他的一个叔叔在宝钢，一个叔叔在西北的一家煤矿公司，赵跃忠在本煤彩屯矿上班，一个产业世家，一个煤铁业的家族。

赵跃忠1962年上班，1964年结婚。妻子刘玉芹也是老本溪人，在市食品公司工作。两人1965年有了一个女儿，两人想一家人就在本溪安安稳稳生活。让他们没想到，离本溪成千上万里的美国人的一个举动改变了他们的命运。

一个中国工人的命运与美国有什么相干？套一句俗话说，那就是形势比命强。

1964年7月底，美国军舰协同南越海军执行"34A"行动计划，准备对越南北方进行海上袭击。8月1日，美第七舰队驱逐舰"马多克斯"号为搜集情报，侵入越南民主共和国领海，次日与越南海军交火，并击沉越南鱼雷艇。美国政府迅即发表声明，宣称美海军遭到挑衅。3日，美国总统约翰逊宣布美国舰只将继续在北部湾"巡逻"。4日，美国宣称美军舰只再次遭到越南民主共和国鱼雷艇袭击，这一事件因发生在北部湾，所以被称为"北部湾事件"。之后，美国以此为借口，出动空军轰炸越南北方义安、鸿基、清化等地区。7日，美国国会通过《东京湾决议案》，授权总统在东南亚使用武装力量。这一事件是美国在侵越战争中推行逐步升级战略，把战火扩大到越南北方的重要标志。

越南战争的战火燃到了中国的南部边界，中越边境地区、海南岛和北部湾沿岸都落下了美国的炸弹和导弹，中国军民也倒在了血泊之中。

美国的狂妄，美国肆意扩大战争的行径让新中国的领导人意识到：假如战火燃烧到中国，中国将缺乏战略纵深。

8月17日、20日，毛泽东在中央书记处会议上两次指出，要准备抗击帝国主义可能发动的侵略战争。现在工厂都集中在大城市和沿海地区，不利于备战。各省都要建立自己的战略后方。这次会议决定，首先集中力量建设三线，在人力、物力、财力上给予保证。

一个有关国家命运考虑的三线建设战略成了当时中国最大的政治。

在国家战略的调整中，赵跃忠命运随之发生转折。这就是美国的一个举动改变了赵跃忠命运的来历。

赵跃忠并不伟大，但他知道国家需要的重要意义，因而争着报名到贵州支援国家的三线建设。在食品公司上班的妻子也一起前往。按有关规定，不准带孩子，但两口子依然带着一岁的孩子踏上了他们无法想象的征程。

他们离开本溪的日子是1966年8月25日。送别的车站上，锣鼓喧天。

赵跃忠的同事和朋友王守义两口子、七级大工匠徐友山和宋万学都一起去了，同去的还有100来人。

1966年的3月，彩屯煤矿还有100人也到了宁夏石嘴山。

之前，本钢已有一部分人带着设备支援贵阳钢铁厂的建设去了，更大量的援建各地钢铁厂的工作从此开始。

三

贵州的六盘水是六枝、盘县和水城三地合成的一个称谓。是一个多民族聚居的地方。

赵跃忠去的就是六盘水的六枝煤矿机械制造厂，当地人习惯叫煤机厂。这是从徐州迁过去的。规格很高，一个省的公安厅长来此当党委书记。

从本溪到北京，正碰上毛泽东主席第八次接见红卫兵。从北京到六盘水，走走停停，当时昆明到北京的铁路还没修通，只有一段一段地倒。两口子带着孩子，有诸多的不便，总想快点到地方。好不容易到了，两口子却是满腔的失望。

六盘水接纳了不少搬迁的厂子，就连沈阳的一家飞机制造厂以及附属的厂子都迁来了，几乎所有的企业都处于边生产边建设的状态。

因企业的到来而形成的城市处于草创时期，道路和街道只有雏形，既没有铺设水泥也没有铺设柏油，土筑的道路和街道，一下雨就一片泥泞。贵州雨多，一年之内难得有几日的晴天，给人的感觉是头上永远是阴沉的天，脚下永远是泥泞的路。住的房子是临时建的油毡房，草席，一家一小隔。为了防止潮湿，只有在床底下放上生石灰。眼前的情景令他们不自禁地想到了家乡本溪，那时的本溪与今日无法相比，但比六盘水强上何止百倍。

环境的艰苦、生活的不习惯且不说，还没有幼儿园，两口子上班后连孩子都没人看。但为国家的热情、献身革命的精神让他们视艰苦为荣，视困难为考验。没有幼儿园，两人从当地请了一个保姆，每月50多元的工资，付的保姆费为15元。两人是回族，与汉族相比，日常生活无形中多了很多的不便。两人学会了从市场上买清真食品自己做的生活技艺，他们还向当地百姓学会了做米豆腐，做糟辣椒。

在这个过程中，他们也享受了生活的乐趣，当地的一个牛头，只卖两毛钱，收拾完之后，一家人可享用几天。当地的鸡蛋，用草编成串提着卖，一个只卖两分钱。当地的肥母鸡，一只只卖一元钱。他们觉得，便宜的生活，足以弥补环境的艰苦了。

全厂3000多人，本溪去的人在技术上树起了威望，而且本溪人的实干精神也获得了良好的声誉。

赵跃忠先在车间当电工，工作起来认真吃苦，有事了加班加点，从不讲价钱，无怨无悔地付出。因表现突出，从车间调到机关供应科，负责采购。

妻子刘玉芹也是干一行爱一行，在后勤干过，在基建干过，后来也调到机关供应科。

两人成了先进，先后入了党，并在同一年提了干。

在那个年代，入了党是一个人发展的一个标志，转成了国家干部又是发展的另一个标志。在那遥远的地方，在云、贵、川的大山深处，两人都发展得很好，随着日后住房条件的改善，日子过得蒸蒸日上。

但他们也有落后的时候。因丈夫赵跃忠做采购工作，一年有7个月的时间出差在外。这时，妻子又生了老二、老三。丈夫常年出差在外，妻子带着3个孩子还要上班，确实很辛苦，为此，妻子曾劝过丈夫换个工作。特别是在有一年，赵跃忠带着车经红果到昆明的途中，因司机犯困，车子一下冲出公路，翻向山沟。情急之下，赵跃忠真能沉住气，伸手抓住方向盘，任车翻滚不放松。幸运的是车翻了两圈后又四轮落地摔到了一块平地上。

赵跃忠受了轻伤，回家后，妻子越想越后怕，要是丈夫有个三长两短，自己带着3个孩子怎么过，因而数次磨叨丈夫换个工作。对工作从来没有拈轻怕重、挑肥拣瘦思想的赵跃忠心想，自己是个党员，还是个干部，只有各种工作都要干在前头的份儿，哪能因出点意外就找领导调换工作的事。坚定想法之后，不断做妻子的工作，说服妻子什么事都有个意外。"再说了，咱俩都是党员，这事要让别人知道，咱们还有什么脸面呢？"

最终还是说服了妻子，仍然一年四季不着家，为工厂的建设和发展贡献自己的一份力量。

赵跃忠后来成为了供应科的科长。再后来，被厂里派到北京，成了该厂驻北京办事处的主任。

不少的本溪人发展成了厂里的中坚力量。刘启业在六盘水的子弟学校当党委书记，有的成了分厂的厂长。

与此同时，在贵阳钢铁厂的张万秋，在西宁钢铁厂的郭义明、孙景瑞等数千的本溪人，他们在不同的地方、不同的企业中，很好地完成着党和政府交给他们的使命，为建设新的企业，为发展他人的故乡做着自己的贡献。

四

1985年的8月25日，刘玉芹调回了本溪，单位是本溪重型机械厂。

此时，距离1966年8月25日从本溪调往六盘水的日子，刚好是19年整。

"文革"结束、到改革开放后，整个的国际形势发生了巨大的变化。中国国家战略也发生了巨大的变化。

个人的意识也在发生变化。

参加三线建设的很多人产生了叶落归根的念头。本溪人也如此。

20世纪80年代，为支援三线建设而背井离乡的本溪人掀起了一股返乡的热潮。

1979年，赵跃忠已经34岁，他看到从徐州去的人当中有人开始往回调，他的心也开始活动了。曾一度联系调往昆明，后来因老人有病，尽孝的责任心改变了调往昆明的打算，遂一心往调回本溪使劲。但当时的情形让他的调转难以实现，六盘水煤机厂供应科科长，不光是头衔而且更是一种责任的工作，使他的调转搁浅。

看着直接突破不行，赵跃忠就拐了一个弯，先把妻子调回来。托亲求友，终于在1985年的时候将妻子调回了本溪，老二、老三两个孩子一起跟着回来了，正在读书的大女儿依然还在贵州。

妻子调回本溪后，赵跃忠也开始了六盘水煤机厂驻北京办事处主任的工作，这样的工作，图的是回家方便。这边方便了，那边就把大女儿一人扔在贵州。好的是，大女儿在1988年完成学业后，直接调回本溪上班了。全家5口人只差赵跃忠一人了。这回，赵跃忠跟单位耍了个心眼，他对单位说："要是不放我，单位就得给家人在本溪解决住房问题，解决不了，就得同意调走。"单位在无奈之下，只好同意放人。

1990年，赵跃忠方得以调回到本溪。21岁离家的青年，回来时已是45岁的壮年了。

抓紧时机，把一家人都调回来，那是很多人的想法。

本钢特钢厂的孙景瑞，是1969年到西宁钢厂的。

1964年，中央决定，将本钢特钢厂搬迁到西宁，另建一个规模为年产10万吨特殊钢的军工钢厂。到1970年，来到西宁钢厂的本钢特钢厂的管理人员、工程技术人员和生产工人多达1331人，搬迁设备多达378项、1164台套、重量达4245吨。可以说，是本钢为国家在西宁另建了一个特殊钢厂。

孙景瑞带着妻子张毅珍到了西宁。孙在钢厂上班，张毅珍在西宁的百货商场上班。夫妻俩在本溪有了一个孩子，在西宁又有了两个孩子。20世纪80年代，夫妻俩也是着急往回调。两人担心，要是等孩子都在西宁上班了，往回调就更难了。

想往本溪调，没调成，后来是孙景瑞的老家河北昌黎的亲属帮忙调回了昌黎。同样是先把一双小儿女和妻子调了回来，大女儿毕业了直接调回了昌黎。

王守义和周群两口子也是同时调回来的。王守义调本钢连轧厂生产一线工作，周群调连轧厂职工学校工作。

本煤公司有名的七级大工匠徐友山，儿女都在贵州工作，没法调，但思乡心切的老两口，退休后依然选择回本溪生活。他们在火连寨租个房住着。

在盘县煤机厂子弟学校当党委书记的刘启业因孩子都在那边工作，想回来而无法回来了。

本溪支援全国各地建设的数千人，仍有大部分在外地生活，还有的已经埋骨他乡，但他们对国家建设的贡献，我们不应忘记。

【链接】

所谓"三线"的范围，一般的概念是，由沿海、边疆地区向内地收缩划分三道线。一线指位于沿海和边疆的前线地区；三线指包括四川、贵州、云南、陕西、甘肃、宁夏、青海等西部省区及山西、河南、湖南、湖北、广东、广西等省区的后方地区，共13个省区；二线指介于一、三线之间的中间地带。其中川、贵、云和陕、甘、宁、青俗称为大三线，一、二线的腹地俗称小三线。

在1964年至1980年长达16年、横贯三个五年计划的三线建设中，国家在主要13个省和自治区的中西部地区投入了2052.68亿元巨资。几百万工人、干部、知识分子、解放军官兵和成千上万人次民工的建设者，在"备战备荒为人民""好人好马上三线"的时代号召下，打起背包，跋山涉水，来到祖国大西南、大西北的深山峡谷、大漠荒野。他们露宿风餐，肩扛人挑，用十几年的艰辛、血汗和生命，建起了1100多个星罗棋布的大中型工矿企业、科研单位和大专院校。决策之快，动员之广，规模之大，时间之长，堪称中华人民共和国建设史上最重要的一次战略部署，对以后的国民经济结构和布局，产生了深远的影响。

本钢从1952年开始，援建过的钢铁企业有北满钢铁厂、陕西钢厂、济南钢厂、韶关钢铁厂等近20个钢铁厂，支援过的其他单位近10个。多年来，本钢共抽调职工9000多名、搬迁设备5万多吨支援全国各地的建设。支援外地职工的总数相当于解放初期本钢职工的总数。

同时，在1953—1954年间，为朝鲜代培了70多名钢铁生产技术人员。1959年，派出两批人员支援蒙古的钢铁企业建设。1971年至1978年，本钢派出500余人次支援越南太原钢铁公司的建设，代培越南实习生260多人，并援助高达2.3亿元人民币的各种物资。

本煤人也有数千人奔赴全国各地的煤矿和工厂。

功勋高炉谢幕于 2008 年 （1）

有近百年历史的功勋高炉——本钢一号二号高炉昨日"下岗"了。

昨日上午，本溪钢铁（集团）有限责任公司一铁厂举行了"落实节能减排，淘汰落后工业设施，实施本钢一号二号高炉关闭仪式"。辽宁省环境保护局和全省14个市分别设置会场进行了视频会议。省政府刘国强副省长在会上表示，企业应增强淘汰落后设施的自觉性，促进产业结构调整，还百姓绿水蓝天。

本钢一铁厂位于老本溪城区，始建于1905年，比鞍钢建厂还早12年。由于建设时没有环保设施，再加上设备逐年老化，年排放二氧化硫8700吨，烟（粉）尘7200吨，是本溪市最大的污染源，"它的关闭是一项重大的民心工程"，本溪市市长江瑞说。

本钢一号、二号高炉分别建设于1915年和1917年，是东北地区现代炼铁高炉的鼻祖。自1949年7月3日二号高炉修复竣工投产至今的59年时间里，两座高炉累计生产优质生铁2940万吨。

但是，在为国家创造财富的同时，两座高炉也污染了环境、浪费了资源，使本溪一度成为卫星看不到的城市。"这与我们建设资源节约型、环境友好型的新本钢是格格不入的。"本钢集团公司董事长、党委书记于天忱表示。

本钢炼铁厂厂长、党委书记孙连有说，这两座功勋高炉的完美谢幕，标志着本钢积极推进节能减排，主动淘汰落后工业设施，兑现了本钢向国家和社会做出的庄重承诺。

【新闻链接】本钢生产新核心——新一号高炉

本溪钢铁集团有限责任公司新一号高炉于今年10月9日点火开炉，容积4747立方米，是我国冶金行业4000立方米以上的最大高炉之一，也是东北地区最大的炼铁高炉。

它集当今世界最先进的炼铁技术于一身，不仅日产量达万吨，而且主要经济技术指标都处于世界领先水平。

新一号高炉追求"绿色高炉"环保理念，各项排放指标均达到国家排放标准，干渣将实现"零排放"，废水全部循环再利用。

（本文来源于2008年12月18日的《辽沈晚报》，作者：杨静）

功勋高炉谢幕于 2008 年（2）

致力钢铁强国，惠及民生，造福社会。12月17日上午，为中国炼铁工业发展和社会主义建设做出卓越贡献的本钢一号、二号高炉，在累计生产优质生铁2940万吨后正式关停，同时，与之相配套的烧结、焦炉设备也一并关停，它标志着本钢溪湖厂区将全面退出中国冶铁舞台。这是本钢落实科学发展观，坚持走新型工业化道路的重要标志，是本钢建设资源节约型、环境友好型企业的重大举措，是本钢积极响应国家产业政策，又好又快地实现可持续发展迈出的实质性一步。

本钢一号、二号高炉分别建于1915年和1917年，这两座中国现代炼铁高炉的鼻祖，曾是本钢集团公司赖以发展的前身。在近一个世纪的历史长河中，它历尽沧桑，见证了中国钢铁工业发展的每一步。1948年本溪解放后，在中国共产党的领导下，本钢一号、二号高炉为新中国的发展壮大建树了卓越的功勋，也为本钢走进中国钢铁强势企业奠定了坚实的基础。然而，曾是本钢人光荣和骄傲的本钢一号、二号高炉，在为国家创造财富的同时，也污染了自然环境，浪费了宝贵资源，使本溪一度成为卫星看不到的城市。这与科学发展观所要求的"全面、协调和可持续发展"相悖，与钢铁产业发展政策的要求不符。为此，本钢加快资源节约型、环境友好型企业的建设步伐，与时代发展同步，积极推进节能减排，主动淘汰落后设施，在关停千立方米以上的三号、四号高炉后，又关停新中国的"功勋高炉"——本钢一号、二号高炉及其附属设备。

12月17日上午，辽宁省环保局举行节能减排、淘汰落后工业设施本钢一号、二号高炉关停仪式，本钢主会场设在溪湖厂区。关停仪式采用现场直播的形式，省环保局、辽宁14个市分会场与本钢主会场共同见证了这一历史时刻。

炼铁厂厂长孙连友在介绍本钢一铁历史沿革、设备关停情况时说，两座高炉的发展变迁见证了本钢炼铁事业的成长与发展。从20世纪50年代到80年代，连续30年保持全国大中型高炉利用系数冠军；本钢牌铸造生铁连续3年荣获国家质量金奖，产品远销国内外，被用户誉为"人参铁"和"药引子"；进入20世纪90年代以来，百年老炉重新焕发青春，生铁产量实现跨越式增长，在即将退出历史舞台时为本钢生产大局做出了稳定而积极的贡献。功勋高炉完美谢幕，崭新未来精彩开篇。

本钢集团公司董事长、党委书记于天忱介绍了本钢落实科学发展观、实施节能减排的工作情况。于天忱说，本钢一号、二号高炉是本钢发展的起点，它为中国、为本钢所做出的卓越贡献，历史将永远铭记。本钢一号、二号高炉曾经是本钢人的骄傲，但按照科技进步和环保达标的要求，我们必须与时代发展同步，淘汰落后，将其关停，用更新的装备，更高的工艺水平来替代它，以实现本钢又好又快的发展。我们决心以一号、二号高炉关停为契机，进一步强化节能减排工作，淘汰落后产能，着力环境治理，特别是所有的生产系统都要更加注重高新技术和工艺研发与应用，对标挖潜，着力攻关，对不符合环境保护标准要求的设备都要淘汰关停，以造福社会，造福人民，真正把本钢建设成为资源节约型、环境友好型的精品板材基地和具有国际竞争力的现代化企业。

本溪市市长在关停仪式上说，本钢一号、二号高炉正式关停，是本溪市节能减排、生态环境建设和经济社会可持续发展的一件大事，是本钢兑现承诺，还本溪碧水蓝天所迈出的坚实一步，更是本溪市落实科学发展观的实际行动，体现了市委、市政府抓节能减排、建设生态型城市的决心，更充分体现了本钢集团广大干部职工顾全大局、创新发展的社会责任，全市157万人民无不由衷地感到高兴和欣慰。全市上下要以此为动力，深入学习实践科学发展观，继续加大节能减排工作力度，以更加出色的工作业绩造福本溪人民。

在辽宁省环保局会场，辽宁省副省长刘国强做了重要讲话。刘国强说，正值我国改革开放30周年之际，我们共同见证了本钢淘汰落后产能这一历史时刻。溪湖厂区全面关停结束了本溪溪湖地区近百年严重环境污染的局面，还百姓一个蓝天白云、青山绿水，实现了本钢集团向本溪人民的郑重承诺。同时也欣喜地看到，本钢新一号高炉经过不到两个月的运行，焦比、高炉利用系数已达到了国内同类高炉的先进水平。省政府希望本钢能够进一步加强科学管理，合理组织操作，争创世界一流生产水平。

最后，刘国强还代表省政府提出两点意见。一是提高认识，增强淘汰落后生产能力的自觉性，促进产业结构的调整；二是以本钢关闭淘汰落后工艺设施为契机，采取综合措施，加大结构调整、淘汰落后生产能力的力度，为下一步发展打下坚实的基础。

（本文来源于当时的新闻报道）

附录一：百年一铁剪影

○最早的发电所

本溪湖商办煤铁有限公司于1912年（民国元年）动工兴建本溪湖发电所，1914年5月23日建成运行。该所装设AEG制造1500千瓦发电机2台，年发电534.6万千瓦时，供煤铁公司动力用电及部分民用电。这是本溪最早建立的发电所。

○最早的制氧机

1938年本溪湖煤铁有限公司南芬矿业部（今本钢南芬露天矿）液酸工厂安装两台每小时60立方米生产能力的海朗德制氧机，1940年投产，主要供矿山爆破使用，这是本溪地区最早安装的制氧机。1945年日本侵略者投降后停止生产。

本溪解放后，随着钢铁工业生产的迅速恢复和发展，1950年本溪煤铁公司决定将这两台制氧机迁至市区修复，并筹建氧气厂。1952年5月和1954年7月，这两台制氧机相继修复投产，氧气年产量达95万立方米。

○最早建立的硫酸厂

中日合办的本溪湖煤铁有限公司，为利用炼焦厂的副产品——硫酸生产硫酸铵，于1924年4月新建硫酸厂。所建之硫酸塔为日本人纳五平氏所创之纳氏包入式，并将一大塔内分作6部，成为6塔，以节省铅板、少占地面。块矿炉系英国式，共16座，1925年5月完工，当时最高日产55度硫酸4吨。1930年年初，因炼焦厂停工而终止生产。

1931年九一八事变后，本溪湖煤铁有限公司为日本人独占，1937年炼焦厂第一炼焦炉全部修建竣工，第一、第二两座炼焦炉同时投入生产。副产工厂需要硫酸较多，硫酸厂决定大改修，硫酸塔6部改修为7部，块矿炉增设两座，产量成倍增长，每日可产55度硫酸9吨多。至1943年，因塔内耐酸砖及塔壁大部倒坏，遂停工。

○最早的石灰窑

1929年日本人东本在本溪湖明山街和后湖街各建石灰窑1座，称明山厂和大堡厂。各有窑筒3个，当年开工。两座窑共有石工和窑工90人，日产石灰79.5吨，每月产2350吨，是本溪最早建立的石灰窑。1945年8月，日本侵略者投降后，两厂均停产，国民党统治时期亦未开工。

〇最早的洗煤厂

本溪洗煤厂分本溪洗煤一厂洗选普通煤；本溪洗煤二厂洗选低磷煤。本溪洗煤一厂始建于1913年，于1914年建成。安装两台德国制的侧鼓式跳汰机，具有完整的手选和水洗系统。但由于水洗车间排出的10毫米以下洗矸中残存精煤约占30%，为回收这部分精煤，于1928年增建第二水洗车间进行再洗，安装两台槽式洗煤机，于1930年建成。为了回收原煤中存在的粉煤，1935年9月增建脱尘车间。随着原煤产量的增加，1937年7月扩建第三水洗车间，安装两台鲍姆式水洗机，于1939年建成。至此，各车间形成一个完整的、具有东亚一流设备的、洗选能力达90万吨的联合运转整体，成为本溪最早的洗煤厂。

百年一铁名称演变

本溪湖制铁工场时期（1911.10—1948.10）

1911年10月6日，日本大仓财阀、日本驻奉天总领事小池张照与奉天交涉司许鼎霖签订《中日合办本溪湖煤矿有限公司附加条款》，将"本溪湖煤矿有限公司"改称为"本溪湖煤铁有限公司"。12月5日，成立制铁部，负责筹划制铁事宜，一铁厂历史由此开端。

本溪湖制铁工场，始建于1913年的炼铁车间当时即称制铁工场。这一时期，围绕制铁工场的各工场独立存在。如1912年建成的第一发电所，1914年始建的骸炭工场，1918年始建的团矿工场，1924年始建的副产物工场、硫酸工场，1935年始建的烧结工场。这种称号和管理体制一直延续到1948年本溪解放。

本溪炼铁厂时期（1948.11—1958.6）

1948年10月30日，本溪解放，11月2日，人民政府东北行政委员会重工业部接收本钢，将本溪湖制铁工场，定名本溪炼铁厂；将本溪湖团矿工场和烧结工场合并，定名本溪团矿厂；将本溪湖骸炭工场、副产物工场、硫酸工场合并，定名本溪炼焦厂；本溪湖第一发电所定名本溪第一发电厂。1950年2月7日，本溪团矿厂并入本溪炼铁厂。1950年3月，本溪炼铁厂改称本溪制铁厂。1952年12月，本溪制铁厂改为高炉车间、团烧车间；本溪炼焦厂改为炼焦车间和炼焦化学车间；本溪一电厂改为一电车间。5个车间直属本溪煤铁公司领导。1955年4月，高炉车间与团烧车间合并，恢复成立本溪炼铁厂。炼焦车间与炼焦化学车间合并，恢复成立本溪炼焦厂。1956年3月，本溪炼焦厂改称第一焦化厂。1957年，本溪炼铁厂改称第一炼铁厂。

本钢第一炼铁厂时期（1958.7—2008.9月）

1958年7月1日，第一炼铁厂、第一焦化厂和一电车间合并，成立本钢第一钢铁厂。1974年10月，又改称本钢第一炼铁厂。此称呼一直延续到2008年本钢一铁解体。

附录二：本钢百年画卷（一）

2010年6月8日，本钢与北钢实行合并重组，组成了年产能将达2000万吨，年营业收入超过千亿元的新本钢集团。

百年老本钢又展现了一幅壮美的发展画卷：在"十二五"期间，本钢厂区将形成以高档汽车板、高档家电板为代表的冷轧、涂镀产品，以高级管线钢、高强汽车用钢、高强工程用结构钢为代表的热轧产品，以高质量轴承钢为代表的特殊钢品种，以铁素体不锈钢为代表的不锈钢产品，以中高磁感取向硅钢和无取向硅钢为代表的硅钢产品。冷热比达到58％，高附加值产品比例达到85％，板材比92.2％，产品全面覆盖市场。

在北台厂区，线材以硬线、软线为主，主要生产帘线钢、焊条及CO_2气体保护焊丝用热轧盘圆、低松弛预应力钢绞线用热轧盘圆、低合金热轧盘圆、细拉丝用热轧盘圆、冷镦钢热轧盘圆、硬线热轧盘圆、高强度盘螺、建筑用热轧盘圆等。棒材以高强度螺纹钢为主，主要生产高强度螺纹钢筋、抗震钢筋、超细晶钢筋。热轧板材以高强度结构钢、耐候钢、管线钢为主。

到"十二五"末，重组后的"两钢"将实现销售收入1353亿元，其中钢铁板块1080亿元，非钢产业273亿元；实现利润38亿元，利税190亿元，成为3000万吨级、品种全、质量高、具有国际一流水平的北方精品钢材生产基地，进军世界500强。

在中国近代以来的钢铁业发展史上，像本钢这样，历史从未中断、发展从未中断的企业唯此一家。

一、解放前45年的历史，分为三个阶段

第一阶段：1905—1931年，中国争夺本钢主权时期

自1905年12月18日，日本关东军总督府无视中国主权，非法批准大仓喜八郎建立本溪湖煤矿后，清政府即开始争夺企业的主权。

1910年6月，清政府农工商部批准了《中日合办本溪湖煤矿合同》。7月，中日合办南坟庙儿沟铁矿开采试钻。企业成为中日合办。

1911年10月，本溪湖煤矿公司更名为本溪湖商办煤铁有限公司。

1914年11月23日，一号高炉竣工投产，日产铁130吨。

1926年7月，本溪湖黑田式炼焦炉投产，日产焦炭440吨。

这一时期：建成了当时中国最现代化的炼铁企业。

第二阶段：1931—1945年，沦为日本的殖民企业时期

1931年，日寇发动九一八事变，日本关东军侵占东北，公司一切权利被日本独霸。

1933年9月，本溪湖商办煤铁有限公司筹建本溪湖特殊钢试验厂。

1935年8月，本溪湖商办煤铁有限公司更名为本溪湖煤铁股份有限公司。

1937年，官原厂区开始建设。

第三阶段：1945—1948年，战乱时期

1945年10月3日，本溪煤铁总公司成立。

二、改革开放前30年的发展历程，分为三个阶段

第一阶段：在废墟中艰难崛起

1. 恢复生产时期（1948年10月—1952年）

1948年10月30日，本溪山城获得解放。结束了本溪饱经沧桑和被践踏的历史，此时的本钢厂区已是千疮百孔、满目凄凉，到处是残垣断壁、蔓草丛生。但是，在中国共产党的领导下，广大钢铁职工自力更生，发奋图强，发扬主人翁精神，开展了献纳器材、抢修设备、增产节约、创造新纪录等活动，迅速恢复了钢、铁生产。1949年生产铁48307吨、钢2372吨、钢材1282吨。在1950年—1952年的三年恢复生产时期和抗美援朝期间，广大职工积极生产支援前线，不仅生产建设取得了重大进展，而且有力地支援了抗美援朝战争。据统计，3年间累计生产铁70.70万吨、钢4.07万吨、钢材3.97万吨。

2. 第一个五年计划和本钢第一次改造时期（1953—1957年）

由于本溪钢铁企业生产规模大，经营管理专业化，在"一五"计划时期，本溪钢铁工业本钢被国家列为由苏联援建的156项重点工程项目之一。在广大钢铁工人的努力下，加之苏联专家的协助，本钢第一次扩建工程胜利完成。工源一号高炉1956年10月1日投产，二号高炉于1957年9月1日投产，焦化厂于1956年9月11日投产，本钢的生产能力迅速得到提高。到1957年，本钢工业生产总值达到3.2亿元，生铁产量达到

80.2万吨，特钢8.8万吨，钢材6.3万吨。

第二阶段：在动荡中艰难跋涉

1. "大跃进"和国民经济调整时期（1958—1965年）。

1958年，在全国掀起了工业生产"大跃进"浪潮，本溪钢铁工业编制了《本溪钢铁公司五年规划（草案）》，提出了实现年产生铁300万吨、钢200万吨规划。由于苏联背信弃义撕毁合同和1960年本溪地区遭受百年不遇特大洪水灾害，以及"大跃进"中片面追求高产量、拼设备等原因，给本钢生产造成了严重困难，基本建设不能正常进行，第二个五年建设计划的发展目标未能完全实现。据统计，1962年全市钢铁工业生产铁80.12万吨、钢10.63万吨、钢材6.13万吨，分别比1958年下降45.4%、30.6%、34.0%.

1961年，党中央适时地制定了国民经济调整、巩固、充实、提高的方针，给钢铁工业生产恢复带来了转机。经过三年调整时期，到1965年生产建设有了新的转机，生产基本恢复正常。全市工业产值达到4.68亿元，生铁产量为125.97万吨、钢12.08万吨、钢材8.05万吨。

2. 第三个五年计划（1966—1970年）。

1966年"文化大革命"运动席卷全国，在"以阶级斗争为纲"的思想指导下，片面强调"抓革命"，使生产继续遭到干扰和破坏，产量逐年下降。据统计，1970年铁产量为164.36万吨、钢产量为16.94万吨、钢材产量10.74万吨、工业总产值为9.66亿元。比1965年分别增长30.5%、40.2%、33.4%、40.0%，平均递增5.5%、7.0%、5.9%、6.9%。

第三阶段：在坎坷中艰难前行（1971—1977年）

1970年5月，辽宁省将公安厅劳改局管辖的北台铁矿移交给本溪市，1971年正式批准组建了北台钢铁总厂，并开始了大规模的基本建设。从1971年到1975年，地方共投资近1亿元，先后建成炼铁、炼钢、轧钢、焦化、烧结等系统，以及与之配套的辅助和生活服务设施。与此同时，在"四五"时期，本钢与国家建委、冶金部等有关部门研究确定了本钢"三二二"改造方案（即年产300万吨铁、200万吨普通钢、20万吨特殊钢），从此开始了解放以来第二次大规模的技术改造和扩建。1970年5月歪头山铁矿大会战，打响了"三二二"改造的第一战役；1972年1月在本钢第二炼铁厂兴建炉容2000立方米的五号高炉投入生产；1974年11月3台我国自行设计、制造的大型氧气顶吹转炉在第二炼钢厂竣工投产；1975年8月年产钢坯173万吨的1150毫米初轧机试车成功。但由于受1974年"批林批孔"运动和"反回潮"斗争，以及"文化大革命"干扰和设备设计制造上的缺陷影响，特别是系统工程不配套等原因影响，主体工程虽然基本完成，但是没有形成规划生产能力，钢铁生产量还不高。

总之，改革开放前，本溪市的钢铁工业随着社会经济发展跌宕起伏，本溪钢铁工业的发展也几经波折与磨难，但在广大钢铁职工的辛勤努力下，本溪的钢铁工业可以说在废墟上新生了"钢铁摇篮"，在坎坷上坚守了"钢铁梦想"。

三、改革开放后30年的发展成就，分三个阶段

第一阶段：在发展中谱写新篇章（1978—1990年）

1978年12月18日至22日，党的十一届三中全会，犹如一股强劲春风，吹拂这神州大地，中国改革开放，从此拉开了历史的帷幕。面对改革开放春风扑面，本溪市钢铁工业开始谱写钢铁工业发展的新篇章。本钢和北钢都实现了历史上的重大转变，是新中国成立以来本溪市的最好发展时期。其中，1990年，本溪钢铁工业累计完成铁产量326.48万吨、钢产量239.93万吨、钢材产量158.56万吨，比1978年分别增长7.1%、3.94倍、11.6倍，平均每年递增0.6%、14.3%、23.6%。

1. 本钢从1978年到1985年，累计完成投资4.4亿元，科技体制初步形成，取得406项科研成果，创造价值1.27亿元。1985年完成总产值114.59亿元，实现利税28.15亿元。主要产品产量：铁矿石1225万吨、生铁305.7万吨、钢147.8万吨，其中特殊钢26.4万吨。与1979年相比，工业总产值增长50.2%、实现利税增长78.5%、生铁产量增长2.3%、钢产量增长103.6%。"七五"时期与"六五"时期相比，钢的总产量达到1054.95万吨，增长74.63%；钢总产量达到773.3万吨，增长152.4%；工业总产值达到70.87亿元，增长38.12%；实现利税达到31.56亿元，增长1.13倍；1990年全员劳动生产率人均达到1.94万元，比1985年增长50.7%。

2. 进入80年代，北钢针对自身存在的问题，重点对矿山、选矿、焦化、轧钢等生产系统进行了完善和扩建，到1985年年末初步形成了年产矿石150万吨、矿粉65万吨、生铁19万吨、钢1万吨、焦炭13.5万吨的综合生产能力，在逐步扭转了连续五年的亏损局面后，实现利税1496万元。在整体规模上也进入了中型钢铁联合企业的行列。"七五"以来，北钢采取负债经营方式，自筹资金1.4亿元，对企业开始实施大规模的技术改造，5年间，先后建成350立方米高炉3座、5吨电炉1座、新建热电厂1个，总投资达4.8亿元。"七五"改造从根本上改变了企业设备技术落后、工艺布局

不合理等问题，生产规模迅速扩大，经济实力显著增强。生铁生产能力从19万吨提高到25万吨，钢的生产能力从1万吨提高到2.5万吨，到"七五"末期企业固定资产净值达到4.16亿元，年均增长17%。

第二阶段：在振兴中重塑辉煌（1991年—2000年）

改革开放，推动着整个钢铁工业迎来飞速发展的"黄金时代"。然而，历史的车轮驶入20世纪90年代，本溪市的钢铁工业在生产工艺、装备水平上不仅落后于世界，在国内也渐屈居人后。尽管本钢和北钢进行了大规模的技术改造，但工艺优化和结构调整的步伐仍然缓慢。本钢仍是全国十大钢厂中唯一无连铸、无冷烧、无精炼、无冷轧、无铁水预处理的"五无"企业，北钢更可见一斑。此时，本溪钢铁工业要振兴，要重铸历史辉煌，必须加快技术改造的步伐，必须加快深化企业改造的力度。在"九五"中期到21世纪初，在市委、市政府的领导下，新一轮全面改造开始，市政府不失时机地提出：一是企业要建立起现代化的企业制度；二是企业经营机制要适应市场经济；三是企业生产规模要不断扩大，产品结构要逐步改善。要求钢铁企业从炼铁、炼钢到轧钢要全线铺开，要有向世界先进水平看齐的"大手笔"。在广大职工的辛勤奋斗下，本溪市钢铁企业生产规模在不断扩大，生产能力在逐步提高。10年间，钢铁企业投资近千亿元，技术改造项目近百个，从2000年钢铁企业又重新进入辉煌时代。

第三阶段：在腾飞中再铸丰碑（2001—2008年）

当新世纪的曙光，照在悠久历史的本溪钢铁公司时，人们惊异地发现：伴随着党中央振兴东北老工业基地的东风，本溪钢铁工业这艘百年大船，正手握着改革开放的新"船票"，开始了新的腾飞，开始谱写新的篇章。

1. 整体实力已跃居国内钢铁工业第一梯队

本溪钢铁工业以科学发展观为统领，牢牢抓住党中央振兴东北老工业基地的难得机遇，引进科学管理方法和先进的技术装备，下大力气提高整体竞争实力。目前，本溪钢铁工业以本钢和北钢为龙头的钢铁企业，已实现"过去炼钢用铁锹，现在炼钢用鼠标"，已实现"硬件"的脱胎换骨，已实现技术创新带来的产品升级换代，整体竞争实力已跃居国内钢铁企业第一梯队地位。

2. 产品质量已实现精品打天下的新格局

产品质量是企业生存的保障。目前，本溪市钢铁企业已形成了研制、生产、销售一条龙的开发体系，走上了研制一代、储备一代、生产一代的良性循环轨道，已具备生产汽车表面板、石油管线、集装箱板、船板、家电板等为代表的高科技含量和高附加值产品的能力。产品的品种也猛增到十八大类400多个品种。"双高"产品的生产所占比例大幅度提高，不仅可供给国内各行业的重点企业，而且还远销40多个国家和地区，出现了"精品板材打天下"的新销售格局。

3. 企业建设已致力于建立资源节约和环境友好型企业

坚持保护环境和走可持续发展道路是企业发展的必然之路。过去本溪市是"卫星见不到的城市"，现在本溪市环境空气质量达Ⅱ级（良）以上天数335天。本溪市对钢铁工业的各类重大污染源进行了大规模综合整治，基本上实现了主要大气污染源的达标整治，实现了钢铁废渣的"零排放"，并通过在水处理、煤气回收、余热等各方面采取有效措施，实现了能源的高效利用。同时，单位GDP综合能耗、污染物排放分别达到平均每年下降4%和2%的目标，达到国家"十一五"规划的节能减排考核指标。全市各行业正在致力于建设资源节约型和环境友好型企业，全社会正在倡导生态文明，建设生态城市。

总之，用最华丽的词句赞美本溪钢铁工业百年沧桑发展的历史和用最精美的语言歌颂风雨无阻、谱写一个又一个辉煌的篇章，在数字面前都显得那么苍白、那么无力。下面用一组数字来证明：本溪钢铁工业在改革开放的春风里，它正值而立之年般强健，它正以又好又快的发展时速驶入全球竞争的新航线。

60年间，本溪钢铁工业累计生产生铁20046.8万吨、钢13142.4万吨、钢材10056.4万吨。2008年生铁产量达1444.28万吨、钢1377.88万吨、钢材1231.10万吨，比1949年分别增长299.6倍、5807.9倍、9601.9倍，平均每年递增10.1%、15.8%、16.8%。比改革开放前分别增长3.7倍、27.4倍、96.6倍，平均每年递增5.3%、11.8%、16.5%。

附录三：本钢百年画卷（二）

谱写新篇"一米七"

一米七，不是一个人的身高，而是轧机的轧制宽度。

中国冶金制造业中，有一套中国制造的重型设备，那就是一米七轧机。这套轧机，诞生在技术先天不足的时代，但它却注定要承担开启本钢发展的使命。

中国一米七轧机的前世今生

1980年2月6日，是本钢一个特殊的日子，这一天，本钢成功轧制出了第一个板卷。

一个只生产铁、粗钢和特钢材的钢铁企业，从此诞生了一个新的产品——热轧板。本钢无普钢产品的历史从此结束。

以今天市场经济的眼光来看，正因为热轧板的诞生，才给了本钢在市场上叱咤风云的能力。

本钢的热轧板来自于中国的一米七轧机。

一米七是轧机的轧制宽度，即是说，这种轧机能轧制出一米七宽的卷板。

一米七轧机，全称是四分之三式1700毫米热连轧机，是20世纪60年代我国自行设计、制造、安装的第一套热连轧机。那时，中国在装备制造方面，刚刚走出一穷二白的境地，正处于在很多领域艰苦探索的起步阶段。这套轧机的制造可以说是举全国之力。工艺和工厂设计，是由北京钢铁设计研究总院负责的；主轧线机械设备，是第一重型机器厂承担的；剪切线机械设备及电控设计，是由沈阳重型机器厂完成的；主轧线的电控设备，则是由天津电气控制设计研究所担纲的。

按照中央的最初安排，这套轧机安装在甘肃省嘉峪关市的酒泉钢铁厂。可这套热连轧设备后来怎么落户本钢了呢？

一切都是形势的变化。

中央1965年决定这套设备落户酒泉钢厂时，这套设备尚未设计、制造出来。在这个过程中，国际形势发生了重大变化，原来曾是中国老大哥的苏联，此时已变成了中国的最大威胁。随着这一重大变化的发生，中国重工业的布局随之改变。

因此，中国制造的第一套热连轧机才得以落户本钢。

有了这套轧机的到来，才有了初轧厂的兴建，才有了热连轧厂的兴建。

1974年11月23日，热连轧厂破土动工。还是一片稻田的太子河畔，聚集了数以千计的基建工程兵指战员，聚集了本钢的工程技术人员，开始了6年的建设历史，开始了长达40年改造和更新换代的不懈步伐：

1978年年底，热连轧机开始单体试车；

1979年11月加热炉点火烘炉；

1980年1月—2月热负荷试车；

1980年2月6日轧出了第一个板卷。

从此，本钢开始了新的发展历史。

"一米七"改变了本钢的历史

我们常说，百年本钢，但百年本钢在很长的时间内是有铁无钢，有钢无材。

本钢在1948年以前的日伪统治时期，以产铁为主，还有部分特钢。在国民党占领时期长期处于停产、半停产状态。直到1948年秋本溪解放，才获得新生。在党中央"为工业中国而奋斗"指示精神的鼓舞下，当家做主的职工群众艰苦奋战，于1949年7月15日全面恢复生产，并为新中国的成长壮大建树了不可磨灭的历史功勋。新中国制造的第一支枪、第一门炮、第一辆解放牌汽车、第一台发电机组、第一颗人造地球卫星、第一枚运载火箭等诸多个"第一"中，无不闪耀着本钢产品的光辉，多次受到毛泽东等党和国家领导人的称赞。

中华人民共和国成立后，本钢经过恢复性建设和扩建改造，企业初具规模，到1952年，年产生铁23.1万吨、特钢2.1万吨。"一五"计划时期，本钢被国家列为重点建设项目，开始了建国后的第一次大规模扩建、改造，生产能力迅速扩大，产品产量成倍增长，生铁产量达到80.4万吨，特钢产量达到8.8万吨。60年代，本钢生产建设发展到一个新的水平，1966年完成工业总产值3.9亿元，生铁产量达到151万吨，特钢产量达到14.5万吨。

进入70年代，本钢确定了"三二二"改造方案(即年产生铁300万吨，普钢200万吨，特钢20万吨)，开始了第二次大规模技术改造和扩建，新建了铁矿、高炉、炼钢厂和轧钢厂,形成了年产生铁300万吨、普钢200万吨、特钢20万吨的能力。

虽然如此，要是没有中国一米七轧机落户本钢，本钢的主要产品也只有铁、特钢和粗钢，可以说是有钢无材。本钢提供给国家的只是没有附加值的初级产品。

一米七轧机的到来才使本钢告别了有钢无材的历史。再经过多年的改造，热轧板形成了数十个不同钢种的带钢和钢板，被广泛运用于船舶、桥梁、锅炉、汽车、自行车、拖拉机制造上。

从此，本钢的产品开始多样起来，价格也由初级产品的价格提升到了高附加值产品价格的新台阶。

特别是当社会转轨到市场经济后，热轧板成了本钢的经济引擎，有人更形象地将之称为本钢的印钞机，源源不断地为本钢的开拓性发展提供经济支援。

回眸本钢热连轧厂一米七轧机建设发展的40年，其产品产量、质量、品种规格都发生了巨大的变化。到1990年，产量超过了年产160万吨的设计能力，达到了168万吨。到了2000年，产量突破了300万吨，达到了310万吨。到了2003年时，产量突破400万吨，全年完成402万吨。数据说明，在168万吨的基础上增加100万吨达到268万吨的过程，用了几乎是10年的时间。而从300万吨提高到400万吨的过程，前后才用了3年时间。

创造效益的速度和创造产能的速度是等同的。

1990年的工业总产值是101993万元。

2000年的工业总产值是433375.3万元。

2003年的工业总产值是637229.5万元。

质量由"大路货"发展为现在高附加值的"双高"产品；品种规格由当初的几个发展到现在的数百个。同时，随着用户结构的不断改变，一米七生产线已经面向汽车、家电、输油管道、集装箱等高端用户，顾客的满意度也越来越高。

中国的"一米七"改变了本钢产品结构的历史，并为本钢未来的发展搭建了新的平台。

"一米七"奠基了本钢精品板材基地建设的新高度

2011年8月，网络记者来到本钢热连轧厂的办公大楼，吸引他们视线的就是电子显示屏上那一串串来自一米七、一米八八、二米三生产线的"火红"数字。有熟悉的记者问：大家知道本钢拥有一米七轧机生产线，什么时候本钢又拥有了一米八八、二米三轧机生产线吗？

2003年，一米七轧机得以成功改造，产量突破400万吨，成为国内第一个突破400万吨产量的一米七热轧机。热轧产品的质量得到优化，生产高附加值产品的产能得到跃升，新的高端市场得以开拓。本钢人自豪地说，原本已被国内同行视为落后的本钢一米七热轧机，又焕发了青春。

中国一米七轧机在本钢的成功发展，为本钢加快产品结构调整的步伐提供了很好的范例。

2003年11月，从日本引进的1880生产线在本钢正式破土动工。该生产线为日本的短流程技术，是当时世界最先进的新型技术，在工艺流程控制、产品结构特点等方面都具有独特优势。在全线设置了产品宽度、厚度、板凸度、平直度等自动控制功能，可以生产集装箱板、汽车用板、高强度级别石油管线钢、气瓶钢、家电用板及电工钢等，具有高质量、高技术含量和高附加值的"三高"产品，技术装备在当时国内已建成的6条同类热轧生产线中属顶尖水平。

1880生产线的设计能力为年产卷板280万吨，能耗损失小、综合效益高，投产后在产品产量、品种规格等方面与本钢传统1700生产线形成优势互补，对进一步拓宽本钢热轧产品的供货范围，增强本钢产品的市场竞争力具有重要意义。

勇于奋进的本钢人通力协作，仅用了22个月的时间便使建筑面积49500平方米、设备总安装量11500吨、电机装机容量8176KV、变压器装机量189840KVA、铺设电缆近900公里的新厂房拔地而起，全部工程建设创造了国内同类轧机建设、安装、通钢用时最短和投资最少两项纪录。2005年4月，1880生产线建成并一次通钢成功。

一年后，1880生产线不仅实现了年产量突破500万吨，而且轧制出36个品种600多个规格的钢种，成为了国内同类生产线轧制品种最多的生产线。本钢在铁、钢、板材产能翻番的基础上，新产品产值率达到25.83%，以汽车表面板、石油管线钢、集装箱用钢为代表的高科技、高附加值产品比例在2006年年底占到了70%以上，这一转变使本钢的集装箱板销量从2004年的14.95万吨，猛升到2006年的70.71万吨。

2007年9月，1880生产线生产的"本钢牌"集装箱用SPA-H热轧钢带（板）荣获"中国名牌产品"称号。这一荣誉，实现了本钢国家名牌产品"零"的突破，掀开了本钢建设品种全、质量高的千万吨级精品板材基地和具有国际竞争力的现代化企业里程碑式的一章。

目前，1880生产线万吨以上品种钢和薄规格产品轧制比例逐年增加，尤其是薄规格系列产品，已经成为本钢占有市场、提升企业效益的重点产品。其中最具代表性的薄规格集装箱用钢的市场占有率，几乎覆盖了全国集装箱生产企业，产品得到了用户的一致好评，有力地推动了本钢实现又好又快发展。

2008年12月1日，本钢又建成投产2300生产线。

2300生产线采用国内外成熟可靠的先进工艺技术与装备，集技术先进、设备先进、指标先进、低耗能、低排放为一体，为迄今国内最宽、世界近10年最宽的热轧机组，是具有国际领先水平的热连轧生产线。

2300生产线的建设，使本钢得以成功轧制出被称为极限规格产品的汽车高级最宽幅面板O5板等多个难轧钢种，使本钢在汽车市场上拥有了自己的产品优势。2300生产线的建设，为本钢开发新产品提供了设备和技术支持，本是行业难点的X80高级别石油管线钢被一举攻克，现在已批量生产X80高级别石油管线钢，填补了本钢产品空白，产品批量应用于国家西气东输重点工程中，赢得了施工单位的一致好评。

之后，本钢又成功承揽了X100高级别石油管线钢的试生产任务，经多家单位联合，克服了产品成分复杂、控制精度高等难题，使X100高级别石油管线钢一次性试轧成功，并顺利通过国家相关部门的认可，使本钢成为了首家生产这一产品的钢铁企业，填补了国内行业空白。

一米七轧机的延伸效应诞生了一米八八、二米三生产线的建设。同时，基于产业链延伸的考虑，因而有了冷轧厂三条生产线的建设。上游工序为满足下游工序的需要，也就有了各个环节的改造。一系列的改造，都是为了本钢板材产品的开发和调整，最后，形成了本钢发展的一个思路：建设中国板材精品基地。所以说，中国的一米七轧机奠基了本钢板材精品基地建设的思路

"精品基地" 出精品

一

"十一五"末期，本钢的生产经营出现了前所未有的喜人局面。

2010年，本钢集团有限公司产品出口总量达280万吨，同比增长185.7%，在2009年位列全国钢铁企业出口三甲的基础上，又一跃占据了首位，实现了产品出口由"跟随者"向"领跑者"的转变。

2010年12月29日18时30分，随着炼钢厂转炉奔腾出火红的钢水，本钢炼钢厂年产960万吨钢产量任务的完成，标志着本钢集团板材公司1000万吨（含特钢40万吨）钢年产量目标提前两天变为现实。这一时刻，本钢上下欢欣鼓舞，激情澎湃，几代本钢人的夙愿终于在今朝实现！

仔细盘点本钢"十一五"，本钢还有另一大亮点：产品结构调整实现了四个历史性突破：

一是产品实现了由中低档向高端产品的转变，进入了精品板材生产的崭新时代。目前，汽车用钢、高级别家电用钢、高级别管线钢、集装箱用钢、船板用钢等高端产品已成为本钢主导产品；

二是汽车板产品从无到有，并走出国门，走向了世界。汽车板产品实现了系列化、规范化，完成了由单件供货到整车供货的转变，用户由最初的四五家发展到现在的36家，并进入上海通用、现代汽车等知名企业；

三是高级别管线钢实现了系列化。"十一五"期间，本钢陆续开发出X70、X80、X100等高级别管线钢。其中X70、X80高级别管线钢出口国外；

四是产品自主创新能力显著提升，走上了自主研发的道路，并实现了按用户要求的个性化生产。其中，集装箱用钢可按用户需求量体裁衣，成为我国第二大集装箱板生产厂。

据统计，2010年本钢"双高"产品比"十一五"之初的2006年增加一倍还多，共研制开发新钢种（牌号）178个，比"十五"末期增加145个，"双高"产品比例提高75%以上，形成了八大类近400个牌号的热轧、冷轧、热镀锌、彩涂产品和十一大类450多个牌号的特殊钢条型材产品。其中，热轧产品已形成热轧高强钢、石油管线及套管用钢、车轮用钢、汽车大梁钢、船板钢等系列，冷轧、镀锌产品已形成冲压用钢、加磷高强钢、烘烤硬化钢、双相钢、低合金高强钢等系列，特殊钢产品已形成重载齿轮钢、曲轴用钢、轴承钢、气瓶钢、石油用钢、球磨机钢球用钢等几大类。其中，本钢耐候钢——集装箱用钢被评为国家名牌产品。

这一切，标志着本钢的主打产品踏上了一个新的历史平台。标志着本钢的产品开发，本钢的市场经营处于空前的发展阶段。

一个驶上千万吨钢铁巨轮的百年国企以"十一五"完美收官的精彩，踏上了"十二五"跨越发展的新征程。

一切的一切，人们说，得益于本钢精品板材基地的成功建设。

二

常见的钢材产品有板材、管材、型材、和丝材四大种类。

本钢的钢材产品在一个相当长的时间内，除特钢产品外，只有粗钢和铁锭。自中国生产的第一架一米七轧机落户本钢后，1980年，本钢方有了自己的主打产品热轧板。

热连轧钢板产品具有强度高、韧性好、易于加工成型及良好的可焊接性等优良性能，因而被广泛应用于船舶、汽车、桥梁、建筑、机械、压力容器等制造行业。

热连轧按其材质、性能的不同可分为：普通碳素结构钢、低合金钢、合金钢。按其用途的不同可分为：冷成型用钢、结构钢、汽车结构钢、耐腐蚀结构用钢、机械结构用钢、焊接气瓶及压力容器用钢、管线用钢等。

随着热轧尺寸精度、板形、表面质量等控制新技术的日益成熟以及新产品的不断问世，热连轧钢板、带产品得到了越来越广泛的应用，并在市场上具有越来越强的竞争力。

20多年间，热轧板在庞大的本钢系统内，跳着主打的"独舞"，虽是风光无限但也显得形单影只。"八五"之后，方有了冷轧板。本钢的产品，自此有了热轧和冷轧双姝，在市场上共舞。

热轧厂、冷轧厂的建设，热轧产品和冷轧产品在市场上的表现，使本钢人在生产线延伸的同时也得到观念的延伸，打造"精品板材基地"的思路由此而诞生，并作为全体本钢人的共识。本钢在"十五"规划中提出，用5年左右的时间，将本钢建设成精品板材基地，热轧板年产400万吨，冷轧板220万吨，其中高科技含量高附加值产品占70％以上，产值利税实现翻番，使老企业旧貌换新颜。

在"十一五"发展规划中，再次确定，要把本钢建设成为品种全、质量高的千万吨级的精品板材基地和具有国际竞争力的现代化企业。提出了在2010年前铁、钢、热轧板卷产量分别达到1200万吨，冷轧板卷520万吨（含镀锌板145万吨、彩涂板35万吨、冷轧不锈钢60万吨、冷轧硅钢片60万吨），合金钢棒材110万吨的发展目标。届时，本钢将以新的雄姿屹立于世界钢铁之林。

三

建设"精品板材基地"，目的就是把板材产品做精做细。做出高科技含量，做出高附加值的价格。本钢的板材始于热连轧厂的一米七生产线，"精品板材基地"的建设自然也需从热连轧开始。

2006年，作为本钢"十一五"发展规划重点技改项目之一的2300生产线于这年破土动工。

2300生产线，是迄今国内最宽、世界近10年最宽的热轧机组，具有国际领先水平的热连轧生产线。不但工艺技术成熟可靠、设备先进，而且低耗能、低排放。

在生产线建设过程中，本钢人敢于拼搏、勇于进取。参战单位通力协作，既克服了场地有限、作业环境复杂等诸多不利因素，又实现了安全、优质、高效施工。创下了施工周期最短、调试时间最短、投产速度最快等一系列纪录。2008年12月1日，2300生产线一次性通钢成功。

在调试试生产期间，正是复杂多变的国际金融危机的艰难时期，国内钢铁产品市场价格大幅度下滑。为给本钢的经营形势注入新的活力，本钢人边调试边研发，不但成功轧制出极限规格产品、汽车高级最宽幅面板O5板等多个难轧钢种，而且一举攻克行业难点科技产品，成功自主研发并批量生产X80高级别石油管线钢，填补了本钢产品空白，产品批量应用于国家西气东输重点工程中，赢得了施工单位的一致好评。2300生产线创造了从建设到投产、到轧出高端精品板材，建设工期不到25个月的奇迹，创造出国内同类机组投产时间最短、轧制品种规格最多的纪录。

在此之后，本钢又成功承揽了X100高级别石油管线钢的试生产任务。2300生产线与炼钢厂、技术中心、质管中心等多家单位联合，克服了产品成分复杂、控制精度高等难题，技术人员对产品的机械性能和韧性等全天候跟踪检验，使X100高级别石油管线钢一次性试轧成功，产品还顺利通过国家相关部门的认可，使本钢成为了首家生产这一产品的钢铁企业，在填补了国内行业空白的同时，为本钢高端产品的研发开创了先河。

2300生产线的成功建设，为本钢在品种规格上的创新，不断开发新产品展开了双翼。2010年，本钢生产了X-100、S700MC等70多个牌号产品，"双高"产品高达385万吨。生产出口卷118万吨，推动本钢的出口量跃居全国同行第一。2010年，重点品种钢产量达34.75万吨，薄规格产品比例大幅攀升，比2009年提高了84.2个百分点。

2011年以来，2300生产线不仅连续刷新日产、班产纪录，而且5月份产量首次突破40万吨大关，创建厂以来单线月产最高纪录，为本钢热轧生产再添新彩。其中X70高级别石油管线钢产量达4.58万吨，创下单月生产最佳纪录，且全月降成本789万元，实现了产量、品种、成本全线飘红。

热轧生产线的改造和建设，2300生产线只是其一。

2000年，30年历史的1700轧机线开始了从里到外的彻底大改造。改造结束，1700轧机产量突破400万吨，成为国内第一个突破400万吨产量的1700热轧机。热轧产品的质量得到优化，生产高附加值产品的产能得到跃升，新的高端市场得以开拓。1700热轧机，又焕发了青春。

2003年11月，1880生产线在本钢正式破土动工。

1880生产线的建设和投产，使得本钢在2006年时，以汽车表面板、石油管线钢、集装箱用钢为代表的高科技、高附加值产品比例占到了70%以上。

2007年9月，本钢热连轧厂1880生产线生产的"本钢牌"集装箱用SPA-H热轧钢带（板）荣获"中国名牌产品"称号，这一荣誉，实现了本钢国家名牌产品"零"的突破。

"十二五"开局后，1880生产线捷报频传，1月份，薄规格产品生产比例达52%，创历史新高，比上年薄规格月平均生产提高了17%，刷新了国内同类轧机轧制比例新纪录；冷轧无取向硅钢克服生产难度大、国内无可借鉴经验等困难，顺利实现了批量生产。5月份，该生产线又成功生产出Q235B1.2×1250毫米、Q235B1.4×1250毫米两种极限规格产品，为本钢拓宽市场、创造更多效益奠定了基础。

如今，本钢的热轧生产线已有1700、1880、2300三条，如果再加重组后的北营公司的1780生产线，已有4条之多，在中国的所有大钢铁公司中，恐怕是绝无仅有的。

四

精品板材基地的建设，指向是满足市场对热轧产品和冷轧产品的需求。

热轧钢板分为结构钢、低碳钢、焊瓶钢，含碳量可比冷轧钢板略高些。热轧钢板硬度低，加工容易，延展性能好。一般为中厚板。

冷轧板硬度高，加工相对困难些，但是不易变形，强度较高。一般为薄板，按钢种可分普通钢、优质钢、合金钢、弹簧钢、不锈钢、工具钢、耐热钢、轴承钢、硅钢和工业纯铁薄板等；按专业用途分，有油桶用板、搪瓷用板、防弹用板等；按表面涂镀层分，有镀锌薄板、镀锡薄板、镀铅薄板、塑料复合钢板等以作为冲压用板。

热轧钢板是在高温下轧制而成，冷轧是在常温下轧制。

热轧钢板，机械性能远不及冷加工，也次于锻造加工，但有较好的韧性和延展性。冷轧钢板的表面质量、外观、尺寸精度均优于热轧板，且其产品厚度可轧薄至0.18mm左右，因此比较受欢迎。价格较贵。

打造精品板材基地，离不开冷轧生产线的建设。

"八五"期间，本钢利用外资兴建了冷轧薄板厂，主要设备技术从法国、德国、奥地利、美国、日本等引进，那是我国引进的第一条连续酸洗轧制生产线，整体设备达到90年代国际水平，年产为70万吨。其中，冷轧板50万吨、镀锌板为20万吨，产品质量稳定，性能优良，应用于汽车制造、家电、建筑、石油、化工等行业，具有广泛市场。

新世纪后，本钢加快了冷轧技改工程，10年间，又建成了第二、第三条生产线。

第二条是本钢和韩国浦项钢铁公司共同出资建设的，总投资55亿元人民币，设计年产量190万吨，是国家振兴东北老工业基地首批支柱项目。产品将面向冷轧和涂镀产品的高端市场，以高质量汽车板和家电板为主要生产目标。

第三条为超薄工程单机架冷轧机，即本钢板材第三冷轧厂，是本钢建设千万吨级精品板材基地的重要项目，产品结构合理，瞄准目前和未来下游行业需求，符合国家钢铁产业发展规划，与本钢现有冷轧生产线合理分工，实现产品专业化生产，满足汽车、家电、集装箱等行业需要。

三冷轧厂产品主要定位于高档汽车面板、高强超高强汽车用钢、高档家电板等。

计划年成品产量260万吨，可生产冷轧退火产品、热镀锌GI和GA产品等。产品涵盖的规格:厚度0.3—2.5毫米，宽度750—2150毫米，软钢涵盖CQ-SEDDQ，高强钢包括双相钢、马氏体钢、TRIP钢等，并具备Q&P，热成型钢等其他钢种生产能力，能实现汽车板整车供货，本钢将成为国内乃至世界上能提供最宽幅、最高强度汽车用板的钢铁企业，能满足未来汽车行业发展对安全、节能和环保的要求。

本钢的三条冷轧薄板生产线生产的高档冷轧板、热镀锌板和彩涂板，广泛应用于汽车制造、家电、石油化工和建筑等行业，部分产品出口到欧洲、大洋洲和美洲等国家和地区。

着眼于精品钢材基地的目标，本钢冷轧厂大力推进高端产品研发生产。二镀锌产品与二冷轧镀锌产品实现同质同价，汽车板、家电板增幅明显。硅钢800、600系列稳定生产，新开发470、440系列产品。二镀锌全面使用大凸度辊，质量明显提升，脱锌、白锈、黑斑等产品质量问题得到有效改善，为今后本钢继续以高端产品抢占市场先机，提升企业竞争力发挥了积极作用。

2010年年底，本钢经过自主研发，已成功开发了3个牌号的冷轧硅钢产品，并具备批量生产能力。硅钢素有"钢铁工艺品"之称，其生产技术代表当今钢铁工业生产的最高水平。本钢的成功研发，为本钢精品板材家族增添新的"亮丽成员"。

2011年9月，本钢冷轧厂生产的汽车用P170、P250、St16、H180等7个牌号冷轧钢板在一汽技术中心进行评价试验，其性能试验、涂装及焊接等试验已通过检验测试，取得产品认证。该认证为V80整车试模铺平了道路，在挺进国内高端汽车板市场上又取得了新突破。

五

围绕精品板材基地建设，是一个庞大的系统工程。

热轧、冷轧的改造，对上游的炼钢工序提出了新的要求。

转炉采用国际先进的副枪测试和控制系统、自动挡渣系统、炉气分析技术和可编程序控制等一系列先进技术和工艺，使转炉炼钢全部实现自动化。

大板坯连铸机属直弧型连铸机、双机双流，铸机弧型单径为10米，冶金长度为31.5米。采用了大容量中间包、大包下渣检测、中间包重量自动控制、结晶器漏钢预报、二冷模型自动控制、连续弯曲连续矫直、小辊径密排辊。机械测量辊缝及计算机辅助质量控制等多项国际先进技术。

本钢炼钢系统拥有5个铁水预处理站、6座自动控制转炉、2台RH真空精炼装置、1台AHF化学升温装置、2台LF钢包精炼炉、3台大板坯连铸机等具有国际先进水平的技术装备。

炼钢系统的改造，又倒逼着炼铁系统的改造。

到2011年，本钢炼铁系统现有4座炼铁高炉，高炉总容积13047立方米，年生产生铁能力1000万吨。其中五号高炉炉容2600立方米，六号、七号高炉炉容均2850立方米，新一号高炉炉容4747立方米。与之相配套的设备有6台煤粉中速磨机、4台球磨机、5台75立方米烧结机、2台265立方米烧结机、1台360立方米烧结机。

通过大规模技术改造，高炉装备达到了世界先进水平。同时采用余压发电（TRT）、烧结系统回收蒸汽再利用等技术，为循环经济的发展奠定了基础。

管理和研发也需要一系列配套措施。

技术中心于2007年3月成立了汽车板研究开发所，承担高等级汽车、家电用冷轧板、热镀锌板等产品的研制开发，主要包括高等级汽车面板，家电表面板，汽车及家电用高强钢及软钢等系列产品的研制开发。2007年12月成立了高强钢研发所，负责输油管线工程用钢、集装箱用钢、铁道车辆用钢、耐腐耐候钢、汽车结构用钢、工程机械用钢、桥梁用钢、船板钢、压力容器用钢、花纹板、无取向硅钢和取向硅钢等产品的研制开发和技术储备工作。2007年12月成立了特殊钢研发所，负责特殊钢新产品、新工艺研发、轴承钢、汽车曲轴钢、齿轮钢、高压气瓶钢、军工钢和不锈钢板材生产工艺研究开发。

在质量管理上，本钢实施的六西格玛项目管理工作已逐渐从成熟走向完善。本钢借助这一先进的质量管理模式，结合钢后工序各类产品特点，围绕降低特钢钢材返修率、提高特钢材尺寸外形精度、降低一连铸热轧板缺陷量、降低炼钢高级别汽车板碳氮氧含量、提高热轧机能合格率、降低热轧不良品率、降低冷轧超薄酸洗产品可利用材率、提高冷轧二号镀锌产品性能内控合格率等方面，组织钢后跨工序六西格玛项目攻关8项，进一步提升产品实物质量，增强企业核心竞争力。

2010年本钢集团成为国内制造业唯一一家质量管理创新基地。技术研发体系、质量管理体系、环境管理体系、职业健康安全管理体系和汽车板16949国际标准体系等多位一体的标准化管理，为本钢集团产品品质保证和企业科学发展奠定了坚实基础。

工序硬件的成功开发和管理软件的有效建设，终使本钢精品板材基地建设的梦想成功实现。

在汽车板、家电板、石油管线钢、集装箱用钢和不锈钢等产品的开发研制中已经处于国内领先水平。形成了普碳钢、特钢、不锈钢和球墨铸管等产品系列。高附加值和高技术含量产品已占总产量的80%。

2010年，本钢成功迈上了千万吨级精品板材基地的平台。

打造"钢都"有新招

2011年的第一个季度，总投资额达3亿多元的北京锂电池等5个大型产品深加工项目一期工程全部竣工，合计投资额达8.2亿元的大型工业泵生产等4个项目进入厂房建设阶段，13个大项目正在洽谈细节……

"十二五"开局之年，本溪钢铁深加工产业园好消息频传。

依托本钢，做好钢铁深加工项目是本溪市委、市政府加快"钢都"建设的重大内容。

打造"钢都"的思路

新世纪以来，本溪市委、市政府在发展城市的战略中有了大视野、大思路，并细化为"三都五城"的愿景蓝图。"钢都"即是"三都"中的一项重要内容。

打造"钢都"本溪享有既有优势。

钢铁产业是本溪最早兴起的产业，至今已经有100多年的历史。发展中，形成了本钢和北钢两大钢铁集团，在一个城市中拥有两大钢铁公司，环看全国，恐怕是绝无仅有。如今，两钢实现合并重组，成为产能2000万吨、年营业收入超过千亿元的超大规模集团。这是建设"钢都"的基础和先决条件。

近两年，本溪发展钢铁产业再度锦上添花，相继发现两座大型铁矿，正在勘探并计划在近期开采储量超过100亿吨的大台沟铁矿和储量23亿吨的思山岭铁矿，更为本溪的"钢都"打造提供了前提条件。

但是，在市委、市政府的理解中，"钢都"不仅是能生产庞大集群钢铁产品的地方，更应该是拥有庞大的钢铁产品加工业和钢铁制造业的地方。

钢铁产品深加工的思路就是源于这样的条件和认识。

钢铁产品深加工的优势

本溪发展钢铁深加工产业优势明显，新本钢拥有庞大的钢铁产品集群，如彩涂板、集装箱、汽车板、家电用板、镀锡板、PVC板、各种精密铸件等。围绕这些产品发展钢铁深加工，可以大大减少生产及运输成本，大大提升钢铁产品的附加值。潜力巨大，市场前景广阔。

本溪钢铁产品深加工的思路与全省的发展经济的布局相吻合。省领导痛感多年来初级钢铁产品在辽宁、经外地制造成成品又返销回辽宁的现状。辽宁生产的钢铁产品卖给别人时是初级价格，别人制造成成品返销回辽宁时是高附加值的价格。这种现象被称为辽宁钢铁产业"两头在辽"的现象。把这块短板补齐，那是多大的经济文章，任怎么说都不过分。为改变多年来抱着宝贝哭穷的现状，结束辽宁钢铁产业"两头在辽"的历史，省里对本溪钢铁产品深加工的发展思路十分支持。2009年春天，在时任省长陈政高的关心和倡导下，一个规划21.66平方公里的本溪市桥北钢铁深加工产业园应运而生。目前，本溪桥北工业园区已被省政府列入辽宁省重点工业产业集群"十二五"规划。

当然，本溪距离出海口和空港近的地缘优势，以及本溪拥有重型汽车的制造、拥有制造业上的多个第一的历史也是其优势。

钢铁深加工，既是一个老话题，也是本溪市推进"钢都"建设的一个新产业。优势明显，潜力巨大，它的发展，将为本溪带来一个崭新的明天。

迈向世界 500 强

2010年，本钢集团公司在市场上有了最抢眼的表现。这一年，本钢集团出口产品总量为国内同行业第一。

在与宝钢、首钢、武刚等强手的竞争中，本钢有如此优异的表现，这让人看到了重组后新本钢的如虹气势，也让人看到了新本钢迈向世界500强的强劲步伐。

多年姻缘终得续

2010年6月8日，本溪钢铁（集团）有限责任公司与北台钢铁（集团）有限责任公司合并重组大会在本溪召开，正式组建本钢集团有限公司。

本钢集团有限公司重组后，由省国资委履行出资人职责，持有本钢集团有限公司100%股权，公司为国有独资公司。

这是辽宁省发展经济的一次重大布局。

省领导对于两钢重组的重大意义做了明确的阐述："本钢、北钢合并重组，是顺应国内外钢铁产业调整重组大趋势的必然选择，合并重组后，将形成产能2000万吨，营业收入超千亿的企业规模，从而大大拓展两企业的发展空间"。

实际上，早在2000年前后，两公司就洽谈过联合重组事宜，但由于注资、税收等细节问题而耽搁，一耽搁就是10年。

重组后形成的钢铁航母

本溪钢铁（集团）有限责任公司始建于1905年，位于辽宁省本溪市，距省会沈阳63公里处，是一个有着上百年历史的国有特大型钢铁联合企业。

本钢是中国钢铁现代化的缩影，是中国百年钢铁业的标本地。

经历了解放后前30年的磨难，自1980年后，本钢的生产经营出现了前所未有的生机与活力。

1980年，生铁产量第一次突破300万吨，1700毫米热连机组试生产。1985年，本钢生产规模、产品结构、经济效益实现新突破，主要经济指标全面完成国家计划，创历史最好水平。

1998年，本钢开始了三年改革与脱困的拼搏攻坚，到2000年，本钢的生产经营呈现一派大好局面。工业总产值51.83亿元，工业增加值26.49亿元，销售收入100.12亿元，利税12.59亿元。分别比1997年增长41.29%、37.83%、47.29%、47.25%。

进入新世纪后，投资100多亿元，对炼铁、炼钢、轧钢系统进行大规模技术改造，相继完成了五号高炉改造大修、炼钢铁水预处理、转炉自动化、1700毫米热轧机组、360平方米冷矿烧结机、彩涂生产线、矿山提铁降硅、四号高炉和五号焦炉改造大修、新建四号转炉及炉外精炼等重点改造项目，企业整体技术装备挺进世界先进水平和国内领先水平。

到2010年前，本钢已形成年产铁矿石2000多万吨、年产铁1000万吨、钢1000万吨，热轧板材1300万吨，冷轧板材350万吨，合金钢棒材110万吨的生产能力，是我国重要的精品板材生产基地。

一个全新的本钢屹立于世界钢铁之林。

在企业改制上，本钢也基本实现了从计划经济到市场经济的转轨。

1994年11月，本钢被国务院确定为百家建立现代企业制度试点单位。1996年7月，经国家批准改制为本溪钢铁（集团）有限责任公司，成为国有独资的大型钢铁联合企业。1997年4月，被国务院确定为全国120家大型企业集团试点单位。1997年6月，以炼钢厂、热轧厂和原初轧厂为主体，成立了本钢板材股份有限公司，并成功上市，发行A股股票1.2亿股、B股股票4亿股。

与本钢合并重组的北台钢铁（集团）有限责任公司始建于1971年，现为本溪市属国有企业，已形成年产铁800万吨、钢800万吨、钢材1000万吨，重型汽车300台、球墨铸铁管50万吨、化肥60万吨的综合生产能力。

两钢同处本溪市，同样拥有鞍本矿脉上丰富的铁矿资源，两家工厂最近距离只有7公里。两钢产品结构既有相似之处，也有互补性。

为打造辽宁区域钢铁产业集群，两钢重组成为现实。省政府作为支持两钢合并的重要举措，已决定北台钢铁（集团）有限责任公司拆除现有450立方米以下全部高炉，新建两座2850立方米高炉，此项目已获准开展前期工作。这一项目总投资24亿元，建设工期两年，是两钢合并重组后淘汰落后产能的首个项目。

本钢北钢合并重组后，到"十二五"末，重组后的"两钢"将实现销售收入1353

亿元，其中钢铁板块1080亿元，非钢产业273亿元，实现利润38亿元，利税190亿元，成为3000万吨级的钢铁航母。

剑指世界500强

驾驭着如此宏大的钢铁航母，前进的方向是最主要的。为此，新本钢为自己标定了一个发展目标：进军世界500强。

世界500强，既是一个企业的实力，也是一个国家的实力。

在2011年的《财富》世界500强排行榜中，中国大陆有61家公司，其总收入为28 906亿美元，占国内生产总值的47.8%，总利润为1761亿美元。与此对照，美国有133家上榜公司，其总收入为76 628亿美元，占美国国内生产总值的52.3%，总利润为4844亿美元。

2011年，《财富》高级排行榜编辑L. Michael Cacace到访中国，他预测在2012年的世界500强排行榜上，中国上榜企业的数量将达到75家。而到2014年，将达到100—110家。

入围《财富》世界500强，有不少的进入壁垒，但有一个门槛是对所有企业都公平的，即收入为195亿美元。

新本钢到"十二五"末，预计实现销售收入1353亿元，换算成美元，当然还有一定差距。根据入围《财富》世界500强的惯例，这个门槛到时还会提高。

为了全省的发展大计，为本钢的发展大计，本钢人只能选择勇往直前。

怎么办，本钢人在"十二五"发展规划中，全面检讨了自己的优势和自己的不足。

他们认为，在"十一五"的5年间，本钢产品结构调整成效突出、产品质量快速提高，形成了以汽车板、家电板、高级别石油管线钢、集装箱钢为主导的"双高"产品体系，"双高"产品达到80%以上，产品在国内外市场占有份额不断扩大，竞争实力显著增强，开发新产品的优势已经形成。

新高炉、新焦炉、新转炉、三热轧等一大批事关本钢生存发展的重大工程和配套项目相继建成。主要技术装备有大型铁矿山2座；大型磨选厂2个；高炉6座；150吨转炉3座，180吨转炉4座；1700毫米热连轧机1套，1880薄板坯连轧机组1套；2300热轧生产机组一套；1700毫米冷连轧机1套，2000毫米冷连轧机1套，热镀锌生产线4条，彩涂生产线1条；特钢系统拥有超高功率电弧炉50吨1座、30吨2座，800/650轧机1套，650×3特钢轧机1套。特别是新建的第二冷轧厂，开始向高等级汽车制造厂家提供优质面板，为本钢打造世界品牌、创建一流企业铺设了平台。本钢工艺装备水平挺进世界一流行列。这是第二大优势。

同时借助于各级政府对大型先进钢铁企业的政策支持，对辽宁省内矿产资源进行整合开发、统收统售、集中选矿、优先勘探等，不断提高资源占有率，实现新本钢对辽宁省内资源的大面积掌控。新本钢可控铁矿储量可稳居全球前列。这是第三大优势。

当然了，其他优势还有很多，不必一一列举。

存在的问题呢？

企业的核心竞争力还不够强，产品结构调整仍处于发展上升阶段，产品创新能力还不强，还没有形成稳定的自主知识产权，属于本钢自己的名牌产品还不够多等。

优势和问题找准了，前进的方向也就明确了。

然后就是措施。

在"十二五"发展规划，全面建设新本钢的规划中，加速推进产品结构升级成了本钢的"重头戏"。

加速两钢的技术共享，市场共享，尽快实现优势互补。

加快产品研发的速度。

加快技术改造的速度。

…………

速度成了本钢"十二五"的进军号。

于是，2011年年初，本钢依托国际一流的技术装备，利用独有的低磷、低硫矿石资源，采用转炉矩形坯工艺路线开发的本钢气瓶用钢30CrMo获得北美市场通行证。

炼钢厂宽板坯连铸机生产的O5汽车表面板用钢成材率大幅提高，O5汽车表面板用钢成材率已由上年的85%提高到95.86%，创历史新高。

推进产品结构升级的步伐得到加速。一批重点品种逐步实现批量规模化生产、原有钢种向高精度系列化方向发展、新研发品种的技术含量与品种等级向精品化迈进。

两钢合并重组后，新本钢对产品结构进行了调整，本钢的部分中高端产品逐渐向北营公司过渡，北营公司的线材和管材产品丰富了新本钢的产品结构。北营公司借助本钢的市场，充分利用新本钢的品牌影响力和低磷、低硫的生铁原料优势，提高球墨铸铁管的技术要求，制定了13条高于国际标准的企业内控标准，使产品实物质量达到了精品水平，从而成功打入非洲市场，彰显了新本钢的规模和品牌优势，对开拓海外球管市场，增强本钢在国际市场的竞争实力具有重要意义。

北钢轧钢厂1780生产线成功轧制了1.8毫米×1500毫米超极限规格新产品，各项指标均高于标准要求。

北营公司成功开发出汽车车轮用钢BG380CL，钢坯合格率达100%。

如今，北营公司的产品开发正呈现勃发气势，冷轧原料卷、焊接结构用钢、冷成型用钢、汽车车轮钢、汽车传动轴用钢、石油管线钢、耐候钢等共计9个系列百余种牌号的新品种，正在热火朝天地开发中。

2011年上半年，重组后的新本钢累计生产生铁831万吨，同比增长2.6%；粗钢823万吨，同比增长3.7%；钢材商品量785万吨，同比增长1%；热轧板562万吨，同比降低6.5%；冷轧材185万吨，同比增长7.1%；特钢材39万吨，同比增长21.7%；螺纹钢42万吨，同比增长23.6%；线材152万吨，同比增长26.4%；铸管11万吨，同比增长38.8%。主要产品产量均处于历史同期较高水平。

累计新研制开发新钢种（牌号）32个，完成全年计划的94%；热轧产品、冷轧产品、镀锌产品等品种钢累计增利4亿元。北营厂区研发生产出帘线钢、车轮钢、焊丝钢、集装箱板等八大系列72个增利品种。其中，线材开发出帘线钢等行业顶级产品；新开发的车轮用钢、耐候钢等品种实现批量生产；1780毫米热轧生产线成功轧制了1.8毫米×1500毫米超极限规格新产品，首次达到设计能力。

两钢原有的优势资源得到整合放大，企业短板得到补齐，真正实现了合并重组1+1＞2的目标。

新本钢正挟着两钢重组勃发气势迈向世界500强。

附录四：谋大势者，方能行稳致远

2017年，时任辽宁省委书记的李希，到本钢调研。听完本钢汇报，一脸的笑容，十分满意。对本钢以党建引领改革发展的做法十分赞赏，专门安排十几个人的调研组来本钢总结经验，向全省推广学习。

是年，新华社对本钢经营管理兴趣盎然，将其做法以内参形式报给了国务院。

还是2017年，本钢的钢材出口位居全国各大钢厂第二名，成为了本钢在全国人大会议上的亮点。

也是这一年，本钢党委书记、董事长陈继壮在本钢职代会上，勾勒出了本钢的发展大势。

"坚定信心，不断学习，增强本领，锲而不舍，埋头苦干3—5年，把本钢建设成为让职工有自豪感，让竞争对手有压力感，让用户有依赖感，让社会充满敬意的新本钢！"

看如今的本钢，改革平稳推进，改造有序进行。

看如今的本钢，职工重拾自信，对明天充满期待。

看如今的本钢，势若一艘握有万全之策的巨轮，在波涛喧嚣中充满了耐心和定力，一副行稳致远的从容。

行稳致远的从容，是谋定而后动的结果。

新班子，立足全国谋大势

前几年，本钢震荡不已。

从国家大势来说，钢铁产业去产能势不可挡。钢铁巨人变成了夕阳产业。前途未卜，让本钢职工心里惴惴不安。

2016年，钢材价格一度跌入最低谷，对本钢人的信心是个打击。

但是，本钢领导立足全国，清醒认识到，去钢铁产能不是中国的大势，钢材价格跌入最低谷也不是常态。

本钢领导把握的中国大势是：

党的十九大把"两个一百年"奋斗目标提前了,建党100年实现小康社会,建国100年实现现代化,本世纪中叶也就是2050年实现现代化强国。这样,实现现代化提前了15年。这就要求经济发展速度只能加快,不能减速,这才是中国的大势。

中国的大势与本钢关系何在?

经济的增长和钢材的消费是正向关联的,经济增长为1,钢材需求就是0.6,中国GDP按6.7%的速度增长,钢材的需求就是个庞大的空间。

这是中国发展的战略大势。本钢领导人从中看到了钢材发展的大势。

"一带一路"建设,是中国发展的计划大势构筑在国际层面的具体设想和实施。通过几年的实践,其轮廓已见端倪。本钢领导人通过对这一大势的把握,对钢铁行业参与的国家舞台有了清晰的认识。

新一轮东北振兴,则是中国发展的战略大势构筑在国内区域层面的具体体现。同样,创新型国家建设是中国发展的战略大势在国内各个层面的具体落地。

本钢领导人,把握国家发展大势的目的,是为精准找到本企业在钢铁品种、质量和服务需求不断升级的过程中的方向。

中国的发展,要与世界的大势相契合。本钢的发展,更是必须与中国的发展大势相契合。

世界多极化、经济全球化、社会信息化、文化多样化深入发展,人类社会越来越成为你中有我、我中有你的地球村,构建休戚与共的命运共同体、合作共赢的利益共同体,是人心所向、大势所趋。这是中国要与世界大势相契合的要义所在。

这样的大势告诉我们,潮流来了,跟不上就会落后,就会被淘汰。逆潮流而动,不但难以解决自身的问题,最终只会搬起石头砸自己的脚,成为历史潮流不可阻挡的一个注脚。认清世界大势和时代潮流,就能在喧闹的世界中更加有耐心和定力,从容前行。这是本钢把握中国发展大势的要义所在。

正因如此,本钢这几年的改造、改革风顺帆正,一副行稳致远的从容,博得上下左右各方的看好。

深度解读"新一轮改造"的三大含义

今年开局,本钢各主要生产工艺链条又按下了产品升级换代的"快进键"。

板材冷轧厂三冷轧工序热镀锌高强钢及镀铝硅生产线项目,其镀锌产品最高强度级别可达1500MPa,热成型钢冲压后的最高强度可达2000MPa,均达世界领先水平;

板材冷轧厂一冷轧工序改造后新增的镀锌铝镁产品，将以新面孔为本钢开拓新市场；

北营公司60万吨优质高线工程，完成了线材产品由碳钢到合金钢的蜕变，由一般用途钢升级为特殊用途钢；

…………

本钢总经理汪澍说："产品的格局，是一个企业眼界的格局，也是一个国家眼界的格局。百年本钢，自有其传统。"

百年前，中日合并的本溪湖煤铁公司，汲取了汉冶萍建了高炉却吃不了大冶铁矿的教训，以世界性的眼光，引进了最先进的技术，建起了亚洲第一流的高炉。同时，学习瑞典技术，研制出了享誉世界的低磷铁产品。

如今的本钢人，用世界性的眼光来规划本企业的技改工程，用全球市场的需求来设计本企业的产品。于是，本钢有了新一轮的技改规划。

新一轮技改，项目很多，择要而言：

板材系统有新一号高炉大修；板材五号高炉、六号高炉大修改造，板材一号转炉恢复建设，板材转炉环保改造，铸机改造，一热轧、三热轧改造，一冷改造、三冷高强机组建设。

北营新建两座100吨的转炉和70吨的电炉，还要上一条60万吨的高强线材，用最短的时间改造出一条50万吨小规格螺纹钢生产线，争取半年投产。

北营这3座炉子建起来，炼钢就焕然一新，加上两座3200高炉，两钢合并后炼钢、炼铁就是脱胎换骨的变化。

经过一系列全面改造后，到2020年：铁产量可达到1950万吨，钢产量可以达到2000万吨，总收入达到1200亿元，人均产钢800吨。

换一种方法读解，才能读懂这次改造的含义。

本钢和北台合并后，生产上的短板，日益显现。就是铁、钢、轧能力的不匹配。板材公司炼铁是短板，制约了钢产量；北营公司炼钢是短板，制约了铁产量。这两个短板影响企业150万吨左右钢和材的产量。经过改造后，企业的短板补齐了。

这次板材系统改造后，本钢已经成为国内为数不多的，能提供最宽幅、最高强度汽车用冷轧板和最高强度汽车用热镀锌板的钢铁企业。本钢继2017年完成包括通用、广汽、上汽、一汽等8家新汽车主机厂、348个零部件的认证，基本实现对绝大多数合资品牌、自主品牌汽车厂全覆盖供货后，又有了市场青睐的拳头产品。

世界上最红火的有三大市场：汽车市场，由"一带一路"建设带来的基建市场，还有就是军工市场。本钢改造后的产品都是奔着这三大市场而去的。

这次改造后，本钢的产品实现了从中低端向高端的升级换代。

一次改造，带给本钢的三大意义：

补齐了企业短板，这是第一；

有了精准的市场，这是第二；

与国家升级换代的发展战略相契合，这是第三。

其实，这次改造还含有环保的意义、节能降耗的意义等诸多意义。

"四定"改革，不断充实职工的获得感

"四定"，即本钢2018年推出的"定岗、定编、定责、定薪"新一轮改革。

"大厂制"解决难题的一个场景。

2018年5月的一天，板材冷轧厂三冷轧工序涂镀作业区生产现场，一冷轧工序、三冷轧工序和浦项冷轧工序的技术人员正聚集一起，研究加磷高强钢在轧制过程中出现的质量缺陷问题。三道工序的技术人员根据各工序的轧制经验，提出了解决思路，制定了测试方案，仅用一周时间，就解决了问题。

本钢"四定"改革后，"大厂制"是为整合工序管理而推出的一项改革措施。原来各自独立的冷轧一厂、冷轧三厂和浦项厂因而整合为一个大厂，分割管理形成的各自为战的局面被打破，所带来的优势正由技术攻关向各个层面漫溢。

作业区合并带来的感受。

"作业区合并之后，减少了管理层级，无论是两个专业的设备故障处理，还是功能优化的改进，都可以进行紧密地配合，工作效率得到显著提升。"点检组长邵春林，谈到一热轧原有的机械流体作业区和电气作业区合并成一个作业区后所带来的改变，满心高兴。

"四定"改革，是本钢推进管理体制和经营机制的创新，按照集团公司总体部署，在全集团范围内开展新一轮"定岗、定编、定责、定薪"工作。

目的是精减机构设置、压缩管理层级，明确职责定位、精干岗位设置，重设薪酬体系、优化分配机制，进一步提升企业运行效率。

改革永远在路上，永远只有进行时，没有完成时。

改革改得好，给企业带来的是活力、是春风。改革的心眼不正，谋的是圈子、团

伙的利益，职工的获得感则被剥夺。这样的改革给企业带来的是死水、是泥潭。

改革，能看出一个班子的政治良心，能看出一个班子的大局意识。

"以目前机构多、层级多、业务分散、职责不清等问题为导向，推行大部门制、大厂矿制改革，全面推进各级机构优化调整。"熟悉本钢的人都知道，本钢多年来形成的机构重叠、管理人员众多的弊端，当然影响了本钢的效率，当然影响了本钢的人均吨钢生产率，职工们对此早有不满。瞄准此改革，当然是兴利除弊。

改革的力度，也是大快人心。

公司所有管理机构，原则上压减20%以上；

公司"集团级、部级、正处级、副处级、科级、工段级、班组级"七个机构层级压缩为"集团级、部门级、厂矿级、作业区级、班组级"五个机构层级。

改革的出发点，体现在定薪上，更体现在职工的获得感上。这方面有两大亮点。

"在全面梳理现有薪酬体制存在的突出问题基础上，重新设计薪酬体系，简化薪酬结构，拓宽晋升通路，引导职业发展，提高薪酬分配激励与约束作用。"

建立"去行政化"的薪酬体系，实行按岗位价值、个人能力和绩效贡献确定个人薪酬的岗位绩效工资制，并按200元增量和岗位价值评估确定岗级和标准。

职业发展，更宽泛意义指的是操作岗位，这种岗位的绝大部分人员都是一线职工。"去行政化"的薪酬体系，实行按岗定薪，谁有获得感？当然是广大职工。

从此可看出，这次改革的一大目的，就是要让职工有获得感。

本钢主要领导在一次发言中动情地说：

"我坚定地认为，一个不为职工着想的干部不是好干部。"

秉持此思路，2018年为职工做三件事：

恢复职工健康体检制度，恢复职工度假疗养制度；

第一季度开始，涨第二轮工资，两次普调100元，涨一次工龄工资，由1元钱调到5元钱，这三次人均涨工资304元；

为解决职工停车难问题，这一年，建设能管停车场、一号门、二号门（A、B区）、三号门、五号门停车场；四号门停车场扩容，目前厂区建设了7个停车场，总面积4万多平方米，规划停车位1510个，为3600多名职工解决了停车难问题。

2018年6月末前全面完成新一轮"四定"工作后，实现：

集团机构总量压减15%以上；

领导干部和一般管理岗位职数压减10%以上，定员总数占职工总数比例降至8%以内；

钢铁主业操作岗位定员劳动生产率提高10%以上。

随着改革的逐步落实，逐步到位，本钢职工的获得感一定会不断地充实。

改造和改革，只是本钢全局工作的两翼，事关本钢发展的工作还有诸多方面，比如建设清洁绿色工厂、全面提升营销管理水平、不断强化财务管控职能、扎实推进安全体系建设、有效防范控制经营风险等等。但是通过改造和改革两方面的工作，我们看到，本钢人是如何站在新起点，如何立足党和国家事业发展全局，如何着眼钢铁工业的发展趋势，抓住战略重点，实现关键突破，赢得战略主动，下出了一盘行稳致远的好棋。

后记

　　将近4年的时间，或埋头在故纸堆中，或跋涉在煤铁旧址之上，或与相关人士在采访之中，今天才有了《往事如铁》一书的出版。这一标题最先用的是"中国第一铁"，后来觉得"往事如铁"多了一份散文味，遂弃旧用新。

　　在写本溪地域文化系列文章中，写本钢一铁厂并不是我的初衷。因为拥有这段历史的资料少，因为这段历史并不是"显史"。但报社领导把挖掘和撰写本钢一铁厂的历史作为给我的"规定动作"，并开了专版，"逼"我来趟这"浑水"。趟了4年，研究了4年，现在深觉这"浑水"的可贵，深觉这段历史喜人，深觉这段历史给了我独特的历史视角。

　　书在雏形之中，一铁厂旧址开始了中国工业文明遗址建设的起步，因而就有各种关切的目光投注过来，就有各种期盼的声音传递过来。

　　我有幸乎？书有幸乎？这段历史有幸乎？

　　我有幸，我有幸就生活在这段历史的岸边。